Vie de Samuel Belet

スイス人
サミュエル・ブレの人生

旅の終わり、旅の始まり

ラミュ小説集 III　C. F. ラミュ　佐原隆雄 訳

国書刊行会

目次

日本語版への序

……（スイスの田舎が舞台という）特殊な事柄は、我々にとって出発点でしかありえない。特殊な事柄へと向かうのは、普遍性を愛し、より確実にそこへ到達するためだけである。特殊な事柄へと向かうのは、抽象化を恐れるからでしかない。それなしに抽象化して普遍的に見せることがある。混同されやすいが、実は真逆のものだ。人は普遍性と聞くと、最大多数にとって有効なものと理解するが、抽象とは観念であり、普遍とは感動である。伝えられた対象を別次元に移すのではなく、その中身を見たいだけだ。そこからは理論ではなく感覚が引き出される。単純、すなわち普遍的なレベルであれと望んでいる。事件はほとんど起こらず、手法も複雑ではない。人生、愛、死、原初的なもの、どこにでもあるもの、永遠のもの。だが〝我々のところ〟のものであると同様にアフリカ的、中国的、オーストラリア的なこの題材が実際に効力を発揮するには、それが我々の知覚の下に潜むごく私的な場所で感知されたものでなければならない。なぜならそこでは即座に理解でき、即座に深く体感され抱擁されるのだから（あの誕生の偉大な神秘と地中に張った根ゆえに）。

しばしば引用されるこの『存在理由』（一九一四年）の一節の中で、ラミュは自己の全作品を貫きとおした方針、すなわち特殊性を利用することによる普遍性への到達を定義している。では彼はそこに達しているだろうか。佐原隆雄氏をはじめとする翻訳者の熱意のおかげで遠方でもさまざまな版が流布し続けていることから判断すれば、おそらくそうだろう。ラミュが過去と同様に現在でもスイスあるいは日本の読者を惹きつけられるのは、人間の経験を彼自身の言葉を借りれば〈人生、愛、死〉という単純きわまりない中で語っているからである。それゆえ誰もが歴史や地理的条件に関係なく自己を投影できる。この普遍的な力がラミュを二十世紀スイス・フランス語圏文学の中でおそらくは唯一の本物の巨匠にしているのだ。ほかにも興味深い作家が数多くいるにもかかわらず。

実際のところスイス・フランス語圏には、革新的な作品や物語性に富んだ作品、創造的な作品や一風変わった作品があまた存在する。たとえば、イヴ・ヴェラン、ニコラ・ブーヴィエ、シャルル＝アルベール・サングリア、カトリーヌ・コロン、モニク・サンテリエの著作のように。その他どうしても見逃してはならないのは、フィリップ・ジャコテ、ギュスターヴ・ルー、ギー・ド・プルタレス、そしてC・F・ラミュの作品だ。一九六五年ローザンヌ大学に設立されたロマンド文学研究センター（CRLR）は、歴史書や校訂版を含めたスイス・フランス語圏文学の研究および評価を使命としている。こうしてCRLRは、ジルベール・ギザン、ドリス・ジャキュベック、次いでダニエル・マジェッティ各教授の指導の下にラミュに関連する膨大な作業を行ってきた。それは書簡集の出版から二十九巻から成る全集、パリのガリマール書店のプレイアッド叢書に収められた長編小説集の刊行にまで及んでいる。しかし先に名を挙げた作家たちも重要な作業対象で、未刊作や書簡、日記の出版、あるいは作品集の再版を行っている。次の重要なプロジェクトとしては、ギュスターヴ・ルー全集の刊行を予定している。

CRLR内の一チームは現在、とりわけ学校機関および教員、あるいはさらに広い範囲とコンタクトをとりつつスイス・フランス語圏文学の周知に努めている。ラミュの作品はスイスのみならず国外でも新たな興味を呼び起こしてきた。『アリーヌ』、『デルボランス』、『アルプスの恐怖』といった小説は、スイス・フランス語圏の学校では常に教材として使用されている。ラミュは独特な個性を持った存在として一般にも広く記憶されているので、大きな成功の代価ではあるが、その文章や人物像がときには平板な形で語られることがある。我々はこの風潮を活用してコメントを発信したり、必要かつ可能ならば巷《ちまた》に流布する紋切り型の言説を訂正したりするべく心を砕いている。

まったく異なる言語に翻訳されることほど、作品の耐久性を明白に証明するものはないのではないか。『ジャン＝リュックの受難』（一九〇八年）と『スイス人サミュエル・ブレの人生』（一九一三年）はラミュのパリ時代に属している。『ジャン＝リュックの受難』は作家のお気に入りの一つだったと言われているが、連続する不幸に直面してそれに呑みこまれ、狂気に陥った主人公を描いている。『スイス人サミュエル・ブレの人生』は、ラミュ唯一の自伝的形式の作品である。この教養小説において、作家は主人公に人生から得た〝教訓〟の発露を託し、自身のアイデンティティーについて深く考察する。これらのテーマはヴァリス州およびヴォー州の景観と緊密に結びついた物語に彩《いろど》られてはいるものの、必ずや日本人読者の共感を呼ぶであろう。それが少なくとも佐原隆雄氏翻訳によるラミュ小説集第三巻に対して我々が願うことである。

ステファンヌ・ペテルマン（ローザンヌ大学ロマンド文学研究センター主任）

スイス人サミュエル・ブレの人生

——旅の終わり、旅の始まり

Vie de Samuel Belet

第一部

I

僕の名前はジャン＝ルイ＝サミュエル・ブレ、一八四〇年七月二十四日に農夫ユルバン・ブレと妻ジェニー・ゴトレの子としてプラ・ドシュー（架空の地名。ローザンヌの西約十二kmにあるモルジュ近郊を想定している。モルジュはその近くで女優オードリー・ヘップバーンが晩年を過ごしたことで知られる）で生まれた、と書類には記載されている。

父さんが亡くなったのは、僕がまだ十歳のときだった。その五年後、今度は母さんの番だ。十五歳になろうとするころだった。ある朝学校の教室にいると、ノックする音がした。ドアを開けに行った先生は僕に言った。

「サミュエル、おうちに帰りなさい」

努めて明るく振る舞っているような調子だった。僕は尋ねる。

「何があったのですか？」

「わからない。ブランさんが迎えに来ている」

ブランおばさんは近所の人だ。廊下で待っていた。見ると、おばさんも同じような様子。僕は怖くなって、また尋ねた。

「ブランおばさん、何があったの？」

だが、おばさんはもう歩きだしていた。大股《おおまた》で、振り返りもしない。わかるよね？　僕はもう子供じゃない。それに母さんと自分だけで暮らしてきた苦労のおかげで、年のわりには道理をわきまえていた。僕は走っておばさんに追いつき、こう言った。「きっとよくないことが起きたんだね」おばさんが相変わらず返事をしないから、僕はとっさに理解した。〈ママだ！〉そしてもうおばさんにかまうことなく、必死で走った。

うちの家は村の反対の端にあった。家の前で最初に目にとまったのは、お医者さんの馬車だ。黄色に塗装した二輪の小さな馬車。袖《そで》を肩までたくし上げた革の前掛け姿の鍛冶《かじ》屋さんが手綱《たづな》をつかんでいる。馬が少し苛《いら》立《だ》っているからだ。僕に気づくと、うなだれた。この人以外にたしか五、六人いた。みな急に黙りこむ。ドアの前にいた人たちが道をあけてくれた。僕は走るのをやめない。誰も途中で止めようとはしなかった。僕は狂ったように家に入る。ママはベッドに横たわっていた。

服は脱いでいなかったが、ブラウスのホックは全部外《はず》されていた。傍《かたわ》らにはお医者さんと二人のおばさん、二人とも母さんを覗《のぞ》きこんでいる。お医者さんは手に持った濡れタオルで母さんのこめかみを擦《こす》り、それからタオルの端で顔を叩きはじめた。するとママは目を開けて大きな息をしたが、それでまた身体が硬直した。鼻先は真っ白、唇が青い。髪の毛のことも覚えている。ふだんはなでつけているのに、今は長枕の上に乱れかかっている。目を開けたといっても一瞬で、もう閉じている。僕に気づいた様子さえみせなかった。僕はベッドのそばで立ちつくす。

僕の方も何も言えなかった。気持ちを整理するのにしばらく時間が必要だったからだ。だが突然ママは身体をそらせ、両手でクッションの端をつかんでしがみつく。同時に喉から水槽が空になるときのようなゴボゴボという音がした。僕は泣きだした。

お医者さんが振り返って、こう言う。「この子は何をしてる？」お医者さんが片方の腕、おばさんの一人がもう片方をつかんで僕を外に出したから、その先は知らない。

午後にママが死んで、二日後に埋葬が行われたこと以外は。

墓地からみなが帰ると、伯父（父の兄でジュリアン・ブレという。台所は食べたり飲んだりする人でいっぱいだった）が僕に近づいてきて、こう言った。

「納屋《なや》の裏に来てくれ」

二人きりになるためだった。その言葉に従った。

伯父は背が高いが痩《や》せこけていて、口ひげは濃い。昔風の衣装、すなわち耳に達するほど大きな襟《えり》飾りが肩の下あたりでまとまり、そこから襞《ひだ》となってスカートのように腰の周りに垂れている服を着ていた。

話をはじめようと、少しかがんだ。僕は逆に顔を上げざるをえなかった。

古い馬鍬《まぐわ》が歯をこちらに向けて壁に立てかけてあった。伯父は僕の肩に手をかけて言う。「よくお聞き、サミュエル……」だが僕はすぐにまた泣きはじめた。

二日間ずっと、ぼんやりしているとき以外はずっと泣いていたのだ。目の裏に水の入った大きな袋が二つあるかのようだ。

だが伯父は厳しい表情で僕を見つめた。

「泣いて何になる？」

恥ずかしくなって涙を抑えると、

「わかってるな」

僕は相変わらず黙っている。

「さあ、答えてほしい。おまえはもうしっかりした大人だ」

さらに言う。「答えてくれるか？」僕はすすり泣きながらもやっと、

「何も言いたくない」

「わかるな」伯父は言う。「望めば道は開かれん……さあ、話そう。聞いてくれるか」

はい、と身振りで示した。

「つまり、こういうことだ。わしはおまえの財産の整理を任されているが、状態は芳《かんば》しくない。畑と家があるといっても、おまえのお母さんはそれを担保に金を借りていた。その額は抵当権を取り戻すのとほぼ同額だ。幸いおまえは金を稼げる年になっている。さもなければ家の荷物になっているところだ。プライドからして、それはいやなものだ」

伯父は言う。「そのとおりだろう?」僕はまたうなずいた。

「職につかないとな。それでこう考えたのだ。おまえが居心地よく暮らせそうな家の主人、ヴェルナマン（やはり架空の地名）のバルバさんに事情を話してみた。おまえが不平を言わずに働くなら引き取ってもいい、と言ってくれた。それでわしは、『文句なんてあるものですか！』と答えた」

伯父はこの提案が僕に合っているかなど考えてもいなかった。そして言う。「これで解決だ」それでいい。僕はどう答えればよいかわからなかったから。断るなんてとんでもない。嘘をつくこともできなかっただろう。だが悲しみにさらに新たな悲しみが加わってきた。今はもう涙も出ない。息が詰まりそうな気がした。

言っておくが、僕は学校の成績はいつも一番、野良仕事はあまり性《しょう》に合っていない。本を読んだり文章を書いたり計算したりするのが好きだ。ママは夕食後に皿洗いをして食器戸棚に片づけている間、台所のテーブルで宿題をしている僕の姿を眺めて幸せそうだった。〈この子はわたしたちの先を行くわ〉と思っていたからだ。僕にもその気持ちは伝わっていた。自分も〈先に行く〉と思っていた。それがどこか、そして自分がどこに導かれているのか明確ではないものの、目の前には長い上り道があるような気がしていたのだ。

そこに突然伯父が現れた。もはや道は完全に閉ざされてしまった。

目を伏せている僕を見て、同意した印だと伯父はきっと考えたのだろう。満足そうな様子をみせた。

「さあ、わかっているだろうが、悪い話じゃない。しかも世話をしてくれる人がいて自分は幸せだと思っていい。借金を返してまだ残りがあれば、おまえの名義で国民貯蓄金庫（日本の郵便貯金にあたる）に預けておく。成人したら調べてみなさい」

伯父はポケットからパイプを取りだして葉をていねいに詰めると、また言った。

「もう帰らないと」

みな帰りだしているところだった。僕のことなど気にもとめない。男たちは伯父と握手し、女たちは伯母を抱擁する。

伯父は五時ごろ帰っていった。家畜の世話があるからだ。伯母はわずかばかりの食事を二人分用意した。チーズと茹《ゆ》でたジャガイモだ。それから翌朝何もしなくてよいよう、下着と服の荷造りを手伝ってくれた。あまり時間はかからなかった。それほどの大荷物ではなかったから。

II

ダヴィッド・バルバ様のことは知っている。ヴェルナマンはプラ・ドシューからたった三十分の距離だし、彼はこの地域一番の資産家だ。

しばらく前に再婚した。それは巷《ちまた》で大きな噂になった。母さんがお店のスレおばさんと長い時間その話をしていたのを覚えている。僕が理解したかぎりでは、最初の奥さんが亡くなってまだ一年も経っていないとのこと。もっと待てなかったのかという非難が渦巻いていた。

「でも要するに」スレおばさんは言う。「焦《あせ》ってたみたい」

それが何を意味しているか、僕にはよくわからなかった。しかしバルバさんがよからぬことをしたのだという思いだけがぼんやりと残ったので、抱くべき尊敬の念が少々減じられた。とはいっても、彼が持っている二十頭の雌牛、およそ三十五ヘクタールの土地、四頭の雄牛、三頭の馬のことは決して忘れていない。僕ら農民にとってこれが何より一番なのは当然のことだ。

だから翌朝ラ・マラディエールまで伯父に連れて行かれたとき、僕はかなり緊張していた。果樹園と畑に囲まれた四角い大きな家だった。湖からは沼地で隔てられている。住居と納屋などの建物の間に広がる中庭は、二本の大きなボダイジュが作る影に覆われていた。木のそれぞれを石のベンチが取り囲んでいるが、それが幹を覆うさまは指にはめた指輪のようだ。

まだ早朝だったが、僕らが到着したときにはもうバルバさんは外出していた。伯父はあしたまた来ると言うと、僕を残して帰った。僕は自分の部屋に連れて行かれた。

ベッドの上に荷物を置いてズボンを穿《は》きかえようとしていると（日曜日に着る服装で来ていたから）、ルコルドンという名前の使用人頭《がしら》に呼ばれた。

使用人頭を待たせてはいけない！　僕はまっさらなズボンのままだ。それほど遅れるのは恐怖だったから、走って下りた。彼は手に持った熊手を僕に差しだすと、納屋から出てきた大きな麦わら帽の男を指さす。

「あいつと一緒に行け。何をするか教えてくれるだろう……ただし、次はもっと早く来るように」

僕はこうしてことさら選ぶことなく、思いつくままにしゃべっている。覚えていることもあれば、まるっきり忘れていることもあるからだ。僕を連れて行ってくれた男はサヴォワ（レマン湖の対岸にあるフランスの地方）出身だ。それ以外は知らない。道すがら一言も口をきかれなかった。前日に草が刈られたデヴァンという名の牧場まで行った。草をひっくり返すのが仕事だ。上を向いた側は乾いていて、下はまだ濡れているから。だが着くやいなや、僕の連れは仕事にかかるどころか、茂みの陰に横たわる。二人がやって来た道を見張れる場所に陣取ると、

「仕事は一時間だ。うまくやれ。もしそれまでに終わらなければ、ぶちのめすぞ」

僕はどう返事をすればいいだろう。相手は百九十センチ以上もあるたくましい大男で、目のところまで顎ひげに覆われている。こっちは見習い。はじめは辛いものだ。

だから牧場の草をひっくり返しはじめた。相手は作業のさまを見ている。一時間でやりとげたが、汗だくだくだ。

するとサヴォワの男は、ポケットからゆっくり時計を取りだした。

「俺が手を出すほどじゃないと思ってた。ただし黙っておけよ。わかるな、さもないと……」

立ち上がって、

「ぶちのめすぞ」

昼間のほかのことはもう覚えていない。夜の話に飛ばなくては。ある事件が起きたが、それはスレおばさんの言葉の意味を明らかにしたので、一層強く記憶に残っている。

僕らは台所で夕食のスープを食べていた。テーブルを囲んで食事をとっているのは、ルコルドンとそのおかみさん、サヴォワの男以外に二人の召使い、一人の女中、そして僕。すなわち七人だ。突然ドアが開く。太った女性が入ってきた。赤ら顔で威丈高《いたけだか》な物腰、服装は派手で、懐中時計の金鎖を首に二重巻きにしている。

この女性が誰か想像するのは難しくなかった。姿を現すや否や、ルコルドンのおかみさんが駆け寄ったからだ。僕らは食事を再開した。

召使いのジュスト爺《じい》さんだけがスプーンをとらなかった。僕の正面に座っていたが、彼はすぐに注意を惹《ひ》いた。雰囲気がほかの人と全然ちがうのだ。軽く扱ってはいけない人だとわかる。ラ・マラディエールで四十年以上も働いていた。それは先代のバルバ家の時代で、今のバルバさんを子供のころから知っていた。

背が高くて痩せこけ、ひげは全部剃《そ》っている。長く細い鼻、ひどく薄い唇、窪んだ灰色の小さな目。レア奥様(それがバルバ様の新しい奥様の名前だとあとで知った)が入ってきてから、目を離さない。ルコルドンのおかみさんに話しかけているところだった。当初奥様は爺さんに注意を払っていなかった。だがおしゃべりが終わると、挨拶しなければいけないときっと考えたのだろう。テーブルに近づいて、「よくお召し上がれ」と言う。僕らはみな、しきたりどおりのお礼を言った。ジュスト爺さんだけが何も答えなかった。
爺さんはゆっくりと立ち上がった。奥様が近づくと、仁王立ちしてにらみつける。〈どうしたのだろう〉と僕らは思う。すぐにわかった。レア奥様も彼の方を見たが、爺さんはもう背を向けていた。ドアに向かっている。そしてドアが開き、閉じた。ジュスト爺さんは台所から出て行った。

しんと静まりかえって、二、三分が経った。するとレア奥様がこう叫ぶ声が聞こえる。「どういう意味？　失礼な！」少ししゃがれた甲高い声。首を絞められた人があげる声のようだ。さらに言う。「ここは私の家じゃないっていうの！」ルコルドンのおかみさんが口をはさんだ。「申し訳ありません。ですがおわかりでしょう。あの人は老人で偏屈。四十年前から……」レア奥様が遮《さえぎ》った。「そんなこと、どうでもいいわよ」さらにひと言。「ともかく、見てらっしゃい……」奥様もいなくなった。

みなの心が落ち着くには、かなりの時間が必要だった。まず口を開いたのはルコルドンだ。爆発せんばかりに顔が紅潮している。テーブルを叩いた。

「くそっ！」しゃべりだす。「あのいかれた老いぼれは、どんな権利があって他人に説教したがるのだ。俺の地位を危うくさせまでして……」

「まあ、ルイ」おかみさんが言う。「うまく収まるわよ。奥様にわかってもらえば……」

だが夫に遮られた。

「わかってもらうだと？　わかろうとしなければ？　あのいかれた爺さんは礼を弁《わきま》えていたか、いなかったか。あれが主人にとる態度か、どうだ？　監督責任は俺にある」

ルコルドンとおかみさんの間で白熱した言い争いが続いた。ついにおかみさんが本人曰《いわ》く〈説明のため〉レア奥様に会いに行き、ルコルドンはダヴィッド様に話してみることに決まった。

脂身と茹《ゆ》でたジャガイモが持ってこられた。食欲の方が優《まさ》った。ルコルドンもやっと口をつぐむ。みなはまもなく立ち上がった。僕は狭い木の階段を上る。僕の部屋は広くない。前も横も三歩がせいぜい、腕を伸ばすと天井に当たる。モミの木のベッド、モミの木のテーブル、洗面器代わりに使う古くて黄ばんだサラダボウル、椅子。それだけだ。だが疲れているときは、家具のことなど気にしない。それに僕は坊ちゃん育ちじゃない。服を脱ぐや否や、藁布団《わらぶとん》に横たわった。だが寝入ろうとすると、隣の部屋から音が聞こえてくる。耳を澄ませると、本を読んでいる声だ。読むのに苦労している様子。かなり長い単語ではつまずいて、全部を口にできるまで二、三度やり直している。そしてまた声が聞こえてきたが、再び止まった。ジュスト爺さんの声だとわかる。どこも静まりかえっているから、単語そのものは僕まで届くが、ぼやけているし、文を組み立てられるほど数多くは聞こえない。それでも聖書の言葉だということくらいはわかった。信仰問答のときに、いくつかの節をよく聞かされていたから。好奇心に駆られる。〈なぜ声を出して読んでいるんだろう？　ちょっと調べてみよう〉僕はそろりと立ち上がる。二つの部屋を隔てているのは、床材に白石灰《しろせっかい》を塗っただけの簡単な間仕切りだから、割れ目をみつけるのは難しくないはずだ。実際に一つみつけると、まっすぐ正面にジュスト爺さんが見えた。僕の部屋のものと似た小さなテーブルについて、目の前に本を広げている。背を向けているが、すぐ脇に置かれた角形ガラスの古いランプのおかげで、本がはっきり見えた。たしかに聖書だ。褐色の革装丁を締め金で留めた、厚く古ぼけた聖書。挿絵が入っている版だ。爺さんは大きな鼻がページに触れるほど身体を傾け、指で各行を追っている。〈呪い……汝《なんじ》の上に……イスラエル……なぜなら……女……姦通……〉（旧約聖書の『エレミヤ書』二十九の「エレミヤの手紙」と思われる）といった単語の連続に苦労している。相変わらず小声なので、全部はわからない。ただし、いくつかの単語で大事なものになると、いくぶん声を高める。そのため単語のつながりによって意味をとらえることができた。

　こうして僕は、爺さんが読んでいるのはさっきの事件と関係している部分で、自分に必要な励ましを聖書に求めているのだとわかった。決心は強固になる。〈教え〉と向き合っているからだ。〈教え〉が彼を動かしたにちがいない。力強い確信に溢《あふ》れている。

まったく動かない。背中は黒い塊のように見える。ただし顔の上の方は、ランプに照らされた髪のせいでいくぶん白い。顔はときおりわずかに揺れるが、背中、そしてテーブルの隅につけた拳は動かない。インクの染みがついているかのようだ。干からびて筋だらけの老人の拳だが、まだ力は漲《みなぎ》っている。ときどき握りしめる。そのときジュスト爺さんが身体を起こした。何も言わずに前を見つめている。きっと章の終わりに達したのだろう、読み終えた箇所のことをじっと考えている。そして拳を振り下ろす。テーブルが鳴った。

それからゆっくり立ち上がる（いつも動きはかなりゆっくりだが、どの仕草にも威厳がある）のが見えた。背筋を伸ばすと、頭が天井に触れる。僕がしているような覗きはいささか恥ずべき行為ではあるが、そうさせたのは好奇心からだけではなかった。僕も自分の場所から動かなかった。ジュスト爺さんをずっと目で追っていると、ベッドに近づいている。寝るのかな、と思った。

そうではなかった。跪《ひざまず》く。顔を手ではさんで藁布団に額をつけ、声を出して祈りはじめた。こう言う。「主よ、わしをお救いくださり感謝します。あなたの〈お目〉は確かです。主よ、物事で何が大事かを教えてくださいました。わしが求めた〈御手《みて》〉を差しだしてくださいました。さもないとわしは弱い存在だから、横道にそれていたでしょう……」

さらに言う。「恥辱をこの世から消し去るのではなく、あなたの〈正義〉で押し潰すのではなく、この家から遠ざけてくださるだけでよいのです。主よ、これもわしの願いです」

こんなことを話している。手は組んだままだったが、突然腕を広げて、振り向いた。

誰かが階段を上ってきたので中断したのだ。立ち上がる間もなくドアがノックされて、ダヴィッド様が入ってきた。

前に言ったとおり、栗毛の雌馬に乗って村をさっそうと駆け抜ける姿をよく見かけていたから主人の顔は知っていたが、こんなに近くで拝見する機会は一度もなかった。太っていて、背は低い方だ。身体はもうずんぐりだがまだ丈夫そうで、先のとがったグレーの短い顎ひげをたくわえ、額のてっぺんは禿《は》げている。日焼けしているから、顔面が蒼白なことはすぐには気づかなかった。けれど手が震えている。

ジュスト爺さんに近づく。爺さんは一歩も引かない。敬意はこもっているが平然として、自信に満ちた態度を崩していない。ダヴィッド様の興奮した様子とは対照的だ。身長は爺さんの方が頭一つ分大きい。二人は差し向かいになり、ダヴィッド様が話しはじめた（声も少し震えていた）。

「何があった、ジュスト」

相手は答えようとしたが、ダヴィッド様が遮った。

「まず私から話させてくれ……知ってのとおり、私はおまえを大事に思っている。大昔から家にいるのだから、おまえを新参者と同じように扱うなんてできない。だが自分にはない権利があると思っているのは許せない……辛いが、言わねばならない。ここに主人は一人だけで、その主人とは私だということを、おまえは忘れている……」

ジュスト爺さんは相変わらず身動きしない。ただし視線はゆっくりとダヴィッド様の目に注がれた。そしてさっきレア奥様にしたときと同じく、視線を離さない。ダヴィッド様の方が目をそむけた。それでも話を続ける。

「ほかの奴なら誰でもお払い箱にしただろう。だがおまえは別だ。よくしてもらった思い出がありすぎるほどある。ただしジュスト、おまえの方も物をわからなければ。過ちを犯したのだから、償わないといけない。さあ、こうしよう……行って……（言葉にためらいがある）……妻のところに……行って、謝るのだ。あれはもうそれ以上は咎《とが》めないつもりだが、おまえが二度とやらないという条件付きだ」

ジュスト爺さんが黙ったままなので、

「さあ！　わかったな。あしたの朝、住まいの方へ行ってくれ」

ジュスト爺さんはしばらく経ってから答えた。

「わしは行かん」

口振りは悲しげだが、毅然としていた。彼の大きくすべすべした顔を今も覚えている。目も忘れていない。主人をじっとにらんだままだったからだ。だがこれは本人の意志ではなく、彼より上、あらゆるものの上位にある何かに鼓舞されているかのようだった。

「何だと！」ダヴィッド様が怒鳴った。「どういうことだ」

「わしは行かん、できないから……なあ、ダヴィッドの旦那、あんたは正道《せいどう》から外れてしまった。そう言っているのはわしではない。そうだろ、わしは取るに足りない男だ。わしの口を借りて話しているのは〈別の方〉。わしはもう口をつぐむことはできない、話せと命令されているから……」

ダヴィッド様が激しく遮った。

「黙れ！」

ジュスト爺さんが続けようとするので、

「黙れ！　黙れ！……聞こえるな、黙れと言っているのだ！」

ジュスト爺さんは口をつぐんだが、態度は変えなかった。それがきっとダヴィッド様の怒りを買ったのだろう。ともかく自分を抑えられなくなった。

「無礼者！」叫ぶ。「誰に許しを……誰が許した？」

言葉を最後まで続けられなかった。

「取り消さないのか？」

ジュスト爺さんは返事をしなかった。

「それなら、あした給金の清算をする」

ドアがばたんと閉まった。ずっと大声だったので、事件の経緯はもちろん家中に聞こえたにちがいない。だがすでに足音は離れている。僕が見聞きしたすべては何事もなかったかのようになった。

僕はジュスト爺さんを観察し続けているが、見ているとその印象はさらに強まる。取り乱した様子はまったくないし、表情一つ変わらない。しばらく動かなかった。それからまた膝を曲げて、ベッドの脇についた。再び祈ると、立ち上がる。何事もなかったかのように静かに服を脱ぎはじめた。

僕も藁布団に潜《もぐ》りこんだ。眠気は吹っ飛んでいる。昔のことが変な形で蘇ってきた。

ベッドに横たわっているママが見える。寝方に違和感がある。生きている者は手を組んで眠らないし、眠っていてもあんなにおとなしくはないからだ。

これから待ち受けている人生の困難の中でも今ほどママが必要なときはない気がしたが、現実にはもういないのだ。地上にはもう誰もいない。

空しい慰めだが、ママは天国にいるのだと思うことにした。だが天国を思い描くことはできなかった。

唯一はっきり覚えているのは、ママが運ばれていった墓地と中に入れられた墓穴だ。

ロープを手にした男たちが足を開いてかがんでいるさまが目に浮かぶ。しっかり握られたロープが音を立てつつ滑っていく。前夜には雨が降っていたから、墓穴は水浸しだったはずだ。ママはその水の中に横たわらせられたのだ。ママの凍えが僕に伝染した気がして、身震いがしてきた。だがすでに土塊《つちくれ》が投げこまれている。

こんな地下深くに横たわっていても、まだ見聞きはできるものだろうか。

自分は独りぼっちだと理解した。誰も僕のことなど考えていない。

藁布団の上で寝返りを打つと、藁が軋《きし》む。これが今聞こえる唯一の音だ。どこも静まりかえっていた。隣の部屋も、戸外の満天の星空に照らされた田野《でんや》も。

III

ジュスト爺さんは翌朝立ち去った。

まもなく伯父が到着して、ダヴィッド様とひとしきりしゃべる。それから僕を探しに厩《うまや》までやって来た。僕は召使いのユリスが堆肥《たいひ》を外に出すのを手伝っていたのだ。「ダヴィッド様が」声をかけてくる。「お呼びだ。事務所で待っている」そして「頑張れよ」と言って帰っていった。

僕は給水場へ手を洗いに行った。〝事務所〟とは、住居の一階にある暗くて狭い部屋のことだ。ダヴィッド様はそこで待っていた。

僕に言う。

「伯父さんと話したよ。それでおまえと話をしようと思って呼びに行かせた。まずは月十五フランだ」

昨夜よりもさらに顔色が悪い気がする。顔は黄色く、ひきつっている。眠れなかった人の形相《ぎょうそう》だ。書見台の仕切りの一つから帳面を取りだした。

「名前は？」

僕は姓名と生まれ年を伝えた。彼はそれを農場に着いた日付と一緒に帳面に書きつけると、緑色の吸い取り粉で乾かした。それから手を前で組んで、

「行いをよくしてほしいのは言うまでもない。おまえは働き者だと伯父さんは請け合ったが、じきにわかるだろう。ともかく、おまえは年のわりには丈夫そうだ（顔から足先まで眺めわたす）。結構、結構……気に入れば、給金の増額を考えよう」

そして口をつぐんだ。だが僕が立ち去ろうとすると、呼びとめた。

「さっきは何をしていた？」

「ユリスが堆肥を出す手伝いに行かされていました」

「もう猫車は押せるのか」

「できそうな気がしますが、まだやったことはありません」

「やってみなさい」

こうして僕は完全に農場の一員となった。毎月十五フランもらえるのだ。大した金額だと思うほどの仕事にもすぐに慣れた。刈り取り、乳搾り、繋駕《けいが》（牛馬を車や鋤につなぐこと）、藁切り、飼養《しよう》（動物に餌を与えること）。大人の男と遜色ない仕事をする。夏は四時起き、冬は五時だ。すぐ乳搾りを始めないといけない。それが終われば、牛乳を加工場へ運ぶ。運び役は二人、ユリスと僕。百リットルになることもあるから、一人では足りないのだ。ボワーユと呼ばれる背負いのブリキ缶が二つある。──小さいのと大きいの。ユリスが年上だから、大きい方を担《かつ》ぐ。悔《くや》しいと思う。村でからかわれるから、なおさらだ。だから決して並んでは歩かないようにしている。大体は僕が先頭だ。村までゆうに十五分かかる。十六歳の子供にとって四十キロは重荷だが、自尊心が力をくれる。すぐにバランスをとって歩けるようになった。さもなければ牛乳を頭からかぶることになるだろう。加工場ではいつも十五人くらいの男の子がしゃべったりふざけたりしている。みな僕より年上だから、ちょっと怯《ひる》んでしまう。牛乳の量を急いで書きとめてもらうと、逃げだす。いつもユリスより早く帰るから、主人の覚えがめでたくなった。

これが一日の始まりだが、そのあとは干し草作り、刈り入れ、二番刈り、と時期に応じてどんどん変わっていく。少しだがブドウ摘《つ》みもある。ダヴィッド様は背後の高台にブドウ畑も所有していたからだ。このような大農場の利点は、あらゆる仕事を少しでも学べること。望めば家畜を殺す仕事さえも。実際に毎秋、四頭の豚を殺していた。

しかも僕は大事にされた。ルコルドンは気難しいのでちょっと乱暴に扱われているかもしれないが、ダヴィッド様の目が隅々《すみずみ》まで光っているのをルコルドンは承知していた。食事はたっぷりある。味もいい。

そのため、バルバ家の新しい奥様さえいなければ万事順調だっただろう。あの人が入ってきてから、家中めちゃめちゃだ。あの人がいなければダヴィッド様がジュスト爺さんを追い出すことなど決してなかった、とみなは言う。だから二人の考えがいつもぶつかっていたのだ。それになぜ主人があの人と結婚したのか、僕にはよく理解できない。レア奥様が美人というならまだ納得するが、美しいとは思わない。まず太り過ぎだし、いやな女につきものの目つきをしている。とてつもなく派手、つまり見栄《みえ》っ張りで、他人にどう思われているかばかりを気にする。そして何より称賛されたがる。

噂によれば、ロッシュ（架空の地名だが、モルジュを指している）にある『ソレーユ・ドル亭』で長い間ルーム・メイドをしていた。そこでダヴィッド様は知り合い、先妻の反対を振り切って雇い入れた。さらに噂では、バルバの奥様はそれまで一度も病気に罹《かか》ったことなどなかったのに、その女が住みこんだとたんに具合が悪くなりはじめた。二人のお医者さんが診察したにもかかわらず、原因ははっきりしない。まもなく奥様は寝たきりになり、一年後に亡くなった。そして知ってのとおり、まだせいぜい十か月しか経っていないのに、ダヴィッド様は再婚された。

僕が農場に着く前に起きたことのあらましは以上のとおりだ。僕が入ったのは七月。十月にはもうレア奥様は女の子を産んだ。この出産で何もかもが収まるだろうとみなは思った。ダヴィッド様は得意になっている。もっともだ、六十歳に近いのだから。

しかし、先妻との間には三人の子供がいた。ジュリー様という名の長女は、ロッシュの周旋人のレイモン氏と結婚している。ロベール様という名の長男の姿はほとんど見かけない。都会で学生生活を送っているからだ。次女は未婚で、ローズお嬢様と呼ばれていた。そのお嬢様のために、まもなく事態が悪化した。

お嬢様は僕がこれまで見た中で一番きれいな人だった。春に着ていた白いワンピースのことをよく覚えている。モスリンのワンピースのスカートは、そのころの流行どおりにふくらんで裾飾りがついている。そのワンピースにピンクのケープを羽織《はお》った姿で近づいてこられると、みなの気持ちはさわやかになるのだった。お高くとまっているという噂があったが、僕に対してはそんなことは一度もなかった。いつもとても丁寧で、僕だけでなく誰にも優しく話しかけてくださっていた。お高くとまっているように思えたのは、ぼんやりして何かに気をとられたように見えることがどんどん増えたからだ。けれど、それは当然だ。

実際レア奥様は、お嬢様をすぐ目の敵《かたき》にした。ダヴィッド様をけしかけたにちがいない。まもなく旦那様もお嬢様を遠ざけはじめた。生まれてまだ数か月だが、今はリュシエンヌ様がいるので、なおさら遠ざける。

新しい年になった。工事がさかんに行われる。ダヴィッド様は家を全面改修させた。正面を塗り直し、グレーがピンクになった。レア奥様の趣味だ。客間に陽が入るよう、湖側の壁に新しい窓をくり抜いた。ほかの窓とバランスがとれないので、家全体が傾きだした。だがここでも、何事も逆らえない意志の力を感じる。そして春になるとすぐ庭師がやって来て、庭をひっかき回す。仕上げは家具屋だ。家具をのせる運搬車でやって来た。赤い色で出発した家具は、緑色になって戻ってきた。

それでも先に言ったとおり、僕は不幸ではなかった。このような混乱は我慢できないほどではなかった。こんな小さなトラブルはどこにでもあると思っていた。

僕の大きな支えとなったのは、友達をみつけたことだ。あの人のことを〝友達〟と言ってよいかはわからない。三倍も年上だからだが、僕は尊敬と信頼が入り混じっているという以外に形容しようのない気持ちを抱いていた。かつて村で先生をしていたルーさんで、プラ・ドシューの学校にいたころ、ときどき特別講師に来ていたので知っていたのだ。ある日、ラ・マラディエールの近くで偶然出会った。

「おや、サミュエル、ここで何をしている？」

母が死んだのでバルバ様のお宅に雇われて入った、と僕は答えた。ルー先生はけげんな顔つきでこちらを見つめると、肩に手をかけて尋ねた。

「どうだ、気に入っているか？」

気に入っていると答えたが、真実を洗いざらいしゃべってはいないな、と雰囲気で見抜いたにちがいない。また僕を見つめた。

「私に会いに来なさい、サミュエル。ひまなときに」

ある日曜日に会いに行った。

人里離れた小さな家に、奥さんと二人きりで住んでいた。広い庭が家を囲んでいて、それを自分で耕している。青色に塗装したミツバチ小屋が、四方のうちの一面を占めている。藁で作った巣箱（今どこでも見られるような木の巣箱はまだ知られていなかった）が三段並んでいる。先生は言う。「子供はいないが、ミツバチがいる」それに旋盤がとても上手だ。屋根裏部屋にろくろを置いて、冬の間にさまざまな小物を作っていた。先生にいただいたナプキンリングを今も持っている。

庭に招き入れられた。自家製のハチミツワイン（ハニーワインとも言う）を持ってきて、おしゃべりを始めた。ふだんの僕はあまりしゃべらない。だがどのように誘導されたかわからないが、ともかく半時間もすると僕は隠しごとが全部なくなってしまった。表に出たがっていた心の中のあらゆるものが圧力を受けて飛びだしたかのようだ。はじめて口にして、心が軽くなった。

先生はハニーワインのグラスを陽にかざすと、ガラスの中のきれいな色を見つめた。

「どうだ」口を開く。「澄んでいるだろ。今年は上出来だ」

さらに言う。

「気に入ったか？……よかった。悪酔いはしないよ」

それから何気なく、

「伯父さんのところに戻ったことは？」

おわかりのとおり、先生は広い視野から物事を把握する。伯父の家に二回行ったけれど、最初は留守で、二度めは来客中だったので帰った、と答えた。

「ほかに親戚は？」

まったくいない。母さんはこの土地の者ではないからだ。

「日曜日は何をしている？」

その言葉を聞くと、恥ずかしくなった。日曜日は何もせず、ベッドで横になっていた。乳搾りがあるから、四時には起きなければならない。だが牛乳を加工場に運び終えると、またすぐ横になるのだ。僕が一番たくさんしゃべったことの一つ、それは自分が望み、そしてママも期待していたような勉強を続けることができない、という悲しみの気持ちだった。だからなおさら現状を正直に言うのが辛かった。矛盾している気がしたからだ。

それでも先生は全然叱らなかった。こう言う。

「わかるよ、君。その年で世話をしてくれる人が誰もいなくなれば、辛抱するのがどれだけ苦しいことか。だが、もし助けてくれる人がいれば……」

「ええ！　誰かいれば……」

「多分みつかるだろう」

口を開けたままこちらを見ると、いたずらっぽい口調で続けた。

「単刀直入に言って、それは私しかいない。私ができるのは、それくらいだ。でも、これくらいで君が満足してくれるなら……がっかりしないで、サミュエル。大事なのはきっかけだ。日曜日は休みだし、ときどきは夜も時間がとれるだろう。『やります』と言ってくれればいい」

必要な本を貸してもらい、一週間おきの日曜日の午後に勉強の成果を見せに来ることで話はまとまった。

この心遣いにどれだけ感謝しているか伝えたかったが、目の前に霧がかかったかのようだ。しばらくはもう何も見えない。

顔を上げると、ルー先生はもうそばにいなかった。バラの木の一本に身体を近づけ、害虫がついた葉を指にはさんで懸命に何度も振っている。やっと虫が落ちると、踵《かかと》で踏みつぶした。

僕の足音が聞こえてはじめて振り向いた。何気なく言う。「一緒に来なさい」

地誌、歴史書、さらに比例算や小数などの説明が載った冊子をくれた。そして先生の言葉を借りれば〝デザート〟として、『スイスのロビンソン』（一八一二年に出版されたヨハン＝ダヴィッド・ウィース作の児童文学）。書くのに必要なものも全部貸してもらった。僕はインクも紙も持っていなかったから。大きな包みを腕に抱えて、先生のお宅をあとにした。

節約して（節約を始めたのだ）、ロウソクをひと箱買った。一本を瓶に入れると、夜遅くまで部屋が明るくなった。

正直に言って、はじめは歴史書や地誌よりも『スイスのロビンソン』に多くの時間を割いた。とりわけボア（熱帯地方のヘビ）がロバを食べる（原作でヘビに食べられたのは子ヤギ。ロバは溺死する）ところに夢中になった。近寄ったジャックがボアを銃で撃ち殺すと思っていたが、ぐずぐずしているうちに、ボアは消化にかかっている。つまり食事の場面が二、三ページもあったような気がする。悪い獣が可哀想なロバをペースト状にしたら、あとは呑みこむだけだ。

僕は懐中時計も買っておいた。ふと時計を見て、ぞっとする。午前0時を過ぎていた。

しかし、『スイスのロビンソン』さえも忘れさせる事件が起きた。その春、僕は恋をしたのだ。まもなく十八になろうとしていた。年頃だ。

その子の名前はメラニー。僕と同じく父親がいないが、母親は裕福とのこと。この理由だけでも、相手が近づいてこないかぎり、僕は意識さえしなかっただろう。

だが近づいてきた。

ある朝、製粉所へ小麦の袋を持って行くよう言われた。それと交換に小麦粉の入った袋を持ち帰らないといけない。厳しい上り坂なので、ブランシェットに車をつないでいた。これはダヴィッド様がお情けで飼っている老いた雌馬だ。もう歩くのがやっとだから、負担の少ない仕事に使っている。だから僕は小麦粉の袋をのせて、ゆっくり戻っていた。すると前方、林の中の道沿いに、少女が座っているのが見える。洗濯物が入った大きな包みを脇に置いていた。

不安になった。なぜならそのころの僕は女の子すべてに恐怖感を抱いていて、相手が誰であれその前を通ることを考えただけで動揺していたのだ。スピードを上げればすむのだが、ブランシェット連れでは思いもよらない。だからうつむいて、何も見えないふりをした。

こう考える。〈見られない一番の方法は、何も見えないふりをすることだ〉当初はうまくいったかに見えた。実際、その少女の前を通り過ぎても、相手は身動きさえしなかった。もう大丈夫、と思った瞬間、大声が聞こえた。

「ねえ、あなたは親切な人でしょ！」

知らぬふりはできない。顔を上げた。さきほどの少女は立ち上がって、こちらを向いている。メラニーという名の子だとわかった。村の女の子の中で一番ずる賢いという評判だ。とはいえ、どの子も似たようなものだが。あの子かと思うと、完全に狼狽《ろうばい》した。歩みを続けるブランシェットを止めることさえ忘れていた。

「なんてこと、ご親切さま！　こっちは大荷物よ！　そっちは車と馬があるのに！」

ようやく意味がわかったので手綱を引くと、「ちょうどよかった！」と娘は言う。包みを腕に抱えて近づいてくる。重そうだ。身体が傾いている。ぎこちなくだが、包みを車（もともとは石を運ぶ車で、二枚の板を車軸に直接つけている）にのせるのを手伝った。僕は何か言わねばならないと思って、

ない。


「中に何が入っているの？」

「それがあなたに関係ある？」

これが答えだった。

僕の隣に座ってきた。ブランシェットはまた歩きだす。手綱をとるため、僕は馬の方を向いていなければいけない。

その間、相手はしゃべらなかった。僕はだって？　とんでもない。

だが突然こう尋ねられた。

「あなたはラ・マラディエールにいるんでしょ？」

精一杯答えた。

「そうですよ」

「会ったことがある気がしてた」

声音《こわね》がまったく変わっていた。さっきと同じ子が隣にいるとは、とうてい考えられない。そう思うと勇気が出てきて、振り向いた。すると間近にきれいなピンクの唇、さらに二つの目が僕に微笑みかけている。その瞳は藁の山にマッチで火をつけたかのようだ。黒いけれど、瞳の黒は炎の色だ。

あわてて身体を動かしたので、車から落ちそうになった。相手は大笑いした。

このように、事は大笑いから始まった。林を抜けるところだ。日光が枝のすき間から雨のように注いでいたが、枝の厚みが減っていく。そして日差しをまともに受けると、眼下に村が現れた。

あの子はずっと笑っていた（今思えば、あれは作り笑いだった。だがそのときは気づかなかった）。

「こんなに狭苦しい車もあるのね」ようやく口を開いた。「そう、背もたれが固いとかの不平は、もうこれから言えないわ」

もちろん背もたれはないし、どこにも足をのせられない。つまり横座りして足を宙にぶらつかせている。背中は車が揺れるがまま。荷車の後ろに板の支えがあるだけだ。

しばらく前から砂利《じゃり》だらけの場所にさしかかっていた。なぜだかわからないが、僕は声をかける。「怖いなら、僕につかまって」

一も二もなく、僕の身体に腕を回してきた。夢見るような気分だった。車が揺れるたび、相手の肩が僕の肩にくっつく。腰も触れる。僕は赤くなったり青くなったりした。

若者、とりわけ連れのいる若者に活《い》きのいい馬をあてがわないのは、なるほど理由がある。下り道がどんどん急になっていくが、僕はブレーキをかけようと思わなかった。ブランシェットの気性《きしょう》が激しかったら、どうなっていたことだろう。けれど老馬はなおさら歩みがのろくなる。

これさえもがメラニーの新しい冗談の種になった。

「たしかに」口を開く。「あなたはあまり信用されていない……〈あいつはうかつな奴だから、馬を選ばなければ〉と思ったのよ」

また笑いだした。僕もつられて笑った。

悪い道は過ぎたけれど、あの子はそのまま僕の身体につかまっている。もうちっとも危なくないから用心しなくていいよ、と言えただろう。しかしご想像のとおり、ちょっと邪魔ではあったが黙っていた。

ずっとブランシェットの話をしていて、ひっきりなしに笑う。「はいしっ！　はいしっ！」と掛け声をかけるが、文字通り馬耳東風だ。それでますます笑い声が大きくなる。

すると突然、真剣な面持《おも》ちになった。「下りなくちゃ」と言う。村に近づいたからだ。「わかるわね。一緒にいるところを見られると、すぐ噂の的になっちゃう」

僕はそのときまで自分が悪いことをしているとは考えていなかった。相手にそう言われると（きっとわざと言ったのだろう）、すぐに罪悪感のようなものを感じた。

道ばたで下ろして、包みを渡した。少女はお礼の仕草をした。そして意味ありげにこちらを見つめた。口にはまだ笑みが残っている。

「ねえ」話しだす。「たまには湖のほとりを散歩しないの？」

一度も行ったことはない。それでもこう返事した。

「ああ！　いや、あるよ」

「じゃあ、次の日曜日に来てくれる？　私も行く。午後一時ごろ、あの太いヤナギの木の下で」

はじめはからかわれているのかと思ったが、表情を見てそうではないとすぐわかった。でも、なぜ僕を誘ったのだろう、初対面同然なのに。ブランシェットが農場へ向かう間中自問したが、答えがみつからない。一つだけ心に浮かんだが、自分に自信がないから単純には決めつけられない。ついにそれ以上考えるのを諦め、もうデートのことしか考えないことにした。

その日曜日はルー先生のお宅訪問の日だったが、行かないことにあっさり決めた。あらかじめ伝えるべきだったろうが、そうはしなかった。この次までに欠席の口実をみつけようと思ったのだ。あとは日曜日を待つだけだが、おそろしく長い。夜に本を読もうとしたが、駄目だった。森の木々のすき間から霧が湧き出てくるように、ぼんやりとした面影が行間から始終立ち現れるのだ。僕の視線は文章から離れて、それを追う。だが目を止めるとすぐに消えてしまう。がっかりして読書を再開すると、まもなくまた現れる。本を閉じた。

それでも日曜日はついにやって来た。朝から支度《したく》を始めた。替えの服は一着しかない。これまで一度もしたことがなかったが、入念にブラシをかけた。光にかざして点検する。ボタンがとれそう、さらにジャケットの前のはっきり目立つ箇所に大きな染《し》みがあるのに気づいた。ルコルドンのおかみさんに針と糸を借りに行き、窓辺に座ってボタンをつけ直す。それから染みを落とした。汚れていないワイシャツを羽織ったり、身体を拭いたり、髪を櫛《くし》でとかしたりするときも、丁寧に。ワイシャツにはカラーがついていたので、父の形見の古い黒ネクタイを結ぶこともできた。鏡も借りていた。自分では持っていなかったから。顔が真っ赤で肌が光っている。それほどしっかり擦《こす》ったのだ。

支度ができるとまもなく正午の鐘が鳴る。昼食のテーブルにつかねばならなかった。「きょうはおしゃれしてるな!」とみなに言われる。何気なく振る舞おうとしたが、それでも食欲がないのはばれたはずだ。ふだんは大食なのに、スープ皿を空にするのがやっとだった。それから木々の間をすり抜け、大回りをして、デートの待ち合わせ場所へと向かった。

湖のほとりを選ぶとは頭がいい。誰も来ないから。日曜日は野山や牧場に出かけるものだ。ここ湖のほとりには砂と小石しかない。しかも僕らは沼地に守られる。さっき僕がしたように大回りしないかぎり、通り道は一つだけだ。

〈やるな!〉と僕は思った。ヤナギの木が見えてきたが、誰もいない。あの子は幹の背後に隠れていたのだ。近づくと、急に顔を出した。叫び声を上げそうになるほど驚いた。

話しだす。

「私の方が少し早かった。でも、きょうはお昼が早かったから」

隣の場所を指さして、

「ここに座って。いい気分よ」

たしかにいい気分だ。さらさらした砂の上に座っていると、羽根の上に乗っているときのようにお尻がふわふわする。目の前は湖、その日は北風が吹いて、波を沖へ押し返している。なだらかな傾斜しか見えないので波立っていないかのようだが、遠くから波頭の先頭がやって来る。湖面は黒く見えるほど青い。

周囲の砂には、ピンクの石鹸かと思うような角のとれたレンガのかけらや水に打たれて艶《つや》を失った瓶の破片が散らばっていた。カーブしている右手の岸沿いには、高く伸びたポプラの木がずらっと並んでいる。ポプラの木は上から下まで細いので、ロウソクのようだ。左手のはるか先のソルジュ川（沼地を横切る小さな川だ）の河口には、漁師のパンジェ親爺《おやじ》の家が見える。

あの子はすぐにしゃべりはじめた。控えめな調子だったので、僕のはにかみはあっという間に消えた。とはいえ、囁《ささや》きや手の触れ合いといった通常の恋人たちの様子とは似ても似つかない。あの子は言う。こちらから誘ったので、あなたはきっとびっくりしたでしょう。ふだんはしないけど、あなたは優しそうな気がしたし、村では独りぼっちで退屈だったの。さらに言う。村の男の子たちは不作法でうぬぼれ屋、女の子たちは洋服や帽子のことばかり。だから話し相手がいない。

聞いているうちに、僕はとても気が楽になってきた。だが口にはしないものの、話題がこの方面にそれたのをちょっと残念に思っている。僕もラ・マラディエールで独りぼっちだよ、と答えた。若造だからほかの使用人からは相手にされないし、ダヴィッド様は心配事が多すぎて僕どころじゃない。

会話がこの件になると、相手はしつこくなった。メラニーはラ・マラディエールで起きていることに興味津々《しんしん》だが、僕はどうだろう？　あまり詳しくはないが、できるだけは答えた。とりわけ関心があるのは、レア奥様のドレスだ。「何着？」「どんな種類？」と訊《き》いてくる。村の女の子たちのおしゃれ狂いを口にしたばかりだったのでびっくりしたが、さしあたり相手を喜ばせること以外は考えなかった。

「そうだな。日曜日用は白だと思う。それからグレーも。平日はブルーも着ている」

「生地は？」

「ラシャ」

「シルクのものは一枚もないの？」

そこまでは注意がいかない。

あの子は言う。

「男の子はそんなものよ。考えるのは自分のことだけ」

レア奥様についての質問を再開した。そしてこの件で僕から引き出せるものがなくなったと気づくと、僕自身の話に移った。

得意な気持ちと相手の前でちょっといいところを見せられるうれしさから、僕は夜にしていることを長々と語りだした。夜にどうやって、どんな科目を勉強しているかを。すなわち世界中の地理、あらゆる国の歴史、比例算、小数、『スイスのロビンソン』のことも。

あの子は神妙に聞いてくれた。僕が話し終えると、「それから先は？」と尋ねた。

語りはじめたからには、これくらいの質問では僕を止められない。「それから先？ まあ、ルー先生が手助けしてくれる」「何の手助け？」ためらうことなく、「学校の先生になること」

もちろん僕の創作だ。こんなことを考えたことがあるかもしれないが、誰にも話したことはなく、まだごく漠然としていた。それでも口にしたとたんに形を帯びてきた。想像していた未来が現実に立ち上がったような気がする。心にもない嘘をついていると非難されたら、驚いてしまうだろう。

それにこの子は嘘だと思っていない。僕は目的に達した。見直されたのだ。

「すてきな仕事だわ」と言う。

「もちろん」と答える。「そうでなければ、選ぶものか」

あの子はしばらく考える。

「先生になるには長くかかるの？」

「ああ！　状況によるけど、しっかり頑張れば（話にどんどん尾ひれがつく）、四、五年後……」

「四、五年経つと、あなたはいくつ？」

得意げに答えた。

「僕はまだ十八だ。すぐわかるよな」

「私は」と応じられる。「十七」

女の子が年齢を言うときは、いつも疑ってかからないといけない。どう見ても、僕よりずっと年上だ。しかしあえて咎《とが》めなかった。

今は二人とも黙って、前方を見つめている。はるか遠くに小舟がいる。北風にあおられてときどき帆が湖面に浸《つ》かりそうなほど傾くが、急に持ち直す。僕は未来のことを考えていた。それは僕の中で、太陽の輝きやきれいな波の色と混同してしまうほどまぶしく感じられる。それらと同じように輝いているからだ。きっとこの子も同じことを考えているのだろう。二人の間には気持ちの疎通のようなものがあるから、口にしなくてもいい。

あの子の髪の毛が北風で少し乱され、しなやかな藁でできた帽子の縁《へり》が、舞い下りたチョウのようにゆっくりと立っていった。僕は穏やかな幸福感に浸《ひた》っている。永久に続いてほしいと願うような幸福感だ。

けれども三時が鳴った。帰らないといけない時刻だ。

僕は悲しみでいっぱいになって、目を上げられなかった。小声で尋ねる。

「また会えないかな？」

相手もこちらを見ていない。組んでスカートにのせていた手を上げる。

「会えることを願いましょう」

僕はさらなる悲しみに包まれた。

「願うだけなの？」

だが相手はまた急に口調を変えた。

「そうね！」こう言う。「うまくやりましょう」

それから顔を上げて、こちらを向いた。まるで太陽のようだ。まばたきを始めると、顔が紅潮していく。胸がはずんでいる。

「ねえ、待ち合わせの合図の仕方をみつけるわ。でも、それまでは、だから……」

小声になる。もう聞こえるか聞こえないかだ。

「……軽くキスして」

どこにキスしたかわからない。僕が唇を突きだすと相手は頬を寄せてきたが、僕は焼けるように熱いものを感じただけだった。一目散に逃げだした。振り返りもしない。

それからその夏ずっと、ほんのたまにしか会わないけれど、あの子はいつも僕のそばにいた。どこへ行っても面影がついてくる。ブドウの木の下、草刈り、バッタだらけの干し草。だが、きれいな太陽はあの子だ。溝を流れる水音、それがあの子の声に聞こえる。小さなカエルを見ると、捕まえてポケットに入れてプレゼントしたくなる。〈会ったときにあげよう〉と思い、垣根に咲いた花でいつもブーケを作る。翌日にはもう萎《しお》れていたが。

あの子は知らないうちに僕の心に入りこんできた。理想的だ。僕がその音に気づかなかったほど、そっとドアを開け、閉じる。だが夜に目を開けていられないほど疲れているときでも、先に言った彼女の面影に導かれて、僕は必ず自分の小さなテーブルにつく。勉強は大変な努力が必要だが、〈あの子のため〉と考えると、何もかも簡単で、何もかもが楽しくなる。

母さんのことはもうほとんど考えない。今は月に二十フラン稼いでいる。

IV

しかし、事の成り行きをいきなり変えるような事件が起きた。

収穫を終え、収穫と二番草の刈り入れの間の中休みの時期、つまり八月になったばかりのこと。そのころ農場では、結婚を望んでいる恋人のことでローズお嬢様とお父上の間でひと悶着《もんちゃく》があった、という噂が広まっていた。その色男の名前さえ口にのぼる。ロッシュの小さな小間物屋のおかみさんの倅《せがれ》だ。ちょっと変わり者で通っている。詩を書いたり、地元の新聞に記事を載せたりしているからだ。確かなのは、世間で言う〈きちんとした身分〉がなく、貯えも乏しいこと。だからこの結婚の計画をダヴィッド様が快く思うはずがないのは、簡単に理解できる。さらには今の奥様がご主人以上に強硬に反対していて、許してはいけないとけしかけている、という話だ。

ローズお嬢様の意地っ張りは知られている。もう全然見かけなくなった。朝早く家を出て、夜にならないと帰らない。義母とはもう口も利《き》かないとのことだ。

とても暑かったことを覚えている。水汲み場はほとんど干上がっている。繁茂しはじめた二番草はすぐ地中に戻った。牧場に残っているのは、毛のようなものだけだ。

僕らはいささか喉が渇くが、午前十時のおやつに飲む地ワインが足りないことはない。木陰で車座になって、みなで飲む。臨時雇いを含めて十人くらいになるときもある。小指ほどもある大きなバッタがしょっちゅう顔めがけて跳んでくる。ユリスは一匹を捕まえると、肢《あし》をむしって脇に置いた。虫が羽を使って立ち上がろうと空しくもがいているさまを見て、みなは笑う。僕は目をそむけた。実際以上に繊細だとは思われたくないが、こんな行為は吐き気がする。

土曜日の夕方六時ごろだった。理由はもう覚えていないが、僕がバルバ様のお宅に入って女中のジェニーが庭から戻るのを待っていると、階段から突然ローズお嬢様の声が聞こえた。

「もう考えを変えることはないか知りたいだけなの……」

するとダヴィッド様の声が聞こえた。

「もう言ったはずだ。なぜ同じことを言わせる」

「だめなの？」

「だめだ」

乾いてしゃがれた、聞きづらい声だった。ローズお嬢様の声は息が切れたかのように途切れがちだ。

しばらく沈黙があった。きっとお嬢様はどう答えたらいいのか考えていたのだ。そして言う。「わかったわ」

それから階段を走り下りる音がする。開いたドア越しに覗くと、お嬢様はそのまま走って、誰かに追われているかのように中庭を抜けて姿を消した。帽子をかぶり、手には日傘を持っている。

〈これは厄介《やっかい》なことになるな！〉と考える。だが自分の幸せのせいで、僕はエゴイストになっていた。

上の階でダヴィッド様が再び叫ぶ声が聞こえた。ドアが開いて、今度はレア奥様が応じる。二人の会話には注意を向けなかった。肝心のジェニー婆さんがその間にやって来たので、言《こと》づてを伝えて立ち去った。

このジェニーは、〝タブース〟のジェニーと呼ばれている。僕らの方言で、〈猛烈なおしゃべり〉という意味。ジュスト爺さんと同様、三十年以上前からこの家に仕えている。

夕食時刻までの間、僕は鎌を研《と》ぎに行った。次は箒《ほうき》の柄《え》のつけかえだ。古い柄は腐っていたから。すると「食事よ」とルコルドンのおかみさんが僕を呼ぶ声が聞こえた。

急いで平らげ、部屋に戻った。まずはロウソクをともす。それからもう半分書きこんである算数のノートを開いて、一日中考えても解法がみつからなかった問題を解きはじめた。その問題のことは、今もよく覚えている。水槽の寸法とパイプの流量が与えられている。水槽が満タンになるのにどれだけ時間がかかるか答えねばならない。まずは水槽の容量を計算すべきなのはわかるが、ここでつまずくのだ。

三度繰り返したが、うまくいかなかった。四度めは最後まで計算をやりとげたが、自分の答えが間違っているのに気づいた。正解が載っている本の最終ページを見ればわかる。

また最初からやるしかない。メラニーのことを思って落胆する。僕はなぜ軽々しく先走って計画を打ち明けたのだろう。ローザンヌの師範学校に合格できる学力はとうてい身につきそうにない気がする。こんな僕を見れば馬鹿にするだろうな、それも無理はない、とも思った。だがそう考えると、逆に意欲が湧いてきた。〈さあ、そうでないところを見せてやれ〉

また勉強にとりかかった。十時ごろだったはずだ。はじめの掛け算、すなわち水槽の縦と横の面積と高さを掛けるところまで進んだとき、犬が遠吠えを始めた。

何が起きたのかと窓辺に寄ると、しばらく前から月が昇っているのに気づいた。犬が月を嫌うのは知られている。「レオ!」と叫んだ。犬は顔を上げると、尻尾《しっぽ》を振ってくる。大柄な黒犬で、グレートデーンと血統不明の犬の交配だから毛並みは良くないが、忠実な番犬なので気に入っている。〈僕がいることがわかったから、おとなしくなるだろう〉と思ったが、とんでもない。僕がテーブルに戻るや、クンクン鳴きだす。〈もしかして何かよくないことが起きたのでは?〉と考える。なぜだかわからないが、レオがローズお嬢様になついていて、散歩のときはよく連れていたことが突然心に浮かんだ。さらに動物は人間よりもずっと視覚、聴覚、嗅覚が優れていて、かなり遠くの事柄でも察知できるのは有名だ。

頭の中で数字がなおさらこんがらがっていく。これ以上続けても無駄だ、とまもなく観念した。下りてレオを犬小屋に入れようと決めた。撫《な》でて落ち着かせるのだ。〈それから寝よう〉と考える。だが突然、レオの鳴き声が変わった。誰かが近づいてきている、と吠え方でわかる。再び窓辺に寄った。実際に人が一人来ている。月明かりでパンジェ親爺だとわかった。バルバ夫妻は寝ているはずだ。隣の家には何の動きもない。農場の建物もひっそりとしている。

それでもパンジェ親爺は僕の窓の下まで近寄った。イグサの大きな帽子の下から僕を見上げると、帽子が項《うなじ》までずれ落ちた。

「来てくれ」と声をかけてくる。

低くこもり、妙に押し殺した声。何を言っているか、よく聞きとれない。

「どこへ？」

相手はこう繰り返しただけだ。

「俺と一緒に来てくれ」

どうしてもそれ以上は詳しく説明してくれないとわかったので、帽子をとると、つま先立ちで階段を下りた。

だが近づくと、親爺はまた言う。

「おまえの仲間で一緒に来てくれそうな奴はいないか」

僕の好奇心はさらに増す。理由を尋ねると、彼はやはり気をもたせる口調で、「これからする作業には、最低三人必要だからだ」ほかは何も引き出しようがない。僕は答える。「ユリスがいるけど、まだ帰っていないし、いつ帰るかもわからない……ルコルドンを呼びに行きましょうか？」すると彼は、「いや、ルコルドンはだめだ」そして僕。「臨時の作男の誰かなら、来てくれるよう頼めるかも」「そうだな」彼が応じる。「探してきてくれ」

納屋のドアは鍵がかかっていた。幸い僕は物置経由で入る方法を知っていた。物置の壁の上の方に、すり抜けられる穴があるのだ。そこを通って、作男が眠っている干し草の山に達した。揺り起こすと、ぶつくさ言いはじめた。はじめは一緒に行くのを断る。だが僕は動転していて、ただならぬ様子だ。何か深刻なことが起きたはず、と僕の声音から察した。ようやく立ち上がって、パンジェ親爺のところまで一緒に行った。

「急ごう！」と親爺は言うと、湖の方へと向かう。

この人は漁師だと説明するのを忘れていた（作者の間違い。Ⅲにすでに書いている）。家は水際に建っている。あの掘立《ほったて》小屋を家と呼んでもよければだが。レンガと板切れで作られていて、煙突代わりの古いブリキ管がタイルの一枚から突き出ている。

速足だ。ついていくのがやっとだった。

農場を出るや否や、またレオがクンクン鳴きはじめた。

足元の草が乾いた音を立てる。周囲の草を月光が照らしている。昼間の黄色が緑灰色《りょくかいしょく》に変わっていた。丸い形の茂みと林立する木々が頭上を黒く覆っているが、道をしっかりたどれるほどには明るかった。

パンジェ親爺はまだ口を開かないが、急に僕を見る。

「これでよかったのかな?」

僕が意味を理解していないのに気づくと、

「そう、あんなに犬ががなりたててはいるが、あの人たちに知らせなくて」

相変わらず僕が何も返事をしないでいると、

「くそったれ! こんなことってあるか! こんなことってあるか!」

立ち止まることなく大股《おおまた》で進んでいるが、今は僕が隣を歩いている。彼は拳を頬まで上げて振り下ろした。それから首を振る。帽子のために変な影ができているが、月明かりが作る影のように薄いので、横顔を見分けられた。白髪混じりの顎ひげと大きな鉤鼻《かぎばな》、顔をしかめると同時に唇が少し引き上がる。

だが詳しい説明が必要なのは彼もわかっている。無理して話しだした。

「つまり、寝入ったばかりのときだ。舟のとも綱《づな》をほどくような音が聞こえたような気がした……」

ひと呼吸入れるが、歩みはそのまま。僕らも。彼はまた首を振った。

「俺は考えた。〈こんな時刻に湖へ漕ぎだしたがる奴がいるのか〉だが月明かりを見て、思い直した。〈きっと恋人たちだな〉これまで二、三度、夜中に俺の舟を拝借されたことがあったから。そうだろう? 奴らには奴らの考えがある。行って見てみよう、と起き上がった。舟の中にはたしかに二人、紳士とご婦人がいた」

また話しだす（このように言葉の間に空白を作るしゃべり方だ）。

「ご婦人、若いご婦人……すると、帽子に見覚えがあるような気がする。月が昇ってきて、ちょうど二人を照らした！……俺は家の陰に隠れていたので、向こうからは見えない。ご婦人、白いワンピースを着たご婦人……男の方は知らない。二人を乗せた舟は沖へは漕《こ》ぎださず、岸沿いを進んでいる。ヤナギの老木へと向かっている。婦人は男のすぐそばに座っているが、席ではなく船尾にいる。婦人はしゃがみこんで、相手を見上げている。男はオールを漕ぎながら、婦人の方に身体を傾ける。そしてオールを放した。ヤナギの老木の正面、五十メートルくらいのところに着いたからだ。絶好の場所。そして婦人が立ち上がると、男の方は近づいて抱きしめた……しばらくすると舟が傾きだすのが見えた。俺は思った。〈どうして席の真ん中ではなく端にいるのだろう〉まもなくわけがわかった。舟はどんどん傾いていく……それで……」

「サミュエル！」と僕を呼ぶ。その声で作男は立ち止まった。こう言う。

「俺はこれから先へは行かん」

僕もいつのまにか立ち止まっている。もう一歩たりとも進めない気がする。パンジェ親爺も止まる。ここはもう岸辺だ。

僕ら二人が止まったから、やむをえず立ち止まったのだ。こちらを見る。作男がまた言った。

「たんまりもらわないことには」

僕は何も言わない。パンジェ親爺も。すると親爺がまた話しだした。「さあ、どうしよう。えらいことだ、まったく……それに、あの人たちじゃないかもしれない。古い平底舟《ひらぞこぶね》が残っているから、それに乗って見に行こう」

作男は手を動かしただけだ。足を少し広げ、パンジェ親爺の前で仁王立ちしている。

パンジェ親爺は再び首を振った。

「あの方にまず知らせればよかったが、勇気がなかった……これはえらいことだ！……舟は消える、オールはなくなる、しかも……これはえらいこと……」

僕は最後まで言わせなかった。突然、自分が恥ずかしくなったからだ。

「それなら、一緒に行きます」

作男が笑いだした。レオの遠吠えはますます大きくなる。

空の月がジャンプしたかのように、ポプラの木の梢《こずえ》に乗りかかっている。

「真っ昼間のように明るいからな。気は進まないが」作男は言う。「俺も行くぜ」

お互い自分が何を言っているかよくわかっていないような気がする。こうして三人とも歩きだした。またたく間にパンジェ親爺の家に着く。

親爺は言った。

「俺はまず灯《あか》りをつける……そう、あとあとのために」

夜の静寂《しじま》の中、親爺の声は奇妙な響き方をする。穴や亀裂があるかのようだ。声が完全に消えることもある。

親爺は中に入り、ともしたカンテラをテーブルの上に置くと、また戻ってきた。板を二本の杭《くい》で支えただけのちゃちな船着き場まで、みなで行く。彼のもう一艘《そう》の古い平底舟が係留されていた。

目の前の湖は輝いていた。雨が濡れ落ちる屋根を連想させる。その上には瓦《かわら》の図柄に似た無数の漣《さざなみ》。親爺はとも綱をほどき終えると、ヤナギの木の前で浮いている物を指さした。ひっくり返っているもう一艘だ。きらめく白い湖面にどす黒く浮き出ている。

親爺は言う。

「あそこだ」

「よく見える」と作男。

二人とも小声だ。オールは二組あった。作男が船尾につく。パンジェ親爺と僕は別々の座席に座る。オールを漕ぎだした。

平底舟というのはスピードこそ速いが、方向がまったく定まらないのが難点だ。オールの漕ぎ方が悪いと、くるりと回ってしまう。幸いなことに、パンジェ親爺が操作を指示してくれた。「右側、そうだ、もう一度右、これでよし」

満天の月明かりの中にいる。正面から照らされる。月明かりの前方に見えるのは、もう一艘の舟の黒い形だけ。僕らの舟はそれをめざす。

突然、ひっくり返った船体の脇に、もっと小さな斑点のようなものが見えた。日傘だ。

僕はうなずいた。親爺は僕を見ると、同じようにうなずいて言った。

「思ったとおりだ……かまわん、行かないと」

それに今は親爺も僕も、恐怖心は一切なかった。僕の方は、オールをうまく操作する以外は考えない。もうそれほど簡単ではなくなっていた。まずは寄せる側のオールを引き上げてから舟をもう一艘に横づけせねばならなかった。それから船縁《ふなべり》をくっつけ、ひっくり返った舟を元に戻そうとする。三人いるのであまり苦労しないだろうと思っていた。が、いくら頑張ってもうまくいかない。それどころか、こちらの方が引っ張られる。その舟は鉛でできているかのようだ。何かとても重いものが下についているような。

「わかったぞ！」ついにパンジェ親爺がそう言って、立ち上がった。「二人は席に引っ掛かっているんだ」言っている意味がわかった。氷水のようなものが背筋を伝い下りていく。帽子の下の髪の毛が硬くなるような気がした。

「舟ごと岸まで運ばなければ。ほかに方法はない」

パンジェ親爺はロープの端をつかんでいる。僕らは向こうの舟の留め金を探さなければならなかった。ロープがつながった。

僕はまたおとなしくオールを漕ぎはじめた。オールは重くて、なかなか進まない。だが目の前に座っているパンジェ親爺の丸まった背中を見ると力が湧いてくる。負けずに頑張るのだ。

やっとたどり着いた。その舟を浜辺まで引き上げた。三人がかりでひっくり返す。パンジェ親爺の言ったとおりだ。二人は座席に引っ掛かっていた。

抱きあったままだ。腕が硬直して開かない。身体も硬直して離れない。抱擁をほどくために二人の手を離さねばならなかった。

まずはローズお嬢様を引っ張りだした。ブラウスがふっくらした腕や肩に貼りついている。濡れた髪の毛の重みで顔がのけぞっているので、喉の窪みから顎まで首がまっすぐに伸びている。

パンジェ親爺が探してきた毛布の上に寝かせた。そのとき、悲嘆に暮れた吠え声が遠くから聞こえてきた。レオだ。すべてを見抜いたのだ。

それから、もう一人のところへ行った。水底《みなそこ》から浮き上がってきたので、まず現れたのは顔。かなりの長髪だ。ローズお嬢様と同様、急に顔がのけぞった。

やはり毛布の上に寝かせた。パンジェ親爺が僕に言う。

「さあ、あの方に知らせてきてくれ……」

そしてまたすぐ言う。

「おそらく二人を並べておかない方がいいだろうな」

だがどんな憐憫《れんびん》の情が湧いたか知らないが、僕は憤激の色を見せた。目の前に二人の遺体が横たわっているような一大事に、どうして〝しきたり〟など考えられよう。〈二人はあの世で結ばれようとした〉僕は考える。〈ずっとは無理だから、あとほんのしばらくでもこのままいさせてあげたい〉

だから言った。

「もちろん行きますが、二人を引き離さないと約束してください」

拒絶の言葉はなかったので、僕は出かけた。

遠くまで行く必要はなかった。不幸というのは、秋の霧と一緒。突然遠くから匂いが伝わると、気づかないうちにそれに包まれる。

三人の男が近寄ってきているのに気づいた。ダヴィッド様、ルコルドン、それにユリス。ダヴィッド様が先頭を歩いている。

ダヴィッド様の口がぽかんと開き、両頬に深い皺《しわ》ができた。何も言わず、長い間僕を見つめる。そして走りだした。

それからしばらく経った真夜中過ぎ、座席付きの馬車がラ・マラディエールに向かってゆっくり進んでいくのにみなは気づいた。マットレスの上には白いものが横たわっている。

僕らは全員付き添った。到着すると、レア奥様が駆け寄ってきた。腕を上げて叫んでいる。

「言ったとおりでしょ！……言ったとおりでしょ！……あなたは私たちみんなを死なせるつもりよ！　人殺し、ろくでなしの父親！」

V

三日後にふだんの生活が再開した。だが僕はもうとてもラ・マラディエールにはいられない。気持ちを取り戻せない。病気ではないかと思うほど、何もやる気が起きない。あらゆる人、あらゆるものが、起きた事件を思い出させる。湖の方を見る勇気もない。即刻ここを立ち去る以外に治療の方法はないのだ。

まずメラニーにそのことを話そうと決めた。あの子は大賛成。こんなにあっさり同意してくれるとは考えもしなかった。「つまり、この村で仕事をみつけられるかどうかわからない。みつからなければ、君とはお別れだ」

すると、こういう答えが返ってくる。「あなたが自分の道を進むのなら、それでもかまわないわ」

ちょっぴり悲しくなった。もし本当に僕に対する愛情があったなら、こんなふうには言わないような気がした。だがそのことをわからせようとすると、「バカね。自分のことしか考えない身勝手な女の子たちと私が同類だと思っているの？　ここ以上の場所はみつけられないとでも！　それに、いつだって手紙を出し合える……」

現実的な子だ。二人の未来を考えている。それでも僕の悲しみは癒《い》えず、次の日曜日にルー先生のお宅にお邪魔したときは胸がいっぱいだった。先生はじっくり話を聞いてくれた。何度もうなずく。

「さて、いいアドバイスは何もない。つまりこれは自分の心の中で解決すべきことだ。しかし君の状況がもう前と同じでないのはわかる」

決心は固いです、と僕は答えた。

「それなら」先生は言う。「迷ってはいけない。決して自分の心に逆らわないように。それから信じてほしいが、僕はこれからも君をできるだけ応援する」

別の働き口に心当たりがありますか、と僕は尋ねた。

「できれば」僕は答えた。「この村で何かみつけたいです」

「この村で？　どうして？」

「なんとなく」

先生は微笑みを取り戻した。こう言われる。

「この村のことは何もわからない。だがロッシュならそれほど遠くはない。今浮かんだのは、ロッシュで……」

言葉を続ける。

「君はもう書き取りと計算はお手の物だ。字も上手。有利に働くかもしれない……来週の日曜日にまた来てくれ」

その日曜日に僕が来たのを見て、先生はとてもうれしそうだった。すぐに言われる。「さあ、君のことだが」そして説明する。ロッシュで公証人をしているゴナンさんという人に会いに行って、僕の話をした。そのゴナンさんはちょうど事務員を探していて、見習い採用に同意してくれた。

「最初は月六十フランしかもらえないが、何事も第一歩からだ。しかもラ・マラディエールよりずっと自由な時間がある。知り合いの一人暮らしの老婦人が部屋を貸してくれるだろう……グランジャンさんという人だ。部屋と食事で月四十五フランかかるが、どうだろう」

もちろん願ってもないこと。厚くお礼を言った。だがおそらく僕の様子から、まだわだかまりがあるのに先生は気づかれたのだろう。鋭い方だ。また微笑んで、こう言われる。「ロッシュはヴェルナマンからそう遠くない……今までどおり会いに来なさい、日曜日には……さあ、君、元気を出して」

二人はミツバチ小屋のそばにいる。木から振り落としたときに潰《つぶ》れたプラムの匂いがする。太陽は夏の真っ盛りのように輝いている。ルー先生は上着なしで、大きな麦わら帽子をかぶっている。顎《あご》まで三重に巻いたチーフが、糊《のり》のきいた高いカラーの水玉模様の間から見える。

面長《おもなが》で、心もちわし鼻、ひげのない薄い唇。短い頰《ほお》ひげは縮れている。帽子をとると完全な白髪だが、まだふさふさしている。

僕はベンチの先生の隣に座っている。一階の窓からルー先生の奥さんが見える。肘《ひじ》掛け椅子に座っているが、いつもそうだ。年齢とともに恰幅《かっぷく》がよくなったので、ご主人よりずっと老《ふ》けて見える。

石垣のダリアの花が舞い散った。水汲み場の音がかすかに聞こえる。誰かが道を通り過ぎた……先生が話をしている間、僕はうつむいて靴先を見つめている。

人生の転機はこのように訪れた。

ラ・マラディエールへ戻るとすぐ、ダヴィッド様に会いに行った。ところがお宅は空き家のよう。ジェニーが開けに来てくれるまで、ドアを二度ノックしなければならなかった。バルバ様に会いたいと告げると、胡散臭《うさんくさ》げに頭から足先まで眺めわたされた。

それでもやっと主人が現れたが、僕は驚いてあとずさりする。かつてのダヴィッド様の面影はまるでない。目の前にいるのは、うらぶれて背中の曲がった男。顔は黄ばみ、大きく窪んだ目は黄疸《おうだん》に罹《かか》ったかのようだ。縁布《へりぬの》のスリッパを引きずっている。

ひと言もしゃべることなく、事務所へ通された。窓は閉まっている。カビくさくむっとする臭いがたまらない。

書見台に座って、何の用かと尋ねられた。

僕は用件を言う。怒られると思っていた。ところが何もなかった、こちらを見さえしない。僕が到着した日に名前を書きこんだ小さな帳面をまた取りだし、しかるべきページを広げると、

「わかった。いつ出て行きたい？」

月末に出るつもりだと告げた。

「わかった。月末に来てくれればいい。それまでの給金を払う」

そしてページに大きく線を入れると、帳面を閉じた。

あとは立ち去るしかない。帰り際にできるだけ丁寧にお辞儀をしたが、挨拶に応じてもくれない。ドアを出るときに振り返った。まったく動いていなかった。

僕は立っていられないほどだった。〈あんなに〉と考える。〈たった一か月で！　まるで生ける屍《しかばね》だ〉不幸とは酸のようなもので、抜け殻同然になるほど内部を侵食してしまう。いつか僕にも同じようなことが起きないだろうか。気持ちが真っ暗になる。

ともあれ、その九月は不愉快な月だった。ルコルドンは僕が農場を去ると聞いた途端、あらゆるかぎりの嫌《いや》がらせを始めた。ほかの者たちもそれに倣《なら》う。僕が〈町へ行く〉から嫉妬しているのだ。偉くなりやがったと思われ、復讐される。

そして何より、いろんな物との別れがある。これほど愛着があるとは思いもしなかった。それらはもう目に映っていただけでなく、心の中に入りこんでいた。根を覆っている土塊《つちくれ》と植物のように、引っ張って離そうとすると、心全体が一緒に引きずられる。

僕を支えてくれる希望はただ一つ、メラニーへの愛だ。出発前に〈それを伝えよう〉と決心した。元気を取り戻せるか否かは、あの子だけにかかっている。

デートを申しこんだ。九月も残りあとわずかだ。

いつもどおりヤナギの木陰で落ち合ったが、今回は夕方。女友達の家に行く、とあの子は母親に告げた。僕は一日の仕事を終えている。時間はたっぷりある。

日没間際《まぎわ》の太陽が赤く靄《もや》っている。僕は彼女を隣に座らせた。というより、彼女は自分から隣に座ってきた。何事にも物怖《ものお》じしない子だから。まずは注意深くスカートを上げた。砂が少し濡れていたのだ。

僕は相手の方に向き直り、手をとった。抵抗されない。僕は口を開く。

「メラニー!」

相手は見上げてきた。なんてきれいなんだ、今夜の瞳は! 深みのある暗色だが輝いている。ねっとりとうるんで眩《まぶ》しい。目がくらんでしまって、僕はうつむいた。それでもまた口を開く。

「メラニー!」

「おかしな人ね」彼女は答える。「どうして話しだす前に、いつも私の名前を呼ばないといけないの?」

理由を僕はよくわかっている。話題に困っているからではない。むしろありすぎるのだ。そしていくつかは、言葉にする勇気がない。

「ねえ、メラニー……ここを出る前に……知っておきたいことがあるんだ……訊いていいかどうか……でも言ってもらわないと……」

「私が何を言わないといけないの？」

「言ってほしいんだ……僕は……（ほかの言葉がみつからない）君を信じてもいいのか」

「どういう意味？」

「こう思っていいかな……僕が遠くに行っても……僕のことを考えてくれる誰かがここにいる……そしてまた会えると……そうじゃないと、僕は不安でたまらない」

「もちろん」彼女は答えた。「また会えるわよ」

自分の説明がまだ十分伝わっていないことに気づいた。

「会うことだけが問題じゃない……それに会ったとしても、これまでとまったく同じとはいかないはずだ。わかるね、僕は遠くにいる。だからもう同じじゃない……ねえ、メラニー、約束して……僕を忘れない？……だって僕は、つまり、君のことを決して忘れないから……だって僕は……」

自分の気持ちを伝えようとしたが、うまく出てこない。あの子の方は笑いだした。

「でもあたりまえの話、何も変わらないわ」そう答える。「あなたがいなくなるから、もうこれまでとはちがうというのが理由なの？　ずっと遠くに行くならまだしも、ロッシュよ……さあ、キスして」

波の音がずっと聞こえている。二つ打ち寄せる間、キスが続いた。

あの子ができる最高の返事だった。柔らかい頬。まつ毛が僕の額に触れて波打っている。そして僕は今、彼女の肩を抱いている。細い肩全体が僕の掌の中にある。手の寸法に合わせてできているかのようだ。

だが今度はあの子が話す番だ。こう言う。

「ルールを決めないと。あまりしょっちゅうは来てほしくないわ。人目があるし、お母さんもいる。もしあなたが町で立派な職についているなら、お母さんは何も言わないでしょう。でも立場はまだ不安定だし、稼ぎもまだまだ。だからとりあえずは用心しないと。日曜日に会いましょう。どう、二週間おきの日曜日は？」

会うのが少なすぎる気がしたが、相手は有無を言わせなかった。

彼女は続ける。「墓地の塀《へい》の中に取り外せる石がある。入口の左よ。来られないときは、石の裏に手紙を入れて。私も来られないときはそうする。こうすればいつでもお互いの様子がわかるわ。散歩がてら、夜にそこまで来て」

この子の抜け目のなさ、先を読む力には感心する。実際、こうしないと意思疎通はうまくいかない。二人をとりもつ文通だと思うと、うきうきする。その気になれば、もっと頻繁に、毎日手紙を書いてもいっこうにかまわないだろう。こうして出立《しゅったつ》の悲しみは突如軽減した。陽気になり、急に笑いたくなったが、一方で考える。〈この最後のひとときはチャンスだ〉

彼女は言った。「これでいい？」返事をする。「もちろんいいよ！」そして両耳をつかむ。相手は思いもかけなかったので、面食らった。「痛いわよ」と言う。だが痛くないのは承知しているので放しはせず、徐々に顔を近づけた。顔がだんだん大きく見え、同時に湖や岸辺や空、周囲のあらゆるものが視界から消えた。今はもうあの子の顔しかない。瞳は二つの湖のよう、口は谷、両頰は日差しを真上から受ける時刻の丘だ。靄がかかって、肌が心もちくすんでいる。埃や果粉《かふん》（ブドウなどの果実の表面についている白い粉状の物質）をかぶっているかのようだ。

僕は言う。「君はほんとうにきれいだ」彼女は笑う。唇がわずかに開いて、歯と歯茎が見える。僕はまた言った。「食べてしまいたい」

「僕がこの世の果てに行ってしまっても、メラニー、君は今のようにずっと笑っていられるの？」

「あなたがこの世の果てに行ってしまったら、もう笑えなくなってしまうでしょう」

「また戻ってきたら？」

「まあ！　あなたが遠くにいる間に笑えなかった分ありったけ笑うわ」

「ねえ、メラニー。僕はこうやって耳をつかんだまま、君を放さないかもしれないよ。でも放す前に、頼んだことを誓ってほしい」

「そのことは誓うわよ」

そのため僕はもう耳をつかんでいる必要がなくなり、彼女は自由を取り戻した。だが僕は身体をすり寄せている。相手の胸に顔をのせると、見上げる格好になった。もう一度名前を呼ぶと、彼女の顔が下がる。キスが上から降ってきた。

すでに日は落ちて、薄暗くなった。湖面はグレーになり、見渡すかぎり平らですべすべしている。まるで砂に変わったかのようだ。

あの子は身体を揺らして、乱れた髪の毛を指先でかき上げた。そして言う。

「それじゃあ、二週間後に」

何もかもスムーズにいくような気がする。先にあの子の姿が闇に消えてしまうと、もちろんしばらくはいやな気分だったが、それも長くは続かなかった。今は前途に光明《こうみょう》が差している。

だから、荷物にそれを担《かつ》ぐ棒を通して十月一日にラ・マラディエールを立ち去ったときは、足取りが軽かった。まもなく練兵場の高いヨーロッパヤマナラシ（ポプラの一種）の間からロッシュの町が見えてきた。

墓地の脇を通るとき、メラニーが言っていた石がまだあるか確かめてみた。なくなってはいない。塀はかなり古く、いつのまにかモルタルが崩れている。霜、そして石の間のわずかな割れ目にも入りこむシダのせいだ。その石は動くだけでなく、引き出しのように簡単に取り出せる。そして雨をしのげる穴の奥には、かさばった手紙が何通も入るスペースがあった。

〈いたずらしてやろう〉と僕は考える。破ったノートの一枚に、鉛筆でこう書きつけた。〈君を心から愛している〉二つ折りにして、隠し場所に入れる……

兵隊たちが訓練を行っている。砲兵だ。手で大砲を操作する。あのころの軍帽は山高で後頭部には庇《ひさし》がなく、赤い羽根飾りがまっすぐ立っていた。垂れ付きの軍服に折り返しのあるズボン姿、ウールの大きな肩章も見える。身体に巻いた白革の肩帯《けんたい》の先にサーベルを吊るしている。

空砲をこめた大砲に火をつけた。近くにいる女の子たちは耳をふさぐ。大砲が炸裂して、武器庫の壁に三度反響した。青い煙の小さな輪が、回りながら空をゆっくり昇っていく。

そしてゴナンさんの事務所。机の向こうの大きな顔がこちらを向いて、「時間どおり。大事なことだ」と声をかけてくる。荷物を下ろすため、すぐグランジャンさんの家へ行った。グランジャンさんは痩せている。五十から五十五歳くらいだろう。鼻は高く、左頬には疣《いぼ》、首は長い。白い頭巾《ずきん》をかぶっていて、全身はアイロン台のように凹凸がない。

彼女はフール通りという名の小さな通りに住んでいた。青いペンキの平屋。所有しているのはふた部屋だけだが、庭に面している。

中はまさにオールドミスの住まいだ。ベッドやストーブ、椅子の上までにも、フックのついたカバーがかかっている。壁には厚紙に記した聖書の一節。ランプの下にはレースの敷物。ガラスのランプ笠の上にはレースの小さなキャップ。しかしどこもきちんと片づいて清潔そのもの。窓には白いカーテン、ベッドの木枠は艶《つや》光りし、床には染み一つない。こんないいところに住んだのは初めてだ。赤いリボンが壁にかかった小さな飾り棚を見て、ここには本を並べようと思った。テーブルもある。少なくとも自分のペースで勉強ができる。午後六時からは自由だし、邪魔しに来るルコルドンはもういない。

これまで知らずにいた安らぎのようなものが人生に加わった。今でもまだロッシュで過ごした最初の数か月を懐かしく思い出す。ゴナンさんはとても頑固で、少し手厳しいくらいだが、公正だ。僕はいくつかの書体を教わった。それ以上は求められない。彼が綴った契約原本と証書を公文書用紙に書き写すのが僕の仕事だ。大事なのは、ページに書き損じがなく、行がまっすぐでバランスがとれ、字に乱れがないこと。はじめ僕の筆跡は少し硬かったが、まもなく柔らかくなった。ゴナンさんは最初の二、三度、〈もっと上手にできるぞ〉と伝えるかのように首を振ったが、しばらくすると、すっかり満足してくれた。

事務所には朝の八時に行かなければならない。正午にそこを出て、一度家に帰る。午後二時に戻り、六時までいる。行き帰りで日に四度、同じ道を通った。フール通りの端まで進む（通りはあまり長くない）。左へ曲がって、教会のある広場を越える（教会と隣家の間から、湖の一角が輝いて見える）。そこからはほんの数歩だ。道にはいつも人影はほとんどない。市場が立つ水曜日と土曜日を除いては。市場の日は籠《かご》でいっぱいになり、二、三軒の宿屋の前に梶棒《かじぼう》を立てた座席付きの馬車が二列に並ぶが、午後二時か三時になるといつもの雰囲気に戻る。乾いた馬糞の間をハトがのろのろ動き回っている。静けさの中、大時計の鐘が重々しく響いた。

僕はテーブルに座って、書きものをしている。ペルドリゼという名の先輩事務員が同じ部屋で書見台に向かっている。ゴナンさんは別の部屋で一人。だがよく外出した。ときどきはペルドリゼも表に出る。そんなときはお客さんの応対を任せられた。

それでも僕は十二時十五分と六時十五分ぴったりに家に帰っていないといけない。昼食と夕食の時刻だ。グランジャンさんは待たされるのを嫌うから。この規則正しさは心地よいし、胃にも合っている。僕の胃袋は振り子時計のように時を刻む。ぐずぐずよそ見などしないで歩道を急ぐ。それに知り合いなどいやしない。一階の洗濯屋のおばさんだけには通りがけに挨拶する。僕の肌着を洗ってもらっているからだ。ワイシャツは週一回、ときどきはハンカチも。

　台所で一緒に食事をとる。お昼はスープに肉と野菜がひと皿ずつ。夜はバターとジャム、チーズの塊とカフェオーレ。ときには〝甘い料理〟、すなわちグランジャンさんが大好きなクリームや砂糖オムレツも。僕はあまり好きではないが、しまいには慣れた。山盛りの脂身とキャベツ、茹でたジャガイモ、胃にもたれるものだらけの向こうの食事とは様変わりだ。まだもう少しお腹が空《す》いているのに食事を終えることもあるが、不平を言おうとは思わない。そんなことを言えばグランジャンさんが嘆き悲しむだろうし、ケチでしているのではまったくないのを知っているからだ。

　彼女はとてもいい人だ。あまり心にゆとりはないが、そうなれと言っても無理な話。三十年以上も、いわゆる〝日給の仕事〟をしていた。年をとると視力が落ちて、肌着作りの仕事をやめねばならなくなった。節約したおかげで老後用に数千フランを残せたが、ぎりぎりなので、潤いをもたらすほどではないものの〝下宿人〟がみつかって大変喜んでいる。彼女は何かというと諺《ことわざ》を口にする。とても信心深い。日曜礼拝は一度も欠かさない。

　グランジャンさんは日曜日とたまのお使い以外はほとんど外出しない。何の変哲もない日々が続く。ふた部屋の掃除、床磨き、そして灯《あか》りをともしての針仕事。暗くなるとすぐに横になる。だが一日の始まりは僕よりずっと早い。僕がまだ寝ぼけているうちから足音が聞こえてくる。住まいはとても狭いけれど、決して手を抜かない。片づけ魔だ。家具にわずかな埃の跡があるだけでも我慢できない。

　僕はまったくちがった場所の自由の利く広いスペースに慣れていたから、彼女の住まいを窮屈に感じたはずなのは間違いない。だが不平を言うなんて恩知らず。ともかく自分がワンランク上がったと思っているからなおさらだ。まだ先は長いだろうが、こうして一つずつ徐々に上がっていくのだ。それに僕はもう今だけのために生きているのではない。前途には希望がありすぎるくらいある。だから少々の退屈や自分の部屋でたまに感じる息苦しさなんてどうでもいい。いささか静かすぎる雰囲気も同様だ。グランジャンさんは無口で、あまり快活でも行動的でもない。若者には大いにそれが必要なのだが。〈いつかこれを埋め合わせよう〉と僕は考える。この修行期間をできるだけ短くしてしまえ、と自らを鼓舞した。

だから夜はテーブルにかじりつく。スイス史を終えると、古代史に移る。今は五大州の地理もよくわかる。作文を書く。文法規則は分詞を含めてほとんど頭に入っている。公民教育（これから必要になるだろう、とルー先生が請け合ってくれた）の勉強も始めたところだ。そしてなにより読書を続けているが、これもルー先生に感謝しなければならない。二週間ごとに新しい本を貸してくださり、僕がよく理解したか確かめるために読んだものについて質問される。本の題名は忘れてしまった。覚えているのは、どれもが面白いわけではなかったとしても、そのころの僕は身が焦《こ》がれるほど知識に飢えていたことだけだ。

さらに肝心のメラニーとの付き合いは続いている。ルー先生のお宅から帰る日曜の午後に落ち合う。遠回りになりすぎるから、もう湖畔へは行かない。牧場の草も湿りはじめている。墓地の裏に小さな林があるので、彼女はそこで待っていた。最初の数か月は一度もデートに遅刻しなかった。僕は藪《やぶ》の陰に半分隠れている姿を遠くからみつける。冬になると、もう日が暮れている。沼地の上に靄がわずかに浮き出ている。人目を避けられるから、靄も闇も僕は歓迎だ。誰にも見られていないかもう一度確かめてから、走り寄った。微笑んでくれると、あの子以外のものは一切消える。赤い唇のすき間から白い歯がのぞいた。

そして言う。

「ねえ、来るのは大変だったのよ。どこへ行くの、とママからいつも訊かれる。女友達のところへ行くとばかりは言えないわ。だから話を作らないといけないの。それに、村を出るときは必ず別の道を通らないと」

本当だろうか。でも僕は疑わない。わかったのは、自分のために苦労してくれていること、そしてそれをありがたく思うことだけ。そう伝えたかったが、こういうことは苦手だから、舌がもつれてしまう。手をとって握りしめるしかない。

手をつないで道を進むと、前よりも厚い二番めの霧、すなわち林が目の前に立ちはだかる。そこからすぐの距離だが、もうすっかり暗い。道はまったく見えないけれど、目をつむっても辿《たど》れるほど熟知している。

しかも手をつないでいれば自信が増す。手を握ると、熱が伝わってくる。指の下に脈拍の変化を感じる。速くなることもあれば遅くなることもある。たとえメラニーが何もしゃべらなくても、心臓が産みだすこの言葉のおかげで隠しごとなどありえないような気がする。別の言葉がありさえすれば、普通の言葉なしですませられるものだ。それをもっとよく聞くためなら、僕はわざと黙っているだろう。口が発する言葉よりもはるかに美しいとも思う。口はぎこちないし、誤解を生みやすいから。

だからあの子も黙っているのだろうか。ほとんど会話を交わさずに別れることがよくあった。沈黙が長ければ長いほどうれしくなる。ときどき、枝から水滴がポトンと落ちる。鳥が羽を揺すったり、湖の波が堤防にあたって砕け散ったりする音が聞こえる。二人は路上にいる。四方の平原は眠っている。暗く侘《わび》しげな冬の畑だ。だがこの世のどんな景勝地よりも美しい気がする。

あの子はときどきこう言う。

「夏じゃないのがとても残念。座れたのに！　気持ちのいい場所を知っているわ、そう、苔《こけ》が生えているところ」

僕は答える。

「今いるところが気に入らないの？　僕はいいけどな」

「まあ！　もちろんいいわよ。ただずっと歩きどおしは疲れちゃう」

僕は耳元で囁《ささや》く。

「君と一緒なら、僕は決して疲れることはない」

それどころか、二人で過ごす時間はいつも短すぎるような気がする。これがせいぜいだが、小一時間もない。

もっと延ばす勇気はあの子にはなかった。僕も帰らねばならない。グランジャンさんが夕食を準備して待っているから。

幸いなことに、手紙を書くことでそれが埋め合わせられた。夜に退屈したり読書に疲れたりすると、すぐに書きはじめる。心をさらけ出したいという欲求が突然湧き起こる。とても口にはできないことでも、ペンなら大胆だ。けれど自分に自信がなく、どの文章もあの子にふさわしいほど美しいとは思えないので、いつも下書き（一度のときもあれば三度のときも）をしてから書き写す。一番きれいな文字、最高の達筆、最上の紙を選んで。

下書きのいくつかは今も持っている。これがあの子の思い出のすべてだ。折り畳まれた三、四枚の四角い紙。インクは褪《あ》せ、ノートにはさんでいるから端が黒くなっているが、それをときどき読み直す。そして自嘲する。無邪気だったのは認める。だが同時に羨《うらや》ましくなる。あのころの僕はあんなに純粋だったのだから。こんなことを書いている（一通の写しだ）。

愛《いと》しいメラニー

きょうの午後、仕事ぶりに満足しているから僕をこのまま雇う、とゴランさんから告げられた。二人にとって良いニュースと思ったので、急いで伝えに行こうと決めた。ロッシュにいられなくなるかも、と最近は少しふさいでいたが、残ることになる。君も僕と一緒に喜んでくれるだろうと考えたからだ。二人の関係が大きく進展するからだ。こうして今は勉強に向かうことができる。君のお母さんに打ち明ける前に、立派な地位についていたい。学校の先生になったら、君を養い、好きなワンピースを何枚もプレゼントできるようになるはずだ。先生の奥さんなら尊敬されるよ。君にこの小さな喜びを伝えるため、すぐ手紙を書きたかった。あした塀の穴に手紙を入れに行く。だからあまり遅くならないうちに取りに来て。僕が言いたいのは、二人の関係を進展させるために精一杯頑張っているということだけ。フランス史は続けていて、ルイ十四世のところまで来た。

ルイ十四世の項は四ページだが、フランス革命に到達するまで、あと全部で二十四ページある。グランジャンさんは相変わらず僕にとても親切で、いろいろと骨を折ってくれる。ただもう少し食べる量が多くならないかな。でも僕はよく眠っていて元気だ。愛しいメラニー、君も元気で幸せであってほしい。さもないと、僕の幸せは台無しだ。君の幸せは僕の幸せだから。愛しいメラニー、君にキスを送るよ。どうしてこの前、僕が二度めのキスをするのを嫌がったの？　愛し合っている二人なら、キスは一度きりでは足りない。キスは喉が渇いているときと同じで、飲めば飲むほどさらに飲みたくなる。どうしてこの前は怒った素振りで、すぐ帰ってしまったの？　悲しませることをしたかな？　愛しいメラニー、万一悲しませたときは、すぐ言ってくれるのが一番だ。この前、僕はふさぎこんでロッシュまで帰った。僕にどんな気持ちを抱いているのかと帰る途中に考えた。そして自分は間違っていて、いつも上機嫌でいてくれと君に要求する権利などないとも思った。でもこれは過去の話。あんな不吉な考えを抱いてしまって申し訳ない。だけどこの次は何でも言って。愛しいメラニー、夜が更けたから、お別れしなければ。この紙は行が尽きてきた。さよなら、メラニー、十日後に。指折り数えて待つよ！

手紙の端にキスし、その場所がわかるようにペンで円を描く。〈あの子がここにキスしてくれたら、唇を合わせるのと同じだ〉と思いながら。それから細心の注意を払って四つ折りにした紙を封筒に滑りこませ、枕の下に入れて眠った。

こんな気遣《きづか》いくらいは世間では当たり前のような気がする。しかし、僕は少なくとも週二通手紙を書くのに、相手は一通も寄こさない。なぜかと尋ねると、仕事が多すぎてとか、お母さんに部屋に入られ秘密がみつかりそうとか答えてくる。

そんなある日のこと、晴れてはいるが、寒気が下りてきたので、足元の雪がサクサク鳴る。暗い空に輝く星は雪片のようだ。でかいものもあれば、ちっちゃいものもある。

身体を暖めるため、急いで歩かないといけない。あの子は耳まで隠れるウール編みのフードで頭をすっぽり覆っている。もう鼻の先しか見えない。

金属の飾り玉の刺繡《ししゅう》がついた赤いハーフミット（指先のない手袋）をはめている。

僕は声をかける。

「寒くない？」

「まあ！　平気よ」と彼女。

「本当、本当に？」

「そう言ったでしょ」

僕は相手のことがとても心配だったので、始終同じ質問をせずにはいられなかった。彼女はそれが癇《かん》に障《さわ》って、足を踏み鳴らす。

「私をお嬢様だと思っているの？」

僕はポケットに手を入れる。ときおり木の幹が軋《きし》む音がする。あるいは雪を落とした枝が突然そり返る。人が腕を上げたかのようだ。小さな白い息が二人の口から洩れる。

ルー先生のお宅通いは続けていた。その日、先生は旋盤をする屋根裏部屋にいた。日曜日は作業をしないが、翌日再開できるよう、やりかけの作品が仕事台の上に置かれたままになっている。

ゆったりした褐色ウールの狩猟用ベストとビロードのキャロット（頭にぴったりした縁のない帽子）姿の先生は、僕に気づくと近づいてくる。ストーブのそばの自分の脇に座らせると、すぐに授業が始まる。下から入る日差しが天井を照らし、その反射光が先生の皺や丸く盛り上がった額に降りかかる。キャロットの黒い円のため、額はなおさら大きく見える。ときどき、指を上げるか、あるいは本の開いたページの上に手をぺたりとつける。話しているとき、グレーの小さな瞳はじっと僕に注がれている。だが、たるんだ頬の皺や口元の細いラインには優しさが滲《にじ》み出ていた。僕はもう視線を避けようとは思わない。いちいちうなずきながら、先生のアドバイスを傾聴する。あとでメラニーと会うという思いさえも集中力を妨げない。自分は先生に好かれていて、ほんのたまに受ける叱責《しっせき》も僕のためを思ってのことだからだ。

やっと三月になった。垣根の最初のつぼみはもうはじけている。その日曜日、僕はふだんより早く先生のお宅に着いた。いつもどおり、まず学課を暗唱させられた。しかし次の書き取りの本を開くことなく、

「ところで」と先生は言う。「ちょっと話をしないか」

そして僕と真向かいになるよう椅子を動かすと、

「さて、サミュエル、これから真剣な話をしなければならない。私がなぜ勉強を強《し》いるのか、おそらく君は不思議に思ったにちがいない。君には仕事があるし、それほど待遇も悪くないので満足しているからだ。だが人間は誰しも能力を活かし、神様から授かった才能を発揮しなければいけない、と私は考えている。お世辞は言いたくないし、ふつうはしないが、それでも君は今の仕事以上に価値のある人間だ。私にはいくつか計画があるが、それを君に伝えるときが来た」

話の成り行きは十分推測できたが、何食わぬ顔をする。突然こう尋ねられた。

「学校の先生になったらどうだ」

僕は赤面するのを感じた。それでも視線は外さない。答えは輝く瞳の中にある。

「そうか！」先生は続ける。「金持ちになれるわけじゃない。家賃と薪代《まき》が無料で年に七百フラン。だが世の中の役に立つことができる。それだけでも幸せだ。生きる意味はただ一つ、自分の持っているものを他人に与えること。自分の内に持っている力を他人のために使うんだ。さもないと溜まりこんだ力で病気のようになってしまう……そして」さらに言う。「落ち着いたら（先生は微笑み、僕はますます赤面する）、結婚のことを考えられる。

もうこれ以上ためらってはいけない理由があるかね？」

ありませんん、と僕が身振りで示すと、先生はわずかに咳《せ》きこみ、キャロットを後ろにずらした。旋盤の上の鋼鉄の道具が僕の目の前できらめく。

先生は再び咳《せき》をする。その日はすこぶる陽気だった。

「さらに方法についてだが、私はこのように決めた。君はすでに師範学校の最高学年に入れるレベルに達している。だから学校へは一年通うだけでいい。学校の一年とは九か月か十か月。ゴナンさんのところには九月までいなさい。それからローザンヌへ行く。ローザンヌでは月に七十フランあればなんとかなるだろう。七十フランに九を掛けるとして、まあ七、八百フランというところか。莫大な額ではないが、あとは調達の方法だ……私はヴォー州の議員のうちの一人を知っている。近々会いに行って、君のことを話してみるよ。小学校教員は不足しているから、きっと便宜を図ってくれる。奨学金ももらえるだろう。うまくいかなくても、借りるのはいつでもできる。もし保証人が必要なら……（一瞬間をおいて）私がいる。これで万事うまくいくだろう」

僕がとりわけ思ったのは、何も抜かりがないということ。お膳立てが整う、と世間で言われるような準備がされている。これで僕の人生は決まり。目の前に突然将来が姿を現した。ドアを開けた途端に、陽を燦々《さんさん》と浴びた道が見えたかのようだ。これが世間でよく言う、未来への一本道だ。

僕は言う。

「どうもありがとうございます」

先生は答える。

「お礼を言うことはないよ。私のような年寄りになると、再び人生に執着するチャンスをみつけるのが最大の幸福だ……願いは一つ、どこか学校の官舎で暮らしている君が私のことを考えてくれること……そう、もう私がいなくなって墓の場所さえわからなくなっても、ときどきは私のことを考え、〈ルー親爺はいい奴だった〉と思ってくれたら」

突然空が晴れてきた。雲の間を日差しが突き抜け、すでに茂みが緑の葉をつけている庭に降りかかる。ツグミの鳴き声が聞こえる。

だが僕は自分の心の中を覗いている。見えてきたのは一軒の家だ。赤い屋根のきれいな白い家。ペディメント（建物上部の切り妻壁）、よろい戸、屋根の上には小さな鐘楼《しょうろう》。しかも家は広くて間取りがいい。教室は一階で二階に部屋が二つ、三つ。校庭の隅には体操器具。僕はドアの前に立って、休憩時間に遊んでいる子供たちを眺めている。そして窓の一つから見えるのは、壁に掛かった鍋の列、僕に微笑みかける顔……

林まで駆けたが、メラニーはいなかった。暗くなるまで待っても、無駄だった。墓地の近くを通ったとき、塀の穴を探りに行った。手紙はない。

VI

おそらく僕は誰の興味もそそらないようなつまらない話をくどくど連ねているだろうが、語ることによって自分の中の整理がうまくできるような気がする。

こうして今の僕は、メラニーのことを全然理解していなかったことに気づく。今でもあの子のことを考えると、顔立ちの細部、仕草、服の着こなしにいたるまで、外見についてはまるで目の前にいるかのように鮮やかだ。しかし内面となると、何もかもが漠然として混乱する。

おしゃべりなときもあれば、口をつぐむときもある。長い間ふくれていたかと思うと、突然はじけるように笑う。仏頂面《ぶっちょうづら》も笑顔も大した理由などない。さらには沈黙もしゃべりたい気分も。僕はどちらかといえば淡々としているので、こんな気持ちの変化には強い衝撃を受ける。悲しくもある。自分のせいでは、と始終考えてしまうから。たとえ何も理由がみつからなくても、確信が持てない。

几帳面と思えば移り気、物事に細心と思えば隙だらけの子だ。何でも見とおせるのに何も見えないふりをする。献身は見返りだけが目的。二歩退くためだけにしか一歩前へ出てこない。僕に興味がありそうに見えたが、自分のことしか考えていなかったのだと今はわかる。おそらく当初は僕の地位が将来もたらすかもしれない利益に惹《ひ》かれたのだろうし、僕の自信に圧倒されたのだろう。だが当然のところ、さらに良いものがみつかった途端に離れていく。

それに、女の子については人となりなど語れるだろうか！　水や煙、雲と同じ。煙には風が必要、水には器が必要だ。ところが僕はまだ世渡りが下手だし、まるっきり経験不足。それでも、ちょっと気分がよくなれば問題ないさ、と思うことがある。僕は本来陽気だ。健康で生気に溢れている。しかし環境のせいで子供のころから頑《かたく》なにならざるをえなかった。「真面目そう」と彼女は僕を評したが、誰もが最初に気づくのはこの真面目さだ。その他の面も出せるよう、彼女が手助けしてくれるべきだったのに。

最初のモーションは自分からかけるべきだったが、僕は相手が来るのを待った。これは大きなミスだ。どうすれば勇気が出るか学んでいないといけなかったのに、それを知らなかった。きっとあの子もそれ以外は待っていなかっただろう。待ちくたびれて、がっかりしただろう。いくつかのうちでとりわけよく覚えているのは、生垣《いけがき》の窪みに寄り添って座っていたときのこと。突然相手の顔がしなだれかかって、僕の肩に触れた。ところが僕は動かなかった。今ならどうするべきだったかわかっている。この類いの動作は誘いだ。顔をはさんで唇をあて、ほてった頬を鎮《しず》めるのだ。そして相手の唇を求める。貪《むさぼ》りつくすべきだった。あの愛《いと》しい軽やかな肉体を両手でつかみ、急いで抱きしめるべきだった。さもないと逃げてしまう。何もしなかったから、僕は罰せられた。

だが恐怖心が芽生えていたこともある。湖でパンジェ親爺と過ごした夜からだ。僕にとっては、世間に向いた窓が突然ぱっと開いたようなもの。行為というのはそれ自体が終点ではなく、その遂行のときだけに限定されず、先まで続いて岩場を飛び交うこだまのように反響していくことを突然悟ったのだった。その結末をも目にした。月が昇っていく中、毛布とその上に並んで横たえられた二人の姿が目に浮かぶ。僕は考えた。〈あの二人も最初は僕らと同じだった。手のいちゃつきや軽いキスから始まった。二人もひそひそ話から、二人もデートから……〉それ以上は続けられない。

今の僕は物の考え方が違う。どんなときも勇気を出さなければいけないと思う。しかしもう一度言うが、あのころの僕は若すぎた。僕の愛は相手に対する尊敬と優しさでいっぱいで、彼女は僕の現在、過去、未来すべてを体現していたのだから。

ルー先生との会話とすっぽかされたデートのあとのロッシュに向かう帰り道のことが今も心に浮かぶ。闇の中、街道は白く見えた。春の陽気にのぼせた小鳥たちが垣根でかしましく囀《さえず》っている。僕の中には二人の人間がいる。幸せ者と泣きたい者と。

だが結局、幸せ者が優位に立った。もう一人に言う。「あの子は何か用事があったのだろう。それ以上は詮索するな」

あとはもうできるだけ早く帰ってルー先生に告げられた件を手紙に綴《つづ》ることしか考えなかった。

早くも火曜日には、手紙の返事がきていないか見に行った。僕のものは塀の穴の中に入ったまま。やっと金曜日の夕方になって、次の日の午前十一時に教会の広場で待っていると書かれたメラニーのメモをみつけた。市場があるのでロッシュへ来ることになっている。

今度はこちらに用事ができて、会いに行けなかった。また手紙を書いたものの、まる一週間経った次の日曜日、すなわち通常のデート予定の日曜日まで返事がなかった（このように僕の日曜日は二種類に分かれている。彼女に会えるときと会えないときに）。

僕に近づく様子から、怒っているのに気づいた。指先しか差しださず、すぐに、

「ねえ、私は急いでるの」

なぜかと尋ねると、

「わけを訊いてくるの？　ひょっとして私はあなたの召使？　ほんの目と鼻の先でも会いに来られないとき、いつも困るのは私。教会の前で三十分以上も待って、『おやまあ、誰を待ってるの、メラニー……』とみんなにからかわれるのよ。ねえ、サミュエル、お互いは対等でないと。じゃないと、うまくいかない……」

そこで彼女は口を閉じた。垣根の枝を折る。小さな葉をむしって、指の中で転がす。

僕は釈明を試みた。事務所を離れることができなかった、知らせてくるのが遅すぎたし、ゴナンさんは外出中で客が何人も待っていた、と。どれも効果なし。彼女はうつむいたまま足を止めない。歩きながら、もう葉を全部むしったヤナギの枝でスカートを叩く。「どれもこれも理由にはならないわよ」と言っているかのようだ。

それならどんな理由をみつければ？　君の方が悪いのでは？　しかし不興を買う心配から自尊心といったものには目をつむり、赦《ゆる》しを得ることだけを考えた。そのため哀願する。手をとろうとすると引っこめられたが、それでも粘る。甘い言葉、うるんだ眼差し、震え声を繰り出しても、ずっと黙っている。僕らのいる林は白いアネモネでいっぱい、あちこちで鳥が囀っている。

やっと口を開いた。

「見てみないとね」

意味がよくわからないので尋ねた。

「メラニー、何を見てみないと？」

彼女は答える。

「あなたがこれからどのように振る舞うか見てみないと。今は待つしかないわ」

そして急に言われた。「また今度ね」引きとめようと思ったが、もう遠くにいる。名前を呼んだが、こだまだけが戻ってきた。落ちこんで、枯れ葉の上に座る。そのとき僕が手紙で伝えた大事件にあの子が触れもしなかったのに気づいた。僕の人生を左右することも、あの子にはどうでもいいらしい。

男の子のグループが歌いながら路上を進んでいる。僕は考える。〈なぜあの子はこんなに僕を苦しめるのだろう。こうして僕を苦しめながら、自分も苦しんでいるにちがいない〉おわかりのとおり、僕はあらゆる幻想を失っていなかった。

しかしこの状況はそのまま春の間ずっと続いたから、幻想をすぼめざるをえない。さらにいくつデートをすっぽかされたか、返事の来ない手紙を何通書いたか、塀の穴に手紙を入れるために何回夜に外出したか、とても数えられない。そのために鍵が欲しいとグランジャンさんに頼まざるをえず、ついには外出理由そのものが疑われた。

どうしても嘘をつかねばならなかった。それはあとに続く嘘の始まりにすぎない。勉強の手を抜いているとルー先生に驚かれたとき、やはり嘘をついたから。病気だったと言った。ゴナンさんにも嘘をつく。ルー先生と同様、小言を言わざるをえなかったのだ。

事態はますます悪化する。メラニーと会わなくなってから六月はじめで四週間以上だ。

あの日ほど天気の良かった日曜日は記憶にない。ルー先生は庭に座っていた。ミツバチは大奮闘中、巣箱はブンブン唸《うな》っている。

なぜ顔色が悪いのかと尋ねられた(ついに気づかれた)。頭が痛いので、と返事した。

「君の今の仕事場は暗がりだからな。事務員の顔色だ」

いつもと変わらぬ優しげな様子だが、僕は微笑《ほほえ》む元気もない。先生は心配になった。

「さあ、君は疲れている。きょうは休みにしよう。よければしばらく一緒にいて、それから祭りを見に行くといい。気晴らしが必要だ」

言い忘れていたが、その日は村の青年団主催の祭りがあった。僕は答える。

「そんな！　でも大丈夫です」

しかし先生になお言われて、結局承知した。デートの待ち合わせより前にメラニーとそこで会えば時間の節約になるかもしれないと考えたのだ。

そのため、僕らはなおしばらく庭を散歩する。先生は洋ナシの木についた毛虫をとったり、害虫のために丸まった葉を爪の先でむしったりした。葉を広げ、孵化《ふか》前の卵をくるんだ綿の塊のようなものを見せる。――僕は隣を歩きながら話を聞いているふりをしている。

ときどきメリーゴーラウンドの音楽が風に運ばれてくる。あるいは手回しオルガンの調べ。機械がときに空回りするので、音が途切れる。

「……母虫が葉の上に卵を産みつける。虫には毒があるから、葉は酸で腐食したようにそり返る……」

そのとき三時の鐘が鳴った。大きく咳きこんだような三打。メリーゴーラウンドの音楽に突然ブラスバンドの演奏が混じる。ダンスパーティーの始まりだ。

「……雄は雌よりずっと大きい。ただし図体が重い分、動きは鈍い。一匹の雄に対して少なくとも一ダースの雌……こんなことも知っておかないといけない。将来、生徒たちに中国の地理やアメリカ合衆国史を教えることができるのは結構だが、目の前で展開されていることを説明できればさらにいいだろう。人は農民かそうでないかに分かれる。農民の興味はなにより畑、そしてその最良の利用法だ。だからいいね、虫はどれも敵と同然。上手に戦うには、相手をよく知らないと……」

けれど僕はもう我慢できない。話が途切れるや否や、

「もう失礼します」

心から親切な方だ。微笑みかけられた。

「行って、しっかり遊んできなさい。時間はたっぷりある」

手を差しだされた。僕は村に向かって走る。

ダンスフロアーは、『二十二州亭』（当時のスイスは二十二州のため、この屋号を持つ宿屋が多かった）の目の前に設営されていた。新品のきれいな板で作った舞台。釘づけしたモミの枝や紙で作ったバラで飾られている。舞台へと三段上ると、入口には小さな凱旋門。花飾り、そして厚紙の上にきれいな青い文字で次のように書かれている。

いらっしゃいませ
遠方から踊りに来られたみなさん

僕が着いたときは、ポルカを演奏中だった。晴れていたので、すでに大勢が踊っていた。周辺の村中からヴェルナマンへ来ている。女の子は白いワンピース、男の子は黒ずくめ。広場より少し高い舞台上で白い色と黒い色が回り揺れている。

僕は目の前をどんどん通り過ぎるカップルを見つめる。不安を覚えながら、舞台の真ん中から隅へと移動してくるカップルそれぞれに目を凝らす。次から次へと。

しばらくして音楽がやむと、踊り手たちは二人ずつ凱旋門をくぐって三段の階段を下り、広場へと散らばっていく。しっかり観察する時間はまだたっぷりあった。間違いなくあの子はいない。

急に呼吸が楽になり、気分が良くなった。それまでは離れていたが、射的場を取り囲んでいる若者たちの一団に加わった。からくりドアを狙って撃ちさえした。ボタンに当たるとドアが開くのだ。すると中の部屋が現れて、女が子供の尻を叩きはじめ、幕の陰に隠れている従業員の一人が子供の泣き真似をする。

僕はすぐ知り合いにみつかった。村の若者たちが怪訝《けげん》そうに（僕が町で働いているのを知っているから）近づいて、こう言う。「おや！　おまえか。しばらく見なかったけど、どうしてる？」「やあ、元気か？」と声をかける者もいる。手を差しだしてきた。

そして当然、「一杯やらないか」さっき言ったとおり僕は気分がいいので、ついていく。『二十二州亭』の呑み客が集まるカフェはもう満員どころではなかった。待っている客が廊下まで溢れている。それでも中に入った。ラルパンという男がワインの一リットル瓶を注文する。ルージュは椅子に乗って演説を始めた。酔っ払っているからだ。酔うと必ず人前でしゃべらないといけない。さもないと眠れない、と奴は言う。

カフェに充満する笑い声やひどく陽気な雰囲気を覚えている。ルージュのことも、おバカのギヨームのことも。誰が連れてきたか知らないが、あいつにハエを食べさせるのが大きな楽しみだ。壁にいるのを捕まえると、羽をつまんで差しだす。するとあいつはそれをとって呑みこむ。あの日は腹いっぱい食べたと言えるだろう。その間もルージュは演説を続けている。

隅では二、三人の年寄りが政治談議をしている。

一人が言う。

「ベルンの野郎どもも連邦議会もくそ食らえ！　昔わしらに与えた苦しみ、そして奴らのせいで背負った苦労の一つ一つを思い出さないほどぼけちゃいないぞ……それなのに今も奴らにぺこぺこしなきゃいかんだと……そんなこと真っ平だ！（ヴォー州はベルン州に一七八九年まで支配された。そしてベルンは一八四八年からスイスの首都。この二つの事柄を混ぜこぜにしてしゃべっている。）」

そのすぐそばでは、バーイという男がデブのマリーと呼ばれている娘と呑んでいた。腕を女の腰に回していて、ワインに口をつけては引き寄せ、首にキスする。マリーの顔は真っ赤だ。

僕らの方は一リットル瓶を空にした。賑やかで楽しいけれど、五時前にはあの林に着かなければ、と始終自分に言い聞かせている。

だから四時半になるとさりげなく、グラスを飲み干しもせず立ち上がった。

村を出た途端にあたりはまた静まりかえる。路上の糞の周りを飛ぶハエやアブの羽音が再び聞こえる。ずんぐりしたリンゴの木を太陽が燦々と照らしている。サクラの木の高い頂《いただき》が他の葉叢《はむら》から飛び出して、空のあちこちに黒く浮かんでいる。

見渡すかぎり人影はない。しかも僕はすでに街道を外れている。野を突っ切ると、あっという間に林に達した。僕の心は相変わらず弾んでいる。あの子がダンスに来なかったのは多分僕らのデートのため、と考えたのだ。しかし、気候が良く日が長くなったために変更した待ち合わせ場所にはいなかった。僕が先に着いたにちがいない。

だから大きなカシワの木の下に座って待つ。周囲を無数のアリが行き来している。あまりに静まりかえっているので、アリが枯れ葉を踏んで進むかすかな音さえも聞こえるような気がする。いろんな屑を口にくわえている。きれいな褐色の鳥が枝の端にとまって、重すぎる果実のように枝をしならせている。僕はずっと台詞《せりふ》の準備。あの子が来たらすぐ口にできるよう、一番すてきな言葉を選んで順番を決めておくのだ。

でも現れない。こんなときの時間感覚はあてにならないが、何時間も待ったかのようだ。

待つ、考える。時が経つにつれて、網を引くと湖の底から水と一緒に上がってくる砂のようなものが心の中に湧いてきた。そして心がどんどん濁っていく。

それでもやって来ない。もうすぐ六時の鐘が鳴る。グランジャンさんは待っているはずだが、あの人のことは気にしない。思うのはメラニーのことだけ。〈可愛いメラニー！〉と心の中で叫んだ。だが思い直す。〈ちがう。いやな子だ〉

ブラスバンドの演奏はずっと聞こえている。僕の頭の中にダンス舞台ができて、いろんな想いが踊っているかのようだ。それらはほとんどが黒か灰色だが、白いものも一つ二つはある。メラニーへの嫌悪、軽蔑が浮かぶこともあれば、愛情が湧いて思わず腕を広げもする。

僕は思う。〈来ないなんてありえない〉しかし夕陽はどんどん沈み、今は雲の陰に隠れている。そして本物の闇になる前の薄暗がりが山野に下りてきた。大きな影が伸びて、村を包みこむ。ますます僕に迫ってくる。突然、影におおいかぶされた。真っ暗だ。そして僕の心のダンス舞台も。

立ち上がった。もうためらわない。考える。〈どうしてもあの子と話さないと。祭りの場にいなければ、家に行こう〉彼女の母親のことが浮かびはしたが、もう母親なんて怖くない。

そして村に戻った。ダンスはやんでいる。楽団員は食事に行っていた。

数人の男が灯りのついたカンテラを持って宿屋から出てきた。舞台の周囲の柱に吊るす。

ほどなく楽団員たちが再び現れた。全部で五人、リーダーはクラリネットを吹くメユラ爺さんだ。五人が演壇に上がると、あっという間に広場は再び人で埋めつくされる。こんな人数がどこから出てこられたのか不思議だ。

厚い黒雲が空を流れている。さまざまな方向に進んで塀の石のようにはめこまれていき、まもなく合体する。青空の最後のかけらが消え去った。

だがメユラ爺さんは頬を膨らませる。これが合図。一、二節のクラリネットのソロがテンポを示すと、全バンドが続く。もう舞台上はカップルでいっぱいだ。

午後より人数が多くなっている。新たな参加者が次々と現れるから、なぜ舞台の囲いの中に全員が入りきるのかわからない。

僕はといえば、少し離れた太いボダイジュの下にいる。姿を見られずに眺めるのだ。ときどき誰かが横を掠《かす》める。振り返って誰か見分けようとするが、よく見えない。僕は暗がりにいるからだ。しかも日差しは完全になくなってきている。闇がますます深くなるにつれて、カンテラが瞳のようにともっていく。しばらくすると光はそれだけになり、舞台の周囲が照らされて水溜《たま》りのように見える。舞台の真ん中は暗いままだ。僕は偵察を再開する。下を通るものはどれも見逃さないよう、一番近いカンテラに目を据える。顔、また顔、顔がどんどん通り過ぎる。目当てはただ一つ。〈あの子が通れば、何もかもはっきりする。通らなければ、やることは一つ〉と考える。

あの子だ。三番めのダンスのとき。広場は相変わらず大賑わいだ。すぐ近くでは酔った男たちが言い争い、メリーゴーラウンドは回っている。射的場では銃声が続き、宿屋からは合唱。だがあの子が現れると、みな黙りこくってしまったかのようだ。

見たこともないワンピースを着ていた。裾《すそ》飾りのついた白いモスリンのワンピースに青い飾り紐を腰に巻いている。襟《えり》なしだ。すぐに本人とは気づかなかったほどワンピース姿の彼女は美しかった。髪の毛をカールしている。洗って乾かすときにふっくらと膨らませたので、ふだんより豊かに見える。ブラウスにブーケを挿《さ》し、白い手袋をはめている。

ちょうど僕の真正面のカンテラの下で立ち止まったから、表情をはっきり見分けられた。微笑んでいる。パートナーの肩に手をおいた。

こうして二人はしばらく見つめ合う。あの子はまだ微笑んでいる。そして笑みが消えると、顔をほんのり赤らめながらうつむいた。すると相手は身を傾ける。しばらくそうしていた。

……………………

翌朝はいつもどおり朝八時に事務所に着いて、書見台の前に座りに行く。ペルドリゼが入ってきたときは、すでに書類を書き写している最中だった。無口な奴だ。僕の方に目をやりもしない。事務用の上着をしまっている戸棚を開けただけ。着替えを終えた。これは毎朝のことだ。

僕は考える。〈僕は何も咎《とが》められるようなことはないよな。遅刻もしていないし〉

当時はまだ鵞《が》ペンを使っていた。僕の鵞ペンが紙をひっかく。ペルドリゼはペンを削っているところ。下の階のパン屋ではパン生地をこねる音がする。地中からのような鈍い音が規則的に響くたびに建物が揺れる。

そうこうしていると、隣の部屋から物音が聞こえる。ゴナンさんが出勤したのだ。

しばらく室内をうろうろしてからこっちの部屋に来て、僕に近寄る。

「私が置いた二つの証書は書見台の上にあったかな？」

「はい、ちょうど書き写しているところです」

「結構」彼は応じる。「写し終えたらすぐ持ってきてくれ」

僕は仕事を再開する。楽にはいかない。紙と僕の間を赤や青の光がぐるぐる回りながら始終通り過ぎる。黒いハエのようなものも目の端で踊っている。思わず手を上げて追い払おうとする。

それでも頑張る、意地になる。やっと終えた。言われたとおり、ゴナンさんのところへ持っていく。

だが書見台の席に着くや否や、隣の部屋に通じるドアが開いて、ゴナンさんの顔がのぞいた。

「ブレ、来てくれるか」

もはやふだんの口調ではない。何が待ちかまえているか、僕はすぐに悟った。いつもは無視する態度を見せるペルドリゼも、大きな本から目を上げた。

部屋に入ると、錠のかかった金庫が見えた。ゴナンさんは木製の黒い事務机の向こうに座っている。片手を伸ばすと、僕の書いた二枚の写しの上にぺたりとつける。

「ブレ」口を開く。「いったいどうした」

はっきりした声だが、ふだんより少し大きくぶっきらぼうだった（少なくとも僕にはそう思われた）。手はぺたりとつけたままだ。僕の視線はまずその手に向かった。大きな手。指は短く、爪は白い。赤毛に覆われている。

だが次に、ずんぐりした全身が目に飛びこんできた。身体は低い背もたれの肘掛け椅子にすっぽり収まっていて、その上には禿《は》げ頭。

僕の足は冷たくなり、顔は焼けるようだ。火で熱したピンで刺されたような鋭い痛みを伴う疼《うず》きが、ときどきこめかみを走る。

僕は答えた。

「わかりません、何も……」

彼は僕の方を向いて、執拗に見つめる。

「ブレ、様子が変だぞ。ぼうっとしていて、仕事に身が入っていない。注意しようかどうかとずっと迷っていたが、もう遠慮はしない……」

口を一瞬閉じて、写しを手にとる。

「この用紙は一枚いくらする？」

「印紙つきの用紙は一フラン五十サンチームです」

「一フラン五十五サンチーム」彼は続ける。「二枚だと三フランと十サンチーム。さあ、三フランと十サンチームの損失だ」

長い静寂ができた。

「somme（金額）はどう書く？」と尋ねられる。

僕はスペルを言う。

「それなら（彼は用紙を下ろして腕を組む）、やる気がなかったのかな。綴《つづ》り字をわざと忘れたのかな。見てごらん（用紙を差しだす）。sommeのmが一つしかない」

釈明しようとしたが（何を言おうとしたかあまり覚えていないが、釈明しなくてはと感じた）、その間《ま》を与えてくれなかった。

「capital（資本金）にはpが二つ。intérêts（利益）は複数だがsが落ちている。それだけじゃない、字もひどいぞ。行はゆがんで、文字が重なっている。さらには消し跡、インク染み！　ブレ、残念だがはっきり言わねばなるまい。君の写しはゴミ同然だ……」

そのときまでは我慢して聞いていた。――その我慢も限界に達した。

あちらにもちょっとは落ち度がある。僕にやる気がなかったのではない。穏やかにこう言ってほしかった。〈ブレ、君の書いたものはあまり出来がよくないが、きょうはきっと調子が悪いのだろう。まあ、やり直せばすむことだ〉僕は素直に謝るつもりでいた。しかし相手の口調に傷ついた。こんな言い方をするとは、何も見えず何もわかっていないにちがいない。情のかけらもない。とげとげしい声、悪意のこもった目つき。そのとき僕という存在の中心および根っこのようなものがポキンと折れた。顔を上げる。

「困りましたね、ゴナンさん。僕をありのまま受け入れてくださらなくては」

相手はびっくり仰天して紙を落とした。だがその驚きも僕ほどではなかった。僕はしゃべってはいるが、自分がしゃべっているような気がしない。

そのとき僕の中には別の男がいた。口をふさごうとしてもできなかっただろう。

「なんだと？　何を言っている」

「僕が言いたいのは、お気に召さないなら、ごく簡単な方法で片をつけられる……」

「何を生意気に……」

だが僕はますます熱くなって、

「あなたはもう結構ですよ……つまらないことで叱ってくる……だから一番簡単なのは僕が消えること……よろしければ、すぐ……すぐ……一週間分の給料がありますが、とっておいてください。あなたのお金など要らない……僕の代わりはすぐにみつかるでしょう……字の上手な誰かを……」

深くお辞儀したが、相手は何も言わなかった。僕はくるりと向きを変えて、ドアまで進む。釘に掛かった帽子をとると、それで終わり。

その他のことも、てきぱきと片づけた。しかし可哀想なグランジャンさん（この事件の中で気の毒に思う唯一の人だ）のことが思い浮かぶ。やつれた指でキッチンエプロンをしわくちゃにしていた。こう言われる。

「私のことが気に入らないの？」

もちろん事情は何もわかっていない。だがどうすれば理解できるというのか。僕は言う。「つまり、いろいろありまして……」

「それじゃ、本当に出て行くの？」

また頬をすぼめた。僕はもう荷造りにかかっている。

ロッシュに来たときとほぼ同じ大きさ。今度も苦もなく棒の先につけられた。

下宿代をグランジャンさんに支払った。はじめは遠慮して辞退されたが、無理に受け取らせた。テーブルの上に二エキュ（一エキュは五フラン）置く。しかし相手は触れもしない。エプロンをねじり続けている。

そして大粒の涙が二つ流れ、唇が震える。飾りつきの白い頭巾は大きく曲がっている。

自分が苦しんでいるときは他人をも苦しめるものだ。僕は自分がかけた迷惑を詫《わ》びようとさえ思わない。今は自分の方が情け知らず。

「お昼のために美味《おい》しそうな子牛のロースト肉を買ってきたのに……無駄になってしまう」

これが最後に聞いた言葉。僕はもう階段を下りている。洗濯屋のおばさんがまた店先にいた。赤毛の娘と一緒にアイロンをかけている。そして狭い通りの影が伸びた先は練兵場。

まっすぐプラ・ドシューへと向かった。伯父と会う必要があったのだ。家の前では二人の息子（つまり僕の従弟《いとこ》）が横枠付きの荷車に馬をつないでいる。近づいてくる僕に目をやったが、仕事の手をとめないし、挨拶さえ寄こさない。きっと僕だとわからなかったのだ。

伯父はすぐ戸口に現れた（二年会っていなかった）。

「どうした」

「ちょっと話があって」

今しゃべっているサミュエル・ブレはこれまで見たこともないサミュエル・ブレだと伯父の方も悟った。どんな態度で臨むか決めかねている。

「好きにしろ」

僕は言う。

「あと一か月で僕は二十歳になります。それで母が僕に遺したお金のことを訊きにきました」

ふつうだったらすぐに怒りだしただろう。しかし僕の口調、さらには好奇心（荷物を背中に担いだ姿を前にしている）から、

「何があった」と伯父は尋ねる。そして愛想めかして、「学校の先生になるために勉強していると聞いたが」

だが僕は、

「それが何か？」

すると伯父は腰に拳をあて、上体をそっくり返らせる。

「図々しい奴だ！　そんなことで来るなんて、わしはひょっとして盗人《ぬすっと》か？　おまえの金は銀行にある。わかるな、銀行だ。それを管理する後見人もいる」

精一杯の大声で喚《わめ》いている。はだけたシャツからのぞいた首筋がどんどん紅潮する。

「それに」伯父はまた口を開く。「楽ができるほどじゃないぞ、この怠け者……おそらく百フランかそこら……すずめの涙だ！」

僕は返事をする。

「それを知りたかっただけです」

二人の息子は荷車に乗って、一人がもう手綱をつかんでいるが、まだ動きだささない。その先の展開に備えているのだ。けれど僕は怯《ひる》まない。

「僕が成人になれば、すぐ住所をつけた手紙を送ります。お金を届けるよう後見人と取り計らってください。さもないと……」

伯父はすごむように尋ねた。

「さもないと？」

僕は背を向けた。

「礼儀知らず！」相手は喚いた。

だが僕は伯父のことなどすぐに忘れた。目の前に大きな木がそびえているのが見える。板をくり抜いて作った風見鶏《かざみどり》が上の方で回っている。

行く手に丘が見える。道がつづら折りに上っている。〈あれがおまえの進むべき道だ、サミュエル〉と自分に言い聞かせる。

〈おまえは百姓にすぎない、サミュエル。ずっと百姓のままで身を立てなければ〉

大股で進む。村を出て墓地の近くにさしかかったとき、母さんの思い出が蘇った。墓参りに行かなければと思った。今の僕に残っているのはこれだけだから。

恥ずかしい話だが、墓をみつけるのに苦労した。周囲はツゲに薄く縁どられていた。雑草がぼうぼう、誰も刈りに来たことがないのだ。十字架（木製のみすぼらしい十字架）は大きく傾き、すでに腐りはじめている。立たせようとすると、根元が折れた。

それでも上着を脱いで小刀を取り出し、十字架の下側の傷《いた》んだ部分を削りとる。先を尖らせるのだ。

次に雑草を抜く。小高く積み上がった。これで墓はきれいになったが、以前よりもさらに侘しげだ。

脇に座っていると、この侘しさがどんどん僕に伝染してくるように感じる。はるか昔からきのうまでのあらゆる思い出が一度に浮かぶ。ママ、ルー先生、ラ・マラディエール時代、ゴナンさん、事務所、ロッシュ、グランジャンさん。それら全部にのしかかられると、重すぎて負けてしまいそうだ。

僕のことを考えてくれる人はもうこの世に誰もいないと思う。ママは五年前に亡くなった。メラニーは……そのとき突然、前日の出来事、林での待ちぼうけ、ダンスパーティー、若者たちの祭りのことなどもどっと蘇ってきた。こちらも同じく過去の話だ。

僕の心に残っているのは大きな焼け跡だけ。野の藪《やぶ》を刈って積み上げ、火を放ったあとのよう。

さらに言えば、僕は一睡もしていない。雄のアトリがイチイの木の梢《こずえ》から雌に呼びかけ、少し離れた大理石の円柱の上にとまっている雌は囀りで答える。まだ巣作りの時期だが、もうまもなく終わる。視線を少し下げると、村が見える。広い屋根がひしめいている。傾きが交差して、明るい升目《ますめ》と暗い升目の格子縞を作っている。一片の雲が上空に現れた。

雲の落とした影が、船尾に仕掛けた網のように長く山野に伸びていく。

だが今はもうあの子しか心に浮かばない。忌々《いまいま》しくも戻ってきて、僕の前に立っている。髪のウェーブ、唇の形、ワンピースの色。青空のかけらのようなブルーのワンピースだ。そしてあの笑い声、首の後ろに手をやって束ね髪の中に指を通す仕草。

そして僕は前に倒れた。まだ子供服を着ていた幼いころの気分に浸りたかったのだ。ママがいたころに。転んで額にこぶを作ったことがあったが、ママに抱きしめられると、痛みはあっという間に引いた。

今もまた転びはしたが、抱きとめようとする者はもう誰もいない。メラニーも母さんも姿を消して、二つの影になっているから。目の前で混ざり合う。一つに融け合って、靄のように空へと昇っていく。見上げていると、その靄は徐々に遠ざかる。まもなく完全に消えた。

鼻の奥が息苦しくなった。だが首を振る。〈サミュエル〉自分に言い聞かせる。〈サミュエル！　自分の身を嘆く以外にすることはないのか〉自尊心が湧いてくる。今は一人前の男だ。

再び立ち上がり、むきだしの墓と立て直した十字架をもう一度見やってから、レマン湖とヌーシャテル湖にはさまれた高地へと向かった。

僕が学校の先生になることは永久になかった。

VII

僕は丘を登る。順繰りにブドウ畑、プラ・ドシュー、ヴェルナマン、そして湖が視界から消えていく。新しい土地が目の前に現れた。

そこは〝高地〟と呼ばれている。果樹園、畑、林の多い地方。土地は肥沃《ひよく》でよく耕され、あちこちにクルティーヌたっぷりの村がある。この地方では堆肥のことをクルティーヌと言う。その量が多ければ多いほど村は豊かとみなされる。この地方ではクルティーヌが何よりの自慢だ。

夜にはエシャラン（ローザンヌの北にある町。この一帯はスイスの穀物倉と呼ばれている）近郊のどこかに着いたが、まだ故郷から十分離れた気がしない。

宿屋に部屋をとり、翌朝また出発した。

歩き続けて午後になった。白いきれいな雌馬が引く座席付きの馬車が脇を通り過ぎる。青い仕事着の男が御者席に座っていた。乗らないかと訊かれた。

疲れていたので、承知した。

「どこへ行く？」男は尋ねる。

荷物を見て、一体僕が何者か知りたくなったのだ。

「どこに行くかは」返事をする。「まったくわかりません」

「この土地の者か？」

わかってはいた（訛《なま》りがある）が、気づかぬ振りをしたかったのだ。

「もちろん、湖畔の……でも向こうは仕事がたいしてないので、ほかへ探しに行くところです」

「どんな仕事を？」

「どんなことでも」

こちらを横目で見ている。ときどき鞭の先で馬の尻を叩くと、馬は急に駆け足になる。痩せてはいるが脚は丈夫。うちの方では肉屋がよくそういう馬を使っている。

彼は本当に肉屋だった。やっとそう告げる。それからしばらく黙ると、こちらを向いて、「ところで」と話しだす。「わしは農場もやっている……干し草の作り手が必要になるだろう。おまえは仕事を探しているから、ひょっとすると折り合えるかもしれない」

僕は背が高くて丈夫、肩幅は広い。彼にはそれだけで十分。僕の方は職種などどうでもいい。メラニーはもういないのだから。

こうして彼のところに雇われ（しかも待遇はよかった）、九月までいた。だが収穫が終わってしまえば、僕のする仕事はなくなる。また仕事を探しに出た。

近所の村の村長の作男の口をみつけた。その村からはヌーシャテル湖が臨める。うちのレマン湖とはあまり似ていないが、それでも湖水を眺めるとうれしくなる。おそらくはその理由から、まる一年もそこにいた。

しかしまた別の場所へ行きたくなった。村長は僕の仕事ぶりに満足なので引きとめたがり、僕も出て行くいわれなど何もなかったが、その年の終わりに再び荷造りした。

あまり遠くへは行かなかった。作男という職業の利点は、どこでも仕事がみつかること。ムードン（エシャロンの東にある町。フリブール州との境に近い）の方に向かった。あっという間に二、三の職を得た。

次の年の一月ごろ大農場に入った。ラ・マラディエールと少し似ているが、羽振りはそれほどでもない。四月になっても、そこにいた。ヴェルナマンを発《た》って、もうすぐ二年だ。

それでも僕の悲しみは癒えない。例のあれらしきもの（どう言えばいいだろう。説明できないといけないが、無理だ）が起きた。あれらしきものが起きれば、水中に沈む重い物体と同じ。悲しみは心の中に下りれば下りるほど固まっていく。

かつての僕の刺し傷（悲鳴を上げるほど鋭かったが、痛まない時間はあった）に代わるそれは、いつまでも消えない鈍痛、何もかもがそれに触れる。

〈ページをめくるのだ〉と何度も自分に言い聞かせても駄目。めくれない。〈サミュエル、前を見なくては〉と言っても駄目。どうしても振り返ってしまう。

後ろ、いつもあの子の方を向く。だが死んでいるかのようだ。すると突然ひらめいた。〈おまえがしっかりすれば、あの子は生き返る〉そう考えると驚きに満たされた。

すると新たな混乱が生じて、メラニーはいわば二重になった。二人のメラニー、死んでいて僕がまだ愛している方、そしてずっと生きてはいるが軽蔑している方。自分が二人のうちのどっちを向いているのか、はっきりしない。頭絡《とうらく》（牛の頭部につける紐）を持って牛の左側を歩いている間も、その二人は僕の思考の中で戦いを繰り広げている。

空き地に山積みした柴《しば》をとりに林へ行くところだった。かまどの燃料として使うのだ。周囲の木の高みから大きな雪の塊が落ちてくる。橇《そり》の背後には滑らかな二本の轍《わだち》ができる。まるで線路のようだ。

「〝シロ〟よ、はいしっ！」と声をかける。大柄なおとなしい牛で、とろんとした石鹸水のような目をしている。

「進め！　さあ、あとひと踏ん張り。もうすぐだ」

だがこの言葉は機械的に口にしているだけ。僕の心にあるのは別の瞳、黒い瞳。その下には細くまっすぐな鼻、小さな口。唇に赤みをもたせるため、あの子は始終手で擦《こす》っていた。「何をしてるの？」と僕が訊くと、「私がきれいになるのがイヤ？」と返事を返していた。

僕はいつも一人でいて誰とも話さないから、高慢な奴と思われている。飲酒癖もついた。仕事にもう身が入らないからではない。僕はただ飯食らいの真似をしたことなど一度もなく、平日は外出しない。だが日曜日になると、孤独に怯えてしまう。そのため宿屋へ通った。

そこには少なくとも音と光はある。早い時刻から灯りをともしているからだ。僕は入ると隅に座る。みなは不審そうに僕を見つめる。「あの野郎は何しに来た？」と言いたげだ。

実際のところ、僕の年頃の若者の一人酒は、うちの方ではあまり見かけない。年寄りや変わり者、あるいは問題を起こした者ばかり。仲間外れにされるからだ。——だが要するに宿屋はみんなのもの。遠くからも見えるよう鉄の棒の先につけた看板はだてじゃない。握手が描かれた絵もだてじゃない。友情を表している。だから僕は隅に腰を据えて、陰口をやりすごす。しかしみなをもっと驚かせたのは、来てからもう三か月になるのにまだ恋人をみつけておらず、気にするふうもないことだ。うちの地方は血の気が多いから、若い奴（未婚の男のことだ）で夜を娘のところで過ごさなかったり、日曜日に近所のダンスパーティーに駆けつけなかったりする者など一人もいない。

このことで僕は宿屋や牛乳屋でよくからかわれる。通りがかりに、娘たちに変な目で見られるのも承知している。だがそれでもやりすごした。

こうしてついに春になる。フリブール側の丘の高みに残っていた最後の雪が消えた。急に暖かくなり、空気は香ばしい。再び芽をふいた草むらが、古着のように灰色っぽくうす汚れた牧場の中に緑の斑点をつけている。

僕は堆肥を撒《ま》きに行かされていた。

その朝も、道路脇の畑で作業していた。小分けされた堆肥の山が畑に沿って並んでいる。三つ叉《また》の鋤《すき》を使って、ひと山ずつ周囲一帯に撒き散らすのだ。

斜面の上にいたので、はるか遠くの谷まで見渡せる。底を川が流れている。反対側はまた斜面が続く。丘が並んだ先には別の牧場や林。その上には、薄い白レースに似たフリブール山脈のぎざぎざの稜線がついに姿を現した。

鋤に寄りかかって眺めていると、名前を呼ばれた。振り向くと、僕と同じ農場で女中をしているアデルという名の娘だった。

太ってたくましく、重そうな胸。内気にもあつかましそうにも見える。部屋は僕の隣だ。テーブルで差し向かいになっているとき、必要以上によくこちらを見るのに気づいていた。顔を上げるたびに視線がぶつかる。僕はきまり悪そうに目をそらす。だが次の瞬間にはもう相手のことを忘れていた。個人的に話したことなど、まだ一度もなかった。

いつもとは雲行きが違いそうだとすぐにわかった。十歩ほど先の路上に仁王立ちしている。「今度こそは逃がさないわよ」と言いたそうな気配だ。実際、娘は微笑みかけてきた。こちらの気構えさえできないうちに、

「ねえ、あなたって楽しそうじゃないのね！」

僕は頭にすぐ浮かんだ言葉で返事をする。ありきたりの台詞だ。

「この地上で楽しくなんかなれるものか」

老人のような物言いだ。ほかには何も浮かばなかった。しかし僕が予期したように爆笑してくれるどころか、赤い頬っぺたで健康そのものの娘はうなずき、溜め息をつく。そして、

「あなたの言うとおりだわ」

ぼんやり空《くう》を見つめている。快活な気分が一挙に失せたかのようだ。もう少しで泣きだしそう。

僕の方も困ってしまった。沈黙が延々と続きそうに感じたので、真剣な調子で、

「それでこうして散歩しているの？　きょうは散歩には最高だ」

娘はすぐには返事をしなかった。また溜め息をつく。そして相変わらずこちらを見ないまま、

「去勢されていない雄牛が手に入るか訊きにレシュレットまで行ったの」

田舎では若い男女の間でさえも口にしなければならない話題だ（僕らの間ではきわめて自然、同じ農場にいるのだから）。

「旦那さんの命令で行ったの？」

「そう」と答える。「雌牛の〝コゲ茶〟のために」

そして再び会話が途切れそうになった。話題を探してみるが、何もみつからない。あの子にもみつからない。

それでも立ち去らなかった。路上に仁王立ちしたまま、エプロンの紐を指でねじっている。

そのため僕は立ち上がる。鋤をつかむと、堆肥の山の中に立てた。

突然、名前を呼ばれた。二度めだ。

「サミュエル！」

まだそこにいる。動いていない。表情がまた変わっている。口元にはひと筋の皺《しわ》。目はこちらを見据えてはいるが、幾分うつろになっている。

「サミュエル」話しだす。「あなたは退屈していて私も退屈なのだから、一緒に退屈すればどうかしら」

その言葉の意味をよく理解できたかどうか自信がない。あてずっぽうでこう答えた。

「それで何か変わるならね」

「そうよ！」相手は応じる。

ここで笑いだした。さらに言う。

「またあとでね！」

立ち去った。

僕は遠ざかるその姿を眺めていた。大股で歩いている。腰が軽く揺れる。日焼けした手が身体の両側で見え隠れして、順に赤い点を作っている。

僕は堆肥撒きを続けるが、なぜかは言えない奇妙な不安が湧き起こった。

夜はいつもどおりの夕食、いつもどおりアデルは僕の向かいに座った。僕はスプーンを口に運びながら、ときどき相手の方を見やる。向こうはこちらを見ていない様子だ。ただの食欲旺盛な太めの娘。ときどき立ち上がって、湯を沸かしたり給仕の世話をしたりする。他人の家で働く女中は、食事中でさえも落ち着いてはいられない。

夕食後、僕は部屋に上がる。明かりといえば古く小さなカンテラしかないが、それ以上は不要。本とは完全に縁を切ったから（しかもロッシュで使っていた本のほとんどは僕のものではないので、ルー先生に返すようグランジャンさんに頼んでおいた）。

すぐベッドに入り、カンテラの火を吹き消した。上弦の月がほんのり輝いている。

あまり暖かくなかったので、布団の中に手を入れて壁の方を向き、シーツを顎まで引き上げる（折り目の硬いざらざらのシーツで、二、三か月おきにしか替えてくれない）。眠ろうとした。

でも眠れない。ロッシュを発《た》ってからは安らかな眠りが訪れない。目を閉じて何も考えまいと努めても駄目。目を閉じたときこそ一番よくものが見える。何も考えまいとするときこそ一番頭が働く。

しばらくして九時が鳴った。そのとき階段を上る音が聞こえてくる。アデルは夕食後に食器を洗っていたはずだ。だから寝るのはいつも一番遅い。僕の部屋の前を通り過ぎた。そしてかなり長い時間、まったく何も起きなかった。

突然、衣擦《きぬず》れの音が聞こえたような気がした。音はすぐに収まったので、僕は最初勘違いしたのかと思った。

あれはネズミにちがいない、建物のこの辺にはいっぱいいるから。だが衣擦れがまた始まる。急にある思いがひらめいた。ドアの向こうにいる誰かが鍵穴から覗こうとしている。

ベッドの上に座った。

「誰だ？」

声が答える。

「もう寝ていたの？」

「もちろん寝ていたよ」

「それでも入ってはだめかしら」

僕は答える。

「何の用？」

「何も。けど淋しいから、もしかしてちょっとおしゃべりできないかなと思ったの」

僕の驚きは想像できるだろうが、さらに驚いたことには、ドアが突然開いたのだ。アデルがそこにいる。

……………………

月は相変わらずほんのり輝いている。水汲み場の水音がまた聞こえるようになった。娘の方を向くと、眠っている。静かだ。物寂しい雰囲気。僕は自問する。〈何があった？〉そして答える。〈アデルが隣で寝ている〉よく見ると、眠りでしっかり閉じた瞼《まぶた》はとても大きく見える。厚い唇は垂れ気味、頬はふだんより丸くすべすべしている。だがそれより僕がショックを受けたのは、くつろいで邪気なく信頼に満ちた表情だ。まるで子供が眠っているかのよう。たまに胸が波打つ。ときどき溜め息をつくと、頭が少しずれ、そしてまた動かなくなる。シーツは身体の下側にかかっているが、腕はむきだし、喉も隠れていない。僕は突然はしゃぎたくなった。ともかくこれで一人前の男ではないか。少し身体を持ち上げる。〈キスしよう〉と思ったのだ。しかし同時に、僕の中の何かが壊れた。手を伸ばして相手の冷たい肩に触れるが、また引く。深い嫌悪感に苛《さいな》まれる。僕は理解した。〈ここにいる子は僕が求めていた相手ではない〉と考える。今や現実の娘は見えなくなり、別の瞳、別の肩、別の唇が現れた。アデルが消え、出てきたのは別の娘、こちらが唯一真実のもの。ああ！　こんなことってあるだろうか。みんな終わっているのに！　再び手を伸ばした。アデルの腕をとって揺する。「おい！　アデル」娘は目を開けて、こちらを見る。手を差しだしてきたが、僕は身を引いた。

「ねえ、アデル、部屋に戻らないと」

娘は何も言わずに立ち上がった。服を着ている間、僕は壁の方を向いている。

それでも一か月間、毎晩のようにやって来た。愛嬌があって素直、よく言うことをきき、何でも必ずしてくれる。愛されているのがよくわかる。

ひと通りの世話が終わると、僕のモミの木製の小さな箪笥《たんす》を探って下着を全部取りだした。ひどい状態なのを見て驚きの叫びを上げる。どれも新品同様に繕《つくろ》ってくれた。

僕が日曜日に着る服も同じ、ボタンがとれていたのだ。部屋は丁寧に掃除し、窓ガラスを磨いた。

毎朝ベッドをきちんと整える。夜にはたびたび小さな紙包みを抱えてやって来る。僕のために台所から失敬した肉のスライスや果物、スイス風ワッフルが入っていた。そしてこう言う。

「これはあとのお楽しみ」

どこから見ても良い娘。明るく献身的、誠実かつ純に振る舞っている。だが尽くしてくれることに感謝はするが、どうしても親しみが持てない。

親しみ、欲望、触れたいという気持ちすら起きない。娘の姿が見えた途端に感じる憂鬱を隠すのは大変だ。軽蔑のような感情が嫌悪にまで発展していく。理由をつきとめなくてはいけないような気がするが、うまくいかない。

僕が黙っているのを見て、娘は尋ねる。

「どうしたの、サミュエル」

「なんでもない」

「いえ、なにかある。私のこと怒っているの？」

僕は首を振る。

「ときどき君を退屈させる気がするからさ。退屈したら、そう言ってくれないと」

きちんと答える勇気は僕にはない。それに僕は情にほだされていた。こんな扱いをされるべき子ではないとよくわかっているから、気の毒にも思う。けれど僕は自分自身に無力なままだ。この世には人智を超えたものがある。

だから親しくなればなるほど耐えられなくなる。

こんな状態が五月最初の日曜日まで続いた。午前中、娘は説教を聴きに行った。昼食後、僕のところへ来る。どうしよう。ノックされる。鍵さえかかっていないし、僕がいるかいないかは室内を行き来する音でいつもわかるのだ。

その日の僕はことのほか不機嫌、ことのほか憂鬱。日曜日はあらゆる種類の思い出がぶり返すから。娘が入っても、振り向かなかった。

こう言ってくる。

「ねえ、よければヴォーの森で落ち合いましょうよ。きょうはいい天気。閉じこもっていてはよくないわ……」

だが僕は遮《さえぎ》った。

「行きたければ行けば。僕はほかに用がある」

相手は逆らわなかった。ちょっとためらってから、

「話したいことがあったの」

「今言えばいいのに……」

「だって……簡単な話じゃなくって……いやな話……私たち二人のことがちょっと心配……前もって言えばよかったけど……」

まず主人のことが浮かんだ。別の恋人のことか、それともやきもち焼きがいるのか。しかし主人、恋人、やきもち焼き、この子自身、みんな僕にはどうでもいい。考えているのはただ一つ。この子から逃れたい。

「そうだな。よければまた今夜会おう」

娘はうつむく。

「それより前じゃだめ？」

「前はだめ。外出しないと」

本当に外出するつもりでいた。どこへ行くかはまだわからないが、僕にとって大事なのは、この子に会わないこと。娘は納得し、諦め、こう言った。「それなら、また今夜」そして「もう一度キスして」僕は機械的に唇を突きだした。

さっき言ったとおり、僕は外出した。村と花の咲き乱れるリンゴ畑を太陽が燦々と照らしている。風見鶏が屋根の上で輝いている。僕は思う。〈もうこれ以上は続けられない。君は僕と今夜会えると思っているが、それは違う。なんなら野宿してもいい〉こんなことを考えながら作戦を練り続けている。〈木で閂《かんぬき》をこしらえれば、ノックして膝で押しても、ドアは開かない〉

わかっている、僕は人でなし。だが正義とは理性に基づくものだ。

午後四時までぶらついた。もう乳搾りのために農場へ帰らないといけなくなった。搾乳《さくにゅう》は五時半までかかった。ラ・マラディエールと同様、乳を牛乳屋へ運ぶ役は僕だから。そしてまた外出する。また山野をあてもなくうろついた。

五月に入っているから、日はまだ高い。正面の丘陵の裏側で、眩《まぶ》しい照り返しが空の下側を南に向かって動いている。ここからは見えないが、あそこに湖があるのだ。山並みからはみだすモミ林の黒い影を越えて、光が地平線を満たしている。

僕の気持ちは湖へと向かう。この時刻はさらにイライラが募る。〈あの子はどうしているだろう〉と考えてしまう。村の光景が浮かんだ。道路沿いや民家の前に人だかりができている。日曜日の装いのあの子は、挨拶してくる若者たちにお辞儀を返しながら歩いている。立ち止まっておしゃべりしようとはしない。あの子も気取り屋と言われている。だが僕はあの顎のわずかな動き、あまり傾けない首の仕草が好きだった。

〈じゃあ〉僕は考える。〈あの子があっちにいるのに、なぜ僕はここにいる？　歩いて一日もかからず近くまで戻れるのに、なぜ二人はこんなに離れている？　僕を待っているのでは？　僕の姿をみつけたら、微笑んでくれるだろうな。きっと自分の仕打ちを後悔している。僕と同じく退屈しているはずだ。今夜は僕と同じように散歩に出て、周囲を眺めながら、僕のように苦しんでいるのではないかな？〉

妄想はこれくらいとてつもない。だがこれもアデルに言い寄られたからだ。気の毒なアデル、いくら尽くしても報われない。

突然、どうしても酔っぱらいたくなった。考えるのはもううんざり。暑さで喉も渇いていた。宿屋があるのは幸いだ。現実を忘れたい者と喉が渇いた者両方のための場所。二種類の渇きを癒《いや》してくれる。

入ると、カフェはもういっぱいだった。いつもどおり隅に座りに行く。三デシ（デシリットルの略）注文した。すなわちグラス三つ。矢継ぎ早に飲み干した。それからテーブルを叩いて、さらに三デシ注文する。

陽気にはならなかったが、それが目的ではない。考えているという自覚をなくしたいだけ。頭の中をちょっと混乱させて、思考がどの方向に向かっているか感じなくさせたいのだ。動こうとしない雲にさまざまな角度から風が同時に吹きつけるのと同じ。

　効果が現れ気分がましになったころ、誰かが肩に手をのせる。モグラ捕りのランブレだった。面白い男だ、このランブレは。チビで顔は皺くちゃ、背中は曲がっている。ぼろぼろの青い上着と目深《まぶか》にかぶった古い帽子姿。こけた頬を覆うひげは、石の上に生えた苔のようだ。始終咳きこむ。鍛冶場の二階の小部屋で暮らし、誰の世話にもなっていない。罠を仕掛けに朝早く出かけるが、昼前には戻って宿屋に陣取る。それからはもう一日中動かず、僕と同じく一人片隅でブランデーを呑んでいる。

　しかも幸せな男だ。「好きなように生きている」と自分で言っているとおり、いつも上機嫌。要るのは酒とパイプだけだが、職業柄、二つとも簡単に手に入る。

　テーブルの下の椅子を引きながら声をかけてきた。

「座ってもいいか？」

　いいよと合図すると、真向かいに座った。

「一人でいたがる奴もいるからな。まあ、要は好みの問題で、口出しはできない」

　使い古して真っ黒になった陶製のパイプをポケットから取りだした。真鍮《しんちゅう》の鎖がついた蓋を外して煙草を詰める。詰め終えると、僕のワインジョッキを指さした。

「おまえはまだ駆け出しだな」

　こっちが黙っていると、

「そろそろ始めなくてはいかん」続ける。「だが、つまり、目の前には坂道がある……」

　床に唾を吐いて、靴の裏で擦《こす》る。にっこり笑った。短い顎ひげの中に見える歯のない口は、黒い穴のようだ。

「いくらもがいても、人は否応《いやおう》なしにどこかへと導かれる」とさらに言った。

　僕はうなずく。そのとおりだ。酔いの中でこそ見えてくる真実がある。今の僕は四杯め。

彼のパイプは火皿《ひざら》（煙草を詰めるところ）が口ひげにつくほど短いので、首をこちらに向けていると、口ひげから煙が立ち昇る。ここでまた唾を吐いた。パイプを口に入れ直す。生き生きとした明るい小さな目が僕を見つめている。

突然、灯《あか》りがともされたのに気づいた。テーブルの周囲に空いている席はもう一つもない。若者の一団がやって来た。シュザール（ムードンの北東にある村）へ踊りに行っていたのだ。少し酔っ払っている。ジュールの息子のダモンと赤ら顔のリュバテルがハーモニカの二重奏をする。調子が合っていないが、それには気づいていないようだ。

もう九時ごろだろうか。夕食をとりに帰ってはいないが、腹はすいていない。それよりも喉が渇いていた。

また呑む、さらに呑む。どれくらい酔ったかあまり覚えていない。だがふと気づくと、笑い声が聞こえる。顔を上げると、みなが僕を見ていた。入ってきたばかりのシュアールという名の靴直しが、カフェの反対側の隅に立ったまま僕を指さして、こう言っている。

「あれを見ろ」奴は叫ぶ。「みっともなくないか？……口ひげもないのに、一人前の男ぶりやがって。どう思う？……家でじっとしているならいいが、とんでもない。あちこち駆けずり回って、我が物顔……おや、面《つら》を上げた……そんなものは隠しとけ……」

みなは爆笑した。ランブレまでも笑う。彼に悪気はなかったが、ほかの者たちもそうとは言えない。僕が辱《はずかし》められるのを見て喜んでいる気配だ。シュアールを止めるどころか、煽《あお》っている。みな僕の敵。僕がこの土地の出ではなく、しかも仲間に加わらないからだ。

シュアールも怒っているわけを理解するには、しばらく時間が必要だった。だが突然、さっきのアデルの言葉が浮かぶ。ずっと前からシュアールにつけ回されているのに気づいていた。それを思い出す。やきもちを焼いているにちがいない。

奴はもうそれほど若くないから、当然といえば当然。僕はこう叫べたらよかったのだが。「持って行けよ。あんたの自由だ」ただしプライドがあった。しかも、あの口調。仲間もいる。逆らうにはおあつらえ向きだ。酔った勢いもある。

それでも冷静を保った。シュアールの罵《のの》りが止まらないので、僕は穏やかに答えた。

「文句があるなら、ここに来いよ。離れてちゃ、声が聞こえないだろ！」

奴は肩をすくめた。

「笑わせるぜ……おまえのように魚臭い野郎が！」

湖畔出身の僕へのあてつけだ。もちろん大受けした。

僕は真っ青になった。軽い眩暈《めまい》がする。立ち上がると、ランブレがまた声をかけてきた。「さあ、サミュエル、放っておけ。所詮は言葉だ、煙のように消える！」同時に僕の袖をつかもうとする。だが腕を強く振って、逃れた。シュアールの前に出る。

相手は勢いを失う。僕が近づくのを見て、本能的に一歩退いた。おそらく僕の様子がただごとではなかったのだろう。もし二人だけだったら、このまま事が収まることも十分ありえた。ところが不幸なことに、二人ではない。客の全員がけしかけている。「行け、シュアール！……やっちまえ……」すると彼は自分の合図一つでみなが加勢してくれそうな気分になった。腕を組んで、横柄にこちらを見つめる。

「俺に触れてみな。それだけで……」

言い終わらないうちに、僕のパンチを顔面に浴びた。拳を振り回すが、こちらはかわした。

シュアールが倒れたのに突然気づいた。同時に後ろからつかまれる。振り返ると、みなに囲まれていた。逆らっても駄目、敵の人数が多すぎる。テーブルが一つ倒れ、グラスやボトルの割れる音が響きわたった。それでも店の主人が駆けつける姿は見えた。ドアを指さしている。ドアが開き、僕は持ち上げられた。五、六本の腕が同時に伸びてくる。身体が滑り、膝から崩れる。ある者は足を持ち、別の者は首を抱える。こうして僕は廊下を通って玄関口まで引きずられ、階段の下に転がされた。

石に頭を打ちつけられたので、しばらく気が遠くなる。我に返ると、若者の一団はまだ玄関口にいた。「満足か？」と叫んでいる。もうこれで終わったと思ったのだ。

僕の脳裏に浮かんだのはただ一つ、終わりどころかこれは始まりにすぎないとわからせること。立ち上がって、飛びかかる。無我夢中で一人をつかむと、力いっぱい引き倒す。再び転がされた。向こうは馬乗りになっている。だが僕はすぐに身体を反転させ、相手の胸を膝で突いた。「次は誰の番だ？」

闇の中に大きな叫び声が響く。近所の窓が順に明るくなり、開いていく。こう尋ねる声。「どうしたんだ？」女たちが答える。「まあ！　なんてこと！　男の子たちが喧嘩してる！」

また全員に飛びかかられた。また拳骨が雨あられと降る。僕もできるだけやり返したが、感覚も意識もなくなる。呆《ほう》けたような状態だ。それでも力は衰えるどころか、どんどん増していくような気がする。

しかしどうあがいても相手の数が多すぎる。僕は劣勢にならざるをえなかった。抵抗は続けているが、拳骨が飛んでくるたびに、もうどう防御してよいかわからず、一、二歩退いてしまう。こうしてだんだん村の端にある農園へと近づいていった。

それでも若者たちはなお僕を追いたてる。今は村中の窓が開いている。だから農場に着いたとき、ドアが開いていて前に主人が立っていることにも驚かなかった。若者たちは急に立ち止まった。

すると棒を手にした主人が近づいてきた。

「もう終わったか？」主人は怒鳴る。「くそ……静かに眠らせてくれないのか。おまえはどこに行ってた？」

僕に向かって言っている。彼の方を振り返ると、月明かり（ちょうど満月だった）の中、口が大きく開いているのが見える。

そのとき熱いものが僕の喉元を流れたように感じた。だが舌の感覚が麻痺して、うまく話せない。

そのとき女主人も出てきた（念のために離れてはいるが、事の詳細を見逃すほどではない）。女主人は、

「まあ！　なんてこと！」

手で顔を覆う。

若者たちは答えた。

「俺たちのせいじゃない。こいつが先に手を出したんだ。仕返しされただけさ。店にあるものをぶっ壊したから、俺たちは、まあ、正当防衛。それだけだ」

主人は僕を見つめる。主人と若者たちに挟み撃ちされそうな気がした。

突然思う。〈農場へ戻る？　真っ平だ〉長い間温めていた思いが突然噴き出した。

あの丘の向こうに湖があるじゃないか。道はまっすぐだ。

すぐに決心した。頭の中で爆発が起きたかのようだ。〈せいぜい喚いていろ。これは予想外だろう〉と考える。

村に背を向け、南に向かって歩きだした。

主人は事態をすぐには飲みこめない。だが僕が両手をポケットに入れて大股で遠ざかるのを見て、声をかけてきた。

僕の歩みはさらに速くなる。

そのとき、ドアが一つ開いた。別棟《べつむね》の階段の上に人影が現れた。こう尋ねる。「どうしたの？」アデルだった。か細い声が闇夜に震えている。もちろん窓ガラスの向こうから一部始終を見ていたはずだが、姿を現す勇気がなかったのだろう。しかし僕が立ち去っている今となっては、すべてはどうでもよくなった。立てられそうな噂も、仕事を失うことも、悪い評判も。だから表へ出てきた。僕を呼ぶあの声が久しぶりに聞こえる。

「サミュエル！　サミュエル！」

「どうした？」主人が大声で言う。「寝ていなさい」

しかし三度めの声。

「サミュエル！　サミュエル！」

僕が遠ざかるにつれ、声はしゃがれて甲高くなる。「サミュエル！……サミュエル！……」それでも二人の距離は広がる。声はだんだん弱まり、今はもう吐息《といき》でしかない。曲がり道に入ると、まもなく何も聞こえなくなった。

けれども道のりは快適だ、湖に通じているのだから。溺れた者は水底《みなそこ》に達すると本能的に足で蹴って水面に上がろうとすると言われている。僕も同じ、沈んだあとまた昇っていくように感じられる。どん底まで落ちてしまった惨めさから脱して、再び人生の頂点に触れているような気分だ。明るい大きな希望が湧いてきて、僕を満たす。ちょうど夜空にかかっている真っ白な月とそっくり。あれもまた湖に向かって沈んでいる。

こう考える。〈まずルー先生に会いに行こう。あの人はいい方だから、赦《ゆる》してくださるだろう〉僕にとってはルー先生が以前の生活そのものだ。

こうも考える。〈それからあの子に会いに行こう。二年経っても僕の気持ちが変わっていないのを知れば喜んでくれるだろう〉

向かうところ敵なしの境地だ。自分の力を疑っていない。だから足取りは軽く、ためらいなしに進んでいる。しかし頭は痛いし、首筋も。全身打ち身だらけの感触だ。

ポケットの中の小銭入れを握りしめた。ぎっしり詰まっている。成人した年に後見人が百フランほど送ってくれていた。

Ⅷ

僕は川に入って、身体をざぶざぶと洗った。衣類もていねいに洗ったが、ずたずたのシャツのカラーは外して、上着の襟飾りをつけるしかなかった。

それでもルー先生のお宅に着いたときは珍妙な格好だったにちがいない。夕方五時ごろだった。僕は丸一日歩いたのだ。

家の様子が変わっているのがすでに遠目からでもわかって驚いた。いつも開いていた家のドアは閉じ、よろい戸が下ろされ、庭の手入れは悪く雑草だらけだった。あらゆるものに投げやりな雰囲気が感じられて、胸が締めつけられる。

呼び鈴《りん》の紐《ひも》を引いた。この日ほど呼び鈴の音が耳に響いたことはないが、静寂があまりに大きかったからでもある。

誰もドアは開けに来ない。一瞬だが、そのまま帰ろうとした。しかしルー先生に会いたくてたまらない。また呼び鈴の紐を引く。

やっと足音が聞こえた。ドアが半分開き、顔がのぞく。

「ご用件は？」

同時にその顔が引っこむ。ルー先生は僕だと気づいていないのだ。恐怖心さえ覚えたにちがいない。

僕の方も見間違えそうになった。それほど老けこんでいる。服装は黒ずくめ。光が眩しくて、少しまばたきをする。今はドアがどんどん閉まっていく。完全に閉じそうだ。

「ルー先生！」言葉がほとばしる（何を言ったか、あまりよく覚えていないが）。「ルー先生！……サミュエルです！……僕、サミュエルが戻ってきました……」

先生はにわかに自分を取り戻す。

「君か！」

僕は答えた。

「はい、僕です。サミュエル・ブレが戻ってきました……」

でもドアは相変わらず開かない。

「君か！」先生はまた言う。「戻ってきたのか……あの事件が起きてから……私はひどく苦しんだ……この二年、ひと言の便りもなかった……」

信じられないという様子だ。それとも単に怒っているのか。ともかく入れとは言われなかった。

そのとき僕の中の何かが破裂した。これまでみつからなかった言葉、言わねばならない言葉が突然浮かんでくる。

「ああ！ 僕が悪いのはよくわかっています……先生に何も言わずに立ち去りました……お礼の言葉さえなく……よくわかっています……礼儀知らずだとよくわかっています……でも僕は不幸でした……そして辱められました……戻ってくる勇気は出ませんでした……心からお詫びします……」

今度はドアが大きく開いた。先生は目に涙をためている。僕の手をとり、握りしめた。

「さあ、入りなさい。君は行いを悔いているのだから、すべて水に流す」

僕は中に入った。廊下は見違えるようになっていて、床はきれいな赤タイル。石灰を塗った壁は輝き、奥の台所の棚の上には、真鍮製の大きな洗い桶《おけ》の隣にミルクポットが並んでいる。テーブルの周囲には藁《わら》張りの椅子。

先生はその一つを引いて、僕を座らせた。

「お腹は空いていないか？」

朝から何も食べていなかった。先生はチーズの塊と肉のスライスを探しに戸棚まで行った。ワインも持ってきて、こう言われる。

「さあ飲んで」

僕が食べている間、先生は隣に座って、テーブルに腕をのせている。

「どうだ、ここはずいぶん変わっただろう……家内も亡くなった」

先生を囲むすべてのものが放つ投げやりな雰囲気の理由を即座に理解した。先生自身も同じ。僕は食べるのをやめた。

だが先生は続けられる。

「もっと食べればいいよ、君。元気にならなくては……私はこれまで蓄《たくわ》えてきた力で進むだけ。転がる石のように……だが君は若い。私たちのことは心配しなくていい」

また沈黙が訪れた。水溜めからときおり垂れる滴《しずく》が、ポタンと小さな音を流しに立てる。

「君に何があったのかと何度も考えた。誰にもわからない……ゴナンさんにも会いに行った。君の振る舞いがまったく理解できなかったそうだ……グランジャンさんも同じ……ともあれ、おそらく君には君の言い分があったのだろう……私は何も訊かない……いつか洗いざらい話そう……とりあえずはここにいればいい……今は空いている部屋があるし。冬のための薪《まき》をもらったところだ。仕事はあるぞ」

先生はこんなふうにゆっくりと話す。さらに長い間、同じ調子が続いた。感激した僕は口をはさむことなく傾聴していたが、先生の声が良い効果をもたらした。食べて飢えが癒え、飲んで渇きも癒えた。食事が終わると、部屋に案内された。来客用だ。細やかな気遣いを受ける。お湯をいただき、ベッドシーツを替えてもらった。疲れているだろうから少し寝るようにとまで勧められた。ああ！　あとで話すとおり、先生の真心は無に帰してしまう。

僕がすぐには安らぎを得られず、まだ長い道のりをたどらねばならないのは、あらかじめ決まっていたことなのだ。

僕の気持ちのすべてがメラニーに向かっていたからだ。再会が待ち遠しい。二人で夕食をとった。それから村に用事があると僕はルー先生に告げた。先生は夜十時以降でなければ寝ないとのこと。だから時間はたっぷりあった。

村へと走る。『二十二州亭』に入ると、ちょうどラルパンがいた。彼に近寄り、手を差しだす。相手は顔を上げて、一瞬こちらを見つめる。そして、

「おやまあ！……サミュエル……こんなところで会えるなんて！」

僕が隣に座ると、

「さあ、どこに行っていた？」

「見聞を広げたかったのさ。〝高原〟（ジュラ山脈とアルプス山脈の間の地域を漠然と指している）をひと回りしてきた……」

彼はウインクして応じた。

「つまり、〝高原〟でひどい目にあったということか……」

いかにも僕の顔の傷に興味津々だ。それは当然ではあるが。しかしそれに答える代わりに、

「こっちで」と尋ねる。「何か変わったことは？」

「変わったことか、別に……相変わらずのんびりしている……だが」話を蒸し返す。「〝高原〟、おまえが〝高原〟と呼んでいるところでは……」

「ラ・マラディエールは？」

「ああ！　ラ・マラディエール……」

「わかってるだろ。僕は着いたばかりで、何も知らない」

「ラ・マラディエールは良くないな……」

だが肝心要《かなめ》の質問に近づくにつれて、こちらはしつこくなる。だからまた遮った。

「ユリスは？」

「遠くに行った……」

「女の子たちは？」

「どの女の子？」

「女の子、そう……おまえの〝彼女〟とか……」

「俺の？」

「それからほかの子は？」

ここで一瞬止まる。息が苦しくなったからだ。

「ほかの子……メラニー……」

名前が飛び出すと、沈黙が生まれた。彼は黙ったまま顔を上げる。僕の質問攻めにちょっと閉口の様子だ。それから、「きょうは寒いな」とか「雨が降りそうだ」と言うような調子で答えた。

「あの子は結婚した」

僕は身動きしなかった。テーブルの下で膝をわずかに震わせただけ。彼からは見えない。

彼はぼんやり空《くう》を見つめている。

「そう」続けた。「ラ・ボーメットにいるデブのジョルダンと……青年団の祭りの日に結婚が決まった……この秋で二年になる……どうした、帰るのか？」

「ああ、もう行かなくては」

「ドゥミ（半リットルワインのこと）を注文したばかりだぞ」

「かまわない。行かなくては……」

「まったくおかしな奴だな……サミュエル！」

僕はもう遠くにいる。

今は自分に大笑いしながら闇夜を駆けている。事実を目にすることで、きっぱり諦めなければ。面白いぞ、見物するのは。まったくおかしな奴！　ラルパンが言ったとおりだ。証拠をさらに求めるようなもの！　だがはっきりとそれを見ることができるだろうか。

だから自分を笑いはするが、それでも闇夜を駆けている。「メラニー！　メラニー！」と鳴る鈴が首に掛かっているかのように、名前を繰り返す。

〈泣いたら〉と思う……〈すっきりするぞ。そうしろ〉ところがそれどころか、水に浸けたインゲンマメのようにいろんな考えが頭の中でどんどん膨らんで、頭蓋骨が破裂してしまいそうだ。頭を手で押さえる。すると突然、身体中が熱くなった。僕はどこへ行こうとしている？　不意にすべてを了解した。〈二人はあそこにいる。寝ていれば、ちょうどいい。ドアをぶっ壊して、二人に飛びかかってやる。あいつの首をつかんで……あの子の方は……〉

あの子に何をするかは心得ている。あっという間に終わらせてはならない。苦しみをたっぷり味わわせるのだ。たとえば部屋に閉じこめて、家に火を放つ。ラ・ボーメットは外れにあるから、気づかれる心配はない。炎が徐々に自分たちに近づいてきても、逃れることはできないだろう。僕はすぐそばに隠れて、叫び声がどんどん間遠になり嗄《しわが》れていくさまに聞き耳を立てる。ひと声ひと声が僕の火傷《やけど》を癒《いや》す油滴のようなもの。叫びが完全に消えるまで。

だが突然、木立《こだち》の間から家が見えた。厳しい寒さで凍結した石のように、僕の心臓が割れていくような気がする。泣きたくて仕方なくなった。

〈おまえに何の権利がある〉……〈声をかけるだけにしろ。あの子が来たら、さよならを言え……責めてはいけない……自分は永久に姿を消すからひと目会いたかったと伝えろ……手を出して、メラニー。いい友達のままで別れよう〉

家の裏手の塀沿いに板材を山積みにしているところまで来た。そこからでは窓は見えないので、庭の柵《さく》まで進んだ。

両手で柵につかまる。さもないと落ちてしまいそうだ。

唇を突き出し、ほとんど聞こえないくらいの小声で呼びかけだ。もっとも気持ちの上では怒鳴り声だ。

「メラニー！　メラニー！」

正気でないのはわかっている。だが、いつだって正気を保てると誰が言えよう。

返事はない。

今度は声に少し力をこめる。こう思ったのだ。〈あの子の眠りの方が旦那よりも浅いはず。先に目覚めて、僕の声と気づくだろう〉

「どうした？」

実際にすぐイスパニア錠（両開きの窓の締め具に用いる錠）が軋《きし》むと、一階の窓の一つから顔がのぞき、こう呼びかけてくる。

あの子じゃない。もう一人だ。僕は息を殺して縮こまる。幸いなことに、サヤエンドウの苗床《なえどこ》の高い添え木が視界を遮ってくれるので、こちらの姿は見えない。

声が大きくなる。

「誰だ？」

僕はそれでも返事をしない。あの子、あの子が現れるのを待っている、こう考えながら。〈あの子が窓辺に寄ったら、前に出よう。そして「メラニー、別れの挨拶にサミュエルが来たよ」と言おう〉

でもあの子は出てこない。その代わり、夜の静寂の中、部屋の奥からこう言うのが聞こえる。

「ねえ、フランソワ。誰もいないわよ。戻って寝たら」

「たしかに誰かいる。呼ぶ声がした」

「夢を見たのよ、フランソワ。誰かいれば、もう返事しているわよ」

それでもフランソワと呼ばれている男はそのまま窓辺から動かず、周囲を見回している。あの子は不安も少しはあるだろうが、むしろ面白がっているのだろう。また口を開いた。

「来ないなら、私の方が行くわ」

そのとき白いネグリジェ姿のあの子が近づくのがはっきり見えた。月に照らされた顔は夫と同じように真っ白。相手の首に腕をかけて、やはり身を乗りだす。僕と視線がぶつかった。何かを感じただろうか。いや、そうは思わない。あの子は笑いだした。

「おバカさん」と言う。「誰もいないに決まってるわ。もう戻って寝ましょう。風邪をひいてしまう」

それでも男は諦めない。「なんだか落ち着かないんだ。家の周りをひと回りしてくれればよかった」するとあの子は相手の首に腕をかけて、引き寄せる。

「早く行きましょ、あなた。ここよりベッドの方がいいわ」

今は二人の唇が重なっている。男は女の身体に両腕を回して抱きしめる。

僕は来た目的をすっかり忘れていた。我に返ったときは、すでによろい戸が閉まっていた。相変わらず柵を両手でつかんだままでいる。木の角が皮膚に食いこむ。

それからもかなり長い間そこにとどまっていた。上空は星がいっぱい。帽子をとると、辞去するときのように家に向かって挨拶した。そして坂道を駆け下りる。湖が目の前に来るまで止まらなかった。なぜ僕はそこへ行ってしまったのだろう。パンジェ親爺の掘立小屋とヤナギの木のすぐそばにいる。

セイヨウハンノキの密集した生垣があった。隣は砂地だ。生垣の陰になる砂の上に身を横たえた。頭がズキズキする。口の中が苦い。

立ち上がって、湖の水を飲みに行った。

それでもやっと眠りこんだにちがいない。目を開けると、すっかり夜が明けていた。太陽が昇っている。ディアブルレ山系（ヴォー州とヴァリス州を隔てる山系。一九三四年発表のラミュの小説のタイトルになったデルボランスはこの中にある）の背後から姿を現し、そびえ立つ山々を薄い光で真っ青に染めている。小さなバラ色の雲も太陽と一緒に空に向かって昇っている。周囲の葉には露がかかっている。寒さで身体が痺《しび》れてきた。

だがすでに暖かな心地よい空気が入りこんでいる。ハエが活動を始めた。さざ波の先端は、どれも火炎が舞っているかのようだ。

僕は肘をつくと顔に手を添え、パンジェ親爺の家の前方で揺れている小型船を眺めている。帆がついているが、見覚えがない。

中に黒い顎ひげの男がいた。ちょうど夜に備えて丸めていた帆を立てているところ。まずはそれを広げて帆桁《ほげた》（帆を立てるために帆柱の上に横に渡した用材）と結んでから細綱を引く。帆桁がギイギイと音を立ててマストを上ると、帆はだらりと垂れた。

そのときパンジェ親爺が自分の船に近づいてきた。

「なあ」男が声をかける。「おあつらえ向きの天気になりそうだ。北風が吹くぞ」

パンジェ親爺は空を見上げた。

「といっても、それほど強い風じゃないだろう。昼ごろにはやむかも」

「ああ、それなら」男が応じる。「仕方ない。昼までには着いておこう」

「ところでシプリアンは」パンジェ親爺がまた言う。「まだ来てないのか？」

「今待っているところだ。六時に約束した」

しかし、主帆とジブ（船首の三角帆）は準備万端。船はじりじりしたように、耳障りな音を立てながら錨《いかり》を引っ張っている。

彼の訛りから、僕はまもなく小型船の男はサヴォワ人だと気づいた。おそらく仲間の一人を迎えに来たのだろう。あの時代、一八六二年（イタリア統一のためにサヴォワ地方がサルディーニャ王国からフランスに割譲されたのは一八六〇年）にはまだ蒸気船は多くなく、せいぜい一隻か二隻。ロッシュにはあまり入ってこない。

僕ははるか彼方のサヴォワを眺める。青い大気で霞《かす》んだ先に、屋根やガラスのような岩壁がきらめいている。

突然思いついた。〈あそこは別の国だ〉

立ち上がって、船に近寄った。パンジェ親爺は自分の船に乗りこんだところ。かがんで、魚がいっぱい入った木《き》桶《おけ》を船底から取りだそうとしている。

腰を上げると、目の前には僕。同時に親爺と一緒にやってきた見習いと黒い顎ひげの男も僕の方を向いた。

僕はパンジェ親爺に話しかける。

「一緒に湖を渡らせてもらえないでしょうか」

僕が農場を去ってから出会ったすべての人たちと同様、彼らも驚きと警戒心に満ちた様子を見せる。パンジェ親爺が口を開いた。

「おまえは誰だ？」

「僕に見覚えがありませんか？」

相手はじっと見る。そして、

「ああ！　あのときの……」

そこで止まる。僕は、

「そう、僕です……」

こちらもその先を続けられない。

するとパンジェ親爺がまた話しはじめた。

「この船はわしのものじゃない。持ち主に頼まないと」

黒い顎ひげの男を指さした。僕は尋ねる。

「湖を渡るのに僕も乗せてもらえないでしょうか。そうしていただければ助かります……必要なお金もお払いします」

男はためらっている。僕の外見のせいだ。額には瘤《こぶ》、唇は裂けている。パンジェ親爺が口をはさまねばならなかった。

「乗せても大丈夫だ、ジョゼフ。悪い奴じゃない。わしの知り合いだ。昔このすぐ近くで作男をしていた……」

すると黒い顎ひげの男は、

「それなら、わかった。一緒に来てもいい……料金だが、俺たちに一杯おごれ」

彼がしゃべり終わらないうちに、四人めがやって来た。みなが待っていたシプリアン。挨拶して三人と握手する。それから彼も僕の方を向くと、こう尋ねる。「おまえは誰だ？」

ジョゼフと呼ばれている男が代わりに答える。

「俺たちと一緒に湖を渡る奴さ。パンジェの知り合いだ」

そのとき、あとからやってきた男の片目がつぶれているのに僕は気づいた。彼は言う。

「荷物は？」

「荷物はありません。両腕があれば十分でしょう……おたくらの国がどんなところか知りたいんです……」

「向こうの土地の方がここよりましだと思っているのか？」

それから首を振って、

「どっちにしろ、おまえのような面《つら》とはあまり森の外れで会いたくはないな……」

この言葉でみなはあっという間に上機嫌になった。僕も笑いだす気になったかどうか窺《うかが》うように、彼はしばらく間を置いた。そしてポケットからブランデーの瓶を取りだすと、

「まあ、これがあればいつだって気は休まる。船で飲もう」

ジョゼフは出発を急いでいた。僕を船底《ふなぞこ》に座らせると、自分も船尾につく。錨を上げて帆《ほ》脚索《あしづな》（帆の風下端を上下する動索）を引き寄せると、急に帆が膨らむ。パンジェ親爺と見習いは帽子を振りながら、「気をつけてな！」と岸から叫んでいる。

第二部

I

こうして僕は故国を離れ、新しい七年が始まった。その七年間ずっと外国だ。

残りの人生を含めて考えれば、ほんのわずか。少しの間暮らしただけのこと。世の中には確信を持って人生を歩むタイプの人がいる。聖書に出てくる、空にベツレヘムの星が輝いたときの羊飼いのように（『ルカによる福音書』によると、イエス・キリストが生誕した夜、天使が羊飼いたちの前に現れて、そのことを告げた）。意味のない行動や言葉など一つもない。あらかじめ進むべき道のりを測り、それにかかる日数を計算する。

だがそれは本の中にだけ出てくる人たち。読者におもねる必要があるからだ。読者は物語と自分とのつながりおよび登場人物の人となりをすぐに理解しないといけない。本に記される事件というのは、道のりのどこかでひと段落することが大事。そして十字路のように、誰もが共感できる箇所がある。先の展開を予想させることも大事。さもないと読者は途方に暮れてしまうだろう。

自分がどこに向かっているのか、僕にはわからなかった。物事というのは、こちらが望むとおりではなく、好き勝手に訪れる。人はまずパンが必要だから、それだけを考える。そうしているうちに、一時間、一日、一週間、と時が過ぎていく。こうして知らないまま前へ進み続けるのだ。

僕らのような者は、何を知ることができるだろう。世間の人から見れば、ただの通りすがり。親類も友人もいないから、こっちが楽しかろうが悲しかろうが、知ったことじゃない。

だからもがく。自分にできるのはそれだけだ。

船に乗せてもらったあと、みなはじっとしていた。片目の男は僕の隣にいる。岸から離れていく。パンジェ親爺と見習いは豆粒ほどになった。家も同じ。周囲は青く深い湖水、小さな波同士がぶつかり合っている。船室にいるから、北風は感じない。だが帆は膨らみ、船体は大きく傾いている。

それでもスピードは速い。ときどきジョゼフが帆脚索《ほあしづな》を引き、身体を後ろに倒してアウトリガー（舷外に腕木を張り出して取りつける安定用の浮材）の向きを変えると、帆がわずかにはためく。すると帆の膨らみが急に変化して、針路変更したことがわかる。

ジョゼフという男は操作を心得ている。片目の男と僕は、ときおり頭をかがめてアウトリガーをよけるだけ。

突然、片目の男が肘で僕をつついた。

「さあ」彼は言う。「まだふさいでいるのか」

ブランデーの瓶を指さす。

「そろそろ元気にならないとな」

ラッパ飲みする。瓶をジョゼフに渡すと、彼も飲む。次は僕に差しだされる。片目の男が、

「おまえの番だ」

僕は胃が空っぽだったので、効き目はあった。

「だろう」彼はまた言う。「難しいことじゃない……見るからに元気がなかったからな。酒で吹き飛ばせばすむことだ」

なぜかはわからないが、早くも物が別の色に見えてきた。心の色模様も。

お尻の下で竜骨《りゅうこつ》が揺れる。竜骨が切り裂く波の絶え間ない上下運動は、ゆりかごに乗っているかのようだ。これほど楽しい旅は予想していなかった。

「いいぞ」シプリアンがまた言う。「もう大丈夫だ」
良い方の目だけで僕をおかしそうに見つめている。もう一方の目は、ほとんど閉じた瞼《まぶた》にはさまった塊《かたまり》でしかない。

岸辺はだんだん緑がかったグレーの細い線になっていく。ポプラの木立は、澄んだ空気の中をまっすぐ昇っていく煙のようだ。岸と一緒に、僕の過去も遠ざかっていった。

〈僕は自由だ〉瓶がひと回りしてきた。

「わかるな」シプリアンは言う。俺が言ったとおりだとわかるな……おまえに何があったかは訊かない。それはおまえだけの問題だ。だがきっと、まだ女関係のことで心を煩わせているな。それなら、まあ、どうってことない。おまえのような奴は何百人もいると思いな。俺も昔……俺も女たちのことで苦しんだもんだ……ところが、見てのとおり、すっかり消えた。きれいさっぱりと……」

ジョゼフがうなずきながら帆脚索を緩めると、船はおとなしくカーブを切った。

そのとき僕は考える。〈僕らはなんて変な生き物なんだ！　船よりずっと簡単に針路が変わる。帆脚索をたるませる必要さえない。風が一つ吹いていてくれるだけで〉

四度めの瓶が戻ってきた。日はどんどん高くなる。振り向くと、いきなりトノン城（エヴィアン＝レ＝バンとトノン＝レ＝バンの間のレマン湖畔に立つ城。リパイユ城とも呼ばれている）が三百メートルほど先に見えてきた。

四角い大きな建物。石灰を塗られていた壁は、風雨にさらされて黒ずみ、湿気でまだらになっている。その後ろの急な坂道の頂上には、屋根がずらりと並んでいる。

町と湖岸を隔てるものがある。岩の斜面だ。茂みもあった（少なくとも僕が覚えているかぎりは）。僕は今まで見たことのない奇妙な物、僕にとって初めての国に目を見張った。

ちなみに僕と片目の男は、それから夜までずっと呑み続けた。ジョゼフは長くは付き合わなかった。女房持ちだから、家路を急いだのだ。しかし僕らには誰もいない。

夕方ごろ、片目の男が歌いはじめた。歌のタイトルは今でも覚えている。たしかサヴォワ地方のどこでも歌われている歌だ。〝麗《うるわ》しきウージェニー〟というタイトル。

彼はテーブルに肘をつけて、こちらを見ることなく歌う。歌は二十番以上あったから、僕はしまいにメロディーを覚えて、一緒に歌いだした。


しかし翌日から仕事探しを再開しなければならなかった。広場近くに店を構える樽屋《たるや》に雇われた。この広場は高い木々が陰を作るので、町の紳士淑女たちが夕べの散歩に訪れる。

どんな仕事か知りません、と僕は率直に親方に伝えた。

「まあやってみろ」が親方の返事。

実際に始めてみると、思ったよりも早く慣れた。僕は結構器用なのだ。

樽の底に入ったおがくずに火をつける。熱の効果で木がしなると、たがを槌《つち》でがんがん叩く。

けれどもブドウの収穫が終わってしまうと、僕はもう用無し。だからさまざまな仕事を渡り歩いた。サヴォワで過ごした四年間、トノンとジュネーヴ州の間の湖畔にあるすべての村で暮らしたと思う。

僕の出身地を聞くと、みな不思議そうな目で見る。僕らよりもむしろサヴォワ人の方がうちへ出稼ぎに来るからだ。お隣さんにもかかわらず、サヴォワ人と僕らはびっくりするほど互いを知らない。湖を渡ればいいだけのことなのに。今なら船便《ふなびん》があって、三十分で行ける。だが距離よりもはるかに両者を隔てるものが存在する。つまり宗教だ（スイスのヴォー州はプロテスタントが主体。サヴォワ地方はカトリック）。

しかも向こうは僕らより貧乏、うちの方では貧乏人は好かれない。向こうが進歩に背を向けているのに対し、うちの方は新しいもの好き。乾いたクリの幹にブドウの蔓《つる》を這わせているのをスイスの丘陵のブドウ作りが見たら、おそらくは肩をすくめるだろう。彼らは毎年地面すれすれに切っておいて、生えるとすぐ添え木に絡ませる。

僕自身は、村の中に無人か廃墟になった家屋が多くあるのにショックを受けた。故郷の大農場に慣れていたので、向こうの家の小ささに最初はびっくりした。干し草用荷車をそのまま通せる高くて丸い門がないのだ。農地を見ても驚いた。ところどころ耕作されておらず、茨《いばら》や雑草が生え放題になっている。

それでも僕はサヴォワの土地に好感を抱いた。今もなお楽しく思い出す。四年間あちこちの村をせわしく行き来した。村の生活はこんなふうだ。丸い頭巾《ずきん》姿の老女が戸口に座って、エンドウの莢《さや》をむいている。男たちは鍬《くわ》を肩にかついで畑から戻ってくる。大小の籠《かご》を背中いっぱいに載せた籠屋が通る。女は貯水槽の蓋をとってかがむと、真っ暗な水の中にバケツを投げこむ。泣いている小さな女の子たち、家々から立ち昇る煙。軛《くびき》につながれた四頭の大柄な雄牛が、ゆっくりと畑の斜面を登っている。

僕の苦しみは和らいだ。世の物事をじかにこの目で見たからだ。どこまで遠くへ行ったとしても、人はいたるところで苦しみ嘆くもの、と気づいた。僕がいたところは、どこもそう。ある男の家では、同じ年に妻と二人の子供が亡くなった。別のところにいたときは、家が火事で焼けた。建て替える金がないので、主人は所有地を人に貸して僕のように出稼ぎに行かなくてはならなくなった。次の若夫婦の家は幸せそのものに見えた。金はあるし夫婦仲が良かったからだが、結婚の翌年授かった子供は知恵遅れ。それでも挫《くじ》けず二番めの子供を産むと、今度はせむしだった。エッスヌヴェ村の主人は妻に家庭内暴力。泣き叫ぶ声がひと晩中聞こえる。ここは一週間で去って、トゥッグ村へ行った。雇ってくれた老女は強度の神経衰弱。いつも敵が迫ってくると思いこんでいる。寝室のドアには錠が二つ、窓には南京錠。それでも古い猟銃をかまえて朝まで立っている。あいつらの襲撃に備えて、とは婆さんの言《げん》。決して相手の名前は明かさない。来ないとなると、僕が疑われた。ある夕方家に帰ると、ドアの前に陣取っている。何か喚いているが、遠すぎてわからないので、そのまま進んだ。危うくお陀仏《だぶつ》になるところだった。婆さんの腕が悪く、しかも火薬が湿気《しっけ》ていたのが幸いした。

ああ！　そのとおり。いたるところに苦悶、涙、呻《うめ》き声。そこで自らを顧みた。我が身を嘆くのは卑怯だ、運命は誰も容赦しないし、僕より不幸な人間はたくさんいるのだから、と考える。自分には少なくとも健康、若さ、これから待ち受ける人生、働ける二本の腕があるではないか。ずっと空っぽだった意欲が蘇ってきた。

当初はしょっちゅう湖の対岸を眺めていた。空気が澄んでいるときは、ヴェルナマンの家々の屋根がぼんやり見える。鐘楼《しょうろう》の風見鶏が煌《きら》めいたように思えることさえ何度もあった。

ヴェルナマンの方を見る回数がどんどん減る。鐘楼の風見鶏はもう煌めかない。

サヴォワに来て三年めの終わりに僕はサン＝タルバン村へ行き、そこでルイ・デュボルジェルと知り合った。サン＝タルバンは人口五百人ほどのかなり小さな村。湖のわずか上を走る道路をはさんで家が立ち並んでいる。広場に立っていると、二人の男がしゃべっているのが見えた。一人はひげがなく、もう一人は大工職人のような服装だ。

僕が宿屋に入って座るか座らないかのうちに、二人も入ってきた。

僕はまた仕事を探していたので、店の主人を呼んでもらった。今はもうそれほど引っ込み思案ではない。単刀直入にいかないと。

彼は出てくると、長椅子の下に鞄《かばん》を入れてテーブルについた僕の前に立つ。トノンの樽屋のところにいたとき買った鞄だ。けれど取っ手がすぐ壊れてしまい、ロープで代用している。

主人に向かって言った。

「このあたりに働き口はないですか」

そのとき大工職人が顔を上げて、こちらを見つめた。

「どんな仕事？」主人は尋ねる。

「なんでもやります」

「さあ、まったく思い浮かばないな。時期外れだし（まだ冬だった）。それに、つまりここには大きな地所がないので、作業は自分たちだけでやるんだ」

予想したとおりの返事だったから、それ以上粘らなかった。

「しょうがない。先へ行こう」

すると、ひげなし男がグラスを空《から》にして出ていった。大工職人だけが残る。ずっとこっちを向いている。

突然、何かしゃべろうと決めたかのような咳払いが聞こえた。

「おい」声をかけてくる。「いい話があるぞ。あんたは仕事を探していて、俺は人を探している……家を建てるなんてどうだ？」

僕は答えた。

「わかるでしょう、僕は選《え》り好みしません。建築でも何でも、いつだってみつかり次第」

彼は立ち上がると、ジョッキを持って僕の隣に座りに来た。きっと僕の面構《つらがま》えを気に入ったのだろう。

「話がまとまりそうだな」彼はまた話しだす……「さっき出ていった奴を見ただろ。もともとあいつは召使で、ジュネーヴで働いていた。ところが主人が去年死んでしまった、あいつに三万フランを遺して……それまでも貯めこんでいたから、大金持ちだ……それであいつは家を建てさせている。建てるのは俺。知り合いなので、『おまえを信用する』と言われた。急ぎじゃないから、今は手伝い一人しかいない。それでなかなか作業が進まない……だからあんたが承知なら……」

「もちろん」僕は言う。「承知です」

彼は僕の手を握った。

「あとはラヴィネ（それが元召使の名前）に話すだけ。わかっているだろうが、賃金を払うのはあいつだ。けど反対はしないはずだ……待っていてくれ……」

　立ち去り、まもなく戻ってきた。

「話はついた」彼は言う。

　さらに、

「賃金は……日取り二フラン五十。それでかまわないか？」

　僕はうなずく。

「よし！」彼は言う。「俺の住まいはここ。飯はうまいぞ。一緒に食べればいい」

　僕にとっては願ってもないこと。彼は大喜びで、一リットル瓶を持ってこさせた。乾杯する。ご覧のとおり、事はあっさり片づいた。

　ともかく、またしても転職。僕は彼と同じ大工兼石工になった。僕とデュボルジェルの協力は欠かせない。家を建てるのは二人だけだから。ほかにあの手伝いがいるが、ほとんど役に立たない。ジャコという名の気の毒な知恵遅れだ。

　その家は、村の少し先のブドウ畑を突っ切る道路脇に立っている。しかも、立っているというのは言葉の綾。まだ基礎工事の段階で、掘った穴の中に地下倉庫の壁があるだけだ。上に向かうというより、まだ下っている。翌朝から三人で仕事にかかった。朝六時から昼まで、午後一時から夕方七時まで作業する。一日八時間労働制はまだできていない。

　ジャコがモルタルをかき混ぜ、僕は石を割る。それをデュボルジェルが並べる。高い帆をつけた小型船が湖のきれいな石をメユリー（ヴヴェイの真向かいに位置するサヴォワ地方の村。ジャン＝ジャック・ルソーの『新エロイーズ』に出てくる）から運んでくる。ネルニエ（ジュネーヴとエヴィアンの間にあるレマン湖畔の町）に接岸せざるをえないが、村の男が荷車での運搬を引き受けてくれた。

　道路脇に石が積み上がっている。僕がハンマーで叩くと、塊は割れて、とがった角が現れる。

しかしデュボルジェルが言うとおり、根《こん》を詰めはしない。ラヴィネが現れたときだけ作業を少し急ぐ。彼は毎日同じ時刻に来ると、ポケットに手を入れて仕事ぶりを眺めている。デブで太鼓腹、手は白く、黒い鼻毛がのぞいている。あまり好きなタイプではないが、それでも従わざるをえない。賃金を払うのは奴だし。だから彼がいる間はずっとスピードアップ。背を向けた途端に帳尻を合わせる。

「行こうぜ」デュボルジェルが声をかけてきた（互いの敬語はすぐにやめた）。

リンゴの木陰で寝そべる。もう草が生えているし、空気は心地よい暖かさ。ときどき鳥が鳴きながらはるか高みへと昇り、そして下りてくる。ヒバリは冬ごもりを終えた。黄色いチョウも。焼きたてのパンのような香りに包まれる。振り返ると、湖面は青色に戻っていた。

だが、またすぐにデュボルジェルが昔話を始める。しゃべるのが何より好きなのだ。澄んだ目と垂れた口ひげ、長い金髪を手で始終かきあげている。

僕は何も言わずに話を聞く。そうしないとまずい。だんだん熱がこもってくる。声が高まり、ジェスチャーが加わった。道路にいるジャコは、スズメに向かって石を投げている。

「いつも言ってることだが」デュボルジェルは語る。「世の中の仕組みがおかしいんだ。作りかえないと。病人が出た家と同じように、ぶち壊すべきだな。さもないと、あとで入ってきた者もみんな病気に罹《かか》ってしまう……嘘だと思ってるな。俺にはこんなことがあった」

デュボルジェルはおしゃべりだ。自分でもそれを気にしてはいる。だが彼の口調から、言葉に信念があるのが窺える。

「……親父が死んだとき、俺は十六だった。金持ちではなかったが、なんとかやっていた。それ以上は望まない。『生きていられりゃ、苦労など屁《へ》でもない』と言い合ってな。そうだろ、俺とおふくろの二人が互いを支えるんだ。しばらくは順調で、ヤギを一頭買うことさえできた。だがある夕方、俺が夕食に戻ると、おふくろはふさぎこんでいた。ジャガイモが入った鍋を炉からとってテーブルの上に置いてくれたが、突然物音がしなくなった。振り向くと、台所の真ん中に立って泣いている。

　俺は尋ねた。

『どうしたの？』

『何でもない！』が返事。

　また言う。

『どうしたのか教えてよ。ここに来て。僕を見て』

　おふくろに近づいて、肩を抱いた。すると目を伏せて、

『ドラクレタさんが来られたの』

『何の用で？』

『貸したお金を取り戻しに（親父がした借金だ）』

『利子はきちんと払っているじゃないか』

『それはどうでもいい、全額必要と言われた（おふくろはまた泣きだした）。全額必要だって。そんなお金はないから返すのは無理、と答えたわ。するといい方法があると。レーの牧草地が欲しい、自分の牧草地の隣だから、譲ってくれさえすれば借金は棒引きする、と言うの』

　俺は叫ぶ。

『とんでもない！』

　つまりレーは一番の牧草地、うちで唯一まともなところと言ってもいい。しかも評価額は三千フラン、ところが借りたのは二千フランだけ。

　おふくろのすすり泣きはますます激しくなって、もうまともに話せない。

『私も一生懸命……わかって……もらおうと……でもあの人は……つまり……人助けで貸してやった……お金を（鼻をかむ、咳をする）。そして……こっちが承知しないなら……強制手段に訴えると……差し押さえを頼むなんて言ってた……私たちが全額返済しなければ……ほかじゃなく、あの牧草地が欲しい……自分以外は誰も買わないだろうと……』

俺は言った。『ちょっと待ってくれ……』いい考えが浮かんだのだ。

村に俺の大好きな司祭がいた。俺のことをいつも気にかけ、聖歌隊にも入れてくれた。俺は考える。〈おふくろと俺では、あの盗人《ぬすっと》にとても太刀打ちできない。相手の方が強いからな。だがルサージュ神父様が仲裁してくだされば、なんとか話をつけられるかも〉

だから司祭に会いに行った。ちょうど食事を終えたところだった。冬だから寒い。けれど司祭館では暖炉が赤々と燃えている。司祭は座って足を温めながらコーヒーを飲んでいる。絨毯《じゅうたん》、肘《ひじ》掛け椅子、窓には長いカーテン。

『おや！　ルイ』と声をかけられる。『どんな風の吹き回しかな？』

こちらが返事をする間もなく、

『急いでこっちに座って温まりなさい。何があったのか詳しく話してごらん』

眼鏡の奥から見つめる目が微笑んでいる。〈来てくれてうれしい〉という思いが大きな赤ら顔全体に溢れている。

だから、わかるだろ？　俺は勇躍《ゆうやく》腰を下ろして、話しだした。

『つまり、神父様。こうして伺《うかが》ったのは、どうしてもお願いしたいことがあって……』

『何なりと……私がいつも喜んでおまえを助けているのは知っているだろ……』

滑り出しは順調。神父は両手を腹にのせ、俺は言葉を探す。はじめは苦労したが、徐々に腹が据わってきて、一部始終を語った。

結構話は長くなったが、それでもしゃべらせてくれる。一度も途中で遮《さえぎ》られなかった。眼差しはずっと見えない。目を伏せているし、眼鏡があるからだ。俺はそのまま続ける。司祭はじっと身動きしない。

こうして訪問の目的までたどりついた。

『……つまりこんなわけなので、ドラクレタさんに会いに行くのをきっと承知してくださると思ったのです。事情を説明してくだされば、ママも俺も大助かりです。こっちは貧乏で、相手は大金持ち。でもあなたなら……（少しどぎまぎする）……相手を諭《さと》すことができる……これは正義に背《そむ》いていると……』

ここで話をやめた。なぜかよくわからないが、おどおどしてしまう。長い沈黙があった。もうルサージュ神父様を見る勇気が出てこない。

それでも見ないといけない。ずっと黙ったままだから。姿勢に変化はないが、どんどんうつむき、視線はますます僕から逸《そ》れる。

そして脂ぎった手をわずかに動かし、足をそっと伸ばす。足先を見つめながら、

『さておまえ、教理問答（キリスト教の教理指導書）で教わった我らが主（イエス・キリストのこと）の言葉を忘れたか。〈カエサルのものはカエサルにかえせ。神のものは神に〉（『マタイによる福音書』の一節）』

俺は返事をしない。だがわかるな、息を呑んだのだ。すると、

『なあおまえ、それを覚えていたなら、私に相談には来なかっただろう。私は神の僕《しもべ》であって、カエサルの僕ではない』

わかるだろう、ブレ。あのドラクレタは大金持ち。金持ち同士は結託する。

こうしてうちの牧草地を売らねばならなくなったんだ、ブレ。三千フランの価値があるのに、二千フランで。

しかもそのお金は手元には入らない。借金のせいで。

うちの牧草地を売り、俺は出て行かないといけない。所有地の残りを貸せば、おふくろはまだ食べていける。でも俺が残れば、お手上げだ。

俺はいろんな土地を放浪した。家を離れている間に、おふくろは死んだ。ある夜、誰にも看取《みと》られずに。翌朝ドアが閉じたままなのにみなは気づいたが、驚かなかった。おふくろはそのあと人嫌いになっていたからだ。夕方にはいつもどおり、おしゃべりする村人がうちの前の広場に集まったが、誰もおふくろの心配はしない。その次の日にやっと隣のおかみさんが鍛冶屋を呼びに行った。錠をこじ開ける。部屋の中はハエだらけ……

世の中の仕組みはまとも、と俺に思えと言うのか。さあ、ブレ、ものはしかるべきところに収まっていると言い張るのか。目にしているものに満足か……」

いつまでもしゃべり続ける。僕はずっと湖の方を眺めている。とがった二本の帆を立てた石材運搬船がちょうど通っていた。ジャコが笑い声をあげる。小石の一つがスズメに命中したのだ。

家の工事が屋根に達するまで、丸一年かかった。それから屋根組みを始める。デュボルジェルは本職に戻ることができたが、僕は初めて。だがこれまでいろんなことをさんざんやってきたから、一つ増えても気にしない。

宿屋の居心地はよかった。食事も気に入った。濃くてとろみのあるスープが昼も夜もつく。それに肉と野菜、パンは食べ放題。女主人自ら料理をする。町でコックをしていたから上手だ。カフェの隅で食べる。主人が飼っている二匹の猟犬が僕らの脇に座りに来る。猫も二、三匹。諺とは異なり、この家の犬と猫は仲良く暮らしている（〈犬猿の仲〉のことをフランス語では〈犬と猫の間柄〉という）。猟犬の一匹でおとなしいファローは、首を僕の膝にのせて、こっちの動きを逐一追っている。ハエとスズメバチが飛び回ると、ナプキンで追い払う。骨が来ないのに待ちくたびれたファローはときどき狩りをする。ハエやスズメバチを狙って勢いよく噛みつくが空振り、年をとってきているからだ。

ウエイトレスの名はセリーヌ。気立てのいい子だ。小柄で痩せていて華奢《きゃしゃ》、きれいな黒い瞳。とても控えめだ。

手も足もちっちゃい。デュボルジェルは冗談口を叩きたがるが、僕は用心深くなっていた。けれどキャベツの大皿やフランスでしか作らないようなフライドポテトの皿を持ってくるとき僕に微笑みかけるのに気づくと、うれしくなる。

下宿人は僕らだけ。ほかは地方回りのセールスマンや行商人とかの一時滞在客しかいず、しかもしょっちゅうは見かけない。遠慮なくしゃべれるから、デュボルジェルはチャンスを逃さない。

彼は何でも話のタネにしたがる。広場の向かいに家がある。ほかの家より少し大きく、新築と見紛《みまご》うほど手入れが行き届いている。青いペンキが塗られ、窓枠やドア枠は白。だがひときわ目を惹くのは、回すと音が鳴る銅製のドアノブ。日差しで輝いている。

デュボルジェルはこぶしを固めてそれを指さす。老夫婦が住んでいるが、ここのドラクレタといったところだ。二人はめったに外出しないが、大金持ちで通っている。貧民層に冷淡なことでも知られている。

「あいつらは何の役に立ってる?」デュボルジェルは吠《ほ》える。「誰かを助けていると思うか。素寒貧《すかんぴん》の奴らに余ったものをやると思うか。ありえない。あいつらは金《きん》を隠している。金を数えて暮らし、卵のように温めているあいつらを好きになれと言うのか。つまりあいつらは金の上で寝てるのさ、くたばる日まで。だがそんな先のことは考えちゃいない……」

僕の腕をとって、

「見ろ!」

夕方、日が暮れるころだった。老夫婦が家から出てくる。夫は竿《さお》を手に持っている。それを伸ばして、軒下の梁《はり》の間を探った。すぐには理由がわからない。だが最初の巣、次の巣と落ちてきた。夜に羽を休めようとしていたスズメとセキレイが小さな叫び声をあげながら闇へと飛び立ち、家の周りを旋回する。

「豚ども!」デュボルジェルがまた言う……「見ただろ、鳥までも。きっといつかひどい目にあうぞ!」

けれども様子を見守っていた老妻は、夫がつっつき忘れた箇所があると指さす。すると刺繡《ししゅう》入りのスリッパを履《は》いたハンチング帽姿の夫は、足が弱っているからよちよち進む。竿が再び軒下を行き来した。

春と夏の週二、三回、こんな光景が繰り返された。きっと家を〝汚される〟のを恐れたのだろう。そのたびデュボルジェルの頭に血が上る。

「豚ども！　豚ども！」小声で繰り返す。

あえて大声では言わない。日のあるうちはほとんど空っぽの宿屋だが、黄昏《たそがれ》どきには満員になるからだ。しかもデュボルジェルはみなからあまりよく思われてはいない。彼の〝思想〟を恐れているのだ。考え方が一風変っている。それだけでも大変だが、さらに加えて村人に対する評価が辛辣だ。「奴らはどん百姓だよ」彼は何度も僕に言う。「エゴイストで物欲の塊。人が目の前でくたばっても、身動き一つしないだろう」

だから仲間外れにされるのも無理はない。そして単にいつもデュボルジェルと一緒にいるということで、僕も仲間外れにされる。嫌われる理由はきっと同じではないだろうが。

そのため宿屋には長居せず、早く寝に帰る。別棟の納屋の上の広い部屋を二人で使っている。ときどき声や爆笑が下で響くにせよ、ここならデュボルジェルは心おきなくしゃべれる。階下の納屋にいる子猫の鳴き声が聞こえる。僕らはロウソクをともして、石灰を塗った壁に映った二つの影が動くのを笑いながら眺めている。頭がかくなったり、背中にこぶができたり、手の指がなくなったりする。

二人のおしゃべりは続く。ついに僕も自分の過去をデュボルジェルに話した。よく似ているから、さらに親しみが湧く。今は完全に親友だ。

真夏にトッピング・アウト（日本の上棟式にあたる。屋根が完成すると、クリスマスツリーのような飾りを屋根にのせて祝う）を行う。モミの木は日曜日に森へ切りに行った。紙のバラやリボンの切れ端で飾るのをセリーヌが手伝ってくれた。屋根にのせると、本当にきれいだ。ささやかな祝宴も開いた。ラヴィネのおごりだ。

それから屋根ふき職人がやって来た。指物師《さしものし》は開き窓とドアを持ってくる。あとは正面の仕上げと屋内塗装だけ。さらにひと冬かかった。

そして冷気が緩んでくる。再び鳥たちが囀《さえず》りだすころ、僕らは塗料缶を片づけた。庭作りをラヴィネに頼まれたので、それを手伝う。良質の土をとりに村へ行かなければならない。猫車で運ぶ。次は堆肥。全部終えると四月になっていた。


ある日、デュボルジェルにこう尋ねられた。

「さあ、これからどうしよう」

僕もまさにそれを考えていたのだが、何も決めていない。それでも答えなくてはいけない。こう言った。

「ほかで働き口をみつけるよ」

今は一日中自由だから、昼食を終えてもテーブルを離れない。それに宿屋は空っぽ。

広場を人が通るのが見える。日当たりの良いところに草が生えだしたので、刈りに行くのだ。青い修道服と白のコルネット（二十世紀中葉までシスターがつけていた大きく幅の広い頭巾）姿の学校のシスターがやって来た。目を伏せている。学校は村の反対側の端にある。校庭には礼拝堂。小さな女の子たちは休憩時間になると、きれいに彩色されて本物の服を着た聖母マリア像の前に祈りに行く。

こんな光景や空を眺めている。晴天だった。屋根はほんのりグレー、しかし広場は真っ白に輝いていたのを覚えている。男が馬鍬《まぐわ》の歯をハンマーで叩いて直している。

「どこへ仕事を探しに行くんだ？」

そのとき、向かいの老人が家から出てきた。心配そうだ。巣作りの季節だから。

「さあ、わからない」

突然デュボルジェルがテーブルを叩いた。

「聞いてくれ、ブレ……」

聞いてはいる。だがまた言った。「聞いてくれ、ブレ……」テーブルを叩くのは二度め。「……ここにいるのが嫌じゃないのか？」

「嫌じゃない」と答えるべきだったが、こう言ってしまった。

「それは！　嫌だ、もちろん」

「ああ！　よかった、不安だったぜ。いかにも無気力そうだから……さて俺は、あの野郎（老人を指さす）を目にするだけで、胸がむかつく。ここは息が詰まるんだ。いい空気がたっぷり必要……だからなあ、一緒に旅に出ないか。今はおまえも仕事をそれなりに覚えたから、どこでも雇ってもらえる。一緒に働こう。二人なら退屈しないですむ」

「どこへ行きたい？」

「できるだけ遠く。遠ければ遠いほどいい」

「ジュネーヴ？」

「バカか、おまえは！」とデュボルジェル。「ジュネーヴはここからたった二時間だぞ！」

「それならどこ？」

すると彼は言った。

「つまり俺には計画がある。ずっと前から考えていた。ここ一年間の稼ぎで、わずかばかりの貯えもできた。途中で仕事がみつからなくたって、なんとか食べていけるだろう。パリへ行きたいんだ」

「パリ！」

僕は怖くなってきた。

「そのとおり」彼は答える。「パリだ。職がみつかれば、食い扶持《ぶち》は簡単に稼げる。それに少なくとも俺たちは自由だ。好きなことを考えられる。俺にはどうしても譲れない思想がある。あいにく他人とはちがうが。俺は自分が思うように暮らしたい……旅はそんなにきつくはないだろう。季節はお誂《あつら》え向き……賛成か？」

賛成というわけではない。そんなに遠くまで行くのは気が進まない。

「ずいぶん遠いな！」

「ずいぶん遠いだと！　それほどでもない……急げば、徒歩で二十五日。歩き飽きたら、列車に乗れる」

僕はその言葉を繰り返す。

「徒歩で二十五日も！」

するとこう言われる。

「それがどうした？　地球の広さを考えてみろ。アメリカ大陸まで一緒に行こうと誘ったならわからなくもないが、パリだ！……それに、ここで一生くすぶりたくはないだろ……何か未練があるか」

「まさか！　何もない」僕は答えた（ちょっと嘘が混じっている）。

「それなら、どうだ？」

また話しはじめ、かの地の状況のあらゆる利点を並べたてる。高い給料、短い労働時間、知的な仲間。さらに言う。せっかく親しくなったのだから、おまえと別れたくはない。俺は旅慣れている。いろんな土地を見てきたが、パリに優《まさ》るところはないだろう。話を聞いているうち、僕にも冒険心が湧いてきた。

だが同時に、一歩踏みだすごとに馴染みあるたくさんのものからますます離れてしまう、と考える。もう湖の対岸も見られない。

だからなおも迷っている。デュボルジェルはしゃべり続ける。

そして静寂の間ができた、僕が考えこんでいるからだ。使い古した細いロープを心の中で引っ張っているような気がする。それが突然プツンと切れた。

手を顔の高さまで上げて、下ろす。彼は気持ちを理解した。

僕に言う。

「そうこなくちゃ、ブレ」

手を差しだしてきた。

「友情の握手をしよう。今まではそんなことなんか口にしなかった。だが、これからは運を試すのだから、支え合わないと。それにおまえは年下だ。さあ、お互いもう離れないと誓おう。何が起きようが、頼り合おう。これでいいか」

「ああ、これでいい」

また握手した。

そのとき、皿を山ほど抱えたセリーヌが現れた。デュボルジェルは向き直って、

「今決めたんだがセリーヌ、俺たちは出ていく」

「なんですって。いなくなるの？」

「そうだ、セリーヌ。パリに行く」

あの子は朝から歯が痛かったので、顎にハンカチを巻いていた。片方の頰は真っ赤。皿の山をテーブルに置いてから言った。

「本当に？」

「本当だとも」とデュボルジェル。「すぐ宿の主《あるじ》に知らせに行ってくれ」

「畑仕事をしてる」

「それなら、呼んできてくれ」

II

前に進むというのは、一歩ごとに足元の新たな土塊《つちくれ》をはがすこと。ときどき疲れを吹き飛ばすために歌う。デュボルジェルは持っていたハーモニカで曲を奏《かな》でる。

僕の鞄は持ちやすい背嚢《はいのう》と交換した。名前さえ知らない土地がずっと続く。

ジュネーヴからモミの木で鬱蒼《うっそう》とするジュラ山脈を越えて、平野部に入った。空が突然大きく広がる。川はゆったりと流れ、しかもかなり深い。魚が泳いでいるのが見える。川べりでは男たちが釣りをしている。水車が回っている。そしてまた、一本の木もない広い畑だけが、街道から地平線のはるか彼方まで広がっていく。土の色はもはやうちと同じではない。

山の姿が瞼《まぶた》に残っている間はひどく悲しかった。視線の方向に馴染めないのだ。いつも目を伏せていないと、虚空をさまよってしまう。以前はどんなに見上げても目印がみつかっていた。自分の性格が変わり、別人になったような気がする。

ブール＝カン＝ブレス（リヨンの北にあるローヌ・アルプ地方の都市。ブレス産の鶏で有名）を少し過ぎたある夜、暗闇から女たちの金切り声が聞こえた。金切り声は人里離れた家から発せられている。きっと僕らの助けを求めているのだ。

女が二人ドアの前にいる。腕を上げて叫んでいる。どうしたのかと尋ねた。幸い深刻な事態ではまるでなかった。最初は僕らを警戒したが、まもなくこちらがただの親切で来たとわかると、ことの顚末《てんまつ》を語った。とはいえ話を聞くまでもなく、寝室に入れてくれただけで事は足りた。そこで何を見たか。子牛だ。村ではよくあることだが、色男たちが夜を過ごしにやって来た。二人は嫌だったので、門前払いにした。するとはちょっとした復讐を企《たくら》む。もうとっくに帰ったと思って母と娘が台所にいる間に、奴らは音もなく厩《うまや》に忍びこむと、子牛の綱を外して全員で抱え、窓から放りこんだのだ。女二人はもちろん何も気づかないまま、ロウソクの光を頼りに台所で縫い物をしていた。

「それから」母が語る。「私が先に寝室に入ったけど、牛を見てひっくり返りそうになったわ。娘と私は外へ逃げた。最初は悪魔の仕業《しわざ》だと思ったの。あなたたちが通りかかるのを見て、やっといたずらと気づいた……あぁ！ あの悪ガキども、覚えてらっしゃい！」

あとはもう爆笑だ。女たちが子牛を外に出すのを手伝った。大人に近い牛なので、かなり重い。デュボルジェルが頭を抱え、僕は後ろから押す。もがきはしたが、それほど長くは抵抗しなかった。ほどなく厩の寝床につなぐ。そしてワインをぐいっと一杯。ワインはみなを上機嫌にしてくれるから、また笑いが起きる。次の村まではまだかなり道のりがあったにもかかわらず、そこを出るのはかなり夜遅くなった。

けれど残念ながら、よい気分は長く続かなかった。人生とは、白玉と黒玉のネックレスを指でつまぐるようなもの。子牛の一件から数日後、僕は病気に罹《かか》った。

三日連続の雨、しかもかなり暑かった。濡れた服の下は汗だく。歯がガチガチ鳴りだした。

幸い小さな村に着いた。デュボルジェルの腕を借りながら、宿と呼べそうなところをなんとかみつけた。二階に一つだけある部屋へ上がる。もう僕は立っていられないから、デュボルジェルがまた手を貸してくれる。服を脱がせてくれた。

すぐに高熱が出て、妄想と夢の中をさまよう。夢のうちの一つを今も覚えている。

メラニーが戻ってきていた。僕は隣を歩いている。二人は畑を貫く細道を進む。あの子は数珠《じゅず》玉でできた弔《とむら》いの輪を腕に下げている。その輪を見ると、〝かつてのフィアンセに〟と上に書いてあった。僕は尋ねる。

「これを誰に持っていくの？」

あの子は驚いた顔でこっちを見る。

「あなたによ、あたりまえじゃない！」

狩猟シーズンだった。すぐ近くで猟師が銃を放つ。茂みの陰にうずくまっていた野ウサギが逃げだす。まだ繁茂している草の中に、白く短い尾が上がるのが見える。

だが僕はあの子のことしか考えていない。また訊いた。

「僕はまだ生きているのに、いったいその輪をどうして僕に？」

あの子は答える。

「私にとっては、あなたは死んでいるのと同じ」

何かしゃべりたかったが、何も言えなかった。額に手をあてると、汗びっしょりだった。突然、なぜかわからないが墓地の前にいる。短い上り坂があって、入口には鉄柵《てっさく》。それを押す。錆《さ》びていた。メラニーが先に入る。ツタの絡《から》まる大理石の円柱が立っている。周囲には鉄製の柵。円柱には〝サミュエル・ブレ〟と僕の名前が読める。一八四〇年の生年月日も。だが死亡日は読みとれなかった。

それでもメラニーは進みでて、台石に輪をかけた。黒雲が空を横切る。

すると風が吹きだし、すぐ近くのシダレヤナギの枝が直立する。メラニーは相変わらず僕の前に立っているが、お墓が二人を隔てている。僕は心配になって、こう自問する。〈おまえは本当に死んでいるのか。いや、死んじゃいない。まだ動けるし、しゃべれるから〉だが激しい苦悩に胸を締めつけられる。そこでメラニーに向かって、「ねえ、メラニー、愛してる。僕はまだ死んじゃいないと言って」あの子は笑いだして答えた。「あなたは間違いなく死んだの」同時にあとずさりして、さらに言う。「私を追いかけてみなさいよ」必死で頑張ったが、僕の足は地に根を張っているかのようだ。そこで腕を伸ばそうとしたが、腕の方も言うことを聞かない。あの子の笑い声は大きくなり、どんどん離れていく。なんとか呼びかけようとするが、声が出ない。四肢《しし》の硬直が今は体内に広がっている。

自分は本当に死んだのだと納得する。それでも目は伏せずにいる。木々の間からメラニーの姿が最後にちらっと見えた。鉄柵を開けて、立ち去っていく。

すると痙攣《けいれん》のようなものに襲われた。一挙に身体全体がよじれ、骨がポキポキと鳴り、あらゆる筋肉が伸びる。僕を閉じこめていたあの硬い殻らしきものが破裂する。声と動作が同時に蘇ってきた。

「メラニー！　メラニー！」

声の限りに叫ぶ。返事があった。

「ブレ、俺だ」

急いで目を開けると、夢は霧がちぎれるように消えていき、そのすき間から室内、さらに汚いカーテンと脚が一つ欠けたテーブルが見えてきた。

木枠で囲まれた暖炉の上に置かれている曇った鏡らしきもの、そしてシミだらけの床も。僕のベッドを覗きこむ顔がやっと目に入った。まだ誰だかわからない。人の気配を感じるだけだ。

「大変だ」僕は叫ぶ。「どうしよう。あの子は行っちまった」

また声がする。

「さあ、ブレ、しっかりしろ……夢を見ていたんだ。俺がわからないのか。ルイ・デュボルジェル。一緒にパリへ向かっている……」

だんだん意識を取り戻してきたが、いっそう悲しみに打ちひしがれる。本当にメラニーが戻ってきてほんのしばらく僕のそばにとどまり、また去って行ったかのようだ。

つまり、こういうことじゃないかな。人は苦しみ続けるものだと。でもどうして何か月も何年も前のことまでが？　なぜか今でも身に降りかかってくる。羽を濡らした鳥のように心を揺すってみるが、それでも完全に乾いたかどうか自信はない。

だが、デュボルジェルが僕にどれだけ尽くしてくれたかということは決して忘れないだろう。喉が渇くと、何か飲ませてくれる。息が苦しいと、窓を開けに行った。寒いと、また閉める。彼の手は僕に合わせて小さく軽くなったかのようだ。手をつなぐと、僕はやっと眠りにつく。

病気の峠は越えた。翌日から快方に向かう。五、六日後には再び旅ができるようになった。

こちらからは何も言いはしなかったが、今はどこでも彼についていく気になっている。

こうして旅の終盤は序盤より良くなった。疲れもない。あちこちで働いた。そうしなければならなかったのだ。デュボルジェルの貯えは尽きかけていたし、僕はもう一文無し。

猛暑になったので、昼間は眠って夜に歩いた。空いっぱいに星がきれいにちりばめられている。何の物音も聞こえない。ただしときどき、ずっと遠くの野原で犬が吠えだすか、木陰で夜行性の鳥が鳴く。二人は何もしゃべらずに歩く。僕はうつむいている。突然顔を上げて山を目で探すが、何も見えないのに驚く。

だがその代わりに丘陵地帯が現れた。コート・ドール（直訳すると〝黄金の丘〟。ブルゴーニュ地方ディジョンの南にあり、ブドウ栽培で有名）と呼ばれる地域を越えているからだ。あまり美しくはなく、岩だらけで、ところどころ荒涼としている。

さらに不毛、ついで寂寞《せきばく》とした高原地帯がまた始まった（この高原は不毛ではないと誰かに言われたことがあるが、空虚感と憂愁がそんな印象を抱かせる）。長いポプラ並木が、見えない街道の曲線を空中に描いている。あるいは道は真っ直ぐなのに、靄《もや》のせいでだんだん遠くが見えなくなることがある。あちこちの大聖堂の尖塔《せんとう》が、かなり遠くからでも町の所在を示してくれる。再び大河。その間を運河がつないでいて、船を引くための側道を馬が大型平底船を引っ張りながらゆっくり進んでいる。鞭《むち》を肩にかけた男がその隣を歩いている。

列車には一度だけ乗った。パリからさほど遠くないところまで僕らを連れて行ってくれた。

ついに四か月めの九月初旬、あたりの様相が再び変わった。大都会に近づいていると感じる。村の数がどんどん多くなり、今は村を結ぶ道路沿いに家がひしめいている。空き地が見えてきた。はげた芝面の真ん中に、屑屋《くずや》の掘立《ほったて》小屋がいくつか立っている。

III

オデオン座（パリ六区にある国立劇場）のそばで居酒屋を営んでいるネルニエ出身の男をデュボルジェルは知っていて、その彼のおかげであまり苦労なく職をみつけられた。カンパーニュ＝プルミエール通り（パリ十四区）に作業場のある屋根ふき業のラガルデルさんのところに僕らは職人として入った。

城壁からそう遠くなく、当時は住民の少ない地区だった。右側に大きな墓地（モンパルナス墓地を指している）、家と家の間はどこも空いている。最近できた建物がやはり一番高い。老人の歯のように不揃いだ。

細い通りを高い塀や垣が縁《ふち》取っている。その裏には、梶棒《かじぼう》を上げた放下車《ほうかしゃ》（後部を持ち上げて荷をあける二輪車や馬車）。

だが僕らは高い場所で暮らしている。眼下には見渡すかぎりパリの町が広がる。屋根はばらばらではなく一つにまとまっていて、実際の土地の上に別の土地が吊り下がっているかのよう。黒と赤褐色、亀裂やひびが入った醜い土地だ。冷えきっていない溶岩のようにも見える。四方八方から蒸気が立ち昇っているからだ。

蒸気の渦は徐々に混ざり合い、穏やかな天気のときは雲のような層となって太陽を覆う。あるいは風が吹きだすと、飛ばされて屋根とぴったり重なる。

パリの気候は僕の故郷よりもずっと変わりやすい。夕方の天気がどうなるか、午前中には見当もつかない。突然にわか雨に襲われたかと思うと、ほどなく太陽が再びその美しい絵筆で物を彩《いろど》る。

そんなことに驚いていると、これは海の影響だと言われた。海とここの間には、気流を遮るものが何もないのだ。つまり頭上を吹いているのと同じ風が、彼方では帆を膨らませ、船を魚群の上まで連れて行ってくれる。

一緒に働く仲間は十二人から十五人。みな丈夫で気さく、仕事をするにはぴったりの奴らだ。コール天の幅広ズボンと赤いフランネルのベルト姿。午前十一時に居酒屋へ昼食をとりに行く（夕食はパリ市内だ）。午後の休憩にも居酒屋に集まって一杯。その日の仕事が終わると、カウンターで食前酒を立ち飲みする。

居酒屋は平屋。暗い赤、凝固した血の色に塗装されている。入口から二段下りると、隅に大きなテーブルがあるだけ。ほかは〝ザング（亜鉛）〟と呼ばれるカウンターが占めていて、その後ろに主人が立っている。片手で飲み物を注ぎ、もう片方で釣りを返す。

新年が近づくと、紐に吊るされた鶏やウサギがショーウインドウを飾る。復活祭ごろには、赤い卵（イースター・エッグのこと。彩色や装飾を施したゆで卵を復活祭に出す）でいっぱいの大きなサラダボウルが二つ、カウンターの上に置かれる。

ディックという名のグレートデン種の犬もいた。店の夜の見張りを任されている。

この地区はあまり治安が良くないらしい。ガラス切りで窓ガラスが切られたり、錠がこじ開けられたりした話を、主人自らがする。「だが」犬を指さしながら続ける。「こいつがいるから、安心して眠れる。怪しい奴が姿を現すと、喉めがけて飛びつくんだ。そう訓練されているからな」

この主人はさらにネール・ド・ブフ（馬や牛の後肢の腱を乾燥させて作った鞭）を常に手近に置いている。ときどき起こる乱闘に備えてだ。パリには物騒な空気が漂っている。煙草の値段が高いとか、マッチの質が悪いのはすぐわかる。だがじっくり観察していくと、一番強く感じられるのは、あの熱気。ほかの町よりもぴりぴりしている。大勢の中で暮らしているから、すぐかっとなる。せっかちで、気性も荒い。さらには、誰もがひと財産つくりにパリへ来ているのに、ほとんどが成功していないこともある。不満、恨み、妬《ねた》み、腐りかけた希望、いやというほどの苦しみ、悲哀。それら全部が同じ鍋の中で沸騰する。ときどき爆発したところで、驚くこともない。アプサン（ニガヨモギの葉で味や香りをつけた酒）とかの強い酒でなくても、ワインで酔ってしまえばなおさらだ。

しかし僕にとっては何もかもが目新しかった。サヴォワやパリに向かう街道はまだ田舎。今は大都会に来ている。あらゆる意味での大都会の活気、絶えることのない喧噪《けんそう》がある。

　同じような変化は、僕の小さな仲間内にも見出される。みな方々から来ている。南出身もいれば、北出身も。いろんな訛《なま》りのいろんなフランス語を話し、習慣はばらばら、料理やワインの好みもばらばら。ニンニクや油で炒《いた》めた料理が好きな者もいれば、別の者はトロワ・シス（アルコール度の高いリキュール）やハム、ソーセージ。僕はその中で落ち着かない。じっと黙っている。とりわけ最初のころは不安で、ずっと隅っこにいた。みなはテーブルに肘《ひじ》をついて僕の方に顔を向けると、「おいスイス人」と声をかけてくる。僕は愛想が良く仕事熱心なので、あまり邪険にされない。それにきっとデュボルジェルが庇《かば》ってくれていたのだろう。だが距離感を強く感じる。世界は思っていたほどは小さくない。

　けれども、似たところはすでに感じられるようになった。多くの相違にもかかわらず、ちょっと考えると、そんなものがとりわけよく見えてくる。もろい心の地盤が急に固い地盤に変わった。〈とはいっても、人は誰だって僕と同じじゃないか〉と考える。

　僕らは『両世界ホテル』（旧世界と新世界の二つ）に宿をとっていた。名前に反して、とても小さなホテルだ。部屋数は十五くらい。僕とデュボルジェルはお隣さんだ。

　僕らの部屋は二つとも狭い中庭のような土地に面していて、目の前には湿気でぼろぼろになった塀がある。窓から日差しが入ることは決してない。だから寝るため以外はめったに部屋へは帰らない。レストランでぐずぐずしている。デュボルジェルはすぐに友達をみつけた。ときどき僕らに加わってくる。デュボルジェルと友達は議論を戦わせる。あるいは気候が良ければ、ちょっと歩き回る。パリの散歩は気持ちがいい。田舎では、すぐに退屈してしまう。見慣れた木々と空しかないからだ。パリなら常に見るべきものがある。街に慣れていなければいないほど楽しみは大きい。僕はここにやって来てからもうかなり時間が経っているが、まだ慣れていない。

相変わらず、通りのすごい賑わいに驚いている。夏になると誰もが歩道に座っているのにも。ベンチや椅子を持ち出すのだ。あちこちで固まって、声高《こわだか》にしゃべっている。八百屋のおかみさんは荷車を押し、椅子の藁《わら》詰め替え屋はラッパを吹いている。日曜、ことにその朝は、喧噪《けんそう》が小休止するどころか倍加する。信じられない数の花屋や魚屋の荷車が並んでいる。路上営業の研《と》ぎ屋は砥石《といし》を回し、古着屋は呼びこみをかける。どの店内も信じられないほどの人だかりと喚き声だ。

女たちは籠《かご》を腕に下げ、もう一方の手で小さな女の子を引っ張りながら進んでいる。スリッパ履きでシャツ一枚の男たちは床屋に入る。アプサンの匂いが通りにたちこめる。アコーディオン、コルネット（金管楽器の一種）、狩猟ラッパの調べが、開いた窓から洩れ出る。しっかりと水で洗浄された歩道では、絶えずサボ（木靴）がカタカタ鳴る。パリの貧乏人はサボを履いているからだ。

うちの地方にはそんなものはない。せいぜいソック（修道士や山地の住民が履いた厚底の木製の靴）だ。しかし向こうのパリでは木を削っただけの代物。ほかにもたくさんの細かな違いに、目も心も奪われた。働く者にとって、日曜は時間を自由に使える日。別人になったような気がする。空っぽの頭がうれしそうに、「何でも中に入ってこい」と言っているかのようだ。苦労せずとも入ってくる。腕を自由に動かす。行先など定めず、足の向くままに進む。ただし目だけは正しい方向、すなわち真正面に据えて、前を通るものを見やっている。

なかでも、車輪が揺れたり跳ねたりしながら近づいてくる大型の乗合馬車は見逃さない。突然横に傾く。石畳が滑るからだ。振動するごとにすし詰めの客の頭を揺らしながら、大きな四角い車体はやっと遠ざかる。襟飾りが五、六個ついた袖なしマントと革帽子姿の御者が操る馬車も楽しい。葬式のときもあれば、美しい婦人方が乗っているときもある。

とはいっても、散歩しかしなかったわけではない。読書も再開した。もともと好きではあるし、環境も味方する。根なし草の時代は終わって、安定を取り戻した。余暇を利用しようと努める。

一スー新聞（一スーは五サンチーム。最初の一スー新聞は一八六三年創刊の〈ル・プチ・ジュルナル〉）はまだ存在せず、三、四スー、中には五スーの値段のものさえあったが、それを回し読みする。デュボルジェルはというと、〈人民の声〉という名の新聞を毎日買っていた。図書室を備えた、ある〝クラブ〟（たしかそう呼ばれていた）にも登録していて、毎週土曜日にそこから二冊借りてきては、読んでいない方を僕に貸してくれた。

まるで群衆に押されるかのように、僕はこれらのページの世界を駆け巡る。あらゆる文字が命を持って動きだす。さまざまな方向に散らばったり、互いに衝突したりする。ところどころ結び目らしきものを作りつつ渦を巻いている。そしてこう思った。〈これが世の中なのだ〉

とはいっても、世界は広い！　耳がおかしくなるほど騒がしい！　つまり誰もおとなしくしていられないということか。どうもそういったところだ。自分を顧みると怖くなる。あまりにちっぽけな存在。無数の点のうちの一つ、砂のひと粒にすぎない。力だって弱い。物の渦の中に巻きこまれると、抵抗できない。周囲には混乱状態しか見出せない。僕自身も混乱している。

デュボルジェルもそうだとは言えない。彼は何も疑っていない様子。〝主義〟と称するものがあるからだ。それに同調してくれないと、しばしば僕を責めもする。友情はそのままだが、デュボルジェルの変化に戸惑いはじめた。

些細なことにますますいきり立つようになる。どうでもいいこと（思想は別。生活面という意味だ）をやたらと試みる。部屋から丸一週間出ないかと思うと、次の一週間は夜に帰ってこない。しばらく酒浸り状態だったと思うと、そのあとはぴたりとやめる。

ある土曜日の夜、集会の一つに出席するため、一人で出て行った。午前一時ごろ、帰宅する音が聞こえる。一人ではなかった。

女を部屋に連れこんだのは初めてだ。嫉妬が生まれるのを恐れて、この点については暗黙の了解があった。性に関しては極力慎《つつし》むという合意だ。欲求が起きるのはわかっている。

デュボルジェルが部屋に入ったあと、こんな声がした。「あまり広くないのね、あなたの部屋は」彼が応じる。「俺にはこれで十分」そして静まったので、僕は再び眠りこんだ。

翌朝、いつもとちがって彼はコーヒーを飲みに来なかった。仕切り壁の向こうでは、何の物音もしない。僕は外出した。

正午ごろ戻ると、彼がドアの前にいる。

「ブレ」声をかけてきた。「連れの女がいる。会ってくれないか。午後は一緒に出かけよう」

断れなかった。

太った娘だ。肌はてかてか、真っ黒な髪の毛を額に撫《な》でつけている。名前はゼフィリーヌ。笑いながら手を差しだすと、こう言った。

「あなたがスイス人さん？」

話が決まって、一緒に食事に出る。春だったので、ブーローニュの森へ向かった。「おしゃれな人たちを見に行かない？」と娘が言ったのだ。帽子なしでフリルのついたスカート、首に薄い黒のビロードを巻いている。ときどき指を濡らして、カールを直す。

凱旋門を見物してから、森まで進んだ。なんという人混み！ 信じられないほどだ！ 絵筆で描いたようなモスグリーンの木々の下は、どこも人が占領している。食べ物を持ってきて日曜の一日を過ごす連中が、脂引きの紙と口の開いた籠を囲んで寝転がっている。散策だけが目的の者たちは、遊歩道沿いに座っている。茂みの陰では、カップルが抱き合っている。どこを向いても人だらけ。空いている芝生は一隅《いちぐう》たりともない。

僕らは池をひと周りした。野外レストランやカフェがあって、ゼフィリーヌの言うおしゃれな人たちがいる。男たちはスティラップパンツ（足の裏にバンドをかけるズボン）、女たちはクリノリン（鯨骨などで広げたペチコート）。クリノリンほど笑ってしまうものはない。フリルとリボンがいっぱいついた巨大な鐘のようだ。頑丈なので足の動きが隠れるから、車輪で動いているように見える。しかもかなりの幅広だから、少し狭い道を並んで歩くには、面倒な工夫が必要だ。しかし、木々、花壇、きらきら輝く水面《みなも》を背景に、それらが明るくきれいな水玉模様を作っている。赤いキュロットに銀色のヘルメットの軍人たちの姿も多く目につく。いたるところでオーケストラが音楽を奏でている。

　ゼフィリーヌはうれしそうだが、デュボルジェルはひと言もしゃべらない。

　帰路につく。凱旋門は夕陽でピンクに染まっていた。

　シャンゼリゼ大通りに入る。チュイルリー宮殿（一五六四年に建てられ、一八七一年に火災で焼失）までのなだらかな下り道だ。さらにみごとな光景となった。市の中心部へ戻る時刻なので、馬車の波が道幅いっぱいに途切れることなく続いている。馬具の革や轡《くつわ》の金具が煌《きら》めく。ピンクの折り返しのあるブーツを履いた御者の頭が、馬車の列から上に飛び出ている。彼らは御者席で背筋を伸ばしているが、その後ろの四輪馬車の奥では、羽根飾りつきの帽子をかぶった婦人たちがクッションの中でくつろいでいる。だが、とりわけ僕を惹きつけたのは馬だ。まるで踊っているかのよう。ポキンと折れるのではと気になるほど細い脚を高々と上げ、白鳥のような首を振りながら駆ける。

　スピードはかなり速い。上り下りとも、衝突しないよう均一なテンポで波打ちながら進んでいる。何もかもが自然で、幸福感に溢れている。ピンクのモスリンのように繊細な光をマロニエの木に投げかける美しい夕陽の下では、喜びが永遠に続いていくという思いしか浮かばない。無理に背伸びをしている形跡はまったく見られない。喜びの充足のためだけに、あらゆるものが配置されているような気がする。

　そういったものを僕は眺める。ゼフィリーヌも。この子の頭は喜びでいっぱい。僕の腕を引くと、「見て！」と言う。そして、「これまでで一番きれいだと思うわ」とある馬車を指さした。なんの妬《ねた》みもない。素朴な感情に浸っている。貸し馬車や粗末なぼろぼろの辻馬車がお大尽《だいじん》たちの豪華な四輪馬車に混じって現れると、楽しそうに笑う。僕も一緒に笑いだす。デュボルジェルはずっと黙っている。

彼は群衆の中をうつむいて、僕らの前を歩いている。僕らはときに人波に阻まれて止まらざるをえなかったが、彼はその肩をすり抜けて進む。

娘が突然、僕を肘でつついた。

「あの人、どうしたのかしら」

僕は答える。

「さあね」

「元気がないわ、あなたの友達は。いったいどうしたの！　遊ぼうと思って外出したのに、陰気な顔をしてる」

それが聞こえたのだろうか。ともかくも振り向いた。

「ゼフィリーヌちゃん、俺に不満があるみたいだね。元気じゃないだって。もっともだ、ゼフィリーヌちゃん。だが君のことを考えて……」

「私のこと？」

「そうだ、ゼフィリーヌちゃん」

その手をとった。娘は「痛いわよ」と言って、振り払おうとする。彼は放すどころか身体を引き寄せ、また優しい声で、

「俺が考えているのは、あの金持ち連中のことだ。でも君はそうじゃない。連中は幸せ。君は不幸……」

「私は不幸じゃない……」

娘が遮った。

「ゼフィリーヌちゃん、つまり君は何もわかっちゃいない。これまでそんなこと考えたこともなかったから。自分が正当に扱われていないなんて思ったこともない。ねえ、ゼフィリーヌ、もし奴らが君に気づいたら、馬鹿にされるぞ。君の方が奴らより素晴らしいことを俺は知っている。だから俺が悲しんでいるのを見ても驚いちゃい

けない……」

娘はまだその意味がわからず、驚いたように目を見開いている。だが緊張が解けたかのよう……されるがままになる。彼は腕をとると、相手の首に顔をすり寄せて、

「さあ、こんなことを教えてあげよう。君は自分を軽蔑する連中に囲まれていても、胸を張って進めるはずだ。軽蔑してきたら、倍にして返してやれ。〈あいつらより私の方が素晴らしい〉といつも繰り返すんだ。〈その時がきっとやって来る〉とも思うんだ。その時はきっとやって来るんだから、ゼフィリーヌ。それを心の支えにしないと……みなが支えにしないと」

日が暮れた今の彼は多弁かつ熱弁だ。いきなり立ち止まった。ゼフィリーヌの顔を両手ではさむと、人が見ている前でキスした。娘の膝が崩れていく。

彼の言った意味をあの子がちゃんと理解したかどうかはわからないが、そこは女。今は何もかも忘れ、僕さえも忘れて、二人は腕を組んで立ち去っていく。

なぜ僕は突然孤独を感じたのだろう。また、なぜデュボルジェルが僕から離れていくと感じもしたのだろう。

彼の〝思想〟についてはまだ話していないが、どういったものかはお察しのとおりだ。すべては居酒屋で続けている政治論議に由来する。聞いていると怖くなる。国を越えた人民同士の友誼《ゆうぎ》、為政者たちの無能、公権力の卑劣、革命、国境の廃止。彼はどんな言葉も荒唐無稽だとは思っていない。すごい勢いで述べたてはするが、現実味は乏しい。

パリに到着した当初や昔の厚い友情が懐かしい。僕がいきなり放りこまれたこの都会という大砂漠の中で、友情がどれだけ支えになっていたかを思い出す。周囲にこれだけたくさん人がいるのに、誰も自分とは縁もゆかりもない。そんな空虚感があった。

しかし、少なくともあのころは二人一緒だった。

夜の時間をともに過ごした部屋へと思いは遡《さかのぼ》る。彼が政治に首をつっこむ前、ふさぎこむ前の時代のこと。二人はよく気が合っていた。少しばかり故郷の話をする。気候は快適。灯りはもうつけていた。ついさっきは下宿人たちが帰ってきたのでホテルの中で大きな音が響いていたが、今は静まりかえっている。無理に声を張り上げる必要はない。煙草を吸う。夜の部屋はあまり陰鬱ではない。壁紙のしみやベッドシーツの色が見えないからだ。冬は暖炉に炭をくべ、錫《すず》メッキの鉄やかんを上に置いて湯を沸かす。その湯でコーヒーを少量淹《い》れる。彼は相変わらず自分の人生のことを語るし、僕もそうする。共通の仲間、稼ぎ、次にする仕事についても。しょっちゅう職場を変えていたからだ。

こうして二年が経ったが、はや三年めにはぶち壊しになった。今はもうデュボルジェルとは会わない。彼は集会や勉強会のために毎晩ふさがっているからだ。仕事の休憩時間、食事、食前酒の際も、僕とは話さず、全員と、いやむしろ全員に向かってしゃべっている。先に見たとおり、聴衆が必要なのだ。

想像してみてほしい。デュボルジェルはどこのカフェでも演説を行い、拳をテーブルに叩きつける。髪の毛がそっくり返る。腕を組む。

想像してみてほしい。紫煙の中、一つか二つのテーブルを人が取り囲み、ほかはカウンターの前に立っている。デュボルジェルが話しはじめると、顔が一斉にそちらを向く。外を大型荷馬車が通る。五頭立ての馬が蹄鉄を石畳にとられながら進んでいるが、デュボルジェルの声しか耳に入らない。

「俺たちは何を待っている？　自分たちのために使う力はないのか？　数は千対一でこっちが多いのでは？　答えは簡単。勇気がないだけだ。俺たちの行為はどれも自分自身を裏切っている。自分こそが最大の敵だ。だが、あとしばらくの辛抱だ（ここで彼は手を胸にあて、右腕を伸ばす）。俺たち一人一人が能力を発揮するよう求められる日がもうじきやって来る。言葉が行動へと移り、世界の様相が変わるのだ。労働者たち、抑圧された者たちよ。自分自身について考え、権利の自覚に努めよ。そこに至れば、搾取者の追放は目前だ」

拍手喝采が沸き起こる。全員が喝采する。思想を大きく異《こと》にする者さえも。これがパリの流儀。雄弁そのものを愛する。出来栄えがよければ、演説の内容など気にしない。

彼はもはや反論を受け入れない。自分の論理に僕が同調しないのに苛立っているが、僕には複雑すぎるし、少し空疎な気がする。僕は土台を大切にする。壁を作るときも、まずはしっかり土を掘って、家の基礎の上に安定させたい。

彼はそれを感じて、ときどきこう尋ねてくる。

「つまり俺と同じ意見じゃないんだな、ブレ」

僕は答える。

「全部というわけじゃ」

彼は肩をすくめる。だが先に進めば進むほど、二人の対立は広がっていく。

ある晩、彼が当時入り浸っていた公開討論会の一つに連れて行かれた。「大物中の大物」とデュボルジェルが評する有名な革命演説家（ルイ＝オーギュスト・ブランキがモデルと言われている）が出ることになっている。おそらくそのせいだろう、円柱が立ち並ぶガラス張りの天井の会場は満員だ。やっとのことでベンチの端にふた席分を確保したものの、少々窮屈だ。真打ちの前にたくさんの演説があったが、誰もまともには聞いていない。突然しんと静まりかえった。演壇の背後から、小柄な浅黒い男が出てくる。髪の毛は真っ白だ。デュボルジェルが肘でつついてきた。彼だった。「あの人だ！」とデュボルジェルは叫んだが、教えられるまでもない。全員が首を伸ばしている。一方、その小柄な男は左手を上着の中に入れ、右手はテーブルにのせている。顔を少し後ろにそらせ、いきなり話しはじめた。非常に冷静、聞きづらい小声で一本調子だが、明快かつ秩序立っている。みなは演説の一語たりとも聞き逃さない。こうして長い時間しゃべった。ずっと動作もジェスチャーもない。口を閉じた。それでも動かない。静寂がずっと続いた。さらにしばらく続く。すると急に会場の全員が立ち上がると、口という口が全部開いてすごい叫び声を上げた。僕はもう何が起きたかわからない。波が押し寄せてきたかのようだ。僕はその渦に巻きこまれて、ぐるぐる回る。デュボルジェルを見失わないよう立っているのがやっとだった。幸いなことに二人ともこの聴衆の大きな渦には入っていかなかったから、中心から外へ投げ出された。徐々にドアの方へと運ばれ、そこでデュボルジェルと再会した。見ると、顔面蒼白だ。喧噪が収まらないので、通りへ出た。高歌放吟《こうかほうぎん》する一団が、僕らがいるのとは反対の方向へ歩きだした。互いに腕を組んでいて、警察の監視付きだ。デュボルジェルは彼らに合流するのでは、と一瞬思った。だが僕をしげしげと見つめたので、それは断念したのだとわかった。

彼は言う。

「行こうよ、ブレ」

狭く滑りやすい歩道を並んで歩く。二人とも無言。彼は前をじっと見つめている。ときどき、まだ明かりのついている居酒屋の前を通り過ぎる。男たちがトランプをしているのがガラス越しに見えた。そしてまた暗闇。舗装のよくない小道が無秩序に絡み合っている。僕一人ならきっと迷子になっただろうが、デュボルジェルはこの地区によく来ているので土地勘がある。

まもなくセーヌ川に着いた。頭上には、星のまたたく空が大きく広がっている。川面《かわも》にも星が映っている。水門を閉じているので、夜は水の流れがない。黒く静かで、上にガラスがかぶさっているかのように重く感じられる。デュボルジェルの方を見た。彼の沈黙に不安を覚えてきたからだが、こちらに注意を向けている気配はない。チャンスを窺《うかが》っていたのだ。歩き続ける。橋の中ほど（休憩所のようなところで、ベンチがある）まで来てやっと立ち止まった。

僕もいつのまにか止まっている。彼は僕の正面にいる。二人の視線が小石と小石のようにぶつかった。すると彼はうなずいて、こう言う。

「素晴らしかったな！」

ちょっと前なら僕も同意見だったろう。しかし夜の冷気が思想の熱を追い払っていた。冷静さを取り戻しているので、こう答えた。

「それほどでもない」

彼はまた僕を見つめた。何も言わない。だがその沈黙には何か目論見《もくろみ》があるような気がする。その石橋の真ん中でのこと。少し先の哨舎《しょうしゃ》（警備の兵が詰める小屋）の前を歩き回る兵士の銃剣が、ときおりガス灯の光で煌めく。

はじめは大声ではなかった。穏やかに語りかけてくる。

「ブレ、この際はっきりさせておこう。おまえは俺の味方か、それとも敵か？」

自分が非常に冷静なのに、我ながら驚いた。こう尋ねる。

「味方というのは、どういう意味？」

彼は答える（このときやっと声が高まった）。

「俺の味方、それはすなわち人民の味方だ。俺の味方というのは、思想を同じくすること。さもないと、つまり、ブレ……」

僕はいきなり爆発した。言いたいことが山ほどあったからだ。

「それがどうした？」叫ぶ。「人の考えなんて同じじゃない。おまえがどんな思想を持ったって自由だ。僕も自由だから、好きに考えさせてくれ。僕らの思想って何だ？　人間は脳みそだけでできているのか？……友情を誓わなかったか？　どうだ、デュボルジェル。おまえはしばらく前から別人になったような気がする。だが僕は見てのとおり何も変わっちゃいない。それでも僕はおまえの友達。ずっと友達……」

話を続けたかったが、遮られた。

「大事なのは、友達かどうかではなく、同志かどうかだ」

「友達なら、同志だろ」

こうして言葉の上の争いに迷いこむ。僕はうわべだけの言葉は好きではない。実質に重きを置く。その方へ話を向けようと、また話しはじめた。

「なあ、デュボルジェル。僕に不満があるのか？　おまえに何か悪いことをしたか？　騙《だま》したことがあったか？　二人が誓った友情を裏切るようなことを一つでもしたか？　おまえは思想を語るが、僕にはちんぷんかんぷんだ……もう勘弁してくれ、デュボルジェル。僕はそれを恥ずかしいとは思わない。パリがおまえをおかしくしたんだ。昔いた場所に帰ろう」

うつむいた彼の額に再び目をやると、真ん中に皺が寄っていた。

「話をつけよう。さっきのあの人の演説を聞いて……」

僕は答える。

「何も聞こえなかった」

「だが、ほかは？」

「ほかは聞こえた」

「なら、そっちの話は覚えているな……その意見には賛成か？」

僕は首を横に振った。

「反対か？」

答える。

「そうだ」

「それなら俺たちはもう友達じゃない」

そのまま立ち去っていく。すぐには信じられなかった。喉の中に砂利《じゃり》が入ったかのように、言葉が出てこない。

しばらくぽかんと口を開けたままでいる。声が蘇《よみがえ》ると、もう彼は遠く離れていた。呼びかける。また呼びかける。振り向きもしない。

通りの端に達したときだ。彼は立ち止まると、腕を振り上げて叫ぶ。「社会主義革命万歳！」そして消えた。

すべては二、三分のうちの出来事だった。僕は一人。あてもなく前へ歩きはじめた。さまざまな思いに苦しむ。

ああ！　今でもなお彼をどう評したらよいかわからない。彼には思いやりがあった。メスリー（ジュネーヴとエヴィアンの間にあるレマン湖畔の町）で一緒に過ごしたころのことは決して忘れない。どれだけ僕の面倒をみてくれたかも。まるで母親のように。それ以来しょっちゅう手助けを頼んだが、断られたことは一度もなかった。そんなことを考える。だが別の考えもある。僕を導くと称する方向へとついていけば、自分を偽ることになっていただろうから。「神もなく主人もなく」（無政府主義者の標語）が彼の座右の銘だが、僕のものではありえない。気質がまったく異なるのだから、結局は決裂する定めにある。彼は僕とはちがう人格形成をした。別の血が流れている。

そうはいっても諦めきれない。身体が焼けつく。頭の中に熱湯が入っているかのようだ。

ここがどこかも全然わからない。暗い貧民街にいる。午後はずっと暖かく晴れていたにもかかわらず、石畳はいまだに湿っている。下水口から強烈な臭いが漂う。僕は滑って転びそうになった。するといきなり大きな袋のようなものが足元に見える。ドアの隅に置かれていたのか。ところがその袋が動きだす。老婆だった。僕の足音で目を覚ましたのだ。ぶつぶつ言いながら顔を上げる。

パリのおぞましい一面が見えてきた。今までどうしてここの生活に順応できていたのだろう。僕は思う。〈デュボルジェルのおかげだ。二人でいたから、僕は何も気づかなかった〉彼を失った寂しさが、さらに痛切となる。そして考えた。〈最初はメラニー、次はデュボルジェル。もうメラニーもデュボルジェルもいない〉

すると家並《いえなみ》が自分に近づき、空も下りてきているような圧迫感に襲われた。下からは息が詰まるほどの悪臭が立ち昇っている。

ある通りを見ると、男女の一団がガス灯の下にたむろしていた。男たちはハンチング帽をかぶり、女たちは無帽だ。

かまわず進む。一人の女が集団から離れて、近づいてきた。ゼフィリーヌだと気づく。声をかけてきた。

「あなたの友達はどうしたの？」

「このとおり一人さ」

「変ね、いつも一緒なのに……あの人に知らせたいことがあるの。伝言を頼んでいい？」

「あいつにはいつ会えるかわからないけど」

娘は相変わらず僕の脇を歩いている。

「じゃあ、あなたは何を？」

「見てのとおり、うちに帰る……」

「帰るの……」

新たな沈黙。

「ねえ、一緒に帰ってもいいかしら？」

僕が返事をしないと、腕をとってきた。

「ねえ、今夜はデュボルジェルがいないから、寝るところが決まってないの……」

小声だった。僕は振り払おうとする。だが娘はしがみつき、唇がふくよかな顔の下半分ごとこちらにどんどん向かってきた。吐息が肌にかかり、髪の毛を揺らす。

「ねえ、今夜、今夜だけ……私がどんないい子かわかるから……今は何て呼ばれてるの？」

ところが僕は怒りのようなものに襲われた。乱暴に突き放す。娘はびっくりして、しばらく何も言えない。そして突然、声が蘇った。

「まあ！　そういうこと……まあ！　そういうことね……このうぬぼれ屋、どん百姓、根性曲がり！」

今は言葉には事欠かない。つぶれてしゃがれた声で、知っているかぎりの悪態《あくたい》を浴びせかけてくる。それを聞きながら、僕は通りを渡りきった。ところが仲間が娘に加勢する。奴らも僕を罵《ののし》りはじめた。

僕は背中を丸め、歩調を速めていた。だが向こうも速足で追ってくる。

叫び声と咆哮《ほうこう》がホテルまでついてきた。ときおりそれに哄笑《こうしょう》が混じる。ついには僕を嘲笑《あざわら》いはじめたからだ。

IV

デュボルジェルは翌朝にはホテルを出た。その後のことは何の噂も聞かない。

これが心の中に埋葬した思い出。穴を掘って、土をかける。それでもしばらく塚へ身をかがめて、ありし日の事柄を偲《しの》ぶ。

僕にとってこれまでで一番辛い時期が始まった。なぜそのままパリにとどまっていたのかと人は尋ねるかもしれない。実際、することなど何もなかった。だが立ち去るにはエネルギーが必要で、僕にはもうわずかなエネルギーさえなかった。

僕は重すぎる石のように、倒れた木片のように、風に吹きつけられる前の葉っぱのように、パリにとどまった。窪《くぼ》みで淀《よど》んでいる水は流れを知らない。

戦争（一八七〇年に始まった普仏戦争）が僕をパリから追い出した。突然、七月に勃発する。まるで狂気の沙汰だった。あの日々の記憶は夢だったような気がする。四方八方から連隊が行進してくる。連隊長が先頭で、軍楽隊の金管楽器が日光に煌めく。女たちで鈴なりのバルコニーからは花が投げられ、歩道は押し合いへし合いだ。伝令兵たちが現れたが、無数に伸びた手があっという間に通行を遮る。馬上の男が何度も挨拶して道を開けるよう促したが、効果なし。すると彼は兜《かぶと》を脱いで馬のたてがみをひとつかみむしると、差しだされた手に分け与えた。シルクの帽子をかぶった老紳士たちがケーキ屋の小僧どもと腕を組み、太鼓のリズムに合わせて行進している。口を大きく開けているが、何と叫んでいるのかは聞こえない。雷鳴が轟《とどろ》く中にいるようなものだ。半裸の女性歌手がカフェの肘掛け椅子の上に立っているのが見えた。腰を三色旗で包み、胸はブルブル波打っている。客たちはテーブルから離れて歌手を取り囲み、「ベルリンへ！　ベルリンへ！」とリフレインを繰り返す。もう頭の中は空っぽ、成り行き任せだ。アルジェリア歩兵連隊（一八五二年からはフランス人のみで構成）が到着した。前髪を額の両側に分けて、シェシア帽（アラブ人やアフリカ駐屯兵がかぶる円筒形の帽子）を後ろに傾けてかぶっている。ゲートルは白、ズボンはだぶだぶ。見物人は誰もが泣いている。だが歩兵たちは跳びはねるように四列で前進する。泣き声はさらに高まり、失神した女たちは市場で買った食料を歩道にぶちまける。すると、大丈夫だよ、と周りの人に抱き起こされる。救急馬車がいるからだ。故郷の旗を連想するので、僕はあの赤十字の旗が好きだ。〈白に赤。血と病院のシーツ。そうだ、これから戦いが始まるんだ〉担架に張られている布は縦横とも身体にぴったり、余分はまったくない。するとガラスというガラス、テーブルの上のグラスまでもがぴしぴしと鳴りはじめた。砲兵中隊だ。人をのせた八頭の馬と大型の大砲。当時は青銅製で、革の砲口は獰猛《どうもう》な動物につける口輪のようだ……

僕の荷物はすぐできた。難題は、いつ列車に乗りこめるかということ。今はどの駅も軍の管理下にある。幸いにも僕は旅券を持っていた。

それでも、すでに満員どころではない待合室に押しこめられた。実弾入りの銃を手にした見張り兵がドアの前を行き来する。

それから旅客は、二人の兵士に付き添われて少人数ごとに切符を買いに行くのを許された。さらに別の待合室に移される。

再び見張り兵がドアの前を歩き回り、また長い時間待った。とうとう列車がこちらに進んでくるのが見えた。プラットホームの一つに入線する。車両は順々に客でいっぱいになる。各客車の席数に合う人数を計算して、グループごとに詰めこむのだ。

あの時代はコンパートメントには通路がなかった。車掌が切符にパンチを入れに来るには、列車の横についたタラップを伝《つた》うしかない。そのうえ扉には鍵がかかっている。

僕らは刑務所に入れられているのも同然だ。さらに二、三時間経って、やっと機関車が汽笛を鳴らす気になった。

僕のコンパートメントは八人掛け。油を十分さしていない車軸が軋《きし》み、車体を大揺れさせながら、列車がついに動きだした。大きな貨物駅を通過する。馬、人、軍用運搬車でごった返していた。

次に城塞が見えた。城壁の下には広い堀が張りめぐらされている。郊外に出たが、もうスピードが落ちている。まもなく完全に止まった。

ほかの列車と行き違うためだ。大砲輸送の車両が通過した。次は騎兵隊の車両だ。格子のすき間越しに馬の尻が見える。作業帽をかぶって袖をまくりあげた二人の竜騎兵が、昇降段に座って煙草をふかしている。

やっとまた発車した。大河の流れる高原が現れた。

僕は四年前にここを通ったことを思い出す。

しかしその間に旅の連れの一人が弁当を入れた籠を開けたので、僕もそれに倣《なら》った。パン、固ゆで卵とソーセージ。みなは食事を始めた。

僕の正面には、娘に付き添われた老婆がいる。この人だけは食べずに泣いている。その隣に座っている別の若い女性は、子供を膝にのせている。さらに、きちんとした身なりの小柄な老紳士がナプキンを首に巻いて鶏の腿《もも》肉《にく》をかじっているのが見えた。

泣いている老婦人は両手を上げて、目を覆っている。紫色のビロードのフードの紐《ひも》を顎《あご》の下で結んでいる。ときおり娘が振り向く。

「ママ、ママ、もう泣かないで」

老婆は目から手を離すと、収穫が終わった畑や木々が過ぎ去るのを扉越しに眺める。だが嗚咽《おえつ》がまた始まった。フードがだんだん耳へとずれていった。指を伝って涙が流れる。

「ママ、お願いだから……」

「そうしたいけど……できない……」

息子が従軍し、地方で結婚した娘が母を引き取りに来たのだ。

そのときまで、子供を抱えた女性はひと言もしゃべっていなかった。彼女も突然泣きだす。

「まあ！　奥様」と話しかける。「うちは夫が行ってしまいました……」

母親が泣いているのを見た子供が叫び声を上げはじめた。

「坊や、坊や」子供を胸に抱きしめながら女は言う。「おまえだけは泣かないで。もう私にはおまえしかいない……ママに笑ってみせて……」

どこかの駅に着いた。車軸の音はやんでいる。あとはすすり泣く声だけ。

僕は今、物事の裏面を目にしている。モグラ捕りのランプレの言葉が浮かんだ。「人は否応《いやおう》なしにどこかへと導かれる、否応なしに」

V

僕はヴヴェイ（ローザンヌの隣の市）まで旅程を延ばした。そこで働いたことがあるとデュボルジェルが言っていたので、簡単に職がみつかると思ったからだ。

製材所を経営しているギニャールさんという人に面会を求めた。ここではモミの木の挽《ひ》き割りをしている。冬に木寄せ通路を使って山から滑り落とす。さらに当時は、何本かの幹をヴヴェイズ川（ヴヴェイを通ってレマン湖に注ぐ川）に浮かせていた。

鉤竿《かぎざお》をかまえた男たちを岸辺に配し、雪解けで急流が溢れるのを待つのだ。この仕事ならしっかり働けると思う。僕には外気が必要だ。

ギニャールさんは歓迎してくれた。実は国境警備に行く部隊の徴募があったため、人手が足りなかったのだ。僕は雇われたが、仕事は大工職人だった。屋根の上に舞い戻る。

大都会とちがって、眼下にあるのは、片側は緑の斜面、反対側は湖。かつて馴染んだ湖とはまったく同じではない。対岸が近く、山が張り出している。だがメユリーから来る船の姿がいつも見える。船名も全部知っている。国はすでに建設ラッシュだった。この時代あたりから外国人が訪れるようになったので、昔ながらの宿屋はホテルにとって代わられる。いたるところで土を掘りかえしている。壁の上にいる僕らは巻き上げ機や滑車を操作し、ゆっくり梁《はり》を持ち上げてから端をつかむ。

その間も戦いは続いている。ときどき耳を澄ますと、ジュラ山脈の向こうから押し殺したうなり声のような音が聞こえるような気がする。それはもちろん想像の産物でしかないが、僕らの状況を察してもらえるだろう。戦争のニュースに毎晩飛びついているさまを想像してほしい。

悪い知らせばかりだった。ヴルトの次はヴィサンブール（ドイツ語読みは〈ヴィツセンブルク〉）、ヴィサンブールの次はスダン。メッスは降伏し、ナポレオン三世は捕虜になる。

新聞が総戦死者数を伝える。考えるのがいやになるほど多い。負傷者はそれ以上。内臓が飛び出すのを両手で押さえる者。砲弾が炸裂して、頭が飛んだり腕がちぎれたりした者。腹ばいになって、血痰を吐く者もいる。呼吸しようとすると、身体の下側の傷口から空気が入ってくる。

なんという恐怖！　身震いがする。ところが僕らはこんな話をやたらと知りたがる。人間であることを恥じると同時に誇ってもいる。

そのうえ、パリでも事態が悪化している模様だ。共和国が宣せられても、人心は収まらない。最近までそこにいたことを知っているので、仲間は僕を質問攻めにする。どう返事してよいかわからないから、肩をすくめて、「次の情報を待とう」と言う。だが心の中では、〈フランスは消えてなくなるのでは〉と考えている。

状況はますます悪くなる。冬の到来と同時に、パリが包囲されたというニュースが届いた。

ガゼット・ド・ローザンヌ新聞はこう伝える。「今や卵が一個一フラン、鶏一羽が最近二ルイ（一ルイは二十フラン）で売られた。猫さえも十から十二フランの値で売り買いされている」

こんなニュース記事をマルシェ通りの小さなレストランで読んでいる。そこに僕はグランジェという名の郵便局員や測量技師見習いとともに賄《まかない》契約をしているのだ。通りに面した店だが、呑み屋ではなく、食事だけ。しかもかなりの量だ。女主人は寡婦《やもめ》。シャブロという名で、高地地方の出身だ。

僕ら常連五、六人は毎晩この店に集まる。グランジェが新聞を持ってくる。こうして僕らは東部フランス軍がスイスに入ってくる（ブルバキ将軍率いるこの軍は、全滅の危機に瀕して国境を越えた）のを知ったのだ。

三日後、最初の隊の到着が伝えられた。寒い日だった。ジュラ地方では一メートルの積雪とのこと。女たちはスープ、暖かい服と下着を用意した。ブルバキ軍の宿営地とする予定の教会の一つは、中に藁《わら》を敷き詰めた。

これほど悲惨な光景は見たことがない。馬にはたてがみも尾もない。互いに食い合ったのだ。男たちの数人は女物のスカートをはいていた。さもないと丸裸になってしまうから。

シャブロ夫人もスープを作っていた。食事のあと、僕とグランジェはそれをバケツに入れて教会へ持って行った。教会には二百人の男たちがいた。

バケツを空《から》にして、午後十時ごろ戻った。水を汲みに行くための大きなバケツ。水道はまだなかったからだ。テーブルの一つにバケツをのせた。シャブロ夫人はごうごうと音を立てるストーブのそばで編み物をしている。僕らの物音を聞いて顔を上げたが、すぐにまた編み目を数えはじめ、指先で持った針を二目ずつ通していく。

僕らは長居したくなかったので、座らなかった。テーブルにのったバケツのそばに立っている。

しばらくして、グランジェが話しかけてきた。

「なあ、病院に運ばれた騎兵隊の隊長のことだが、午後に亡くなった。足は凍傷、腿には弾丸をくらっていた」

僕も言う。

「両足を切断したが、結局駄目だった」

グランジェは続ける。

「兵隊も四人死んだ。奴らは無傷だったが、餓死……そのうちの一人は必死でしゃべろうとしても、もうその力がなかった。母親宛の手紙をみつけた。でも住所がない」

夫人は編み目を数え続けていたが、急に手を膝に下ろした。

僕は言う。

「こんなものさ、戦争というのは……坊やは眠っていますか?」

だが夫人は答えない。ふだんなら誰もが寝ている時刻なのに、人が通りを行き来している。ドアが開いたり閉じたりする。遠くで呼び合う声がする。大時計の〝三十分〟を打つ音が、雪に邪魔されてかすかに屋根の上から届く。

僕とグランジェは話をやめ、そっと表へ出た。

おかしな人だ、あのシャブロ夫人は。旦那さんが亡くなり、四歳の男の子と二人きりという以外はほとんど何も知らない。年齢より老けて見える。とても心配性。僕らが料理に満足しているかどうかいつも気にしている。

みんな満足している（本当のことだ）、と何度言っても、信じようとしない。いつも何かに怯《おび》えている。人生の慰めはただ一つ、子供だ。だがその息子についても不安で仕方がない。こっそり表へ出ようとすれば、追いかけて、「馬車がいるのよ」と呼びとめる。

さて僕らの方は？　夫人のそばにいて手伝おうと申し出れば承知してくれるが、渋々だ。善意さえも警戒しているような気がする。

ある日曜日、夫人が用事で外出できないので、僕が代わりに坊やを散歩に連れて行きましょう、と言った。「まあ！　結構です」夫人は答える。「私は一人ではいられません」

子供を愛する秘訣は自分よりも子供のことを思うことです、と言いたくなったが、そんな雰囲気ではなかった。おかしな気持ちが湧いてくる。憐れみというよりも、別のものがそこにはある。その〝何か〟のせいで、ともかくも夫人の方が正しい、と思わずにはいられなかった。

冬が深まると、さらに多くの患者が病院で死んだ。墓地はすぐ満杯になる。疫病が発生し、それは住民にまで広がった。寄生虫に苛《さいな》まれる。ある日、モルジュの武器庫が吹っ飛んだ（一八七一年三月二日、実際に爆発が起きた）。

だが、このように悲惨な状況にもかかわらず、僕はまたかなり元気を取り戻している。一日のうちで最高なのは夕方。僕は急いで食事に行く。開けっ放しの台所のドアの向こうに、かまどの前に立つシャブロ夫人の姿が見える。夫人は僕の方を振り返って、軽く会釈する。僕はいつもの席につくが、目で夫人を追える位置に座る。テーブルは蠟《ろう》引きした四角い布に覆われている。青と白のチェック模様だ。四席あり、各皿の隣にはナプキンリングにつけたナプキン。大量の水でごしごし磨いた床は輝いている。油性塗料を塗った壁にはしみ一つない。モミ材にコーパル（熱帯の樹木から採る樹脂）ワニスをつけた振り子時計の下には、〝人生の五つの時代〟を表す絵が飾られている。

僕はテーブルに肘をついて、フライが揚《あ》がるかすかな音に耳を澄ます。シャブロ夫人は両手でフライパンの柄《え》をつかんで揺らす。沸き立つ油の中に入れられたジャガイモの悲鳴が聞こえる。

夫人の動きは小さく、あまり派手ではないが、丁寧だ。かまどの口に薪《まき》を入れようとかがむのを見ていると、炎で顔中がバラ色に染まった。顔色が突然良くなると、僕はなぜかしらうれしくなる。

常連が順に戻ってくる。前に話したグランジェは、軽いせむしで変わり者だが、いい奴だ。公務員の肩書をかざして僕を見下すこともできただろうが、そんなことはしなかった。僕らは穏やかにしゃべる。食事が終われば、彼と測量技師見習いはトランプをしに出かけた。

僕は残る。シャブロ夫人は皿洗いをする。坊やはまだ寝ず、台所の隅で遊んでいる。僕が声をかけても、なかなか寄ってこない。もう一度呼びかける。

「やあ、アンリ」

するとと母が台所から、

「『こんにちは』と言うものよ。おばかさん！」

子供は四歳を過ぎているが、年の割に小柄だ。顔色が悪く、首は細い。そしてはにかみ屋。母親に似ている。

「お馬ごっこをしようか」

目が輝きだす。「いいよ！」と答える。

僕は子供を膝にのせ、両手で支える。「まずは並足で」……「小麦粉を市場へ運ぶ粉屋のお馬さんだ……今度は速足、空っぽで戻ってくる……犬がいたから、飛びのく……さあ、粉屋が鞭を入れると、全速力で駆けだす……」

だが突然アンリが怯えた様子を見せる。巻き毛が頬の上で揺れる。見ると、口をぽかんと開き、目尻には皺ができている。僕は動きを止めた。「粉屋はお馬さんの手綱《たづな》を引いた。また並足に戻る」子供はほっとして微笑む。

すると母が台所から声をかけてきた。

「優しくしてね。知ってるでしょ、あまり丈夫じゃないの」

片付けが終わった。夫人は子供を寝かしつける。店の裏手の中庭に面した小さな部屋に住んでいた。しばらくして戻ってくる。編み物を持って、僕の隣に座る。

僕は話しかけた。

「こんなに長居してすみません。でも居心地がいいから。迷惑でなければいいですが」

「とんでもない」夫人は答える。「付き合ってくれてうれしいわ」

ともに口を閉じる。夫人は編み物に目を落としている。冷たい水で荒れ、針仕事のために少しざらざらした指が、動物の骨製の長い針をせっせと動かしている。編んでいるのは息子の肌着。「細かい作業よ。しょっちゅう減らし目がある」

僕は心おきなく夫人を見つめている。あまり髪にボリュームがない。

僕を信頼しても大丈夫、とやっとわかってもらえた。慣れは事を簡単にする。

ある夜、彼女の身の上話を聞いた。

自分はロシニエール生まれで、夫はレ・ムーラン。私がシャトーデー（高地地方の中心地。ロシニエール、レ・ムーランはともにその近隣）の医院に勤めていたときに知り合った。夫は病弱で高地の厳しい冬が辛いため、父から相続したささやかな不動産を売る決心をしていた。そして結婚（私が二十四歳、彼が二十五歳のとき）するとすぐヴヴェイに移って、この小さな店を手に入れた。私は料理が得意だったので、客は簡単につくだろうと思っていた。だがどれだけ必死に腕を振っても、客は来ないか、来てもわずかでまったく採算がとれない。にもかかわらず子供が生まれて、夫は不安になってきた。それが身体を蝕《むしば》む。この狭い通りは風通しが悪いのに、ほとんど外出しない。「故郷《くに》に帰りましょう」と言っても、聞く耳を持たない。この仕事に全財産をつぎこんでいたから。「引き払えば大損」と言う。そしてある日、もう息ができなくなった。二、三度口を開くと、身体が硬直する。私は腕をつかんで大声で呼びかけた……

夫人の編み物の手が止まる。糸玉はもう回らない。掛け時計のチックタックという音しか聞こえない。深い溜め息をついた。

それから様変わりした声音《こわね》でそっと、

「二年半前……冬のはじめに……」

今はもう口を閉じている。僕は思う。〈この人に身寄りがないなら、それは僕だって同じだ〉

ある日曜日、僕は火事で焼けた家を見にブロネー（ヴヴェイ郊外の村。標高六百二十二メートル）まで登った。冬は終わり、もう春になっている。木々を緑色のモスリンが包んでいるかのようだ。葉は小さく、まだ広がっていない。緩やかな斜面が視線を湖へと誘う。少し荒れているので、うろこに覆われているように見える。上着を脱ぐほど暖かかった。しかしこの暖かさは空気だけでなく、心の中にも入ってくるように感じられる。心の中のあらゆるものも活動を再開したような気がする。まるで自然の事物が僕に何かを教えてくれているかのようだ。僕が下っている道を囲む塀の向こうには、まだ裸のままのブドウの木が樹液を垂らしはじめているのが見える。

その晩は、グランジェも測量技師見習いも食事には来なかった。二人は日曜日には、友人の家で夕食をとる。だからテーブルには僕一人。食事のあと、息子を寝かしつけたシャブロ夫人は、いつものとおり僕のそばに座りに来た。ただし編み物の道具は持っていない。きょうは安息日だから。

ちょっと身の置きどころがない様子。からめた手をスカートの膝にのせたまま、こちらを見ようとしない。

だが僕は、もうメラニーと付き合っていた時代とはちがう。遠慮なく見つめる。

「すごい火事でしたよ。家畜は助けられたけど、家財道具はだめ」

「水が足りなかったの？」

「いえ、水はたっぷりありましたし、あちこちからポンプも持ってきました。けれど納屋に火が回ったら、どうしようもありません。助けを呼んだときは、もう火の海でした」

「保険には入っていたの？」

「入っていたと思います。しかも裕福な人たちですからね。それでも見てはいられませんでした」

夫人が返事をしないので、僕は続ける。

「きょうの午後はすごくいい天気だったのに、どうして外出しなかったのですか」

「そんなことできないわ」

「何か都合の悪いことでも？」

「誰かが家の番をしないと」

僕は夫人の青白い顔をちらっと見る。太陽の恵みを忘れてしまった目だ。ひと息おいてから、僕は言う。

「多分なんとかできるでしょう」

その晩はじめて、夫人が僕に視線を向けた。驚いた様子で、

「どうやって？」

「坊やと散歩にお行きなさい。僕が家の番をします」

その意味がわからなかったにちがいない。こういう答えが返ってきた。

「まあ！　ご親切に。でも無理だわ」

「どうして？」

「世間の人がどう思うかしら」

そこで僕はチャンス到来と思った。自分の椅子を相手に近づけ、少し身を乗りだす。

「僕の言い方が悪かったようです……わかってください、ルイーズ……」

姓でなく名で呼んだのは、これが初めて。夫人は真っ赤になった。急に立ち上がる。

「いけない。お湯を火にかけたまま！」

湯沸《わか》し壺が台所でシューシューと音を立てている。夫人は走り寄ると、それをつかんで持ち上げ、湯口からの吹きこぼれを丁寧に拭く。

だがそれを終えると、もうどうしてよいかわからない。戻ってくるほかなかった。顔の赤みは消え、これまで見たことがないほど青い。僕は気づかぬふりをした。夫人はまた隣に座る。

「気を悪くされましたか？」

いいえ、と夫人は身振りで示した。

「つまり、真剣なんです……今だって」僕はしゃべる。「よろしければ……でも、お嫌《いや》でしょうか」

僕は手を夫人の肩にのせた。相手は再び立ち上がろうとするが、今度は離さない。

「いえ、逃げないで、ルイーズ……率直に話し合いましょう。僕はもう自分の気持ちを隠すことはできません……けれどお嫌ならば、そう、あなたの自由です。僕は諦めます……お嫌ならば、ルイーズ、そう、僕は立ち去ります。引っ越しには慣れていますから……でも、もしうんと言ってくださるなら、ルイーズ……自分がどうすべきかを弁《わきま》えています……見てのとおり、僕はもう若くない……じっくり考えてみてください、時間はあるから……」

夫人はまた逃げようとする素振《そぶ》りをしたが、もう動かない。だが肩の震えを指先に感じる。夫人は突然両手を上げて、顔を覆った。かすかな声が漏れる。僕は言った。

「気分を悪くされましたか？……失礼なことをしたでしょうか？」

夫人は首を振った。

「それなら」僕は続ける。「もう泣かないで」

僕の口は夫人の額のすぐそばにある。あとは唇を近づけるだけ。今回はよけようとはしなかった。

「本当にいいの？」僕は言う。「信じられない」

夫人はしゃべる気力を失っている様子だ。

そのため僕は続ける。

「あなたには幸せになってほしいと心から願っています……僕ならそうできるような……そうじゃないですか。僕には収入がある……もう三十一ですから、年恰好も釣り合いがとれるでしょう。自分ではそう思っています……」

首に腕を回して、ゆっくり引き寄せた。夫人は軽く咳払いをする。それから絞り出すように、うつむいたまま、

「だって」しゃべりだす……「いろいろ言われるから……いいえ、無理だわ……」

「どうして？」僕は尋ねる。

「なぜって……なぜって……（言葉がなかなか出てこなかった）私には借金がある」

僕は言った。

「そんなことくらい何でもない！」

抱きしめた。

「二人で働いて返しましょう……あなたは苦労しすぎです。未亡人相手だと、向こうもつけこんでくる。借金は多いの？」

夫人は答える。

「まあ！　ええ、たくさん……五百フラン」

「それっぽっち！」

「それだけじゃないの」夫人は続ける。「子供だっているし。私と同じように子供も愛してくれる？……あなた

の足手まといにならないかしら」

「そのことを考えなかったとでも？」

「本当に？……」夫人は先を促した。

もう一つ僕に訊きたいことがあるような気がする。言葉を探している様子だが、きっと適当なものがみつからなかったのだろう。「人は経験を積めば、何もかもじっくりと考えるようになります」と僕が言うと、また子供のことを仄《ほの》めかすにとどめた。

「約束してくださる？」

僕は答える。

「約束します」


二か月後の一八七一年五月、僕らは結婚した。

またとない晴天だ。未明の小雨を北風が吹き飛ばした。

僕らはところどころ段のある細道を上った。二人きりだが、教会の前で友人たちが待っている。僕はルイーズに腕を貸す。彼女は小さな黒いドレスを作ってもらっていた。土がまだ濡れているため、裾《すそ》をつまみ上げている。

僕らが教会に入ると、オルガン演奏が始まった。それから礼拝。牧師が祝辞を述べる。そして教会を出ると、日光が降り注いできた。

丘からだと、足元の町全体が煙《けむ》って見える。しばらく目がくらんだが、すぐ光に慣れてきた。僕は考える。

〈これは僕らの人生を照らす新たな光でもある。苦難を抜け出したのだから〉

友人たちが追いついてきた。ささやかな食事会に彼らを招待している。

店の中で行った。みなは席につく。僕が常連として食事をしていたテーブルに、もう一つテーブルをくっつけただけだ。ギニャール夫妻、グランジェ、測量技師見習い、二人の仕事仲間、ルイーズと僕という顔ぶれ。アンリもいる。坊やが僕の隣に座るのは、ルイーズのたっての希望だった。二、三日前、彼女は息子に言った。「ねえ、新しいパパができるのよ」子供は尋ねる。「誰？」「ブレさんよ。うれしい？」「ああ！　うん」子供は言った。「お馬さんごっこが上手だから」

ルイーズが料理を作らなかったのは初めてだ。隣のおかみさんが代わりにやってくれる。だからのんびりすることができた。

すてきなパーティーだった。賑《にぎ》やかなおしゃべり。肉は二種類。ギニャールさんが上等なワインを六本持ってきてくれていた。

食事の途中、坊やが食べながら眠りこんだので、母親がベッドへ連れて行かねばならなかった。そして戻ってきた。僕らは差し向かいに座っている。食べて飲んだし室内は暑かったので、両頬はバラ色のブーケのようだ。ぐんと若返って見える。僕はずっと見つめていた。

そしてデザートのとき、僕はひと言挨拶する許しを求めた。ふとあることが心に浮かんだのだ。何の用意もしていなかったが、それでも僕がルイーズと結婚した理由をみなの前で話す絶好の機会だと思った。だから立ち上がると、

「まずは僕らの今夜のお客様になってくださったギニャール夫妻にお礼申し上げます。そして君ら友人たちも来てくれて感謝します。ヴヴェイに来たときは、ここで人生をスタートさせるなど考えもしませんでした。〝再スタート〟でなく〝スタート〟と僕が言うのを聞くと、みなさんはきっと驚かれるでしょう。でも実際に僕は人生をスタートさせます。僕は三十一歳、これまであちこちを放浪しました。しかしそれらすべては修行時代にすぎなかった、と今になって思います。今の幸せにふさわしい人間にならねばならなかったからです。生きるために

は、生き方を学ぶ必要があります。だから過去のことなど気にもしません。僕は数々の不幸を経験しましたが、もうそれを嘆こうとは思いません。逆にそれがよかった、と考えています。夜のない昼などあるでしょうか。空腹を感じないのに、腹いっぱい食べるでしょうか。僕は闇と空腹を突き抜け、太陽や食べ物へと向かったのです。おそらくみなさんは僕の結婚に驚いたでしょうが、僕はみなさん以上に驚きました。たとえ目の前でルイーズが微笑んでいても、これが全部真実だとは今もなかなか信じられません。けれど、ルイーズもまた事の成り行きに驚いていることでしょう。そうじゃない、ルイーズ?……(ルイーズはうつむく)やっぱり恥ずかしがっている……つまり、ルイーズ、僕らのことを考えてくれる人がいたんだよ。その人はこう思った。〈二人は別々の道を進んでいるが、一緒の方が楽しいだろう〉って。僕はマルシェ通りに連れてこられ、〈レストラン〉と書かれた看板をみつけた。ドアを押して、よそ者らしく隅に腰かけた……君は寄ってきたが、何も言わない……食事を終えて、常連になる証《あかし》のナプキンリングを頼んだが、それでも何も言わない。僕専用のナプキンリングを持ってきてくれ、僕は店を出た。〈味は悪くなかった〉と思いながら。そしてまたやって来た。このように何事にも準備が必要だ。自分が進んでいる道がどこに通じているかはわからないが、僕は正しい道をたどった。みな君のおかげだ、ルイーズ。それを友達の前で言いたかった。この気持ちを決して忘れはしない、ともみんながいる前で言いたかった……」

キスしに行った。ギニャールさんがグラスを手に近づいてくる。乾杯した。「ブレ、おまえはいい奴だ」と言われる。ギニャール夫人も僕と乾杯しようとした。僕らのために全員がグラスを上げる。

コンスタン・モンタニヨンという名前の仕事仲間が地方の方言で歌を歌った。方言にはとても詳しいからだ(僕は少し忘れている)。

測量技師見習いが詩を吟じた。夜の十一時にやっとお開きになった。

僕はルイーズを膝にのせて考える。〈ランブレの言ったことは間違いだ。人は否応なしにどこかへと導かれたりはしない〉

レストランはこのまま続けることに決めた。こうして僕らは共働きになる。

VI

万事は僕の予想よりはるかに順調に進んだ。今は経営に男が加わったので、商売に本腰を入れだす。僕は顧客作りに励んだ。

グランジェも結婚するために僕らのもとから去っていったが、そのとき僕はルイーズにこう言った。

「ねえ、お客はホワイトカラーとブルーカラーのどちらかを選ぶべきだよ。タイプ的にお互い馬が合わないからね。僕は事務職の人間はあまり好きじゃない。うぬぼれが強くて、付き合いにくいし。いっそのこと僕の仕事仲間を連れてくればどうだろう？　ひとり者はたくさんいる」

するとルイーズはこう答えた。

「もちろんよ、サミュエル。お好きなように」

早速とりかかった。慎重に人を選ぶ。それでも六月からは常連が六人になった。ただしルイーズはてんてこ舞いだ。

その間に講和条約が締結されたが、パリ・コミューンのため、パリは火と血に染まった。フランス人は敵に敗れたあと、なおも仲間内で戦ったのだ。セーヌの川岸に沿って、死骸が山積みされる。新たに芽吹いた木の葉を、一斉射撃がハサミのようにちぎっていく。

今の若者たちはこんなことには思いが及ばないし、話しても興味を示さない。だが僕らはその只中《ただなか》にいた。思い出しただけで、震えあがる！……本が焼かれ、絵も焼かれた。家に石油をかけて、火を放つ。

それでもこうしたことすべては速やかに忘れ去られた。死者は静かに眠らせてもらえる。生きている者たちは元の生活を取り戻したとはしゃいでいるが、それはまたそういう生活が気に入らなくなるまでの話。この世では万事がシーソー、浮かんでは消える。

収容されていた最後のフランス兵たちが立ち去った。秩序が回復する。しばらく浮き足立っていた民衆は、また地に足がつく。僕らの小さな家も安定したように感じられた。

新規まき直しの絶好のチャンスだ。もっと頑張らないといけないが、もちろん僕はやる気十分。新婚以来何もかもが順調なのを見ると、勇気は増すばかりだ。今は町でも知られた顔。みなと親しげに話す。胸を張れるようになり、もううつむくこともない。心のつぶやきが聞こえる。〈おまえは一人前の男だ〉

そんなときは喜びのおすそわけをしなくては。夕方仕事場から戻っていると、小さな女の子たちが広場で輪になって踊っていた。〈この子たちは生きるとはどういうことかを知っているな〉と考える。自分も一緒に踊りたくなった。

みなはルイーズに敬意を払う。働き者で誰にでも親切だと知っているからだ。女房の近況を尋ねられれば、「まあまあです、おかげさまで」と僕は答える。

家の近くに水汲み場がある。真ん中に円柱のようなものがあり、四つの噴出口からそれぞれの水槽に水が注いでいる。その水汲み場を囲んで、女たちが順番を待っている。僕は立ち止まって、おしゃべりに加わる。パリで悩まされていた気後れ、さらに場違いな気分から生まれる警戒心は、もうまったくなくなった。

「奥さんをあまり見かけないけど」

「仕事が山ほどあるので」

「あなたもそうね」

「ああ！　僕もそう」

「それじゃあ、商売は順調？」

「順調です」

「よかったわ」

バケツが次々と持ち上がる。ブリキの底が奏でるすてきな音楽が話し声に混じる。けれどルイーズが待っているので、帰らないといけない。料理にかかりきりだから、食卓の世話は僕だ。みなは家族同然。今はコンスタン・モンタニヨンがうちで食べているし、イエルサン、ボヴラ、クリジネルはどれもギニャールさんのところの職人。ほかに指物師《さしものし》や大理石職人などの常連がいるが、誰も気さくだから、いつも和気あいあいだ。夕食がすむと、みなは台所へ行って、ルイーズの食器拭きを手伝う。それからしばらく食堂でくつろぐ。新聞を読む者もいれば、政治を語る者もいる。九時には全員寝に帰る。

こうして二年が経った。その年の終わり、つまりブドウ収穫直後のある晩、ギニャールさんから呼びだしがかかった。事務所は製材所の少し上に建てさせたきれいな家の中にある。ピンクに塗装され、フジの蔓《つる》がからまっている。

いったい何を言われるのだろう、と心配だった。その朝、見習いの一人が回転ノコギリに手をとられ、指を二本切断した。親方は僕の責任にするかもしれない。

帽子を手に持って、事務所に入った。座るようにとギニャールさんは言う。手にした巻尺《まきじゃく》でズボンを軽くぽんぽん叩いている。

「ペロテの様子を訊きに行ったところだ」話しだす。「それほど重傷ではないが、指はだめだ。事故の原因は？」

「さあ」僕は言う。「よく知りません。少し離れていて忙しかったので」

ギニャールさんの返事を聞いて、僕はほっとした。

「それだけだ」彼は言う。「君はそこには居合わせていないと思っていた」続ける。

「しかし、君に来るよう頼んだのは、そのためじゃない」

僕はさらにほっとした。だが職人頭《がしら》の一人が辞めるので後任を務めるようにと告げられると、僕の落ち着きは再び吹っ飛んだ。このように喜びは最悪の悲しみと同じ効果を発揮することがある。

僕はなかなか言葉をみつけられなかった。

「ありがとうございます、ギニャールさん」やっと口に出た。「でも自分がそれにふさわしいかどうか自信が……」

「大丈夫だ、ブレ。わしは君に満足している……仕事に気合が入っている。それがどうしてか、わしは知っている。自分も昔は職人で、はじめのころは君のように苦労した。どんなことがあっても、君とはうまくやっていけるだろう」

「そうでしたら、全力を尽くします」

「頼んだぞ」とギニャールさんは言うと、僕の手を握った。

このことをルイーズに伝えるため、僕は大急ぎで家に戻った。彼女はいつもどおり台所にいたが、二、三人の常連がちょうど同じころに帰ってきたので、二人きりになるまで秘密にしておかねばならなかった。

午後十時近くのこと。店のよろい戸を閉めに行った。戻ってくると、ルイーズは椅子に座ってランプの火を落としている。

「ちょっといいかな、ルイーズ。話があるんだ」

「どうかしたの？」

「そう、ちょっと」

身体に手をかけ、自分の脇に座らせた。

「実は、ルイーズ、僕は職人頭を任されたんだ。日給は五フランになる」

驚いたことに、相手は歓喜の叫び声を上げたり腕の中に飛びこんだりしてはこなかった。じっと動かない。見ると、目に涙が溢れている。

「ルイーズ」僕は尋ねる。「ルイーズ、どうしたの？」

首を振る。

「一度に幸せが来すぎて」

「来るものを手にしちゃいけないの？」

「いいえ」彼女は答える。「でもちょっと怖くて」

「ルイーズ。幸せなのが怖いの？」

「ああ！　そう、そんなものには慣れてないから」

今度は僕がふさぎこむ。

「僕は君が喜ぶと思って、急いで帰ってきたのに。もしほかに人がいなかったら、すぐに伝えていたよ……」

相手はもう何も言わず、前を見つめている。僕は気を取り直した。

「さあ、ルイーズ、元気を出して！……僕が君より幸せには慣れているとでも思ってるの？　もっと素直になって……幸せなんて、ここのお客さんみたいなものだから、丁重に迎えないと、次はなし……さあ、ルイーズ」僕はしゃべり続ける（手をとっている）。「今よりほんの少し楽に暮らせるのがよくないことだとでも？……僕はそう思わない……計画だってできてる……まず、君は手伝いの女の子を雇う。安くすむ子を田舎で一人みつけてきて。月十フランなら大丈夫。うちは破産しやしない……それから、店の二階のアパルトマン（二部屋以上の住居部分）を借りよう。今のあの奥の部屋は僕ら三人では窮屈だから……これで君は好きなときに散歩に行ける……いやとは言わないよね（首を振ったからだが、僕はすっかり元気を取り戻している）。僕は頑固にもなるよ。意見がぶつかれば、鼻がつぶれるかも。僕の考えは壁のように硬いから。借金を払い終えて世間から後ろ指をさされなくなったのだから、君も少しはのんびりしたらいい。僕はもうこのこめかみの青あざなんか見たくない（指で触れる）……こけた頬もいやだ、見苦しい……君はまだおしゃれを卒業しなくちゃいけないほど老けてはいない。陽気な気分こそが健康のもと……いつも歌を口ずさんでいる、丈夫でたくましい娘になっておくれ……ワンピースを新調するといい……ルイーズ、君の腕は棒きれみたいに細いよ。あまり好きじゃないな、ふっくらした腕の方が好きだけど……」

まだ微笑みは浮かばない。長い時間、冗談を言い続けなければならなかった。だが調子に乗っているから、ひとりでに口から出てくる。

すると、ルイーズが顔を僕の肩にのせた。そのまま二人とも微動だにしない。しばしの静寂のあと、突風が吹きつけて、家全体が揺れだした。

誰かが通りでアコーディオンを弾いている。

上の階では子供が泣いている。男が女房にこう言っているのが聞こえる。「おとなしくさせてこい。眠れないじゃないか」

こうして十一月一日、僕は職人頭のポストについた。配下の職人は六人。今は製材所で働くチームに配属されている。

白くきれいな鋸《のこぎり》くずだらけの仕事場と物置は、今でもよく覚えている。それらは斜面に立っていた。それで地面が水平になるよう、丘の一部を削らねばならなかった。左手の切り立った土手の下をヴヴェイズ川が流れている。夏はほとんど涸《か》れているが、かなり上流から続く運河が池の水を運んでくるので、一番の乾燥期でも水には困らない。まだタービンはなかった。機械を動かすのは、ただの木の滑車。帯鋸《おびのこ》（鋼製の薄い帯状のノコギリ）、太い幹用の縦挽《たてび》き鋸（木材をその繊維方向と平行に挽く）、そして円盤状の横挽き鋸（木目に対し垂直に切る）がある。事業は順調だ。毎年少しずつ注文が増える。ギニャールさんは何事にも通じていて、しかも働き者。いつも僕らより前に仕事場に来て、僕らのあとでないと決して帰らない。粘り強く几帳面。淡泊ではなく、しつこい。しつこすぎるくらいだ。その結果、二十五年でひと財産作った。二人の息子は上の学校に通わせている。自分の出自を決して忘れはせず、折あるごとにそのことに触れる。日常の振る舞い、質素な服装、しゃべり方まで職人のままだ。気どり屋なんて非難はできない。

親方が僕の態度を気に入ったのは、僕も目立とうとしないからにちがいない。おしゃべりな人間は好まない。デュボルジェルなら長くいられなかったはずだ。だが自惚《うぬぼ》れなしに言わせてもらえば、僕はその地位にとどまる秘訣を心得ていた。面倒事もたしかにいくつかあったが、それは僕のせいではない。非難すべきは人間の本性、それはどこでも同じだからだ。恨み、競争心、妬みなどを勘定に入れざるをえないことをいつも覚悟していなければならない。

だから小さなもめごとについては語らない。たとえばバルブザという男がわざと幹に打ちこんだ釘のような。僕の地位を羨《うらや》んだからだが、作業場の鋸がある日吹っ飛んだ。このように大惨事の危険を冒してまでも僕を追い出そうと考えたのだ。でもその企てはうまくいかなかった。僕は誰が犯人かすぐに察したし、ギニャールさんは僕を悪くは思わない。逆にバルブザがお払い箱になった。けれども、この件についてあれこれ言っているひまはない。しかも物事の大筋が順調なら、この程度のもめごとは想定内だ。実際に大筋は順調だった。

僕らは店の上のアパルトマンに居をかまえた。ふた部屋で、通り側に二つの窓。片方は僕とルイーズの寝室、もう一つは日々大きくなる子供用だ。

下の部屋には、ルイーズが故郷から連れてきた娘を住まわせた。エリーズという名前でまだ十七歳だが、年のわりには丈夫。ルイーズは料理を続ける。食器洗いや床磨きとかの力仕事は女中に任せる。

今はときどき連れだって外出もできる。天気の良い日曜の午後はちょっとした散策で、クララン、ラ・トゥールかサン＝レジエ（ともにヴヴェイ近郊の町村）まで足を延ばす。

僕はルイーズに腕を貸す。僕にもたれると、さらに休らぎが増すような気がする。さあ走って、とアンリに言うが、彼が何より好きなのは母親のスカートにしがみつくこと。すぐ戻ってくる。妙な眼差しで見つめるので、僕は言う。

「それじゃあ、輪回し遊びは厭《あ》きたの？」

こう答えてくる。

「うまく転がらないんだ」

僕らから離れない口実をいつもみつける。〝僕ら〟という表現は間違いだったと今はわかるが、そのころはそれを理解していなかった。僕は考える。〈いつも大人と一緒にいたがるな。一人っ子はみなそうだけど、ませすぎだ〉

母は子の手をとる。僕らはなおもしばらく明るい日差しの中を歩く。日差しをさえぎる木の影が、円《まる》い靄のようなものをところどころ路上に描いていく。

だがまもなく、アンリ坊やがむずかりだした。するとルイーズは僕に、

「ねえ、サミュエル。二人の間に入れてやらない？」

僕は言う。

「甘やかしすぎだよ。支えが必要なのは、この子ではなく君の方だ」

「まあ！　私なら、いつだってなんとかなるわよ」

相手を悲しませないよう、強くは言わなかった。腕をゆるめて、二人の間にアンリ坊やを入れる。

坊やは急に口を閉じ、黙っておとなしく進む。ただし時折、母親の方を見上げる。僕は輪回し遊びの輪を持っ

ている。

「今何時かしら？」とルイーズが僕に尋ねる。

僕は懐中時計を引っ張りだして、

「もうすぐ四時」

「そろそろ帰らないと」

「あともう少し」と僕は言う。「この近くで、家に屋根組みをのせる作業をしているんだ。どこまで進んだか見てみたい……」

この申し出に反対はなく、その家まで散歩を続ける。それから湖畔沿いを戻った。

ときどきアンリが叫ぶ。

「おふね！」

遠くに帆船が見える。

「わあ！　ママ、チョウチョみたいだね？」

「そうね」母は答える。「でも、飛びたくないチョウチョ」

「ああ！　ねえ、チョウチョはとまっているときは、あれくらい動かないよ。それにね。とまっているときは、おんなじように羽を広げてる」

「そうね」ルイーズは応じる。「でも水の上にはどんな食べ物があるのかしら」

「何も食べないよ、ママ。喉が渇くんだ」

「チョウチョは水を飲むと思う？」

「ああ！　うん、水汲み場の周りにいつもいる」

僕は考える。〈頭のいい子だ。観察眼がある〉しかも就学時期が近づいている。楽に勉強をこなせそうだと思うと、うれしくなる。

子供は小学校に入り、さらに三年経った。平穏な、充実した三年間。仕事仲間とはツーカーだ。店の常連は今や十人以上。毎年貯金だってしている。

食堂の壁も塗りなおした。藁《わら》張りの椅子は、きれいなクルミ材のものに取り替えた。破産競売の折にみつけたのだ。そして僕が〝我が家〟と親しみをこめて呼ぶ二階の壁紙はすべて張り替えた。テーブルには新品のクロスをかけている。

今はルイーズの前の夫の写真が堂々と飾られている。これまではずっと収めたままだった。ある日、こう尋ねられた。

「写真を飾ってもいいかしら？」

「なぜいけないの？」

「あなたが気を悪くしそうで」

「その前に」僕は答える。「キスしないといけないかな？」

「ええ、まずキスしてちょうだい」

トランクから写真を取り出し、布巾《ふきん》で拭ってからテーブルの目立つところに置いた。

小柄で痩せた男で、頬が窪んでいる。本を手にしている。

「このころは、もう具合が良くなかったの」彼女は言う。「この写真は思いがけないプレゼントだった」

小声になり、首をかすかに揺らしながら、

「あなたよりもこの人の方が怖かった……あなたが告白してきた夜もすぐ思い出した。憶えているわね、サミュエル……私は断る口実を探した。口にはしなかったけど、あの人のことを考えていたのよ。あの人はきっと嫌がるだろうと……時間が必要だった。今はこうして写真を飾れる。もう悪くは思われないでしょう」

僕は答える。

「もちろん、もう悪くは思われないよ」

彼女は言う。

「それなら、この人の前でもう一度キスして」

ご覧のとおり、僕は幸せだ。それではなぜ、次の冬が来たころに突然気持ちがふさいだのだろう。どんな感じだったか、僕は口にしたくない。しかも自分でもすぐにはわからなかった。ある日曜日、グランジェの家を訪問したあと、ついにはっきりと全貌が見えてきた。

グランジェが僕らとほぼ同時期に結婚したことは記憶にあるだろう。彼はラ・トゥールに引っ越していた。僕らが庭に入った途端、彼の子供たちが駆け寄ってきた。もう三人いる。一番上は四歳、一番下はまもなく二歳。グランジェ夫人が現れると、もうじき四人めが生まれるとわかる。ルイーズの方を向いた。ルイーズが目を伏せたような気がする。

陰鬱な午後になった。天気も曇っている。僕らが食堂のテーブルに座ると、ワインやスイス風ワッフルを出してくれた。しかし、このように歓待され、会話をとぎらせまいとグランジェと奥さんは懸命だったにもかかわらず、僕は愛想よくなれない。言葉が全然みつからないのだ。

沈黙状態をかき回してくれるのは、周囲でずっと騒いでいる子供たちの声だけ。目を上げると、小さな巻き毛の頭がテーブルと同じ高さを通り過ぎる。上げた両手が妙な動きをしている。

すると僕はさらに意気消沈する。ルイーズの方も黙っている。僕らはどのように思われただろうか。いつもより早く辞去した。グランジェ夫妻はちょっと驚いた様子だ。庭の柵のところまで送ってくれる。また僕とルイーズだけになった。ひと言も言葉を交わさない。

夕方だった。雪が融けている。ぬかるみに足首まで浸《つ》かる。気の毒にもルイーズは、薄いショールにくるまって震えている。だが僕は知らん顔、わけのない怒りにとらわれているからだ。

僕らの店に入ってまず耳にしたのは、アンリ坊やの泣き声。彼女はすぐ台所に駆けつけようとする。僕は腕で制した。

「なあ、ルイーズ。行っちゃ駄目だ。君はあの子を甘やかしすぎてる……」

「だって、一人ぼっちには慣れてないから」

「だから、慣れないと……いつも世話を焼いていると、ろくなことにならない」

彼女は納得していない様子。そのとき子供が母を呼んだ。僕が一緒にいると知っているから、来られないのだ。

「サミュエル、行かせて」

こんなふうに答えたのは、一緒になって初めてだ。

「だめだ」

「サミュエル！」

「部屋に上がって……あの子が静かになってから下りてきて」

彼女は何も言わずにうつむくと、勝手口のドアを開けて階段を上った。

子供はおとなしくなった。おそらく状況をつかもうとしているのだろう。だが母が階段を上る音が聞こえると、また叫びだした。

「ママ！　ママ！……」と呼んで、泣きじゃくる。

「静かにしないか」と僕は言う。

ところが口を閉じようとはしない。今度は僕が我慢できなくなった。台所まで走ると、腕をつかんで揺する。

「さっき言ったことはわかっただろう。それともお仕置きされたいのか？」

しかし子供は僕の足元で転げまわる。

「いや！　いや！　あんたじゃない、あんたじゃない……」

僕はかがむ。子供を持ち上げて立たせようとするが、足はくにゃくにゃ。手を緩めると、すぐ倒れてしまう。泣き声はさらにすさまじくなるが、しゃっくりの合間にこう繰り返す。

「呼んでるのはあんたじゃない……あんたじゃない……」

そこで僕は手を上げ、二度平手打ちした。ひどい仕打ちだ。泣き声はぴたりとやんだ。首をはねられたかのように。子供は僕の足元に倒れたまま口をぽかんと開け、身じろぎさえせずに僕をじっと見つめている。

僕の方も動かない。手は下ろしている。何か言いたかった。「もうおしまいか？」とか。でも何も口にしなかった。時間が経つ。そのときルイーズが再び現れた。突然ドアが開いたが、亡霊がドアを押したかのように、最初は何も見えない。入ってきたが、何の物音もさせない。僕も女中のエリーズも、周囲の何も目に入っていない様子だ。子供しか見えない。二、三歩近寄って、立ち止まった。おし黙っている。

おそらく双方とも、事態を理解する時間がしばらく必要だったのだろう。そしてアンリが両腕を伸ばす。するとルイーズは叫び声を上げて、子供に飛びつきながら、

「なんてこと！　なんてこと！　どうしたの？　いったいどうしたの？」

両腕で子供をつかむと、奪われまいとするかのように、たくし上げたスカートで包みこむ。胸に抱きしめ、赤ん坊のようにあやす。顔をぺたりとつけ、唇も互いの息がかかるほど近づけた。

「坊や！　坊や！」と繰り返す。

子供は、

「ママ！　ママ！」

すると彼女はかすかに微笑んだが、相変わらず僕を見ることはない。

「行きましょう」と言うと、子供を連れ去った。

僕は食堂へと移動した。新聞をとって読もうとするが、文字がアリのように踊って見える。それからモナション、ボヴラなどの常連がやって来た。いつもどおり順々に僕と握手してから席についた。食事の時刻になっていたからだ。

僕は自分の席についた。ふだんは僕の前にルイーズが座るのだが、その晩は姿を現さなかった。

みなは僕に尋ねる。

「奥さんは病気かい？」

「いや、子供の具合が悪いんだ。寝かせないといけないから、そばについてる」

「ああ！　そうか」とみなは応じてスプーンを上げる。食事の喧騒が始まった。

僕も食べようとするが、スープが喉を通らない。隣のモンタニヨンが声をかけてきた。

「あまり食欲がないようだな」

「うん、それほどは」と僕は答える。

「もやっとした空気のせいだ。元気がそがれる」

実際、氷は融けはじめている。ぴちゃぴちゃという音が軒から聞こえる。時折、屋根から雪の塊がどさっと落ちる。

「春が近づいてるな」と誰かが言った。

別の者は、

「そう、冬の盛りは過ぎた」

また別の者。

「もうすぐタンポポが顔を出す。おい、サミュエル。タンポポのサラダを作って、と奥さんに言ってくれないか。健康には効果てきめんだ」

僕は応じる。

「そうだな」

僕はそう答えざるをえなかった。ルイーズがいないのをいいことに、誰もがふだんよりあけすけな冗談を言うので、僕は無理して受け答えする。さもないと不審に思われてしまうだろう。そして自分でも冗談を言いかけるが、口がよじれてしまって、なかなか言葉が出てこない。

その間も、僕は上の部屋の物音に聞き耳を立てる。だが何も聞こえない。足音やそれらしきものも。二階はまるで無人のようだ。女房は寝たのだろうか。

「パンをくれ！」とボヴラが言う。

「なあ、サミュエル」モンタニヨンがまた話しかけてきた「どうしてかわからんが、今晩はやたらと喉が渇くんだ。半リットルのボトルをもう一本くれないか」

僕は地下倉庫まで行く。席を外せてうれしい。しんと静まりかえった地下倉庫の階段の上からまた耳を澄ますが、相変わらず何の物音も聞こえてこない。すると僕は、粉々に割れるのではと思うくらい強くボトルの首を握りしめた。

すぐ席に戻らなければならなかった。大笑いしながら、モンタニヨンがこう言って迎える。

「一リットルのボトルの方がよかったかな……ともかく、今夜はとことん付き合え」

断っても無駄、僕のグラスになみなみとワインが注がれた
その晩は、誰もがたいそう上機嫌だった。僕がみなに調子を合わせているだけなのにも気づかない様子だ。始終からかってくる。

夕食は午後十時近くまで続いた。そして僕はよろい戸を閉めに出る。それからエリーズは自分の部屋へ入った。

僕のこめかみや首筋の血管の中で、血がどくどくと波打っているような気がする。家の中も通りも、動くもの

はもう何もない。僕はどうしてよいかわからず、部屋の真ん中で長い間じっとしていた。突然、掛け時計が時を告げた。

それは僕にとっても行動開始の合図になった。かまどの前に置いて温めていたスリッパを履きに台所へ行く。それから階段を上った。ふだんはしないことだが、ドアをノックする。返事はない。ドアを押すと、誰もいない。〈きっと坊やと一緒にいるのだろう〉しかしテーブルに目をやると、写真がない。

この無言の非難は思いがけない一撃となった。けれど、こんな仕打ちが僕には必要なのだろうか！　服を脱ぎだす。上着は脱いだが、チョッキのボタンを外す気力が出てこない。僕はベッドの裾《すそ》に座って、待った。まもなくのことだった。部屋に入ってきたルイーズは、きちんと畳《たた》んだ子供の服を腕に抱えている。それを窓際の椅子の上に置いた。まるで僕がそこにいないかのように振る舞っている。おそらく目に入りもしなかったのだろう。

僕のすぐ脇を通る。そして僕がプレゼントした小さな化粧台の前で止まると、巻き毛からヘアピンを抜いて、一本ずつ引き出しにしまいだした。

僕は立ち上がって、近づく。相手は振り向かない。

「ルイーズ、怒ってる？」

首を振ってくる。

「それならどうして口をきかないの？」

「話すことが何もないからよ」

「ねえ、ルイーズ。僕はちょうど虫の居所が悪かったんだ。なぜあんなことになったのだろう……」

また首を振られた。

「私にはわかってた……」

「何をわかってたの？」

彼女は言う。

「私のせいだわ」

「なぜ君のせいなの？」

「あのこと」と彼女。

しかし僕は腕を伸ばし、相手の肩にのせながら、

「ねえ、ルイーズ、詳しく話して……僕がどんなに苦しんでるかわかってるなら」

相手は前かがみになり、再び口を閉じる。だが僕は、顔をその肩越しに突きだしてから振り向いた。

「ルイーズ、どういうこと？」

彼女は話しだす（内心の思いが言葉に変わっていってるような気がする）。

「私はとっても恐れてたの……坊やはあなたの子じゃないから……それに……それに（ここで口ごもる）……あなたの子を産んでないし……」

「まだたっぷり時間はあるよ」

「ちがう！」彼女は答える。「もう遅すぎる」

辛いが、そのとおりだ。嘘をつかないかぎり何も返事できない、と僕は思う。あとは突如蘇った愛情の証《あかし》を示して相手を黙らせるしか方法がない。唇を近づけ、相手の口につけた。

彼女はのけぞり、さらに一瞬もがく。だが僕はすでに相手の身体をベッドの方に向け、出てくる言葉を粉砕するべく唇を合わせている。

口を瞼《まぶた》にあて、唾液でまつげを濡らした。次は頬の火照《ほて》りも消して赤いブーケをなくしてしまわねば。

僕は言った。

「これでいい？」

彼女は両手で僕の顎を押しやろうとした。しばらく力をこめていたが、もう諦めている。

枕が冷たく感じられる。梁《はり》に巣食う小さな虫が、懐中時計のようなかちかちという音を小さく立てている……

それからあとは穏やかに語り合うことができた。

「それでもあなたはあの子を愛してくれる？……だって約束してくれたわよね」

「忘れちゃいない。なんて馬鹿なことをしたんだろう」

「前と同じように愛してくれる？」

「できるなら、これまで以上に。ただし写真は元の場所に戻してくれ」

「精一杯愛してやってね。自分の子供みたいに……」

僕は言う。「うん、うん、もちろん」そこにはおそらく少しばかり嘘が混じっている。

だが僕は思う。〈頑張ろう。為せば成る、だ　それに、これはたいしたことじゃない。愛してくれる妻がいるのだから〉今大事なのは、彼女だけ。

Ⅶ

翌日、僕に謝らせようとルイーズが子供を連れてきた。

「アンリが謝りに来ているわ。きのうは聞き分けが悪かったから。もう二度とあんなことはしないと私に約束した」

「本当？」と僕は言って、アンリに手を差しだした。

すると学課を暗誦するような調子で、

「パパ（僕はパパと呼ばれている）、謝りに来ました。きのうは聞き分けが悪かったから。でも、もう二度としないと約束します」

「わかった」と僕は答えて微笑みかけるが、相手は微笑まない。うつむいている。しばらくして顔を上げたが、それだけだ。母が口をはさんだ。

「さあ、アンリ、もう行かないと」

ちょうど学校の鐘が鳴っていた。学校鞄《かばん》は、紙に包んだひと切れのパンやチョコレートと一緒にテーブルの上に置いてある。

子供は包みをポケットに入れ、母親に近づいてキスした

出かけようとする。

「パパにはキスしないの？」ルイーズが声をかける。

寄ってきて、額を突きだした。

僕らの生活は何事もなかったかのように再び始まった。すべてはこれまで以上に順調では、と思いさえする。後悔の念から、ルイーズへの気遣いが増したからだ。

妻の手をとると、結婚指輪が少しねっとりするのを指に感じる。一日中食器を洗っているせいだ。すると僕は、献身的で貞淑な妻に勝《まさ》る宝物などこの世にありはしない、と考えてしまう。

気持ちが高揚する。前よりもレベルアップした気分だ。もっと似合いの夫婦になろうと、妻を見習うようになる。

しかしながら、彼女は相変わらず痩《や》せたままだし、顔色も良くならない。こめかみの青い小さなしみが、どんどん広がっている。頬がこけていくので、ますます口がとがって見える。猫背も一段とひどくなる。

唯一見せる健康の印はバラ色の頬だが、おそらくは健康だからではないだろう。

「少しは休まないと」と僕は何度も言うが、聞く耳を持たない。

家庭の切り盛りへの努力という点で、二人の間には一種のライバル関係ができている。このゲームの勝者が僕でないことを証明したいかのようだ。

さらには、どんな用事を頼まれても、決してその期待を裏切らない。その証拠を列挙するスペースがここにあるなら、材料には事欠かない。たとえば腕を骨折したモンタニヨンの世話。エリーズの彼氏が毎週日曜日にうちでどれだけ歓待されたかも。エリーズが相手の行方を探さなくてもよくするためだ。ラ・ザジのこともある。

八十を過ぎたババアで、魔法使いのように大きな鼻と肩の間に埋まったような顔は恐怖を呼び起こす。小さくとげとげしい声は、他人の悪口専用だ。我が家の月四フランの小部屋に住んでいる。

施しだけで暮らしているが、口が悪いので、どこからも爪弾《つまはじ》き。そのため悲惨な状態に陥った。同時に病にも襲われ、ベッドから離れられなくなった。

ルイーズがいなければどうなっていただろう。近所のおかみさんたちからラ・ザジが病気と聞いたルイーズは、すぐ様子を見に行った。

僕はルイーズに付き添う。梯子《はしご》のように狭くて急な木の階段のため、ロープを伝って上らねばならない。屋根裏の床に藁布団《わらぶとん》がじかに敷かれ、ラ・ザジが横になっている。

枕代わりにぼろ着を詰めた袋から顔を上げた。

僕らは近づいた。向こうはこちらを見つめるが、何も言わない。

冬だった。部屋はおそろしく寒い。老婆は一度咳をしたが、足の中を通っているのではと思うほど咳はなかなか出てこない。

「ねえ」ルイーズはかがみこんで声をかける。「ベッドを直してあげる。寝づらそうだから」

聞こえていない様子だ。立ち去るか実力行使するかしかないと思ったルイーズは、相手が黙っているにもかかわらず、細心の注意を払いつつ腕で身体を抱えて持ち上げた。

ラ・ザジはすぐに呻《うめ》きだした。ルイーズを手伝おうと僕が前に出ると、呻き声は本物の悲鳴に変わった。

「痛い？」

何の返事もない。だが僕は、闇の中で意地悪く輝くラ・ザジの小さな灰色の瞳がかわるがわる僕ら二人に向かっているのに気づいた。

突然喚《わめ》きだす。

「つまり、私を死なせたいんだね」と叫ぶ。「二人がかりで苦しめるなんて……私がどんな悪いことをした？……痛い！……痛い！……さあ、どんな悪いことを？　私に何か怒っているのかい……」

それでもルイーズはくじけない。ベッドを直し終えてラ・ザジがおとなしくなると、食べ物を探すために階下へ下りた。大きな皿に入ったブイヨンと半熟卵を持って、また上ってくる。その日以来、すでに仕事は手一杯にもかかわらず、ラ・ザジには何不自由させなかった。

誰もが見捨てていたので、最後まで面倒をみたのは彼女だけだ。

ついに老婆は死んだ。ある夜、僕が寝室に行こうとすると、ルイーズが言った。

「私がいなくても心配しないで。ラ・ザジの具合が悪いの。誰かついていないと」

僕は尋ねた。

「君だけで？」

「いいえ、姪《めい》も来るでしょう。呼びにやったから。でも、私にいてほしいと言ってる」

そのまま上らせた。思いとどまらせるなんて無理だ。長く待たされた末、僕は眠りこんだ。

午前三時ごろだったろう。ドアがそっと開いたが、僕の眠りは浅かった。灯りをつけたままなので、ルイーズが入ってくるのが見えた。

頭と肩に大きな黒いウールのショールを羽織っている。多分その黒色と肌の白さのコントラストのせいだろうが、その夜の顔の青白さにぞっとした。

ベッドに近づいてきたので、じっと見つめる。相手は視線を避けようとしたような気がする。ショールをとって、椅子の背もたれに掛けた。だがそのあとも顔を上げないし、僕の方を振り向きもしない。しばらく途方に暮れた様子だ。それからゆっくり両手を上げ、顔を覆った。同時に足のどこかが折れたかのように、椅子に倒れこんだ。

「ルイーズ、どうしたの？」

返事がない。

「何があった、ルイーズ」

「ああ！」やっと話しだす。「恐ろしい……もしあなたがあれを目にしたら……」

言葉一つ一つをつなぎ合わせなければならなかったが、ついに全容がわかった。ラ・ザジは死んだのだ。最後まで咳をしていた。衰えた身体の奥からやっと最後の息を吐いたが、ぎりぎりまでもがいていた。死にたくはなかったからだ。「それから？」と僕が訊くと、ルイーズは答える。「ああ！　そう、シーツにしがみついてた……枕をかんで……」「それから？」「ああ！　サミュエル。本当は……私のせいだとずっと言われてたの……」「なぜ君のせい？」「ええ、しゃっくりの合間に口を開けるたび、『おまえ、おまえが私を殺そうとした……毒を使って……』と言うの」「狂ったババアだ！」「ああ！　いいえ、私をじっと見て……正気だったわ……そして言うの。『毒入りブイヨンだ。わざとカップでくれていたね。底に何が入っているか見えないから……』それから、『ダニ！　マムシ！　シラミたかり！』言いたい放題……最後の最後まで……私に悪態《あくたい》をつきながら死んだの」

僕は肩をすくめた。

「そんなことで悩んでるの？」

しかし相手を落ち着かせることはできない……

「あの人が死んでも、目を閉じさせられなかった。じっと私の方を向いたままで。瞼をおさえても、また跳ね上がる……だから私は、ひょっとして自分の力が足りなかったんじゃないかって……ずっと自分を責めてた……今も……」

今度は僕が怒った。

「さあ、ルイーズ、ばかなことを言うな！……できるだけのことをしたじゃないか……わかってるだろ、あいつは根性曲がりなんだ。言わせておけばいい。それに、今はもう死人だ。死んだのは本人にとってもみんなにとってもよかったんだ」

だがルイーズは繰り返す。

「あの姿が瞼から離れないの」

僕は立ち上がって、服を脱ぐのを手伝った。そして彼女が隣に横になると（なかなか身体が温まらず、長い間身震いしていた）、

「ルイーズ、こんなことはじきに忘れるよ」

首に腕を回して、顔を自分の肩に引き寄せ、

「頑張りすぎだよ、ルイーズ……自分で身体を壊してる。仕事だけで手一杯なのに、これ以上あれこれ悩んでいたら、身体がもたない。よく考えないと」

彼女は目を閉じて聞いている。

「さあ、これから僕らがどうするかわかる？……今の僕は日に七フラン稼いでいるし、貯金もある。もうレストランはたたもう……町のどこか郊外に引っ越すんだ。君も休まなくちゃ」

それまで彼女は僕の話をじっと聞いていたが、このことになると首を振った。

「いやなの？」

また首を振った。

「なぜいやなの？」

「私は何をしたらいいの？」

「言ったとおり、休むんだ」

「私はもう何の役にも立たなくなってしまう！

「もう十分尽くしただろ？　僕らが何不自由なく暮らしているのは、君のおかげじゃないか？　これは僕からのプレゼントじゃなく、いわば当然の権利だ。君が苦しんでいるのを見て僕も苦しんでいるのがわからないの？　どちらにとっても、こうした方がいい……」

「いいえ、あなた」彼女は反駁《はんばく》する。「誰の役にも立たないと感じたら、もう生きていけない。休めばよくなるどころか駄目になっちゃう」

どうやっても、どう言っても、できるだけ優しく説得力のある言葉を使って懇願したり叱ったり大声を上げたりしても、考えを一切曲げない。これ以上粘っても相手をさらに悲しませるだけのような気がする。そのため、ついに口を閉じた。「それなら、この話はもう終わりだ！」と言って。

彼女は少しずつ眠りに落ちていく。午前四時を過ぎていた。僕はなかなか眠れなかった。

そこまで彼女が頑固になる理由を探したが、これだと気づくとたじろいだ。

あの晩の台所での一件のあとの言葉が、まざまざと思い出されたのだ。「私のせいだわ」とルイーズは言った。

「あなたの子を産んでいないから」

今となれば彼女の振る舞いがはっきりと説明できる。僕に何も与えなかったのだから、何の借りも作りたくないのだ。

あとは子供のこと。僕は約束を守って、子供を愛そうと努めた。あの晩以来、声を荒げたことは一度もない。本当の息子ではないと感づかせるような振る舞いをしたことも一度もない。思いやり、厚い友情（こう言ってよいなら。だが愛情という言葉はそぐわない）、そして母親への深い感謝をありったけ注ぎこむ。ただし、心はこもっていない。人はまず心から離れていく。心なしには何も成り立たないのに。

アンリだが（僕はなおも思いを巡らせる）、僕への態度が一変した。一瞬たりとも不機嫌な顔を見せず、以前のような甘えん坊のむずかりも消えた。それどころか、聞き分けよく何でも僕に従う。行儀もおそろしくいいが、気持ちはこもっていない。警戒して、ほとんどしゃべらない。僕が話しかけると返事はするが、自分からは一切話さない。学校では、いろんな賞を総なめにしている。夕方は宿題に費やし、同年代の子供と通りを走り回るところなど見たことがない。急に背が伸びたが、身体はまだまだ幼い。細い足にストッキングはぶかぶか。貧弱なふくらはぎを見ると気の毒になる。僕はときどき母親に言った。

「この子がクラスでビリでも元気な方がいいな」

それにはこう返ってくる。

「きっとそうでしょうね」

だが自慢には思っているようだ。息子の成績は彼女の大きな慰め。直された箇所が一つもない学習ノートをうれしそうにめくっている。各ページの下に赤インクで〝満点〟と記してある。アンリが家に戻ると、彼女は急いで上の子供部屋へ行く。子供は自分用のテーブルとインク壺を持っている。母は隣に座って、学校であったこと、先生に名指しで質問されたか、どんな成績をもらったかなど長々と語らせる。

上から戻ると、目は輝き、頬の血色は良く、顔が突然紅潮する。僕は妬《ねた》ましくなる。

アンリは食事のときにしか現れない。僕に近づくと額を突きだし、「お帰りなさい、パパ」と言う。だが、心ここにあらず。

僕は呑気《のんき》だった、と今になってみるとよくわかる。もっと早く決心するべきだった。だが、気に病む時期が長く続かなかったこともある。家庭と同じく仕事場でも、すべてが順調に進んでいたので。

また一方、自分が健康なものだから、他人の健康についても錯覚していた。〈考えすぎだ。ルイーズは疲れているだけ。性格にもよるな。何でも悲観的にとりたがる〉

生きる意欲をそぎかねないものをすばやく振り払うと、血がどくどくと体内を循環して、心配の種をきれいに洗い流してくれた。もともと僕は笑うのが好きだし、楽しいことも好きだ。そう言うと、これを読んでいる方はきっと怪訝《けげん》に思われるだろう。だがそれは、僕が要点しかここに書いていないから。日常生活ではまったく異なる姿を見せる。

周囲にも明るさを求めている。ルイーズの肩を抱いて、声をかける。「さあ！　笑って。笑いこそこの世で最高のものだ」

僕を喜ばせようと、妻は仕方なく笑う。相手が無理しているのに僕は気づかない。こんな感じで、夜はしょっちゅう常連たちとかなり遅くまでしゃべっていた。妻が朝の五時から立ちっぱなしなのを忘れて。

僕に何の悪意もなかったことは、すぐに理解してもらえるだろう。彼女を辛い目にあわせることがあったとしても、それはわざとではない。それでも妻はどんどん疲れを溜《た》めこんでいった。

そうこうするうち、一八八〇年の冬がやって来た。厳しいが、おかしな冬だった。雪の次は雨。氷点下の冷えこみに続いてぽかぽか陽気。十二月のただなかに霰《あられ》が降り、風がその粒を舞い上げて、軒先を叩く。

彼女は風邪をひいて、咳きこみはじめる。ある晩、床《とこ》に伏せった。すごい熱だ。

医者は気管支炎という診《み》たて。見送るとき、

「さて」医者に言われる。「あなたには隠さない方がいいですな。しっかりした世話と用心が必要でしょう。奥さんはもともと丈夫ではないのに、仕事で体力を消耗しています。どんな状態になってても不思議ではありません」

どうしたらいいのか尋ねた。

「さしあたりは何も」彼は答える。「病気の様子を見守るだけです。しかし、なんとか快方へ向かってくれれば……」

医者を見送ったあと、彼女の枕元にテーブルをくっつけた。テーブルの上のランプのそばでは、壺に入ったハーブティーが湯気を立てている。アンリ坊やはもう母親から離れようとはせず、本とノート持参でそばに陣取っている。

僕はじっくり考える。いきなり現実に引き戻された。人はときに周囲が見えなくなる。言いたいことは押し隠して、坊やの隣に座るだけにした。ルイーズの手をとって、「気分はどう？」彼女はうなずく。病人扱いされるがいやなのだ。医者を呼んだことを、やんわりたしなめさえした。往診は高くつくからだ。

話し合いはしなかったが、今回は腹を決めている。

医者は僕にこう言った。

「必要なのは、おいしい空気と休養です。ここはあまり日が当たらないし、狭くて息が詰まります。しかも働きすぎ。環境を変えて、生活のリズムも変えてあげなさい」

僕は自分の計画をギニャールさんに話しに行った。彼を信頼しているからだ。大賛成だと言われた。友人の一人で不動産管理人のブロンという人を紹介してくれる。物件探しの世話をしてくれるだろう、と。

僕はあらかじめこんな計算をしていた。この九年半で、僕らは一万五千フランほどの貯金をこしらえた。店の権利を売れば、三千フランは堅い。これで合計およそ一万八千フラン。十分すぎる額だ。

ブロンさんは僕の話を聞いてメモをとり、手紙で返事をすると言った。一週間後にはもう届いた。受け取ったのはルイーズだったので、何の用件かと尋ねられた。ギニャールさんに代わってしなければならない仕事についての呼びだし状だよ、と答えた。

ブロンさんは言う。

「千四百平方メートルの果樹園と小さな庭。一階が二部屋、二階も二部屋。こんな場所はいかがでしょう」

「ああ！　すごい」僕は答える。「僕らには広すぎるくらい」

「値段ですが」彼は続ける。「一万二千フランというところ。こんな値段ではいかがでしょう」

この目で見ないと、と答えた。

その物件は町から登ること二十分の風通しの良い場所にあった。家は無人なので、その気になれば、すぐにでも入居できる。だが僕は急がない。そこには二度足を運んだ。修理の見積もりを業者に頼む。けれど仔細に検討し終えたら、もう躊躇はしない。数日後、契約書にサインした。

店の売却については、やはりブロンさんが買い手探しを手伝ってくれた。うちの商売は繁盛していたので、問題は誰を選ぶかだけだった。

唯一困ったのは、買い手たちが当然〝下見をしたがる〟こと。ルイーズが感づくかもしれない。また作り話をでっち上げた。僕の言葉を疑おうともしなかった。

三月には一切が片づくよう手配した。その月の終わりで、僕らが婚約して十年になるからだ。その日曜日が来ると、一緒に散歩しないかとルイーズを誘う。珍しくも快諾してくれたが、先にも言ったとおり、僕らにとっては特別な日曜日だからだ。アンリが一緒に来たがったが、家に残した。

「これでまた若返るぞ」僕はルイーズに言う。「あっという間に十年経った！　僕らも知らないうちに年をとってきてる。散歩はその間に溜まった何年分かの老いを洗い落としてくれる。古い服は脱ぎ捨てようよ」

内心うきうきしている。不意のプレゼントが狙いだから、何食わぬ顔を心がけるが、どうしても顔に出てしまう。僕は考える。〈もう何も言うまい。すっかりばれてしまう〉

低い垣にはさまれたブドウ畑に沿って登る。前日雨が降ったので、垣根のすき間から水が流れてくる。あちこちで小さな滝になって溝に落ちると、まとまって本物の早瀬を作り、石や砂利と一緒に僕らのそばを流れていく。まもなくブドウ畑を出て、果樹園に入った。ベルネ（架空の地名）という名の二、三軒しかない小さな集落を抜ける。ここからはもうわずかだ。

僕らはかなりゆっくり歩いている。煙の昇る集落が見えると、僕は「あそこがベルネ」と言う。「あそこがベルネね」と彼女は繰り返す。

さらにしばらく歩く。道を曲がると突然、まだ葉がついていないが花芽《はなめ》がはじける寸前のリンゴの木々の向こうに屋根が現れた。壁は塗りたての白漆喰《しろしっくい》。

彼女は言う。

「まあ、変ね。見たことのない家があるわ」

「いいや、よく目にしてたよ。塗り替えられたんだ」

「きれいね」

「そう」僕は返事する。「きれいに改修された」

「住み心地がよさそうね。なぜ閉まっているの？」

「おそらく」僕はまた返事する。「新しい家主がまだ入居してないんだろう」

「新しい家主？」

「そう、前の人はアメリカ大陸へ渡った……それで売りに出された……そういえば」さも急に思い出したかのように、僕は続ける。「君の知り合いだよ、新しい家主は……」

彼女はひどく驚いた様子。実際、知り合いはそう多くない。

「誰？」

「試しに、あててごらん」

「とても無理よ」

「とにかく言ってみて」

「ギニャールさん？」

僕は笑いだした。

「ギニャールさんだって！　あの人はもう三軒か四軒持ってる。まだ持っていない人に絞らないと。ヒントは、前には家がなくて……今は一軒ある誰か」

それでも答えることができない。僕らの知り合いは貧乏すぎるか、もうすでに家を持っている。答えに苦しんでいるので、

「まあ、そんなことはどうでもいい。あとで教えるから、このままついてきて」

庭に入らせた。

閂《かんぬき》のかかった低い木の柵がある。僕は閂を引いた。

「大丈夫なの？」

「もちろん……僕らは家主と知り合いだから」

彼女はこれまで目にしたことがないほどはしゃいだ様子を見せた。庭を散歩する。種まきや植樹はまだだが、老木が数本ある。そこから果樹園へは容易に入れた。

果樹園をひと回りした。じめじめした場所に生えた茂みでは、ヒナギクが最初の花を咲かせている。ルイーズはそれでブーケを作った。

僕はポケットに鍵を入れている。掌で握りしめて、取り出すチャンスをじりじりと窺《うかが》っている。

僕は言う。

「中に入ってみよう」

「いけないわ！」

「どうして？　中はきっときれいだよ」

ドアのノブに手をかける。

「どうしよう、閉まってる」

「当然でしょ」彼女は言う。「通りに面したこんな家を開けたままにしておくと思う？」

考えこむふりをした。

「かまうもんか！　僕はしつこいぞ。ポケットに仕事場の鍵があるけど、きっとそれで開くだろう」

例の鍵束を取り出す。もちろん本物だ。まずは地下倉庫の鍵から試してみる。次は屋根裏部屋のもの。そして中の部屋の鍵。がっかりした素振りを見せて首を振った。

彼女は僕の腕をつかんだ。

「サミュエル、人に見られるわ！」

「それがどうだっていうの？」

ついにそのドアの鍵を手にした。ばねが弾《はじ》ける音がする。いかにもわざとらしく、

「あれっ！」と叫ぶ。「開いちゃった！」

廊下が目に入った。黄色で念入りに塗装され、まだ亜麻仁《あまに》油の匂いがする。ドアがさらに開いて、壁とぶつか

った。全開だ。僕は両腕を上げて、「まさか！」と言う。

そして、ためらうかのように、

「入ってみようか」

彼女はあとずさりするが、優しく押して、前に行かせた。僕は続いてそっと入り、ドアを閉めた。これでもう誰にも見られない。

「ああ！　ルイーズちゃん。君はちっとも変わらないね。人が良すぎて、何もかも信じてしまう。つまり僕は嘘をついたんだよ、ルイーズちゃん。遠慮しないで入って」

彼女は何やら素振《そぶ》りをして、口をぽかんと開けた。だがまだわかっていないと思ったので、僕は言う。

「新しい家主とは、僕らのことだよ」

彼女は壁に寄りかかって身体を支えた。最初に起きた感情は恐怖だ。僕は十分それを予想していたので、心の準備をさせようと努めたが、無理だった。僕がどんなことをしたとしても、ショックの方が大きかっただろう。

彼女は目を閉じた。また開くと、目がくらんだかのように、まばたきをする。

僕は束《たば》ねた髪の下のうなじに手を入れて、身体を支える。ゆっくり顔を近づけながら、「ルイーズ、ルイーズ、怖がらないで。落ち着いて。これは僕からのささやかなプレゼントだ。ごめん」

相手の緊張が緩んでいく。

こちらに視線を向けた。今は信頼感のようなものが読みとれる。そうだろう？　これはともかくも僕が贈った愛の証。彼女のことだけを考え、全部一人で準備した。

彼女は目に感謝をこめる。僕はまた話しはじめる。

「ここならいいぞ。君はしっかり休むといい。それが唯一の回復方法だ。すっかり元気になるよ。坊やも空気のいいところにいられる」

子供のことも考えてくれたのね、とまた目でお礼を言う。僕が口をつぐむと、唇を差しだしてきた。

部屋を一つずつ、全部見て回った。よろい戸を開けると、あちこちから日の光がどっと差しこみ、塗りたてのニスの部分や白漆喰を塗りなおした天井を輝かせる。台所はとても明るく広いので、使い勝手がよさそうだ。タイルは新品で、かまどは僕が設置した。台所の隣に食料品置き場がある。地下倉庫は二つ。屋根裏には物置部屋。道具を保管する小屋が庭にある。スペースには困らない。下の部屋と同様、上の部屋にもそれぞれ窓が二つある。

僕らの寝室は二階、アンリ坊やの部屋はその隣、とすぐに話がまとまった。

そして家具の配置計画にかかったが、あっという間に解決。あまり持っていないからだ。

夕方、家を出た。僕は丁寧にドアを閉める。新しい我が家には思い入れが強い。

集落まで行くと、太った女性が近づいてきた。

「さっき窓のそばにいたでしょ。新しい家主だ、とわかったわ。家は気に入った？」

「今のところは万事順調」僕は答える。「このまま続いてくれるなら！」

相手は笑いだした。

「なぜ続かないことがあるの？」

赤ら顔で気立てが良さそう。白い歯が見える。またしゃべりだした。

「お近づきになりたくて。近所同士は助け合わないと」

家に入ってくれと言われた。僕はあまり気が進まなかったが、どうしてもと言うので、承知せざるをえなかった。

アモードリュという女性だ。夫はかつて製材所で働いていたとのこと。共通の話題がすぐにみつかった。

彼は僕とどうしても一杯やりたがり、アモードリュ夫人はルイーズにコーヒーを出す。僕らが辞去したときは、もう日暮れ間近だった。

道をゆっくりと下った。子供たちが家の周りで隠れんぼをしている。男たちは手をポケットにつっこみ、パイプを吸いながら、雨をもたらす風が来る南の方角を眺めている。「ブドウ畑にはひと雨必要だ」と言っているが、雨が来そうな気配はない。

僕はルイーズに尋ねる。

「気分はいい？」

うなずいた。万事よい方向に向かっている。リンゴの木の枝に花がつくのが待ち遠しい。人や物を照らす日差しは、さらに鮮やかになってほしい。近所で祭りでもやっていないかな。僕の心の中のように。アンリ坊やが待っていた。このニュースを伝える。当初はぴんと来ない様子で、驚いたさまをほとんど見せなかった。だが、母親の眼差しを見て、さらに母親がキスしようとかがみながら、「さあ、アンリ。うれしくないの？　これからは思いっきり走り回れるわ」と言うと、表情が一変した。

もじもじと考える仕草をしたあと、こう尋ねてきた。

「ねえ、ママ。新しいおうちではウサギを飼える？」

「もちろん」僕は答える。「何匹でも」

上目遣《うわめづか》いで僕を見る。母親に代わって僕が答えたのにびっくりした様子だ。また言う。

「白いウサギが欲しいな」

不満だったのは常連だけ。幸いにも新しい店主は何もかも申し分ない人たちだった。〝要領を教える〟ため、僕らは二、三日付き添った。

四月十五日に引っ越した。登りの道がかなりきついので、二往復しなければならなかった。『白鳥亭』の座席付き馬車を手配した。『白鳥亭』のフェルディナンが手綱を引く。見かけが変わっている、このフェルディナンは。背が高く痩せているが、だらしなくてとても不潔。おまけに足が悪い。髪の毛はいつも干し草や藁くずだらけなので、奴には愛着を感じたことなど一度もなかった。だが突然、別れがたく思う。最後の家具を積み終えたとき（フェルディナンと僕がロープをかける。赤いソファーの脚がはみ出し、積み荷の上で揺れている）、この思いはさらに強まった。住み慣れた界隈《かいわい》をあとにしなくてはならない。この界隈と僕が暮らした十年間について、フェルディナンが手短にまとめてしゃべってくれた。糸玉とそれにじゃれる子猫がもつれてしまうように、僕の心はさまざまな物にからめとられる。それらは無数の糸でつながっている。大きな石畳の通りと張り出した軒並みをもう一度眺めた。二人のオールドミスが住む向かいの家のカーテンがわずかに開いて、顔が一つ見えた。蹄鉄工の家からはハンマーで鉄を叩く音がする。それら一切はもう過去のものであるかのように、僕の心は虚空《こくう》をさまよう。奇妙なことだが、喜びにさえも少しは悲しみが混じるものだ。

それでも馬車は出発し、フェルディナンは馬の脇を走る。僕は細く青い煙が絡みあいながらゆっくりと空に昇るさまを眺めている。車輪止めをつかんでときおり顔を上げると、目を閉じるかのように家の窓が次々と視界から消えていった。

ルイーズも悲嘆にくれた様子だ。同じ理由からだろう。しかし、それからの作業があっという間に僕らの〝心〟を一新させてくれた。することは山ほどある。

彼女は家具調度の配置。僕は庭作り。どちらもすぐにとりかかった。

僕は地面を掘りかえす。それから、しっかりとかきならす。小石だらけだからだ。家庭菜園を計画していたので、堆肥を注文した。苗を植えるための木の棒を土に差す（棒の次は親指。種を押しこむのだ）、夏には広い区画にエンドウがなるさまが目に浮かぶ。サヤインゲンとサラダ菜の種をまいた。次はキャベツの苗。気をつけて液体肥料をやらないと、すぐ枯れてしまうが、十分育ってしまえば、これほど丈夫なものはない。まっすぐ並ぶよう、糸を張ってラインを作る。深く埋めねばならない種もあれば、単に地表にばらまくだけですむものもある。どんな仕事であれ、丁寧さは変わらない。このようなことには愛情が大切だ。

夕方に仕事場から戻ると、急いで上着を脱ぐ。底の丈夫な長靴に履《は》きかえてから、鋤《すき》を握る。家の中を行き来するルイーズの姿が窓越しに見える。ときどき窓から雑巾《ぞうきん》を振ってくる。僕は手で合図する。

アンリが母親を呼ぶ声がする。

「ママ！　ねえ、ウサギが食べてる」

妻は答える。

「そう、よかったわ。でも湿った草をやらないようにね。死んでしまうから」

僕は道具の柄《え》に手をのせて、しばらく休む。サクラの花はすでに散って、葉が出てきている。垣根は鬱蒼《うっそう》として、道が見えなくなる。

けれども、垣根や道よりずっと上にある山々は、相変わらず庭から全部見渡せる。レマン湖をはさんだ向かいにはダン・ドシュ、その後ろにダン・デュ・ミディの七つの峰、さらにはレ・ジュメルやル・グランモン。あのあたりの山脈は、ローヌ谷にざっくり削りとられている。そしてこちら側に目を戻すと、あちこち氷河を煌めかせながら円を描くように行儀よく並んでいるヴォー州アルプス、ダン・ド・モルクル、ル・ミュヴラン、ディアブルレ山系。はるか奥にはオルデンホルン。さらに湖と再び接する近隣の頂は、灰色や緑色に見える。これは大気をまとったせいではなく、本物の色。ロシェ・ド・ネーとジャマンだ。

しかし、これらはすべて前景にすぎない。その背後には別の頂がはてしなく続き、遠くなればなるほどぼやけて、日没ごろにならないと標高がわからない。手前の山々が灰色になったころ、指ほどの太さもなくてほとんど見えないものの、はるか彼方でどこかの山がまだしばらくはぽつんと輝き続けている。おぼろな大気の中、暗くなった空に吊るした小さなピンクの灯りのようだ。

鋤《すき》でさらに二、三度かきならしていると、家に帰る時間になる。下の部屋でスープが待っている。もう女中はいない。エリーズが結婚すると、自分一人でやれるとルイーズは言い張った。そのため、今の食卓は三人だけ。最初は以前と比べてスープ鉢が小さいのと籠《かご》に丸パンが一つしか入っていないのにみなは驚いていた。マルシェ通りから吊りランプを持ってきている。この部屋には明るすぎるが、もう慣れてしまった。おしゃべりしていると、時はすぐに経つ。ルイーズの咳はもう完全に止まっている。

僕は尋ねる。

「ということは、もう具合はいいの？」

こう返ってくる。

「すっかり」

「僕の言ったことはそう間違ってはなかったよね」

彼女はそれ以上何も言わない。エプロンの上で重ねた手をもじもじと動かす。それから顔を上げて、僕をじっと見る。

季節が進んだので、夕食のあとは庭で休む。外で食べることさえある。マロニエの木があり、その木陰にテーブルをしつらえるのだ。ルイーズは子供を寝かしつけると、僕のところに戻ってくる。果樹園のリンゴが熟してきている。いくつかはすでに赤いが、月明かりで青白く見える。それでも枝の先に真ん丸なものがあるくらいは見分けられる。消し忘れたカンテラのようだ。ランプの周囲を小バエが飛び回っている。ときには蛾《が》もやって来る。ずんぐりした図体で灰色の大きなやつだ。重そうな顔の中で小さな黒い目が煌めいている。羽をぎこちなくばたつかせて、鱗粉《りんぷん》をふりまく。いつも最後には炎で体を焼かれ、油溜めに落ちて、長い間もがいている。僕は指で握りつぶして成仏《じょうぶつ》させてやらないといけない。

ルイーズは目をそむける。

「苦しませておいて、何になる？　どっちにしたって終わりなんだから」

「わかってるわ」彼女は言う。「でも、見てるのは辛いの」

午後九時の鐘が鳴った。あらゆる物音が徐々に消えていく。晩鐘《ばんしょう》の呼びかけだけが、しばらくは遠くまで響いている。それも収まった。あとは鉄橋を渡る列車の轟音《ごうおん》だけ。鉋《かんな》で木の節《ふし》を削っているときのような、すさまじい音だ。

その音で夜の帳《とばり》が引き裂かれるが、列車が遠ざかると、さらに深い静寂が下りてくる。襞《ひだ》の重い布地のような層が空からはがれて、僕らにかぶさってくるような気がする。穏やかで気持ちの良いひと時。二人とも何もしゃべらないが、心は通じあっている。一日が終わった。僕らには、一日を終えた喜びと来たる一日を待つ喜びしかない。

大事件などないのが庶民の日常だ。食べ、働き、また食べる。ときどき息抜きにパイプを吹かしながら顔を上げて、周囲を眺める。それから手に唾をつけ、仕事を再開する。だが、大事なのは物事の基盤。心がけ次第で何もかもが変わる。

僕はこうした事柄に心血を注いだ。真心をこめて。

またしばらく時が経った。突然ルイーズが下を上げる。

「ダン・ドシュの上の大きな星を見て」

「あれは星じゃない」

「じゃあ、何なの？」

「惑星だ」

「どう違うの？」

僕は言う。

「違いはといえば、星はきらきら光るが、惑星は微動だにしない。星は太陽のようなものだが、はるか遠くにあるから、とても小さく見える。だが実は燃えている。炎を発するから光るんだ。ところが惑星は地球のような天体。冷えているので、反射で輝いているにすぎない」

少し天文学の知識があるから、披露しなくては。彼女は僕の学識に感心して、こう言う。

「そんなことってあるの？」

「ああ！　つまり、世界は広い！　自分がひどくちっぽけに感じられる」

「かまわないわよ、二人一緒なんだから」


ときどき来客もあった。あれ以来親しくなったアモードリュ夫妻、果樹園を越えるだけの近所だから、夕方やって来る。グランジェ夫妻は日曜日。仕事仲間も来る。ギニャール夫妻もある日訪ねてきた。

庭でコーヒーを出した。ルイーズは、クルミ油を使ったメルヴェイユ（卵を加えた小麦生地の揚げ菓子）を用意していた。バター、ジャム、生クリームもある。八月なので、とても暑い。

僕は上着を脱ぐ許しをギニャールさんに求めた。友人とみなしていることを示そうと、彼も同じようにした。

穏やかに歓談する。湖岸一帯が眼下に見渡せる。桟橋は、家の前に取りつけられた手すりのようだ。

そのとき、彼方《かなた》の青い湖面から、丸い形をした小さな煙が立ち昇った。その下で黒い点が動いている。蒸気船だ。

船が近づくにつれて、煙は厚みを増す。大きなカーブを描いて、一つ一つの桟橋に接岸する。白い蒸気が上がると、間髪《かんはつ》おかず汽笛が鳴る。

会話の合間にその音が聞こえることで、時間の経過がわかる。みなは急いで視線を上げて船を目で追いつつ、「もうモントルーに着いたな」などと言い合う。こうして午後は過ぎていく……

どこも晴天、どこも活気がある。僕はおしゃれに盛装した紳士淑女でいっぱいのボニヴァール丸（イギリスの詩人バイロン作『シヨンの囚人』、『ション城詩』の主人公フランソワ・ボニヴァールにちなむ）のデッキを思い浮かべる。乗客がこぞって同じ側に寄ると、船はしばらく傾く。バックで桟橋に入るときだ。外輪が回って、水底《みなそこ》から白い泡の塊を湧き出させると、怒った二羽の白鳥は翼を広げて首を立て、おもむろに離れていく。プライドの高い鳥だ。その間にタラップが据えつけられると、デッキでは人の渦が起きる。下船客もいれば乗船客もいる。警官も日曜日に着る制服で、スカイブルーの胸当てのついた上衣にきれいな新品のケピ帽（縁が高く頂が平らで、ひさしのある軍帽）、白手袋姿だ。

「これから冬にかけて、モミの木の値上がりが期待できるはずだ。ここ数年大量に切ったのがたたって、品薄になってる……」とギニャールさん。

僕はうなずく。体内に活力を感じる。どこに目をやっても、いろんなものが飛びこんでくる。みな自分と関係ある気がする。まさに絶頂期だ。

蒸気船は運航を続けている。湖畔からここまでは、ブドウ畑を抜ける登り道がいくつかある。どの道にも人が見える。

町が煙《けむ》っている。日はまだ高い。

周囲のブドウ畑から、子供の叫び声、男や女の話し声が聞こえてくる。ギニャールさんは指の先で葉巻の灰を払い落とす。僕は自分の葉巻に火をつけ、よく磨いた靴のつま先の穴飾りを眺めている。僕がそれとなく伝えると、ルイーズは立ち上がって、

「ギニャールの奥さん、コーヒーをもう少しお注ぎしましょうか」

「ほんの少しだけ」

アンリは今、十四ほどのウサギを飼っている。

IX

話は十月に飛ぶ。

まだリンゴの収穫は終えていないが、すでに寒い。ある朝、僕はルイーズに言った。

「ねえ、今夜はかなり冷えてきそうだ。早く帰れるようにするから、リンゴを摘《つ》みに行こう」

リンゴの木の根元に梯子《はしご》をかけて上った。木の股《また》にのって足を踏ん張り、枝からきれいな赤い実を一つずつもいで、妻のエプロンに投げこむ。

まもなく籠《かご》は一杯になった。大きな洗濯籠だ。

僕が木から下りると、二人はそれぞれ籠の端を持って、地下倉庫へと坂を下る。重いから、僕が前を歩く。一歩ごとに籠がギーギーと音をさせてたわむが、ともあれそれほど長い道のりではない。

そのとき溜め息が突然聞こえたような気がした。それと同時に籠が傾き、重量が僕の側にかかる。リンゴが周囲の芝生に転がりだした。相手が手を放したのだ。

振り返る。ルイーズは真っ青な顔をして口を開き、息が苦しいかのように両手を胸にあてている。

僕はルイーズが倒れる前になんとか駆け寄った。

「ルイーズ、どうしたの?」

何かしゃべろうとするが、その唇は青ざめている。

「わからない……目が回る……」

そう言うと、目が焦点を失い倒れそうになったので、僕は両腕で支えねばならなかった。そのまま抱えて、家まで運ぶ。

ベッドに寝かせた。タオルを濡らして、こめかみや額を拭く。服を半分脱がせ、窓を全開にする。おそらく気つけの酢が必要だろうと、酢も持ってきた。顔を近づけ、

「ルイーズ」と声をかける。「ルイーズ、僕が見えるかい？　ここにいるよ」

彼女はやっと息をついた。これで皮膚の下のこわばった筋肉のどこかが弛緩したようだ。まず手が動き、次は口元。そして目元に皺が寄る。

「あなたなの、サミュエル？」

「もちろん僕だ、ルイーズ」

「何でもないのよ」と彼女は言う。

女性にありがちな病気だろうか。だが喉が渇くと、水を一杯欲しがった。僕は台所へ下りる。バケツに柄杓《ひしゃく》を浸《ひた》していると、アンリが戸口に現れた。

町へお使いに行かせていたのだ。手に袋を下げている。最初に口にしたのは、「ママはどこにいるの？」僕は物音をさせないよう合図した。近づいて、

「袋をテーブルに置いて、しばらく外で遊んでいなさい。お母さんの具合が良くないんだ」

母親を盗まれたかのような目で僕を見つめる。突然ふてくされたようにうつむく。泣きだすのではないかと思ったほどだ。

十四歳を過ぎたのだから、もう分別はつく時期のはずだ。

「アンリ、言ったことがわかった？　ママの具合が良くないから、僕が看病してる。おまえがいると邪魔になるんだ。でも良くなったらすぐ呼んであげるよ」

壁に向かって話しているようなものだ。すると固く決心していたにもかかわらず、過去の悪癖がぶり返した。僕は声を高め、ルイーズに聞こえるとも考えず、

「言うことをききなさい。わかったか？」

相変わらず納得しない様子なので、僕は腹を立てて、

「きくのか、きかないのか？」

しかし相手は正面に向き直って、

「いやだ」と叫ぶ。「あんたに従う必要はない。本当のパパじゃないから」

台所の入口にいるので、声は階段にこだました。寝室のドアは開けたままだった。

ふとそれを思い出したが、もう手遅れ。大きな叫び声がして、僕の頭のてっぺんからつま先まで身体全体を突き抜ける。大慌てで階段を上った。

彼女はベッドに座っていた。ハンカチを両手で持って、口にあてている。どす黒く染まっているので、白い部分が奇妙に目立つ。ウールのベッドカバーの上に、血が三滴垂れた。四つめが垂れる。

「おまえのせいだ！」と僕は自分に向かって叫ぼうとしたが、それは心の中に響くだけで、表には出ない。だがその切っ先が胸に突き刺さる。あとは細く震える声で謝るだけ。しかし彼女は返事ができない。吐血が続いている。

それでも僕は必死で部屋を駆けずり回るが、気が動転していて、布類など必要なものは何もみつからない。

彼女のそばに戻った。また仰向けになっている。夕陽に浮かぶ顔を眺める。瀬戸物でできているかのようだ。暗くなればなるほど、枕の白さと顔の区別がつきにくくなる。まもなく輪郭がなくなり、目鼻立ちそのものも消えていく。ただし目だけはずっと輝いている。

僕は枕元にいるが、動く勇気も話しかける勇気もない。彼女はほとんど息をしない。鐘が鳴った。やむ。真っ暗闇になった。

さらにどれくらい時間が経ったかわからない。だが突然、彼女の手がシーツの上を這《は》う音がした。僕を探して

いるとわかる。

僕は手を差しだし、二つの手が合わさった。すぐは何も起きない。僕に赦《ゆる》しを与えるという意味だろうか。それとも、僕に赦しを求めているのか。

そんなことわかるわけがない。相変わらず声をかける気にはなれない。最初に口を開いたのは彼女。もうか細い声しか出ない。風がやんで、かすかなそよぎだけが葉の先をわずかに揺らすように、とぎれとぎれの声でこう言う。

「サミュエル、お願い……ねえ、坊やを連れてきて」

僕は台所へ走ったが、アンリはいない。真っ暗だ。どの灯りもついていないし、かまどの火は消える寸前。燃えさしの上にある湯沸《わか》し壺の中の残り湯がカタカタ鳴っている。

隅々《すみずみ》まで探したが、誰もいない。呼んでも、やはり返事がない。部屋を順に見回ったが、無駄だった。上でルイーズが待っていると思うと頭に血が上り、自分が何をしているかわからなくなる。

だから入口のドアが開いているのに気づくまで、かなり時間がかかった。

庭に出た。隅に道具置き場があるが、僕はそこにウサギ小屋を作っていた。ここをまず探せばよかった。

実際そこにいた。ドアのすぐ脇の隅に積んだ藁の上で横になっている。膝と肩がくっつくほど身体を折り曲げ、両手で頭を抱えている。眠っているようだ。

僕が呼びかけても、反応がない。かがんで揺り起こさねばならなかった。

「アンリ!……アンリ!」

だが僕が手をどかそうとすると、逆に放すまいと力をこめる。突然すすり泣きを始めた。

説明するのは難しいが、このすすり泣きは、もう子供のものではない。僕は突然、時の流れを自覚した。この子の人生は僕の人生とは無関係で、同時に進行してはいるが、気持ちをつかむことなど不可能だと感じた。

「アンリ」声をかける。「僕が間違っていた。おまえがお母さんに会いに行くのを止める権利なんて僕にはない。ここに来たのは……」

知らないうちに口調が変わっている。

「お母さんに頼まれて迎えに来たんだ……おまえを呼んでる……」

こう付け加える。

「少し良くなってきた……」

さらに続ける。

「でも、まだ心配だ。いたわってあげないと……」

子供は立ち上がると、首を振った。僕の言葉が終わらないうちに駆けだした。

僕の方は家事にとりかかる。なんとか手助けしようという気持ちが生まれたのだ。まずは灯りをつけて、薪《まき》をくべる。湯沸し壺をいっぱいにしたあと、ミルを膝にはさんでコーヒー豆を挽いた。

棚のコーヒー沸しを取りに行く。火は今、盛んに燃えている。紙袋の中にボダイジュの葉がある。コーヒーを濾過《ろか》している間にハーブティーを作った。

彼女は僕が寝かせたままの姿勢で横たわっていた。顔は少し横向き、両手をシーツにぴったりつけている。アンリがそばにいるが、話はしていない。

僕が入ってくる音がすると、「あなたなの、サミュエル？」と声をかけてきた。

僕は答える。「そうだ。ボダイジュのハーブティーを持ってきた。これが身体に一番効くと思ったから」

「まあ！　ありがとう」彼女は言う（だが長話はできない。言葉を一つ口にするたび、間を置かざるをえない）。カップはテーブルの上に置いといて……アンリ」声をかける。「パパを手伝ってあげて」

「もうしゃべらないで」僕は言う。「身体に悪いから」

それでも彼女は続ける。

「夕食を用意してくれたそうね……どうもありがとう。自分でできたのに」

「とんでもない！」

「それなら」さらに言う。「ねえ、ここに夕食を持ってこない？　そうすれば、三人一緒にいられる」

こうして事は収まった。何事も起きなかったような気分に再びなる。人生の本当の変化というのは、一番よく目につくものとはかぎらない。

X

しかも彼女は翌日から起き上がろうとしたので、僕は無理に止めねばならなかった。医者を呼びにやると、午前中のうちに来た。

診察は長くかかった。入念に聴診し、体温を測り、脈をとると、手帳を取り出して結果を書きこんだ。それが終わると、ついてくるよう僕に合図する。二人で庭に下りた。

医者は小声だ。柵の前で立ち止まって、向き合う。その間ずっとしゃべり続けている。

こう訊かれた。

「いったい何があったのですか」

僕はリンゴの収穫と籠が重かった話をした。

「真っ青になり、息ができませんでした」

「それだけ？」

「それから（口ごもる）……それから、よくわかりませんが……子供が帰ってきて、母親に会いたがりました。

僕は許さなかった……妻は心を痛めたのかも……いずれにせよ、そのとき吐血が始まりました……」

「以前は？」

僕は答える。

「以前はありません」

「よろしいですか（僕をじっと見る）。今の状態では、神経にさわることは一切駄目。精神面が何より重要です……なぜなら」医者は続ける……

僕は湖へ視線を向けている。秋空の下、銀粉のような細く薄い靄《もや》がかかって白く見える。

「……深刻、きわめて深刻です」

湖が急に黒く染まったような気がした。銀粉の代わりに煤《すす》が降ってきたかのようだ。瞼《まぶた》の下がちくちくする。肩を揺すり、喉に引っかかっているものを呑みこもうとした。

「さあ、ブレさん、元気を出して。最悪の場合ですよ、もちろん。絶望的というわけじゃない……それに、どんな診断にだって間違いはある……しかし相当な治療が必要なことは忘れないでください……」

僕と握手すると、もう帰りはじめている。僕は遠ざかる姿をむっとして見つめる。

だが腹立ちはすぐ収まった。ルイーズのところへ戻らないと。診断の結果を尋ねられたら、どう答えればよいだろう。

眉間《みけん》に深い皺《しわ》が寄っていると感じる。指で消そうとした。顔色が青いのでは。赤みを取り戻そうと、手で頰をこすった。〈楽しそうなふりをしよう〉と考える。

戻る前に微笑んでみた。予行演習だ。

足元の花壇では、自分で植えたキクのまだ青い蕾《つぼみ》が開きはじめている。外皮の裂け目から将来の色が垣間見える。暗紅色と黄色。僕は考える。〈パンにかぶりつくときのように上唇に力をこめれば大丈夫。それから、急ぎ

の用があるふりをしよう。言葉を慎重に選ぶことも大事。とりわけ強い口調にならないよう……〉

もう一度微笑む。だが、むしったキクの蕾はまだ手の中にある。

彼女はナイトキャップとピケ（表面に模様状のでこぼこのある織物）のナイトガウン姿。僕はゆっくりとドアを開けたが、これが最初のミス。入るとすぐ、じっと見つめられているのに気づいた。しかし何も尋ねてはこない。

もちろん僕が口火を切るのを当然のように待っていたのだ。それでも僕は何も言わなかった。これが二つめのミス。テーブルが散らかっているのをいいことに、背を向けた。しばらく経って朝食の皿を重ねているとき、やっと口を開いた。

「さあ、気分はどう？」

「とてもいいわ。起きられればいいのだけど！」

「医者に止められている。まだ用心が必要だって」

短い沈黙が生まれる。

「いつから起きていいとは言わなかったのね」

「うん。でももうすぐだよ……痛いのが飛んでけば……何日かベッドに寝てれば大丈夫……つまり、君は頑張りすぎたんだ。日頃はしないことを無理にやらされるのも、たまにはいいかも……しかもタイミングがいい。道が悪いから、〈しばらく休みましょう〉ということだよ。僕が思っていた以上に君はやるな……」

こんな冗談を続けているが、自分の声に驚く。とんでもなくうわずっている。会話が弾むどころか、白々《しらじら》しい雰囲気になる。続けようとしてみたが、その先はもう出てきそうにない。テーブルはとっくの昔に片づいているのに、僕は動かなかった。

彼女は返事をしない。すでに葉の落ちたプラムの木の枝同士が風でぶつかる音がした。そのあと聞こえるのは、かすかな咳だけ。

〈皿を持って下りよう。とにかく、何かしなくては〉

　だが声が聞こえてくる。

「サミュエル！」

「何か要るの？」

「こっちに来て」

　僕は目をそらせてベッドに近づいた。

「サミュエル、本当のことを言って。ねえ、嘘なのはわかってるわ」

「どういうこと？……」僕はすぐに答える。驚いたふりをしたかったが、突然声が出なくなる。彼女は言う。

「ねえ」

　さらに言う。

「お医者さんが来なくても全部わかってたのよ。だから隠そうとしても駄目。正直に話して。まだ時間のあるうちに……」

　しかし彼女の声も出なくなる。火のついたロウソクのように、声はだんだん溶けていく。僕は涙がこみ上げてくるのを感じたので、目を閉じようとした。

「サミュエル！」

　彼女も泣こうとしているのだろうか。だがまた咳をした。「椅子を持ってきて」と言う。

　僕は答える。

「興奮は禁物だって。咳が出てきただろ」

「サミュエル、椅子を持ってきて……私のそばに座って。それなら話ができる……ちゃんと話さないとね、サミュエル……」

僕は言う。

「なぜ？　もしかして大事なこと？」

「そうよ」彼女は答える。「私はどうでもいいの。考えているのはあなたのこと、そして坊や。どうするつもり？……私がいなくなったら……」

今度はもう冷静ではいられない。パイプが破裂するように、長くこらえていた涙がどっと噴き出す。彼女は手で目頭《めがしら》をおさえるしかなかった。

僕は視線を上げて、じっと見つめる。自分も涙が溢れてきた。ぽとりぽとりと顎を伝うのを感じる。

「ルイーズ、ルイーズ、お願いだ……」

しかし相手は話題を変えようとはしない。

「どうするつもり、二人きりで？　あなたは大変な苦労を背負うことになる。私がいないと、坊やはどうなるのかしら」

口ごもる。そして次のことを言わずにはいられない。

「せめて二人の仲が良ければいいけど、うまくいっていない」

「ルイーズ」僕は叫んだ。「お願いだ。もうやめて……」

すると口を閉じて、こちらを見つめる。間近にいるのに驚いたかのように。腕を伸ばして、僕の首に抱きつく。溺れそうな人が木の枝にしがみつくように、僕にもたれかかってくる。それでも僕が取り乱したりはしないと感じた瞬間、安心した様子を見せた。だが悲痛な思いはすでに心の中に蘇っている。なんとかしてやりたいが、僕は無力。

こうした思いが、病気よりもはるかに本人を苛《さいな》んだ。それでも一週間ベッドにいることで良くなってきたように見えた。アンリは授業時間のほかは母から離れない。学校に行くと、僕が交代する。いつもどちらかが枕元にいる。アモードリュ夫人は最初の日からやって来た。注意深く、やりすぎではと思うほどよく面倒をみてくれる。みな妻が好きなので、それを行動で示したいのだ。僕ら二人の間には、もう何のトラブルもない。僕には気力が必要なことを妻もわかっているのだろう。とても穏やかで我慢強く従順だ。何でも、どんな治療でも、素直に受け入れる。いろいろあるからだ。医者はきちんと食べるようにと言う。彼女は無理して明るく振る舞う。周囲にいる僕らは、機嫌のよい顔しか見せないよう努める。芝居は続く。破綻することが一瞬あっても、さりげなく取り繕《つくろ》う。彼女もそうしなければならないと理解したかのようだった。

快活な振る舞いが自然なのはアモードリュ夫人だけ。もともとそういう性格だ。

自分の家の用を片づけるとすぐに駆けつける。気立てのよいその赤ら顔が入ってくると、お日様が差したかのようだ。笑い声は遠くからでも聞こえる。いつも動き回って、やり残しはない。僕らのうちの誰かがちょっとでも憂鬱そうな顔を見せようものなら、

「どうしたの！」と叫ぶ。「何が心配なの？　悩んでたって仕方ないでしょ？」

みな首を振らざるをえない。彼女の勝利。

「それなら、どうして不機嫌顔なの？　しゃんとしなさいと言ってるでしょ」

それから太いむきだしの腕でルイーズを持ち上げる。枕をたたき、シーツを伸ばし、毛布を敷きなおす。あっという間に部屋中きちんと整頓された。

彼女がしてくれた手助けについて、ここでどれだけ感謝の言葉を述べても足りない。僕が願った病人の周りの静かな雰囲気を少々かき乱しはするけれど。だがそれはおそらく症状の深刻さを正確にはわかっていないからだろう。医者が語った相手は僕だけ。

アンリもまったく知らない。母親の顔色はいいと思っている。今は頬がピンクに染まっているので、「ママ、こんなに元気そうなのは初めて」と言う。

さらには医者もうれしそうだ。彼によれば、ルイーズが〝これほど早く回復する〟とは思っていなかったとか。この言葉で希望が再び燃え上がった。

こうしてひと山越えた。十一月中旬、僕は物事をあまりに悲観的に見ていたな、と思うようになっている。

さらに数日経つと、彼女はベッドから起きるようになった。僕が出した条件は、湖全体を見渡せるよう窓辺に置いた肘掛け椅子から離れないことだけ。ほんのときたまだが、僕が腕をとって、庭をひと回りする。アモードリュ夫人は若い女中をつかまえて、自ら教えこむ。家のことは問題なし。僕は仕事に復帰した。

雨続きのあと、急に暖かくなった。まさに小春日和だ。

ある日、彼女が話しかけてきた。

「ねえ、サミュエル、お願いがあるの。二人が結婚した教会へもう一度行きたいわ。まだ時間があるうちにやっておかないと」

僕はまもなく到来する冬のことを言っていると思ったので、こう訊いただけだ。

「大丈夫？」

「まあ！　大丈夫よ」と答えてくる。「それに、とっても楽しみ」

医者の意見を聞くと、疲れたりしなければ差し障《さわ》りはないとのこと。ある日曜の朝に出発した。晴天続きなので、道はどこも陽気に誘われて飛び交うハエでいっぱいだ。足にあまり負担がかからないよう、僕は彼女の肩を抱いている。足並みも揃《そろ》えるが、相手が歩みを速めようとするたびにブレーキをかける。ゆっくりと進んだ。空気が気持ちいい、と彼女は言う。まもなく鐘が鳴りはじめ、その響きが僕らを励ますかのように埃っぽい大気の向こうから届いてくる。最初は子供の澄んだ声のような一番小さな鐘だけだった。だがすでに二番め、三番めと続いている。突然、大鐘《おおがね》のくぐもった調べが聞こえてきた。間隔を置いて鳴るたび、壁にツルハシを打ちこむように、下から大気を震わせる。

僕らは上から下りてきているので、教会は少し下にそびえている。町の中心を通る必要はない。灰色がかった湖を背景にして、鐘楼《しょうろう》の尖塔《せんとう》と四隅《よすみ》の小塔が黒く浮かび上がっている。大時計は十時十五分前を指している。道を外れ、垣に仕切られた狭い小道へと入る。何人かの人と出会いはじめた。長外套《なががいとう》と黒のケープ姿の婦人たちは、詩篇入り典礼書を抱えてせわしなく歩いている。それから、くすんだ大きな円天井《まるてんじょう》が見えた。中に入ると湿気が肩に落ちてくる。幸いショールを持ってきていたので、ルイーズを念入りに包んでから、説教壇に近い信者席の端に座ろうと移動した。

じろじろ見られる。多くの人は顔見知りで、ルイーズは病気だと知っていた。彼女はおろおろする。うつむいたまま顔を上げない。

牧師が『マタイによる福音書』の「山上の説教を始める」の中の〝幸い〟の一つ、〈心の貧しい人々は、幸いである、天の国はその人たちのものである〉について説教する。どこの出身か知らないが、かなり若い男だ。おそらく教区牧師の代わりをこの日だけ務める牧師補だろう。痩せて青白く、黒い顎ひげはごく薄い。腕が長く、目は窪んでいる。心の貧しい人々とは知性の欠けた人だけでなく世間や物の道理から外れても神のことを信じた人のことだ、と説明する。

誰もがさらされている残酷な別離についても語った。「天上のものに愛着を持ちなさい。滅びゆくものを遠ざけなさい。肉欲の絆《きずな》を断ちなさい。かさかさになった葉は風に飛ばされます。草は緑になった途端にもう鎌で刈られます」

それまで穏やかに話していたが、突然大声になり、怒りに我を忘れたかのように、地上のものへの執着を激しく非難しはじめた。「用心しなさい」彼は叫ぶ。「永遠の存在はちゃんと見ておられる。早く悔い改めなさい」地獄とその業火《ごうか》にも話が及ぶ。女性の多くは涙しているが、牧師は気づかぬ様子。そして声は高まったかと思うと砕け散り、優しくなった。口を閉じて、溜め息をつく。そして祈りはじめた。長い時間、神に赦しを求めている。彼の言葉を借りれば、「主が我々を照らし、ついにはそのお姿をこの目にできますよう」。

深い静寂のあと、終了の讃美歌が流れた。会衆はもう立ち上がっている。自分だけなら、とっくに表へ出ていただろう。しかし一人ではないから、列席者が動きだすのを待たざるをえなかった。それからやっとルイーズの方を向く。

動こうとしないので、僕は言った。

「行こうか、ルイーズ」

聞こえていないようだ。肩に手をおくと、身体を震わせた。

「ああ！　そうね」と夢から覚《さ》めたように答える。

立ち上がるのを手伝った。一緒に出口のポーチへと向かう。きれいな日差しが中で揺れているので、円形のポーチは階廊《かいろう》の下にくっきりと浮かび上がって見える。僕はだんだん現実に戻ったような気分になる。突如、鮮やかな外光が僕らを包んだ。暗かったのが、明るくなる。寒かったのが、再び暖かくなる。鳥の囀《さえず》りが聞こえる。

眼下には湖が見える。冬にとれるリンゴの皮の皺のようなさざ波が湖面を埋めつくしている。

僕はじっとしているのに厭《あ》きていたので、家路《いえじ》を急いだ。さっきの小道に入ろうとすでに右折していたが、ルイーズに止められた。墓地をひと回りしたいと言う。無理に反対はしなかった。

柵を押すと簡単に入れた。片側には黒ずんだ大理石の円柱がイチイの中に立っている。反対側は草地で、最近建てられた墓が並んでいる。墓地の真ん中のハチミツ色のプラタナス並木の間を遊歩道が続いている。「この奥にあるの」と彼女は言う。

どういう意味だろう。それでもまず僕はおとなしく従った。そして急に立ち止まる。

「身体にさわらない？　おとなしく帰ればよかった」

相手は言う。

「こっちの方が目的で来たの」

意味がやっとわかったが、もう遅い。彼女は墓の間を左に曲がり、まもなく一つの墓の前に着いた。ツルニチニチソウに覆われ、そばには簡素な石の十字架。台座は傾いている。

僕は名前を読んだ。彼のだ。

「謝らなくちゃね」彼女は言う。「先に言わなくて。でも会いたかったの」

僕はもう一度名前を読む。〈シメオン・シャブロ〉

「ずっと来てなかった」彼女はさらに話す。「お墓参りしなければいけなかったのに……もうすぐ十三年になる」

僕と組んでいた腕を外すと、一、二歩前に出る。わずかに身をかがめた。無言だ。

僕はツルニチニチソウの葉を眺めている。ごちゃごちゃと入り組んでいる。黒いところもあれば、反射光の加減で輝いていたり真っ青に見えたりするところもある。

彼女は手を合わせ、さらに身をかがめた。僕のことなど眼中にないようだ。突然、恐ろしい考えが頭をよぎった（心が苦しんでいるときに生まれる妄想はきりがないから）。突然、自分はまったく愛されていなかったような気がしてきた。それでも彼女の邪魔をすることは控え、祈りが終わるのを辛抱強く待った。本当に祈っていればの話だが。

彼女はこちらを見る気配もなく歩きだした。僕はついて行く。遊歩道のところでやっと止まったので追いついた。だが、もはや憐れみしか感じられないほど憔悴《しょうすい》した様子だ。

彼女はまた僕の腕をとると、「しばらく腰を下ろせないかしら」と頼んできた。

苔《こけ》に覆われた背もたれの低い石のベンチがいくつかある。僕らは一番近いベンチに並んで座った。さらに長い間、二人は言葉を交わさない。

しかし、彼女は突然首を振った。少し向き直って、

「サミュエル、聞いてた？」

僕がいぶかるような目を向けると、

「牧師さんが言ったこと。そのとおりよね。私たちはお互いの絆が強すぎたから罰せられたのよ。そんな気持ちもときどき湧いたけど、目の前のものに流されていた。儚《はかな》いものなのにね。私たちなんてどうでもいい存在なのよ、サミュエル」

僕はそうは考えない。けれど逆らっても仕方がない。しゃべるのを止めようともしない。言葉一つ一つが僕の心をズタズタに切り裂くけれど。

彼女は続ける。

「私たちの結婚式のことを覚えてる？　きょうのように晴れてた。二人で計画を立て、あなたが手を貸してくれた。それでも、ねえ、この十年、過ぎてしまえば、そんなことまるでなかったみたい。私たちは何でも一緒に考えた。ただ一つ言えなかったことを除いて……そう、ただ一つのこと。それでも不満になんか思わなかった……目の前のものが悪いんじゃなくて、私たちのせいなのよ……」

さらに話す。

「私のせいよね、もっとよく考えるべきだったから……聞いて、サミュエル（声がますます小さくなる）。頼みたいことがあるの……私の思い出は全部ここにある……お願い……お願いだから……私をここに埋めて」

僕は腕をとった。

「お願いだ、ルイーズ。僕のことを思って……」

だが、やんわりと斥《しりぞ》け、

「どうしても。ねえ、サミュエル。これが私からの最後のお願い。まだ場所があるのは確かめたの。ポーチのす

ぐ近くがいい……思い出してよ。晴れていたでしょ。ちょっと眩《まぶ》しかったので、私たちは立ち止まった……」

彼女の口に手をあててそれ以上しゃべるのをやめさせたかったが、畏敬のような念に阻《はば》まれた。こんな気持ちになるのは初めてだ。まるで相手の背丈が急に伸びたかのよう……同意のしるしにうなずくだけにした。

そして彼女は話をやめる。二人が動かないでいると、いろんな種類の小鳥たちが枝の高みから僕らの周囲へなれなれしく下りてきて、縦横無尽にはね回る。夏のころのように、空がゆらゆらと揺れている。枯れ葉の間から芝が芽を出している。バラの若木は再び緑色をまとった。暖かい大地と草の香りが四方から漂い、むせてしまう。

どうしても見ないわけにはいかない。目の前のものに視線を向けないわけにはいかない。あまりにもそれらが美しいから。一つ一つ、どんどん遠くへと視線は導かれる。僕の目はすでに墓から離れている。墓の次は町。丘の麓《ふもと》に広がっている。さらに視線を滑らせると、湖が現れた。僕は我知らず、まるでそれまで息ができなかったかのように口を開けている。

ルイーズは相変わらず前の地面を見つめている。だが僕の動きに促されて同じように視線を上げると、やはりそうしたものが目に入った。すると大きな溜め息をつき、手を上げてからまた下ろした。身体の中で何かがせめぎ合っている。そしてまた力が抜けた。

危ない。身体全体がしなる。か細い首には重すぎるかのように頭が横に傾いたので、肩で受けとめた。陽気に惑わされたアトリが、初春のころのように囀っている。

辛い帰り道になった。日が暮れると、彼女は高熱に襲われた。夜中の十時ごろ、また血を吐く。熱はまもなく引いたが、冷や汗が出て、寝床はびっしょり。

僕はそばに付き添っているが、それには気づかない。ときどき呻《うめ》き声が漏れる。僕は立ち上がって、「ルイーズ、ルイーズ！」と声をかけるが、こちらを見もしない。

「ルイーズ、言って。どこが痛い？」

何の返事もなく、呻き声やときおり発する意味不明の言葉だけ。一番辛いのは僕が無力なこと。頬杖をつき、「どうしようもない」と繰り返す。ときどきはるか遠くで大時計が鳴る。間隔をおいて聞こえてくる。数を数えるが、なかなか終わらない。午前0時になると、風が出てきた。吹きすさぶ音を長い間耳にしていると夜が明けたような気になるが、そのとき鳴ったのは一時だった。

それでも彼女は少しずつ落ち着いてきた。ゆっくりと目を閉じ、静かで規則的な息になる。やっと眠りこんだ。僕は椅子に座ったままうとうとする。そして朝の日差しに気づいた。ルイーズはまだ眠っている。うれしくなった。アンリが学校に行くころにやっと目を覚ました。それからすぐ、毎朝の習慣でノックがある。彼女は子供に微笑みかけたが、すがすがしいその様子には驚かされる。ふだんどおり頬を差しだす。

「よく眠れた？」

「うん、ママ」

「見てよ、私はお寝坊。きょうは何の科目？」

「地理、算数、文法、ドイツ語」

「しっかり頑張ってね」

子供は階段を駆け下りる。彼女は僕の方を向いて言った。

「あの子にだけは気づいてほしくないの」

その日からどんどん快方に向かった。十一月の末ごろには、また毎日起きられるようになる。雪が降ったが、雪のあとは快晴。家の中には活気がある。薪《まき》をたっぷりくべたストーブは、パチパチとはぜる音を立てて燃える。庭先にはチューリップの植木鉢。花穂《かすい》ははちきれんばかりに膨らんで、花が咲くのを待っている。

新年には、ささやかなパーティーを催した。アンリは道具箱をプレゼントされる（この時代のプロテスタント地域では、クリスマスではなく新年にプレゼントを交換していた）。

だが一月には霧が戻ってきた。うっとうしくじめじめして、かび臭い。彼女はすぐにその影響を受けた。息をするのが辛いので、横になっていられない。座っていると、すぐに疲れる。衰弱が進行して頻繁に咳きこむようになり、もうまったく食欲はない。小鼻が透きとおって見えるほど痩せている。人間の身体の中にこんなに多くの骨があろうとは考えもしなかった。伸ばした手には二本の深い筋がある。手首はごつごつと骨ばり、指は小石のようだ。起こしたり寝かしたりする役目は僕。手にあばら骨を感じると、ぞっとする。哀れなほど生気のない足は見ないよう目をそむける。ふくらはぎより膝のあたりの方が太い。膝にボールのような塊ができている。だがそこからどんどん細くなって足首でまた膨らむので、足の先が前より二倍にも長く見える。

顎も突き出てきた。こめかみに大きな窪みができて、黄色いかさかさの肌がそれを覆っている。顔にまだ生彩を与えているのは、バラ色のしみだけ。頬からは消えていないが、僕はもうその意味がわかっている。遠くからだと健康そうに見えるが、近寄ると、顔の両側にふざけて塗った丸い紅の跡のようだ。ハンカチを濡らして擦《こす》りとることができれば。

それでも彼女は依然として自分のことなど考えない。気にしているのは、僕を心配させないことだけ。みなの前では無理して平気な顔をする。この顔は仮面のようなもの。体調が最悪で、激しく咳きこんで息が詰まったり、血の気が引くのを感じて壁の方に顔をそむけたりするときでさえ同じ。子供の学課の暗誦も毎晩続けさせている。

子供にこう言う。

「坊や、ママは変だわね。でも疲れているから赦《ゆる》してちょうだい」

この子は本当に何も気づいていないのだろうか。射すくめるような視線をときどき向ける。

彼女は最後の瞬間まで気丈《きじょう》だった。一月の初めにはミルクしか受けつけなくなり、しかもときには水で薄めてひと口。あるいはコニャックひと匙《さじ》。なぜこんなに長く持ちこたえられるのか不思議になる。胃の方は参っている。体内器官は互いに依存しあっているので、一つが変調をきたしだすと、ほかにも影響が及ぶ。血も薄く涸《か》れてきた。意欲が遠のく。生への愛着が薄れていく。

十八日、牧師を呼びに行ってくれと頼まれた。すぐにやって来る。数日後には聖書ともう一冊の本を持ってきた。

二十五日、彼女は言う。

「あなた、もう長くは迷惑をかけないわ。眠ってなくて疲れてるでしょう。神様の思《おぼ》し召しどおりになる」

この日の彼女は奇妙なほど達観している。

「ねえ、また会いましょうね。それでも最後に二人は結ばれる。今度は永遠に」

もう一度だけ子供のことを頼んできた。僕は手を握って、

「でもそれはもう約束しただろ、おまえ……」

「それなら」答える。「大丈夫」

眠りたそうだったが、手は離さずにいた。かなり落ち着いてはいる。しかし指に伝わるか細い脈がどんどん弱まっていくのを感じて絶望的な気持ちになる。

三月の初めに持ち直したが、長くは続かなかった。僕の早合点《がてん》だったにちがいない。二、三日の小康状態に騙《だま》された。そして間違いに気づく。また呼吸困難の発作が起きるようになった。彼女は息をしようと、火にくべられた若木のように必死で身悶《みもだ》えする。そして何時間も動けないほど衰弱する。呼吸しようとしても胸はもうほとんど上がらなくなり、すでに事切れたかのようだ。

最後の朝、アンリ坊やをそばに来させてキスした。子供が出かけようとすると、また呼びとめる。再びキスする。今度こそ出かけようとしたが、彼女はもう子供から離れられない。僕に合図したので、また連れ戻さねばならなかった。間違いなく我が子だと確かめるかのように、指先で顔に触れる。

子供は怯《おび》える。僕は引き離そうとした。登校時刻が来たからだが、この子はついに理解したのだろうか。頑として動かない。手が我が子を求める。また求める。

子供がさらに近づくと、手はその肩に触れ、身体に触れ、引き寄せる。

「ルイーズ」そこで僕は身をかがめながら声をかける。「ルイーズ……」

彼女は子供を放した。目が開くのが見えたが、暗い空洞のようだ。やっと声を発した。こう言う。

「アンリ、もう行かないとね……」

嗚咽《おえつ》らしきもののために言葉は断ち切られ、そして消えた。子供は母親を見つめている。学校鞄《かばん》を背負った。いつもの台詞《せりふ》、「行ってきます、ママ」と言うと、ドアへ向かう。ドアのところでまた振り返った。

八時だ。若い女中は廊下を掃いている。ブラシが行き来し、壁とぶつかる。毎日繰り返される掃除の光景。果樹園の木々の間に灰色の霧がたちこめている。

ルイーズは腕を前に出し、何かつかもうとするかのように丸く曲げた。二、三度首を振る。頬にひと筋の涙が流れているのに気づいた。僕は跪《ひざまず》いて、その涙にキスする。湖畔の砂のように熱く乾いた肌を唇に感じた。彼女の唇は妙に青ざめている。すると急に白眼をむきだした。再び瞳孔が現れたが、輝きは失われている。薄皮がかかっているかのようだ。毛布をわずかに引く。冷えるのかと思って、「寒いのかい、ルイーズ?」と尋ねた。もう何も聞こえていない。また毛布を引いた……

二日後の墓地からの帰り道(僕はアンリの手を引いている。葬儀の最中も埋葬の行き帰りも、子供はまったくしゃべらない。泣きさえしなかった)、僕らはゆっくり坂を上って家に戻る。今は二人だけ。永遠に二人だけ。だしぬけにこう尋ねられた。

「ママは天国にいるの?」

答えるのに時間がかかった。

「そうだよ」やっと言う。「天国にいる」

「もし僕が死んだら、やっぱり天国に行けるかな」

また声が出なくなる。うなずくしかできなかった。

「そうすれば、また会えるね」

「そうだ。いい子にしていれば」

「それなら」子供は言う。「いい子でいるよ」

実際にいい子で、こちらから頼んでもいないのに足取りを僕に合わせている。僕は立っていられないほどだから、この子も疲れているはずだが。

XI

ちょうど半年後の一八八二年の十月、子供は死んだ。

しばらくはそのまま学校に行っていたが、もう勉強などしない。以前はあれほどまじめだったのに、歴史、地理、さまざまな動物の絵が載っている赤い背のきれいな本、どれにも興味を示さなくなる。学習ノートの内容もどんどん悪くなった。所見欄には、〈注意散漫になっています。話を聞かず上の空〉とある。

あるとき先生が訪ねてきた。こう言う。

「息子さんの件でぜひお会いしようと思いまして。心配なんです、あの子が。すっかり変わってしまいました。何か悩みを抱えているにちがいありません……」

僕はうなずいて答えた。「悲しみです」

相手も僕と同じようにうなずいた。以心伝心。彼はさらに言う。

「休養が必要でしょう……」

春になっていたので、〈外に出れば元気になるだろう〉と僕は思った。すっかり回復するまでアンリは学校に行かないことにした。

洋ナシとリンゴの花が咲きはじめた。草はもう伸びている。僕は庭仕事をする。できるだけ明るく子供に声をかける。

「おい！　アンリ。ウサギはどうした？」

子供は台所のドア近くの椅子に座っていた。ほとんど顔を上げない。

「知らない」

「今朝は餌《えさ》をあげたの？」

「知らない」

「なんだって？　知らない？」

本当にもう放ったらかし。僕が代わりに世話をしなければ、餓死させるところだった。叱った方がよかったが、その勇気がなかった。

しかも本人自身がよく食べるなら問題はないが、もうまったく食べなくなる。僕が食事時に行くと、台所の隅でうずくまっている。呼ぶとテーブルにはつくが、皿は手つかず。

言葉ではどうにもできない。甘言《かんげん》も叱責も心の壁を崩せない。こちらをただ見ているだけなのか。話は聞いているのか。言うことがわかっているのか。すべては疑問だ。そしてこうして自問するたび、ひどく辛くなる。

なぜなら、これまで誰も愛したことがないかのように今はこの子を愛しているからだ。はじめて味わう愛情のすべてをふりむけている。それは二つの愛情でできているようなものだ。一つは思い出、もう一つは現実から生まれている。生きている本人、そして今はいない人への気持ちが混ざり合った愛情だ。だから、あの頑《かたく》なな態度や冷ややかな表情に接したときのショックがいかに大きかったかは納得してもらえるだろう。堪えがたいのは、子供がどんどん自分から離れていくような気がすること。その全存在がこの世の外の何かに向かっている。肉体はまだここにあるが、もう抜け殻だ。

そして、もうかなり弱々しい。日々少しずつ衰えていく。痩せすぎのひょろ長い身体に大きすぎる頭がのっている。僕は作り笑いと馬鹿げた冗談を向ける。「どうした？　スープが気に入らないのか？　おまえにはズアオホオジロ（ヨーロッパ産の小鳥。美味で珍重される）が要るな」子供を欺《あざむ》こうとしているが、同時に自分をも欺いている。

すでにルイーズの病気の間、僕は何度も休暇をとっていた。再びギニャールさんのところへ行って、今の状態では子供を放っておく気になれないと言うと、快く承知してくれた。「そうすればいい」彼は言う。「おまえ抜きでやっていくよ」僕がもう仕事に身が入らないのをよくわかっていた。梁《はり》、板材、機械といったあらゆるものに無関心になっている。

稼ぎがまったくなくなったので、家を担保に借金をした。金はどんどん消えていくが、もうどうでもいい。金貨の山、札束、所詮は紙切れにすぎない証券など、今さら何になるだろう。愛する人を永遠に失い、残ったもう一人がすでに生きる屍《しかばね》状態になっているときに。

アンリが微笑んでくれるなら、全財産を投げだしただろうが。微笑みもすっかり忘れてしまったようだ。生気を取り戻すのは、週に二度のお墓参りのときだけ。小さなじょうろを買ってやった。庭から一番きれいな木を土ごと掘り出して、籠《かご》の底に詰める。花も摘むが、いつもそれだけでは十分ではない。家の花では足りなくなると、町の花屋へ買いに行かせる。こうしてやっと籠だけでなくアンリの上《うわ》っ張《ぱ》りも一杯になった。

墓は柵を入ってすぐ。まずはそばにたたずんで、狭い墳墓を眺める。生えはじめたばかりのツゲがしばらく前から周囲を縁《ふち》どっている。長い間しゃべらない。それから作業にとりかかる。

しおれた花びら、黄ばんだ葉一枚あってもいけない。子供は水汲み場でじょうろを満たして、水を撒《ま》く。僕は雑草を抜いて、家の木を植える。バラの木は毛虫取り、キヅタにはそれを支える棒が必要だ。ヤナギも持ってきた。しばらくすればしっかりした囲いになるにちがいない。その囲いにはキヅタ、ヤナギの幹にはバラの木を一本絡《から》ませよう。墓はそれまで花で埋めつくす。

まぶしすぎる春の陽気に気持ちが和《なご》む。おびただしい数の鳥の叫び声、そしてシルクのように煌《きら》めく空。ときおり雲が通りはするが、雲も金色、バラ色、あるいは真昼には銀色に染まって輝いている。僕は手で目を覆ってそれを見ないようにし、心の中の風景に集中する。手を広げる。暖かい。「アンリ、何回撒いた？」と訊くと、「十五回」という返事。「もう十分だ」と応じる。だが悲しそうにうつむいたので、言い直す。「それなら、もう一回」子供はまたはしゃいだように見えた。だがすぐに悲しみの表情に戻る。

もう帰ろうと静かに柵を閉めているとき……そのたびルイーズの死が少しずつ確実なものになっていくような気がする。ぼんやり自宅へと向かうが、僕らを呼ぶ声はまったくない。それどころか家に着くのが怖い。そこには誰も待っていないからだ。もう暗くなっている。聞き慣れた愛《いと》しい声の代わりに、子供の咳《せき》だけが聞こえる。〈何か気晴らしをさせないと〉と思う。手に入れられるかぎりの玩具を与えた。クロッケーゲーム（木の球を木槌で打ちながら弓形の門をくぐらせる球戯）を買ってやったが、見向きもしない。本の方がいいかと思ったが、ほとんど開かない。大きな声で読み聞かせてみたが、退屈しているとすぐに気づいた。できるだけ長く外気にあたるよう医者が勧めたので、一緒に庭の東屋《あずまや》へ座りに行く。今はアメリカヅタに一面覆われ、片側にはホップが生えている。真ん中にはテーブル。太い杭を地面に埋めこみ、上に二枚の板を釘付けして据えただけのもの。

僕はガチョウゲーム（双六に似たボードゲーム）を開いた。〈まず自分が楽しんでいるように見せないと。きっと乗ってくるだろう〉ガチョウゲームの絵を見せて、こう言う。「ここが〝井戸〟、ここに落ちると別の駒が代わりに落ちるまで待っていないといけない……ここが〝迷路〟、抜け出せないから元に戻される……ここはガチョウの首が後ろ向きになっているから、前進せず後ろへ下がる……おまえが先攻だ……さいころを投げて……」子供は逆らわない。さいころを投げた。「七だ。七マス数えて」

今度は僕がさいころを投げる。「たった三か。ああ、なんてことだ。もうおまえはずいぶん先に進んでるのに」しかし子供はにこりともしない。それどころか、得点を数える際には疲れた苦しげな表情を浮かべる。しょっちゅうその計算も間違えた。

僕はわざと相手に勝たせようとする（勝者にはご褒美《ほうび》としてチョコレートやイチジクがある）。でも全然うれしがらない。チョコレートにもイチジクにも。

「さあ、アンリ。おまえの勝ちだ」

「うん」返事をする。「僕の勝ち」

医者に来てもらった。

「どんどん痩せているんです。どうすればいいでしょう」

医者は答える。

「もっと食べないと」

答えはこれだけ。だが僕は何か秘密を隠しているかもしれないと食い下がる。〈専門家の見解があるはずだ〉と思ったのだ。僕の言葉は手を差しだしているようなもの。

医者は困った様子……こう言う。「おわかりでしょう……（いや、僕にはわかっていない）……おわかりでしょう、あの状態ですから……ともかく、もう一度やってみましょうか……新しい治療を。ただ、ちょっと費用がかかりそうですが……」

「そんなこと何でもありません」

「よろしい、それでは……」と医者は言う。

何やら考えている様子だ。ポケットから手帳を出す。銀のノック式のペンシルの先が指の中で動く。僕はその薬を買った！　瓶に詰めてあった！　その瓶には命の素《もと》が入っているかのようだ！　ただの液体なのだが。

しかし何の効き目もない。今度はごちそうで釣ろうとした。アンリは遠方から箱詰めで取り寄せた生のブドウを六月まで食べた。金持ち御用達《ごようたし》のハトのロースト、高級ワイン、早生《はやなり》の野菜や果物も。ブドウの房は喜んで食べているように見えた。僕はもうご満悦。だが子供はすぐ脇にのけて、「もう食べられない」と言う。

気持ちがころころ変わる。最上の食べ物を前にしても仏頂面《ぶっちょうづら》。懸命に頑張って準備したのに触れもしないのを見て、悲しみにとらわれる。甘やかせすぎでは、と思うこともある。〈少し叱った方がいい〉と考えもするが、その姿を目にしただけで気持ちが変わる。

僕は子供の前でますますおずおずする。何もしゃべらずじっと虚空《こくう》を眺めているので、「何を考えているの？」と尋ねた。

返事はこう。

「何も」

何を考えているかはよくわかっている。それでも子供は決して彼女のことを口にしない。おそらく僕とは気持ちを分かち合いたくないのだろう。この態度に押されて、僕の愛情は心の奥に引っこんでしまう。

そうこうするうち夏がやって来た。瑞々《みずみず》しい頬のような色をした大きなバラの花が、枝先で突然開く。だが枝がその重みでしなっているので、花はほとんど見えない。

花の中にある黄色くて小さな花粉がミツバチの肢《あし》を重くする季節だ。サクランボは熟している。かと思うと、もうしなびている。だがほかのいろいろな果物があとに続く。温まった土地に水を撒くと、バターを火にかけたようなジュージューという音がする。

子供は今は枝編みのデッキチェアに一日中寝そべっている。毎朝庭に下ろし、太陽の向きに応じて庭の小道沿いを移動させるのだ。来客があれば少しは気が紛れるかも、とも思いついた。学校の仲のいい友達が一人いる。でもせっかく来てもらったのに、知らん顔。アモードリュの子供たちにも、ギニャールさんの子供たちにも。

まったく手の施しようがない。僕は夜一人で部屋にこもり、絶望感に襲われて身悶《みもだ》えする。僕の部屋のドアは開けているし、子供の部屋のドアも開いたまま。最初は咳が聞こえたが、それから音がしなくなった。僕は靴を脱いで、裸足《はだし》のままうろつく。こんな動作で自分をごまかそうとしなければならない。こうして一、二時間が経った。〈あの子は眠っている〉と考える。息を殺してベッドまで忍んで行った。灯りはついていない。闇の中、最初は白いシーツしか見分けられなかったが、こちらより前に相手の視線が僕に注がれているのを感じた。膝の裏に手刀を食らったようにふらふらする。

「まだ眠ってないのか?」

「眠れないんだ」

長い沈黙ができた。

「眠らないと」

子供は言う。

「頑張ってみる」

この子は僕が愛していることくらいは理解してくれただろうか(わざわざ口にしたことは一度もないから)。僕の行為や身振りどれをとっても一目瞭然のはずだが、気づいているようには見えない。新たな悩み、新たな苦痛が加わった。顎を突きだしてまたしゃべろうとするが、言葉が何も出てこない。部屋へ戻る。服を脱ぎかけたまま、ベッドに寝そべった。

僕の方も眠れない。明け方にときどき半分目が覚め、さまざまな夢を見る。この錯綜した光景の中、まるではるか彼方の霧の中にいるかのように、ルイーズが突然現れた。誰かを呼んでいる。呼ばれたのは僕？　そうかも？　うれしくなる。だがその瞬間、返事をするアンリの声が聞こえた。隣にいる。僕は服をつかんで引き止めようとするが、逃げられる。あっという間に腕を広げた母親のもとに飛びこむ。ルイーズが子供をつかんで抱きしめるや、二人とも消えてしまった。

僕は一人残される。

夢は嘘をつかない、そういうことはあってもおかしくない、と感じる。

実際にそれは起きた。あっという間に。九月になると、病気は重くなった。咳がツルハシのように胸を穿《うが》つと、空っぽの胸が反響しはじめる。肋骨《ろっこつ》の下にはもう何もない。空気はいやいや吸いこんでいるが、もう栄養は消化しなくなる。餓死の典型的パターンだ。青ざめているのがわかる。歯を食いしばっていると、目が飛び出る。仰《あお》向けに倒れもした。母親とそっくり。どんどん似てくる。

しかし、驚きでもあり僕にとって一番辛いのは、症状が重くなればなるほど子供が幸せそうなこと。そのころから再び笑みを浮かべだした。僕に対してではない。空中のものに向かって微笑む。逃げだせるドアがそこに開くのを期待するかのように天井を注視している。微笑みでその瞬間を呼びこもうとしているのか。僕は存在しないのと同じだ。

僕のことを思い出させるため、僕は鼻をかんだり窓を閉めに行ったりするが、何の効果もない。明らかにどうでもいい存在だ。こう言いたくなるのをじっと堪《こら》えなければならない。〈アンリ、おまえは僕のことなんかどうでもいいんだね〉これは本心からの叫びで、思わず口に出したくなるが、恥辱の思いに止められる。偽りの恥辱ではあるが。

僕は唇を嚙《か》んで言葉を呑《の》みこむ。上ってくる嗚咽《おえつ》を喉でこらえる。指先を握りしめる。僕は献身的に看護した。

できるだけのことをした。子供は最後の十月をずっとベッドで過ごしたが、僕は片時もそこから離れなかった。しかしある朝、微笑みがその顔に広がりはじめた。何もかも終わりとわかった。

埋葬にはたくさんの人が集まった。僕と親類（ルイーズの従兄弟が二、三人来た）は一列に並ばされ、参列者は列を作って順に僕と握手する。

僕は背筋を伸ばしている。靴はきれいに磨いていて、服装も清潔。式が終わると、「もう帰っていいですよ」と言われた。墓掘り人にはまだ仕事があるのだ。小雨が降っていた。粘土質の地面は滑るが、遊歩道は砂利《じゃり》が敷かれているので、僕はそこを進んでいる。

いつのまにか一人になる。だしぬけに牧師が近づいてきた。

僕は首を振りながら言う。「わかっています、先生」

気持ちを察して、無理に話しかけてはこない。だが出口でギニャールさんが待っていた。

「君ともう一度握手しようと……それに、君がうちへ戻ってきたいなら、もちろんいつでも歓迎だ、と言いたくて……」

僕は答える。

「ありがとうございます。でもギニャールさん、おたくに戻ることはありません」

意味がよくわからなかった様子だ。単に僕が一人でいたがっていると思って、立ち去った。

僕は帰宅した。翌日、家を購入する仲介をしてくれた不動産業者のところへ行って、家を売りたいと伝えた。買い手の心当たりはまったくないという返事だった。

僕は次のように考えを伝えた。「すぐに処分したいんです。一万五千フランの価値があるけれど、一万一千フランを抵当で借りています。残りは四千ですが、千フランいただければあなたに譲ります」

僕は冷静にしゃべったが、相手は目を丸くして見つめている。僕は続ける。

「できるだけ早く出発したいんです」

「どこへ行かれるのです？」

「とにかく早く」

千フランを受け取った。再び家に戻る。ルイーズが使っていた小物の中から、婚約のときに僕がプレゼントした金のブローチだけを選び、ほかは全部焼却した。写真を含めて……

XII

僕はドアの鍵を閉めた。ブロンさんとの打ち合わせどおり、樋《とい》の裏に鍵を隠す。畑の中ではなく、天下の公道を進む。身を隠すいわれなどない。

〈ブレが出て行くぞ。あいつは頭がイカレた〉とみなは思っている。だが面と向かって言おうとはしない。僕が脇目もふらないからだ。

こうしてヴヴェイ市内を抜け、大通りに入る。そしてまもなく湖沿いの街道に着いた。道は堅く、埃《ほこり》で目がチカチカする。弱い北風が残っていて、ときおり前方で白く透明な雲を巻き上げる。僕はブドウ畑の塀沿いを進む。急坂を石垣で細かく分けて作った畑だ。その背後は山の斜面。緑色の頂《いただき》が見える。ブドウの収穫が終わったところだ。

しかし北風のせいで遮るものがないから、湖はブルー。ところどころは空と見分けがつかないほどのブルーだ。対岸のサヴォワアルプスのごつごつした大岩がはっきり見える。ダン・ドシュは綿帽子を脱いでいた。どこも完全に澄みわたっている。両岸の間にかかる薄い靄を除いては。長すぎて裾《すそ》が折れたカーテンのようだ。北風はかなり冷たいが、大気そのものはまだ暖かい。僕は上着を脱いで、腕に抱えている。

上着だけでなく帽子も邪魔なので、後ろにずらした。額を出す必要があったのだ。額が腫《は》れてきたような気がする。体内から突き上げられているかのように、どんどん腫れていく。同時にこめかみも鳴る。それが頭の中で鈍く響いて、心の声が聞こえなくなった。だが必要なら深呼吸すればいい。すると綿の耳栓がとれたようだ。心の声に代わって外の音が聞こえだした。波音が届く。街道沿いのポプラの木を北風が下からひゅうひゅう吹き上げている。風が先端まで達すると、木は急にしなる。だがそれらは再び消え、残るは頭に響くあの規則的な足音だけ。僕の心の足音だ。

心も前に進んでいる。心も道をたどっている。僕は思う。〈家族はまた一つになった。息子は母親のそばにいる。一緒になれて幸せだ〉なぜ僕が逃げているのかわかる。こんな言い方が許されるならば、僕は自分の前を行く心のあとを追っているのだ。

あっちは三人、こっちは一人。僕はお呼びでないから、出ていっている。出ていっているという言い方は十分ではない。追い出されたようなものだ。湖、空、ブドウ畑の塀、塀越しに見えるブドウ畑、上空を飛ぶ鳥、出会う人たち、美しいもの、命あるもの、これらすべてを周囲から消し去ってしまいたい。僕にはもう何も残っていないのだから、他人にもそうしなければ。

それでも太陽は輝き続けている。ゆらゆら揺れる丈《たけ》の高いポプラの木は、細い先端で空に書き物をしているかのようだ。

湖上の晴天も変わらない。山も岩の切っ先をピカピカ銀色に反射させながら煌《きら》めいている。

喉の渇きを癒すため、サン＝サフォラン（ここからの地名はヴヴェイとモルジュの間に実在する町や村）で足を止めた。店に入ってひと口呑み終えると、空腹を感じたので、パンとチーズを注文する。家の代金の千フランを持っているから、懐《ふところ》は裕福だ。僕は考える。〈せめて唯一残った楽しみのために使おう。思いっきり呑んで食べるのだ〉

しかし時間は流れていく。役場の正午の鐘が聞こえ、午後になった。僕はテーブルについたまま呑んでいる。ここは州一番のワインがある場所ではないか。ゆっくり匂いをかぐと、通《つう》ぶって舌を鳴らし、ひと口呑むごとに口ひげをなめる。

午後二時ごろ旅を再開したが、疲労を感じる。村を出たところに木が立っていたので、その陰で横になった。ヤナギだ。砂地に寝転んで眠る。

五時かそこらに目が覚めた。手でズボンをはたき、靴が埃まみれなので、ハンカチで拭いた。もうあまり頭が働かないが、みっともないのは願い下げ。〈しっかりしろ、サミュエル〉と言い聞かせる。また元気を出して歩きはじめた。円形の入江の対岸に、早くもキュイイの町が見えてきた。道路は入江に接して続いている。鮮やかに輝く空の下にある大きな黒い木立《こだち》が、町の手前の船着き場の位置を示している。

けれど人影はない。ときどきブドウ搾《しぼ》り機の前を通る。鼻につんとくる匂いがする。ほとんどは空《から》だった。

キュイイに近づく（目の前に大通りが開けてきた。曲がりくねっているので、あちこちの家の出っ張りが視界を妨げる）と、ブラスバンドの演奏が聞こえてくる。戸口にいる老婆に近寄り、何事かと尋ねた。

こう言われる。

「知らないのかい？　ということは、あんたはよそ者だね？　仮装行列さ」

あちこちの窓から顔が覗《のぞ》いている。パン屋が二人の見習いと一緒に店から出てきた。三人とも小麦粉で真っ白。見物を始める。僕は通りの角にいる彼らのところまで達した。そのとき突然、目の前の役場前広場で行列が組まれだした。ワイン樽に乗ったバッカス（ローマ神話のワインの神）がいる。ヴィニュロン大祭（約四半世紀に一度のペースでワインの当たり年を祝って行われる祭り）の衣装を着た男女のブドウ摘《つ》みたちがいる。軽業師や旗を持った農業協同組合員たちもいる。

ナポレオン帽にかつら姿の紳士がステッキを上げると、行列は動きはじめた。左折して上の通りを回り、町を一周してからここへ戻ってくることになっている。もうじき現れるのを知っているから、人々は居場所を離れない。僕も役場の外階段の前で止まって、行列を待った。この辺はごった返している。四方から笑い声が聞こえる。幼い男の子や女の子のグループが、喚声をあげながら広場の周りを走り回っている。家から通りへどんどん人が出てくる。みなは冗談を言いながら挨拶したり遠くから呼び合ったりしている。カフェでは酒盛りにどんちゃん騒ぎ。騒音は所狭しと並ぶ屋根のすき間を抜けて、夕陽でピンクに染まった静かな空へと昇っていく。今はもうすっかり日が暮れている。

そのとき、屋根の上の方で行列の大きな明かりが動きだした。樋の端を照らすと、行列が入る通りの方向に従って、家から家へとゆっくり移動する。同時にしばらくぼやけていた音楽が力を取り戻した。行列は僕の真正面の小道を下りて現れたので、列全体を見渡せた。

先頭はブラスバンド。次に旗を持った協同組合員たち。そして軽業師扮する巫女《みこ》を従えたバッカス。最後尾のブドウ摘みたちは互いに腕を組んでいる。

松明《たいまつ》の揺らめく赤い光が、集団を順々に映しだす。突如暗くなっては、すぐまた蘇《よみがえ》る。厚い黒煙らしきものが立ち昇って、円天井のようになる。この円天井と家の正面に囲まれた中を、無数の影が動いている。上げられた腕は木の幹、身体は木全体のように見える。その中で音楽がガンガン鳴る。大太鼓とシンバルは一打ごとに大気を突き破り、コルネットは大気を引き裂く。

四方から喝采が沸き起こった。押されてみな前に出るので、行列がやっと通れるほどのスペースしかない。僕も押されて、最前列にいる。

ブラスバンドが来た。僕は前に飛び出すと腕を広げて、

「止まれ」と叫ぶ。「止まれ。馬鹿野郎ども！」

そのまま進んでくる。僕はふっ飛ばされないよう後ろに下がらざるをえないが、それでも楽団員の邪魔になり、数人は演奏を中断した。みなは一斉にこちらを振り返った。酔っ払いと思われているようだ。笑っている者もい

るが、逆に怒りだす者もいる。「たたき出せ」と叫ぶ。「まったく厚かましい奴だ！　行かないなら、ブドウを運ぶ車の下に放りこめ」

僕はそれでも通りの真ん中に残って、喚《わめ》き続ける。

「おまえたちと俺のどっちがあいつらのやっていることをわかってる？　どっちが酔っ払いだ？　おまえたちはわけもわからず笑っているが、俺は自分が泣きたくなるわけを知ってる。だから先回りして言ったんだ。『止まれ。じゃないと俺が止めるぞ。この野郎ども！』」

今は罵声《ばせい》を浴びせられている。かまうものか。ブラスバンドは歩みを緩めざるをえない。そのため行列全体も。列が大きく崩れる。集団が入り乱れる。怯《おび》えた馬たちは後脚《あとあし》で立ち上がった。

大混乱になる。二十人くらいの男たちが一度に僕に向かってきた。もう許してはおけない。僕は肩をつかまれたと思うと、地面に転がる。石畳の上を引きずられる。また道ができたので、ブラスバンドは行進を再開した。その間に僕は四方からパンチを浴びる。だが心の底では僕を憎んではいない。さっきも言ったとおり、酔っているだけだと思っている。酒飲みには寛大だ。通行の邪魔にならなくなると、僕は解放された。立ち上がると、爆笑に迎えられる。笑い、気の利いたセリフ、いろんなからかいや意味不明の問いかけ。誰かが僕の帽子を目のあたりまでずり下げた。両手で戻していると、新たな笑い声。その間にブラスバンドは通り過ぎ、協同組合員たちもそれに続いた。今はバッカスが来ている。樽《たる》にまたがっている。ほかの者より頭一つ抜けているから、もう彼しか見えない。十六歳くらいの少年で、身にまとっているのは下半身にぴったりのピンクのタイツだけ。ブドウの葉の冠を黒髪につけている。盃《さかずき》を手に全身を紅潮させて、みなに微笑みかける。男たちは帽子を上げて挨拶し、女たちは投げキスを送る。

だが僕には怒りが蘇った。身体をふりほどくと、群衆をかき分け、ゆっくり回っている山車《だし》の車輪（こちらもブドウの葉と紙のバラの花で飾られている）に触れそうなほど少年に近寄った。

「素っ裸野郎。引きずり下ろしてやるから待ってろ！」
同時に拳をかざす。僕がこんなにみじめな状態のときに冠だけつけた裸同然の姿を見せつけられ、怒りがさらに募《つの》ったのだ。言葉の次は即行動。轢《ひ》かれるのを覚悟で、山車の上の樽を縛っているチェーンをつかんでぶら下がった。足で横木を探して、よじ登る。

少年は微笑み続けている。誰かのために乾杯したいかのように、盃を僕の方に差しだして飲み干す真似をする。この仕草が僕を救った。さもないと何が起きたかわからない。少年がまったく冷静なのを見て、僕はただふざけているだけだ、とみなは思う。あいつは酔っ払っているにちがいないという思いがそれを後押しした。気の利いた余興だと信じている。僕に向かっても喝采が起きた。「こいつを樽にのせろ。バッカスは一人でなく二人だ」と誰かが叫ぶ。最後まで言い終わらないうちに喧騒が沸き起こった。人波が僕に押し寄せ、山車へと押し上げる。面白がった巫女たちが加勢する。ブドウ摘みたちも笑って眺めている。僕は樽に乗せられるしかなかった。

大歓声に包まれる。みんなは楽しむためにここにいるのだろう？　では楽しまなければ。窓辺で女たちが手を叩いている。僕はむなしくもがく。周囲の人たちに向かってこう叫ぶ。「異教徒ども（バッカスはキリスト教とは無関係）。酔っ払いども。よくもやってくれたな。俺が誰で、ここに来る前に何があったか知ってたら！」しかし何の効果もなし。笑い声は増すばかりだ。そのとき、僕の心がくるりとひっくり返ったような気がした。裏側が見える。泣きたくなったが、じっと堪える。そして破顔一笑。

行列は湖に到達した。船着き場の入口でベンガル花火（緩燃性の色鮮やかな花火）が打ち上がり、大木の幹やダヴェル隊長（ベルンの支配に対して蜂起し、一七二三年に処刑されたヴォー州の英雄）の像を照らす。暗闇から突如、広場が現れた。短く刈りこまれた芝生は血塗られたように見える。町中の人がついて来たので、またたく間にどこも人で埋まった。木に囲まれた遊歩道も、桟橋や小舟をつなぐ岸壁までも。

再び大混乱になり、山車は止まった。まず僕が下ろされ、次にバッカス。新たなベンガル花火が周囲で打ち上がる。バッカス役の子は頬を紅潮させている。顔全体が赤い。僕に近寄って、「やあ、バッカス二号」と言いながら握手してきた。「こいつはバッカスじゃない」と誰かが言う。「シルヴァヌス（バッカスの従者。大酒飲み）だ」別の者は、「ロバがいないな。一頭みつけてきてやれ」

ブラスバンドは円陣を組んでダンス音楽を奏《かな》ではじめた。グラスやボトルが持ちこまれる。僕は一杯呑むと元気になった。グラスが矢継ぎ早に回される。目の前の大木の下、人波の向こうに再び湖が現れた。そして風が明かりを吹き消したかのように真っ暗闇になる……

翌朝、僕は宿屋の一室で目を覚ました。何の記憶もない。

どこに住んでいるかわからないからここへ運びこまれたのよ、と女将《おかみ》さんは言う。へべれけだったので、住所を伝えられなかったのだ。

宿賃を尋ねた。出発前に飲んだコーヒー込みで二フランを払った。眩《まぶ》しく輝く街道を再び目にする。空には小さな雲があるだけ。

眩しさで目が痛くなるので、薄目にしている。ときどき鳥が飛び立って空を横切り、電線にとまる。ツグミも飛んでいるが、ブドウ摘みが終わっているから数はわずか。街道は徐々に湖畔から離れる。右手の斜面は相変わらず段になったブドウ畑だが、左手はどんどん牧草地や果樹園に代わっていく。

リュトリーを越えるとポーデ、そしてピュイイ。小川にかかった橋を渡ると突然、家並みが見えてきた。ローザンヌだ。

僕は足を止めない。人が多すぎるのだ。着いたのは正午の鐘が鳴っているとき。子供が下校する時刻だ。サン・フランソワ教会広場は緑や白のベレー帽をかぶった学生でいっぱい（所属する学生団体によって色の違うベレー帽をかぶっていた）。僕は誰かにみつかるのを怖れるかのように、うつむいたまま大股で歩く。もちろん何の心配もないが、そんな気がするのだ。

大きな橋を越えるとまもなく市外。モンテタンで道が分かれている。湖側を進んだ。

どこをめざしているかよくわかってはいるが、それを自分に言う勇気はない。生まれ故郷で死のうとする動物の本能のようなものだ。一周した円は閉じねばならない。だから二つの行先表示を隣り合わせに打ちつけた案内標識を前にしても、迷うことはない。

上り道から下り道へと変わった。僕のためにそうしてくれたような気がする。これで歩く元気が出てきた。頭痛はますますひどく足はへなへなになってはいるが、坂を下りさえすればいいのだ。

食事のためプリイに立ち寄る。そこからは街道を離れ、ルナンに向かって畑を横切る。ルナンの次はサン＝シュルピス。再び湖の煌めきが見えてきた。四角い鐘楼のある小さな教会が、瓦《かわら》屋根と古びてぼろぼろになった壁を陽にさらしている。

よく知っている土地からさほど遠くないとわかると、まだそれが見えないうちから心がざわめきだした。目の前は、見渡すかぎり畑と牧草地だけ。目を閉じた途端に、その光景は現れる。こちらは尖った鐘楼つきの教会。赤い瓦に覆われ、風見鶏が風の方向を示している。

すると忘れていた過去の出来事がすべて頭の中に蘇ってくる。〈あれから二十年か〉と僕は繰り返す。昔の自分との違いを初めてはっきりと意識した。しかしその年月を遡《さかのぼ》って仔細に検討しても、今の僕に残っているものは何もない。ちょっとした過去の思い出が身体の動きを妨げる。前に進むのがどんどん辛くなる。完全に立ち止まってしまうことさえあった。

丘の頂に達する。ゆっくり目を開けると、夢見ていたものが現実になった。

リンゴの木の幹には梯子《はしご》がかかっているが、実がついていないから、多分もいだあとだろう。木の上に人影はない。少し高いところに小さな林が見えた。昔そこへ小麦を入れた袋を運び、粉にして持ち帰ったことがあった。荷車に乗って、足をぶらぶらさせていた。林の中は日陰。あの子は大きな包みを脇に置いて道端に座りこんでいた。

〈そうだ〉僕は考える。〈そのとおりだった。けれど……〉

ハエにたかられた馬のように首を振る。前にあるものに目を凝らして、もう何も考えまいと努める。

仕事帰りの男が鋤《すき》を持って歩いてきた。こちらを振り向くが、気にもとめない。村の入口の家の軒先で、女の子たちが人形遊びをしている。あの子たちも僕を気にもしなかった。通りに人影はほとんどない。乳搾《ちちしぼ》りの最中だ。まもなく『二十二州亭』の前に着いた。看板は塗り替えられ、スイスを表す十字を二十二の赤い紋章が円形に取り囲んでいる。ほかはまったく変化がない。階段の両側に据えられた飼い葉桶《おけ》の片側で、馬が座席付き馬車につながれて待っている。

カフェの中に客は男が一人だけ。僕は彼からできるだけ離れた場所に座った。袋を下ろして長椅子の下にしまう。足を組んで拳をテーブルにのせ、注文をとりに来るのを待った。来たのは若い娘だ。僕が故郷を離れてから生まれたにちがいない。

「何になさいます？」

僕は言う。「何か飲み物を。まあ、美味《うま》いやつを。ここで最高のもの」

ときどき馬のひづめが敷石を叩く。窓にかかる白く短いカーテンは、赤い紐《ひも》で結《ゆ》わえられている。軍隊のポスターが壁に貼られている。そのうちの一枚には〈新兵学校〉（徴兵検査に合格した者は五か月前後の兵役訓練を受ける）の年間予定表が載っている。連邦議会議員ヴィクトル・リュフィの肖像画もある。

パイプの煙のために天井は以前よりもいくらか黒ずみ、靴の鋲《びょう》で傷《いた》んだモミ材の床は節《ふし》が飛び出している。褐色のテーブルが壁にくっつけて並べられ、もっと大きなテーブルが真ん中に置かれている。

僕はこれらの物を食い入るように眺め、気持ちを落ち着けようとする。どれも目新しかったからだが、なかなかうまくいかない。

突然、もう一人の客と視線が合った。すると奇妙な感覚が全身を走る。それが何かはすぐにはわからなかった。

男を見続けるが、相手はすでに目をそらしている。こちらに注意を向けることなく、視線を前に落としている。

だが僕の目は、樹木を調べようと穿孔機《せんこうき》を持って森に入ったときのように相手をじっくり観察する。おそらく五十歳くらいだが、ひげはすでにゴマ塩。色あせた青い作業着、ボタンのとれたシャツの襟《えり》からしわくちゃの首が覗《のぞ》く。顎ひげは一週間以上剃《そ》っておらず、口ひげはだらしなく垂れている。陶製パイプを吹かしながらブランデーを飲んでいる。頬はこけていて、ときどき咳《せ》きこむ。

僕はまだしばらく確信が持てなかった。だが暗い地下室でマッチを擦《す》ったときのように、パッとひらめいた。椅子に座りなおし、テーブルに肘《ひじ》をついた。それから顔をこころもち相手に向けて、

「ジョルダン！……ラ・ボーメットのジョルダンじゃないか！」

彼は身を起こした。

「やっぱりジョルダンか。よかった、ずっと前から言いたかったんだ……本当だよ。僕はあんたを恨んじゃいない……」

相手は僕には見覚えがない。口をぽかんと開けているだけ。

「僕は昔あんたにすごく傷つけられたけど……でもそれはあんたのせいじゃないと今ではもうわかってる……お互いさまだからね。だからお互いに憎み合って何になる？　もう兄弟のようなものだろ」

彼はこちらをじっと見る。

「あんたは誰だ？」

「僕が誰だって？　わからないのか？……夜中にお宅へ行って、庭の柵から呼びかけただろ……あんたは窓から顔を出した……僕が呼んだあの子はそのあとやっと出てきて、『誰もいないわよ。窓を閉めて。風邪をひくわ……』と言ったよね。もちろん覚えちゃいないな。大したことじゃなかったから。だけど家に帰ったら、おまえのことを話していた野郎に会ったと女房に言ってくれないか。昔惚れこんでいた奴が……」

相手は肩をすくめて言う。

「ああ！　あいつか……」

僕は繰り返す。

「あいつ？」

また言われる。

「そう、あいつ」

すると突然、僕は愉快な気分になった。

悲しみも消え失せたので、「もうちょっと説明した方がいい」と言った。続ける。

「僕はサミュエル・ブレ。昔あんたの女房に惚れてた。それから故郷を離れた」

彼は応じる。

「まあ、それは大正解だったな」

僕はさらに陽気になる。その答えが正しいことを確かめたくなって、

「なあ」とまた声をかける。「一杯おごらせてくれないか。ちょっと話でもしよう」

「好きにしな！」

僕はボトルとグラスを持ってテーブルを移動した。今は真向かい。顔を突きだすと、相手の顔に触れそうなほどの近く。肌の小さな皺まで全部見える。黒い糸のように絡み合っている。目が赤いのにも気づく。前歯は二本しか残っていない。ヤニだらけの大きな歯。口を閉じても、下唇からはみ出ている。

僕がボトルでテーブルを叩くと、ウエイトレスがやって来た。

「これと同じものを」と頼む。

それから向き直って、

「ということは、あまりいい人生じゃなかったのか？」

彼も尋ねる。

「あんたの方は？」

「ああ！　それほど悪くもなかった」

嘘をついているような気がしない。これは真実だと本気で思っている。

「きっと僕が戻ったことに驚いてるだろう。年をとったからね。あちこち放浪するのはもううんざりだ」

「ああ！　そんなもんだよ。あんたはいくつになる？」

「四十二と三か月」

相手はうなずく。

「俺は五十一。だがもう八十のような気がする。つまり老いぼれだ。俺と話したいと言ったけど、敬語を使ってくれないとな。あんたは若くて俺は年寄りだから……」

彼はうなずくと、パイプをくわえた。それからは言葉が煙のようにふわふわと漂うばかりで、何を言っているのかわからない。だが僕は自信を深める。

グラスに酒を注《つ》いでやった。

「なあ、故郷《くに》へ帰ると、みんなどうしているか知りたくなる。何か情報はないか」

「情報ってどんな？」

「この二十年のことだよ、もちろん。僕はまだ何も耳にしてない」

「それなら任せときな」彼は答える。「俺はいろいろ知ってる」

そこで僕は訊く。

「昔ダヴィッド・バルバさんのところで働いていたんだ。あの人はどうなった？」

彼はそっくり返って笑いだした。二本の大きな前歯と口の中が見える。

「ダヴィッド・バルバ！　あそこは大変な騒動があった！」

彼もはしゃいでいる様子。話を促そうと、

「わかってるだろ。僕は何も知らないんだ」

彼は立ち上がって、窓辺に向かった。

「馬を待たせてるから……」

戻ると、グラスを一気に空《あ》けた。内緒話をするときのように軽くまばたきしながら、小声で話しはじめる。

「多分おまえは（いつのまにか言葉遣いがぞんざいになっている）下の娘が溺れ死んだ話は聞いただろ？」

「知ってる」僕は答える。「そのころはまだあの家にいた」

「息子のことは聞いたか？」

「いや」

彼は言う。

「つまり、息子は首を吊った」

彼の説明によると、息子は文書偽造の罪で投獄され、出所しても父親は家に入れなかった。そして家の周りを二、三日うろついた挙句《あげく》、納屋で首を吊っているのがみつかった。

「まだあるぞ！」ジョルダンは続ける。

僕は笑いだした。

「なぜ笑う？」

こう答える。

「当然の報いだからさ」

おそらくこの答えが気に入ったのだろう。彼も笑いだした。

「もちろん当然の報いだ。当然のことしか起こらない。注いでくれ、喉が渇いた」

しばらく呑み続けた。僕も同様。それから彼は口ひげに手をあてると、話を再開した。

「それと同じころのある日、ロッシュに嫁に行ったもう一人の娘のジュリーが泣きながら戻ってきた。夫が破産したのだ。見てのとおりのドミノ倒しだ。家族というのは家と似たところがあるな。屋根の垂木《たるき》がおかしくなると、全部駄目になる。娘は溺死、息子は首吊り、娘婿《むすめむこ》は破産、女房の心も離れていった。可哀想に、あと何が残ってる？　上のブドウ園と湖に近い畑の一部を売らねばならなかった。さらには家もほとんどまるごと抵当に入ったとか。それでも奴は頑張った。自尊心が支えだ。唯一の慰めはリュシエンヌちゃん。多分覚えてるだろう。おまえがラ・マラディエールにいたときに生まれたはずだ。すくすく育っていた。それで、母親が何をしたか知っているか？　つまり、サミュエル、自分は家を離れると旦那に伝えたのだ。パリに姉がいるから娘を連れてしばらく向こうで過ごすと言う。旦那はわずかにこう訊いただけ。『いつ戻ってくる？』『わからないけど、手紙を出すわ』『あの子を連れて行く気か？』『もちろんよ』という返事。ある朝、旅立った。一人残された旦那はもう何もすることがない。庭をうろつきまわるだけ。挨拶しても、返事がない。『手紙を待っている』という噂だった。長い間待たされた。それでもやっと届いた。夏のことだ。部屋に上がってそれを読む。突然、大きな叫び声が聞こえた。同時に天井が抜けたような音がする。みんなが駆け上がると、床にばったり倒れていた。その上にはひっくり返ったテーブル……手紙を読んで、すっかり納得した。もう戻ることはないと女房が知らせてきたんだ……」

僕はテーブルをドンと叩いて叫んだ。「そういうことか！」こう言いながらも笑みが浮かぶ。戒律というものが存在することを認識したのだ。戒律は厳しければ厳しいほど、僕は満足だ。

「これが戒律の厳しさというものだ」僕は言う。「そうじゃないか？　どう思う？」

彼も繰り返す。

「これが戒律の厳しさというものだ」

彼は呑んだ。僕も呑んだ。今は目の前に三リットル瓶。彼は口ひげを撫《な》でながら、こう言う。

「ところが、まだこれで終わりじゃないんだ」

僕の方も言葉遣いが丁寧でなくなった。

「なら続けろよ」

もう何も気にしない。だがそのとき女の子が入ってきて、ジョルダンに言う。

「ねえ、あなたの馬がイラついてる」

実際、地面を蹴る音や馬勒《ばろく》（手綱やくつわなどの総称）を引っ張る音が聞こえる。ジョルダンは鞭を持って表へ出た。

戻ってきて、こう言う。

「やっと収まった……わかるだろう、あれはイラつきだしてる。今何時だ？」

「六時」と僕は答える。

「くそ！」彼は言う。「昼の十二時からずっとここにいる」

座りなおした。

「かまうもんか」話を続ける。「時間はある。どこまで話したかな？」

「倒れたところ」

「そうだ」彼はしゃべる……「そこで助け起こす。急いで奴の弟の医者（多分会ったことがあるだろう）を呼びに行って、診《み》てもらった。単なる発作が原因だからすぐに回復するだろうとのことだった。実際にそうだった。そうでない方が本人にはよかっただろうが。もう正気を失っている、とまもなくみんなは気づいた。人の顔がわからない。弟の顔さえも。頭に残っているのはただ一つ、娘が戻ってくること。『だけど、急いでくれないと』

と言うばかり。つまり見えない亡霊がいるのだ。夜中に家の周りをうろつく音が聞こえる、急がないと娘はあいつらに連れ去られてしまう、と言い張る。さらに、『私を迎えに来ている気配がするが、まだ近寄らずにいる』『どんな亡霊?』と尋ねると、『墓地にいるあいつら。最初の妻、ローズ、ロベールの三人。みんなで私に復讐するつもりだ』

日中はまだそうひどくはなかった。中庭を散歩するか、ベンチに座りこんでステッキの柄《え》に両手をのせ、あの子が来るはずの道の方をずっとおとなしく眺めている。誰のことかわかるな……しかし日が暮れた途端に落ち着きを失いだす。立ち上がると、木の幹を指さして、『あいつらはこの後ろにいる……あそこに一人! あそこにもう一人!』宥《なだ》めようとしても無駄、言葉はまったく役に立たない。まず付き添いの看護人を雇ったが、怖いからと辞めてしまった。そのため村の有志を募《つの》った……二人がかりで監視する。精神病院へ入れようという話が出てくる……それまで部屋に閉じこめておいた。だが窓をふさぐべきだった。窓辺にひと晩中いるからだ。どういうことかわかるな。あそこの窓は墓地に面していて、遠くからでもそれが見える。考えてもみろ……

みんなもついに怖くなった。残るはジュリーだけ。夫が破産した娘だ。その夫が事務仕事をみつけたから、ローザンヌに引っ越していた。あの一件のことで、父親は娘にかなり辛くあたった。しかも蔑《さげす》み、出入り禁止にしていた。それでも娘はすぐにやって来た。最後まで献身的に尽くした。九月末ごろ、地所は十月中旬に売却と決まった。すでに公示ポスターが貼りだされていたが、旦那は気にもとめない。亡霊、亡霊とリュシエンヌのことしか頭にない。時が経つにつれ、娘を求めてますます焦りを募らせる。ジュリーは到着が遅れている口実を毎日新たに考えださねばならなかったが、真心でなんとか切り抜けた。はじめは長女の見分けもつかなかったが。それでも少しずつ慣れてきたので、彼女だけが言うことをきかせられる。優しくこう言う。『新聞で読んだけど、橋が崩れたからパリからの列車は止まってるそうよ。橋が架け直されるまで待たないと』と。これで二、三日稼げる……

ただしそれは狂気の進行を遅らせたにすぎず、病状は着実に悪化していた。喚き声が農場まで聞こえる。ひどい暴れ方をするから、ジュリーは何度も助けを呼ばねばならなかった。窓辺から引き離してまたベッドに寝かしつけるのに、男手が三、四人は必要だ。旦那は言う。『わかってる。あいつらは家の周りにいる。ミツバチ小屋の裏に一人いた。もう一人は物置の陰に隠れてる。毎晩少しずつ近づいてくる……ああ、なんと！　もうすぐ終わりだ……』口を閉じる。また話しだす。『あの子が来てくれないと。支度はできているからあとは出発するだけだが、すぐには来れないのか』ジュリーは身をかがめる。『パパ』と声をかける。『ここのところずっと天気が悪いのは知ってるでしょ。あの子にどうやって来いと言うの。でも天気が良くなりそうだから、きっともうすぐ来るわ……』

だが何事にも必ず結末がある。それから一週間経った……十月半ば。ちょうど競売日の前の夜だったかな。いったい何が起きたのか、詳しいことはまったくわからない。長女が台所に下りてきた。おそらく病人の飲み物をとりに来たのだろう。廊下に古い猟銃を吊るしていることは誰も気にしていなかった。旦那はその隙を利用して窓辺へ行こうとしたにちがいない。もちろんあれらを目にした。そして、パン！　真夜中のこと……粉々に割れたカップが台所の床の上でみつかった。びっくりしてジュリーが落としたのだ。それでも気丈なことに、新たな不幸を止めたい一心で父親のもとに戻ろうとした。戸口まで来た。至近距離……二つめの銃声。二連式の猟銃だった……旦那をロープで縛らねばならなかった。口から泡を吹いている。その三日後に亡くなった……」

今回は沈黙が生まれた。だがこの沈黙の底から、前より力強い僕の笑い声が湧き起こる。

「最高じゃないか！」

「おいおい！」ジョルダンが応じる。

二人は完全に意気投合して、打ち解けた笑いや乾杯を続ける。気持ちを冷ますには二、三杯必要だ。お互い満足して熱くなっている。目の前のこの炎のような煌《きら》めき以外は何も見えない。

僕はさらに言う。

「それで全部台無しに？」

彼が答える。

「全部。家まで。すっかり取り壊された」

これで完結だ。僕はテーブルの上から腕を伸ばして、相手の肩に手をのせる。優しく見つめ合う。似たような境遇だから仲良くしなければ。心が通じ合っているのはよくわかる。しかしまさにこの瞬間、馬がまた暴れはじめた。おとなしくさせようと一緒に表へ出た。彼が馬を叩こうとするので、僕はその手をつかむ。「優しくしてやれよ。まあ、こいつも僕らと同類だ」彼は僕を見て納得した。一緒に撫《な》ではじめる。彼が鼻孔を何度も手でさすると、馬は鼻を鳴らしながら空気を大きく吸いこむ。

お互いの腕を組んで、中に戻った。周囲を人が行き来しているが、僕らは無視される。二人ともこの世に仲間などいないからだ。僕は元のテーブルの場所がわからない彼を引っ張って行った。意識が朦朧《もうろう》としだしているようだが、僕の方はまだしゃんとしている。座らせた。

話の締めくくりに核心まで進もうと思った僕は、

「ルー先生は？」と尋ねた。

彼は言う。

「死んだ」

「ゴナンさんは？」

「死んだ」

「ラルパンは？」

「死んだ」

僕が名前を挙げるたびに同じ言葉で答えてくる。僕は笑い続ける。

「歌みたいだな。つまりリフレイン。曲をつけられるかも」

彼は答える。

「曲はできてる。おまえの作曲だ」

僕の笑い声を指している。ずっと笑っていたからだ。僕はまた言う。

「僕らだけ生き残った。健康を祝して乾杯しないと」

そしてグラスを上げ、

「二人に乾杯」

彼も繰り返す。

「二人に乾杯」

立ち上がって、グラスを合わせた。彼は座りなおす。それから顔を寄せ、僕の手に自分の手をのせると、

「なあ」と小声で話しだす。「ここにひと晩中はいられない。もっといいことがある。あいつに会いに行かないか」

「誰に？」

「あいつだよ、もちろん。器量が落ちているから、俺はもう妬《や》かないぜ」

「それはいいな！」と僕は叫んだ。また大笑いする。

二人は立ち上がった。

「ということは」僕は言う。「あの子も台無しか」

「そのとおり」彼は応じる。「真っ先にな。だが顔は生まれつきで、盗んだものじゃない」

また彼に腕を貸さねばならない。さもないと戸口までたどり着けなかっただろう。外は真っ暗だ。馬の綱をほ

どくのにかなり苦労した。彼が座席に登る間、僕は馬勒《ばろく》をつかんでいる。

今度は僕が登る番だ。二人はずっとしゃべっている。僕は座席の横に立って足で踏み台の車軸を探すが、みつからない。

「うまくいかない」と僕は声をかける。

馬は出発をせかす。彼は手綱を引いて、「よし！」と叫ぶ。だが僕の足はまた滑った。

「動かさないで」と僕は言う。「でないと乗れない」

それから例の話題に戻って、

「あの子は昔、美人だった。ああ！　きれいな首筋！」

彼がもう笑っていないのに気づく。それでも続ける。

「腕はきゅっと引き締まって！」

彼が尋ねる。

「何を言ってる？」

僕はおかまいなく、

「シルクのような肌！　そしてあの唇、あの！　蜜のように甘くて！」

彼は繰り返す。

「何だって？」

窓明かりを背景にシルエットが浮かんだ。鞭《むち》を振り上げている。

僕はやっと車軸をみつけた。一歩後ろに下がって足をのせようとしたが、うまくいかない。いきりたった馬が前にひと跳ねしたので、僕は転んで埃をかぶった。

第三部

I

僕がこの物語を始めたころは、今から書く話まで進めるつもりはなかった。実際、あれからしばらく筆をおいていた。

やっときょうになって再開した。多分それは天気が良かったからにすぎない。

東からのそよ風が、鎖でつないである船を揺らしている。まるでノミでもいるかのように、船同士は体を擦《こす》りつけている。

空も湖面もいたるところブルー。空と水の境界線がわからない。それらは一つになっていて、遠くの山はこねた空気でできているかのようだ。空気のパンめいたものを作り、日に当てて乾かしているのだ。目を凝らせば透《す》けて見えそうな気がする。

今朝、僕はジョンと一緒に網を引き上げに行った。家に戻る。テーブルを窓辺につけた。このテーブルは五フランで買ったが、その十倍の値段のものと変わらない働きをする。

腰を下ろして、ノートを再び開いた。これで十五冊め。着想を得てから、もう四、五年経つ。あれは僕が六十歳のころだった。小島の方へ釣りに行った日のこと。淡水スズキがたくさんいるのだが、その日は食いつかない。僕は船尾に座って二本針の釣り糸を垂らす。しかしいくら待っても当たりがない。空も曇ってきて、侘《わび》しさに襲われる。僕は自分の人生について考えはじめ、手元に残っているものの少なさに恐怖さえ覚えた。

目の前には死がある。背後からも忍び寄ってくるような気がする。僕はまるで首を絞められているかのようだ。

逃れようともがく。顎を突きだして顔を上げる。空は薄暗く、魚の食いつきは悪い。緑色の舟は幅の広い四角形。座席が三つあり、僕は最後列にいる。僕は目を閉じ、過去の思い出に浸ろうと努めるが、なかなかうまくいかない。一つとらえると、すでにあったものがこぼれ落ちる。手には一杯だからだ。

オールが外板を擦る。ポプラの木の周りをカラスが飛び回っている。研《と》ぎの悪いノコギリで若木を切ったときのような甲高い叫び声を上げている。

自分の人生について書こうという考えが浮かんだのはそのときだ。僕がこれまでしゃべったことは紙に書いた方がわかりやすいと思ったのだ。

僕はそれまでそんなことは一度もしたことがなかったが、ルー先生に見せる作文を書いていたころのことを考え、〈自分にもできないわけがない〉と思う。

そこでもう次の日にはエムリーさんの店に行った。

「インク、ペン、それにノートを何冊かください」

夫人は尋ねる。

「物書きの仕事を始めるの？」

僕は答えた。

「勘定書きがあるからね」

仕事からして魚の勘定書きのことだと夫人は理解した。「仕事は順調のようね」と言うかのようにうなずいた。インクは売れ行きの悪い商品と一緒に天井に近い棚に置いてあったので、夫人は椅子に乗らなければならなかった。エプロンで瓶を拭く。バラの花印のものと指定して、僕はペンを頼んだ。三本で一スー（一スーは五サンチーム）。ノートも出された。学習ノートだ。

紫色の横線が入っている。僕は言った。

「線があるというのは悪くないね。字をまっすぐに書けるから」

最初はかなり苦労した。きちんとした文章にはまるでなっていないような気がする。一つの文が短すぎるので考えを小分けにしてまとめなければならないこともあれば、だらだらと長くなって自分でも脈絡がつかめなくなることもある。だが僕は粘る。うまくいくときもあった。諦めず全力を挙げて立ち向かうと、ついには言葉の方が譲歩してくれたにちがいない。

それからはありのままの事実を思い出すだけ。でもこちらもかなり大変だった。それぞれは呼応しているから、つながりを探す必要がある。〈細かい記憶のない空白部分は放っておこう。そのうちのいくつかはことさら言及する必要がない〉そう決心してそれを貫いた。

このようにして僕の子供時代、青春時代、成人時代ができた。ラ・マラディエールからロッシュ、ロッシュからヴォー州の高原地帯、そこからサヴォワ地方、サヴォワ地方からパリ、そしてパリからヴヴェイへと移る。メラニーも登場した。次にデュボルジェル、そしてルイーズ。こうして僕はやっと出発地点に立ち戻った。

先にも言ったように、そこでもうやめようかと考えていた。それからの人生は何も起きなかったから。

しかし、きょうは天気がいい。習慣にも促されたようだ。それに書くべきことはまだあるだろう。それで十五冊めのノートを再び開いて、白紙のページの上に、〝一九〇四年九月十五日〟と書き入れた。

僕がジョルダンと一緒に宿屋を出たところで前の話は終わっていた。妻と会わせるために僕を連れ帰ろうとしたのだが、僕は笑いだす。もちろん彼はからかわれていると思っただろう。馬に鞭をくれるとそのまま姿を消し、僕は道に転がった。

しばらく大の字に寝てから立ち上がった。

元気はある。頭上には満天の星が見える。一万はあるだろう。そう、それでいいよと言わんばかりに僕を見つ

めている。ここでひと晩過ごせれば御《おん》の字なのだが。僕は考える。〈目を閉じ、腕を枕にして、子供のように眠れ〉

だが突然、人に見られるか、あるいは馬車に轢《ひ》かれるかもしれない、と思う。まずは座りなおすと、両手をついて振り向いた。

これからどうするかはあまり心配しなくていいが、遠くまで行こうと考えるのは禁物だ。そのときすぐ目の前に九柱戯《きゅうちゅうぎ》（ボーリングに似た遊び）の道具があるのに気づいた。二枚の厚板でできた傾斜レーンが片側についている。球を戻すためのものだ。僕はそこで休むことにした。

行って腰を下ろす。そのときはまだ元気だった。少し頭がくらくらするだけ。明かりのついた宿屋の窓をぼんやり眺めながら笑い続ける。空に映《は》える屋根は真っ黒だ。

その屋根が揺れているような気がする。窓はそれぞれ順に縦に伸びたり横に広がったりする。動いていないものはどこにもない。自分の身体も傾いていくようだ。〈驚くことはない〉僕は思う。〈片側の尻が浮いているんだ〉

さらに、〈僕を連れて帰りたくなかったんだな、ジョルダンは！……〉急に愉快になる。そしてふさぎこむ。機嫌は元に戻ったが、今度はジョルダンが原因ではない。もう彼のことは忘れていた。窓を見て陽気になったのだ。〈なんてことだ！〉僕は考える。〈あんなにぐらつくとは、左官工事がいい加減だったんだな。この辺の家は何でできてるんだろう〉

赤い星が出ている。ほかよりも大きくて、目のような形をしている。

宿屋から人がしゃべりながら出てきたようだが、確信はない。ともあれ暗いので、誰も僕には気づかない。ドアがバタンと閉まった。

あとはそよ風が木々を軽く揺する音だけ。「サミュエル、サミュエル」と呼んでいる。

話を交わす。

「そうとも」僕は答える。「サミュエル・ブレここにあり」そよ風も僕と同じように笑いだした。親友のように話を交わす。

だが傷口から包帯をはがしたときのようなひどい痛みを急に感じた。手をポケットに入れた途端、指が刺されたのだ。

ルイーズのブローチだった。取り出して掌の上で転がしていると、涙が目に浮かぶ。大声でしゃべる。「どうでもいいが、ただ一つはっきりしているのは、おまえにはこの地上に誰もいないということだ。ほかは全部まやかし。酔っ払ったかな。まあ、それはどうでもいいが、これからどうする？」

「おまえはもう四十二歳だ、サミュエル。これからまだかなり長く生きることになるだろう。どうやって暮らすつもりだ？」

こうして靄《もや》が上がるように酔いがさめる。目の前に現れてくるものを見たくはなかった。だが、どうすればいい？

物事は直視しなければ。頭を抱えて考えはじめる……

夜中の十時過ぎに宿屋のドアを叩き、部屋を頼んだ。

翌朝はかなり早く起きた。宿帳に名前を書かせられる。主人はそれを見て、興味を示す。

「この土地に多い苗字ですから」と言う。

「そうだろうね。生まれはプラ・ドシュー」

「変ですな。覚えがない」

「変でもなんでもない」僕は答える。「二十年以上離れていたから」

「夕べジョルダンと呑んでいたのはあなたですよね？」

僕は言う。

「たしかに。昔の知り合いで、久しぶりに会ったんだ」

彼がうなずいたので、

「パンジェ親爺はまだ生きてるの？」と尋ねた。

「もちろん。でも年をとりました。七十は超えているはず」

「今でも同じ仕事を？」

「ええ、でももう目が見えません。手伝いがいることはいますが、役に立つかといえば！……まあ、ご想像ください……」

「会いに行ってみよう」僕は言った。「あの人に頼みたいことがあるんだ」

そういうことでパンジェ親爺に会った。親爺はやっと承諾する。とにかく僕の千フランは魅力だから。こう言ったのだ。

「家の改築に使うよ」

翌朝から親爺の家に住みこむ。『二十二州亭』へ荷物の袋をとりに行けば終わりだ。そして仕事が一番ひまな冬の時期を利用しようと、左官屋のペランダを呼んだ。簡単な図面と見積もりをくれる。

元のあばら家は板を打ちつけただけだった。木はすぐ腐りそうだから、新しい部分の基礎は石にしよう。といって古い家を取り壊すわけではない。拡張するだけだ。セメントを固めた最高品質の煉瓦《れんが》を選んだ。屋根はタール紙にすると決めた。こうしてふた部屋作る。片方は台所で、もう片方が寝室だ。

図にすると、だいたいこんな感じ。

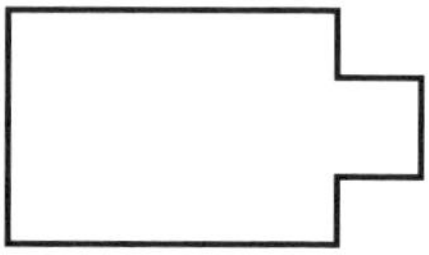

左側の長方形は元の家（家と呼べるなら）、右側は建て増し部分を表している。

暖冬だったので、新年早々から仕事にかかれた。僕の大工の腕が役立った。使ったのは日雇いを一人だけ。板を削って寸法を合わせてから、釘で打ちつける。そして継ぎ目の上に木舞《こまい》（垂木の上に横に渡す細長い木材）を張る。二月末に新しい建物の屋根がついた。防水布が数ロール届く。三枚重ねにする。

室内調度には出費を惜しまない。テーブル、椅子を二つ、ベッドと寝具一式、台所用品を買った。パンジェ親爺はブラックコーヒーだけで生きていけるが、僕にはもっと固いものが必要だ。ストーブの上は狭すぎて料理ができないので、かまどを購入した。

さらに掃き掃除、あちこちちょっとした塗装。三月には家の体裁が整った。ささやかなパーティーを開く。どんなに素敵か見てほしかった。今は窓が二つ。どちらも湖に面している。裏の山々をめざしてすぐ近くまで上ってくる波の色は、緑から青へと変わる。砂の上には引き潮が残したデッサンのようなものが見える。窓は真南に向いているので、一日中陽が当たる。ディアブルレの背後から太陽が昇ると、すぐに窓ガラスを照らしだす。

テーブルにグラスを二個置き、ボトルをはさんで差し向かいになると、

「いつか二人が一緒に暮らすなんて、二十五年前に誰が考えただろう」と僕は言う。

パンジェ親爺は無口だ。グラスを手にとり乾杯してから飲み干しただけ。余計なことは一切しゃべらない。だ

が嗅ぎ煙草入れを出しているのはいつも機嫌のいい証拠。

僕は新たな仕事にすぐとりかかった。まずはオールの扱いや網を引き上げる際の方向転換のコツを学ばねばならなかった。次にさまざまな魚の種類、それぞれの居場所と好みの餌《えさ》。そして網の仕掛けそのものだ。まだ浮きのついた旧式の網を使っていて、晩に仕掛けて引き上げるのは次の日の朝（〝ピック〟と呼ばれる、夜にカンテラで場所を知らせる巨大な網ではない。それを使えば、サヴォワ人たちに根こそぎ盗まれてしまう）。岸からあまり離れていない場所に、古いが丈夫な長さ九メートルの網を張る。捕れるものだけを捕るのだ。

言い忘れていたが、建築工事が終わってもまだ二百フランくらい残っていたので、新品の川船を買うのに使った。古いやつは重くて舵取りが難しく、しかも浸水するからだ。パンジェ親爺はこれを一番喜んでくれた。でかい建物なんて興味がない。なぜ僕があれほどのスペースを欲しがるのか、自分は藁布団《わらぶとん》で十分なのになぜベッドが必要なのか、納得がいかない。だが新品の船を買うというアイディアは気に入った。僕は前と同じ緑色に塗装させた。舳先《へさき》には前と同じ船名の〝コケット〟（「色っぽい女」の意味）と書いてある。オールもあまり違和感がないようにブレード（オールの先端）は同じ幅。親爺は軽い船体と楽な操作を気に入ってくれた。それに加え、外板にはきれいな図柄。船はスタイルが良く、ラインは絶妙な膨らみ。木の材質も極上。

その夜の彼は、煙草入れが空になるほど嗅ぎ煙草を吸った。くしゃみが止まらない。そのたびにポケットから赤い大きなハンカチを取り出して、チンと鼻をかむ。小さな灰色の目から涙が出る。

寝に行く間際、僕の方を向いた。

「奴らに気をつけろ」と言う。

それだけで僕は理解した。魚のことしか考えていない。

僕はこの仕事に向いていたようだ。春にならないうちに、一人でこなせるようになった。だからパンジェ親爺と僕はこんなに馬が合うのだろうか。実際、一度も言い争いは起きなかった。しかも僕は何でも彼の言葉に従うが、それはごく当然だ。もう自尊心などなくなっている。戸外の仕事も屋内の仕事も、スムーズに役割分担した。一日を終えたあとの休息は気持ちがいい。パンジェ親爺はあたりをうろつく。背中を丸め、静脈瘤《りゅう》のために少し足を引きずりながら、ポケットに手を入れて歩き回っている。船がしっかり係留されているか見に行ってから戻る。干してある網のそばで立ち止まると、網を掛けなおす。それからまた船へと戻る。くしゃみが聞こえる(嗅ぎ煙草のあとはいつも)。

僕はといえば、家の前でおとなしくしている。こんなときは専用のブライアー(ツツジ科の常緑低木)の太いパイプに煙草を入念に詰める。煙草の節約、そして楽しみを少しずつ味わいたいから、ゆっくりと吹かす。

午後七時を告げる鐘が村から聞こえると、日没だ。波が一つずつ小さな音を立てながら砂や砂利から消えていく。まるで吐息のようだ。満足の吐息、「寝そべるのは気持ちがいい」と言っているかのように。岸辺のヤナギの木を揺らすそよ風の吐息がそれに答える。枝に穂がついている。黄色い小さな毛虫のような何千もの穂は、遠くから見ると秋の雰囲気をまとって侘《わび》しげだが、近くに寄ると甘い樹液の匂いが漂う。そこで僕は、〈いや、今は秋どころか春爛漫《らんまん》だ〉と考える。

しかし湖面はグレーに変わっている。バラ色に輝いているのは、もはや波の中だけ。バラ色の薄い帯状の列がリボンのように浮いている。上空の雲も散らばって、次々と消えていく。

鳥の鳴き声を最後に、しんと静まりかえった。木々が闇に覆われて黒くなる。船着き場に立っているパンジェ親爺も真っ黒な影になった。ときどき首を振りながら、いつものように大声で喚《わめ》いている。

僕はベンチのへりでパイプを叩いて、煙草の滓《かす》を捨てた。

「おーい! 聞こえるか。そろそろ夕食にしないか」

だがパンジェ親爺は急がない。僕はもうさっきから家に戻っているのに、相変わらず同じ場所に立ちつくしている。僕は天井から吊り下げられた大きな銅製のランプに灯《あか》りをともす。

II　パンジェの死

僕はまた新たな死を記さねばならないが、それは大往生だった。つまりパンジェ親爺の死。一緒に暮らして四年経ったころ、弱ってきたのに気づいた。どんどんぼけていく。

彼がかまどの前に座っていたある晩（初秋だから、もう涼しくなっている）、何かしゃべっている声が突然聞こえた。耳を傾けると、こう言っている。

「もう駄目だ」

こちらを見ていないので、自分に向かってだけしゃべっている様子。だが、ごまかせないものは存在する。反射光がその姿を映しだしている。僕は年老いた顔に一瞥《いちべつ》を送った。今は拳ほどの大きさしかなく、首筋はたるんでいる。前方を見つめる小さな灰色の目はどんよりしている。親爺の言うとおりだと納得した。

それでもいつものとおり気をそらせようとした。僕は笑いだす。

「きょうはどうしたの、パンジェのとっつぁん。スープが気に入らなかった？」

彼は首を振る。喉の中で小さな音がした。水汲み場の管をゴボゴボと流れる水のようだ。それから言葉がポツリポツリと洩《も》れた。

「俺にはわかってる。もう駄目だ」

「寝たらどう？」

彼は答える。

「もうその必要はない」

そして口をつぐむ。力尽きたからだ。身体全体を前に傾け、膝に肘をのせる。ときどき両足が震えると、首の皺まで揺れる。
二、三度咳をした。息が苦しい。再びあの小さな音が聞こえた。しゃべりだすときの合図だ。僕は近寄った。
「書類に抜けはないか？」

同居の際に二人で作った書類のことを言っている。僕の前払い金と引き換えに小屋の権利を譲るというもの。

「ちゃんとしてるから、心配しないで」と僕は答える。

彼は満足の様子だ。

「サン・ポール（サヴォワ地方のサン・ポール・アン・シャブレを指していると思われる）に姪《めい》がいる……マリー・パンジェという名前の……手紙を書いてくれ……ああ！　急ぎはしない……遠すぎるから……ひまなときに……」

驚いたことには、話の筋が通っていて、しかもこのようにすべてを見渡している。〈良くない兆候だ〉

壺に入った湯が沸き立っている。

「ベッドまで連れて行ってあげる。ここより楽だろう」

「大丈夫だ。俺に触るな」

僕に恐怖感はない。あたりまえすぎるような気がする。〈こうしたことはいつか来る〉と思う。驚きもしない。しかし根っこを失った樹木のように、彼の身体がどんどん傾いていく。僕は近づいて、ゆっくり起こす。相手は逆らわない。起こし終えると、クッションをとって首の下に滑りこませた。幸い椅子は古いが丈夫だ。親爺の華奢《きゃしゃ》な身体なら十分な幅。ときおり右頬、左頬と顔を軽く動かしている。口は少し開いているが、目は閉じたまま。寝息のようにスースーと短い息をしている。本当に眠っているかのようだ。ついには僕も、すっかり寝入ったものと信じた。〈勘違いだったのかな。疲れているだけだろう〉と思う。どうするべきかまだためらいながらも、自分も寝る時間だと考える。老人というのは、どこで寝ようと気にしない。子供と一緒で、どこでも大丈夫。そこで立ち上がろうとすると、突然彼は両手を伸ばし、指で何かをつかむような仕草をした。手を二、三度開いては閉じる。まばたきすると溜め息をつき、自分がどこにいるか忘れたかのように周囲を見回す。そして僕に気づくと、やっとこう言った。

「飲むものが……欲しい……」

もうきちんとは話せない。その言葉を聞きとろうと、身をかがめねばならなかった。

僕は立ち上がって、飲み物を探しに行った。手桶《ておけ》に真鍮《しんちゅう》のおたまを入れて、水をグラスに半分ほど注《つ》いだ。

だが親爺はまた瞼《まぶた》を閉じていた。もう動かない。僕は肩に手をのせて、「パンジェのとっつぁん、飲み物だぞ」と言った。

瞼がゆっくり開いた。僕はグラスを彼の口元に近づけ、注意しながら傾ける。しかし相手は空《くう》を見つめていて、こちらを向かない。

すると唇が動いた。僕は水を求めていると思って、グラスをどんどん傾ける。だが彼は、

「できることは……やった……」

そして両の手が互いを求めるかのようにゆっくりと近づく。一つに組み合わさると、胸まで上がって止まる。顔がますますそりかえる。同時に口が徐々に開いていった。

僕はグラスをテーブルの上に置いた。心配なので身をかがめたまま、倒れさせないように両手を相手の肩につけている。

そのとき大きな身震いが彼の全身を走るのを感じた。硬直している。また身体がたわんだ。しばらく経つと、紐をぴんと張ったときに麻糸が擦《こす》れるような音が聞こえた。足の裏から首までの年老いて干からびた筋肉が裂けたのだ。

目が丸く白くなる。口はぽっかりと開いている。鼻はさらに尖ったように見える。呼吸を取り戻そうと必死で力をこめていると（その間に波が寄せ、浜の砂利にぶつかって砕ける。親爺にとっては最後の波音だが、もう外

界から隔絶されているので、おそらく聞こえてもいないだろう）、急に身体が倒れた。

今は顎が胸に触れるほどだ。手はほどけて、椅子にだらりと垂れている。全身が横に傾いたとき、僕は自分がするべきことを自覚した。

ベッドまで運ぶと、しきたりに従う。目を閉じさせ、手を組ませ、足を揃える。シャツの襟《えり》と半開きだった胴着のボタンをきちんとはめてから、毛布をかけた。

時刻を知ろうと懐中時計を覗くと、夜の十時だった。

日暮れとともにそよ風が立ち昇っていた。屋根を静かに撫《な》でる不気味な音がする。ネコがうろついているかのようだ。僕は灯りを全部つけると、枕元に座った。

III

今度は僕が手伝いを探す番になった。ジョンという若者の住所を教えてもらう。Johnという名前は、この辺ではイグサの意味のjoncと同じように発音する。

パン屋に勤めているが、みなはこう言った。

「一緒に働かないかと誘ってみろ。漁師の仕事は経験ずみだ。それにパン生地を練るのは好きじゃなさそうだ」

僕はパン屋へ行った。ジョンは小麦粉で真っ白になって出てきた。詮索好きのパン屋のおかみさんには話を聞かれたくなかったから、

「なあ」僕は言う。「教会まで行かないか。あそこならゆっくり話ができるだろう」

教会の前には三本の大きなボダイジュ、そして広い場所がある。まさにうってつけだ。

しかし僕はさらに小声になる。相手にもっと近づくと、

「なあ。噂は本当なのか。パン生地を練ったりこねたりは……」

「まあ本当だ」

「それで……」

「なんとかやってる」

「今の仕事が気に入っているのか？」

「まあまあ」

「あそこではどんな条件で雇われてる？」

「条件など何もない」

「というと？」

「日払いだ」

「よし、わかった」と僕は言う。「つまり……」

事の次第を説明し、条件を提示した。相変わらずボダイジュの木陰にいる。落ちてくる葉がときどき樹皮の堅《かた》い表面を擦《こす》って小さな音を立てるが、すぐにやむ。だが葉が落ちるたび、少しずつ空が広く見えてくる。冬は空の季節。景色が寒々としてくるほど空が目立つ。

ジョンは依然としてはっきりとした返事はしない。この辺では珍しいほど優柔不断だ。両腕を広げては下ろす動作を繰り返すだけ。僕が立ち去ろうとすると、やっとしゃべる決心がついた。

「じゃあ、試しにやってみるかな」

このとおり、返事はあっさりしたものだ。それでも試しに働いてくれた。もう僕が手放せないほど頑張ってくれた。身長百八十センチを超えるのっぽ。図体はでかいが、とても痩せている。手が膝にかかるほどのすごい猫背。歩くという表現は正しくない。足がでたらめに前に出ているので、一歩ごとに転びそうだが、決して転ばない。少なくとも本人は速足で進んでいるつもりらしいが、とんでもない。僕らの誰よりものろい。

舟を出すときは彼がオールを漕ぐ。漕ぎ方は歩くのと同じ。すなわち大奮闘だ。シャツを着た背中全体が丸まったりそって窪《くぼ》んだりを繰り返す。息を切らす、溜め息をつく、汗をかく。オールが折れてしまいそうだ。

僕はときどき声をかける。

「のんびり行けよ、ジョン」

彼は、「これ以上どうすれば?」と言いたそうに振り返る。僕は口出ししないことにする。

僕の言葉を理解はしているのだろうか? それに各自がその本性《ほんしょう》に従うのは悪いことだろうか?

今は彼がパンジェ親爺のベッドで寝ている。マットレスの丈《たけ》が少し短くて足がはみだすが、二枚の毛布をかぶせている。「こうすれば暖かくすることも空気にあてることもできる」と言って。ともあれ、小さすぎるベッドは睡眠の妨げにはならなかった。妨げられたのはむしろ僕、それほど彼のいびきはすごい。

目を閉じるや、すぐに機械が作動する。トーンが変わるだけで、朝までやむことはない。

その対処法として人から教えられたとおりに口笛を吹いても駄目。口笛には敏感でないらしい。起こしても駄目。再び眠りこんだ途端、音楽が再開する。仰向けだろうが右向きだろうが左向きだろうが腹ばいだろうが違いはなし。諦めるしかない。

諦めたら、慣れてきた。今は聞こえないと淋しく思うだろう。しかも彼には好きなようにさせている。僕は言った。

「長い時間仕事をさせているから、あとは自由だ」

僕は約束を守り、放っておいた。あれほど勝手に生きている奴はいない。歩き回るのが好きだから、あちこちぶらつく。砂の上に何時間も寝そべって、空を眺める。ヤナギにいるスズメとはお馴染《なじ》みだ。湿地のカエルともお馴染みだが、こちらには好感を抱かれていない。カエルの腿肉《ももにく》料理は彼の一番の好物。日曜の夕食用にバター焼きする。あるいは葉っぱの下に隠れているエスカルゴを探しに行く。

彼には彼の、僕には僕の人生がある。だから互いの邪魔はしない。しゃべりたくなればしゃべる。その気がなければ口をつぐむ。肉体的にも面白いところがある、この男の子は。疲れというものをまったく知らない。うちに来てから、全然年をとらない。日焼けのために顔、胸、腕がだんだん古いパイプのような色になっただけ。一方、髪の毛の色は逆にどんどん薄まり、パン屋見習いのころのように真っ白になった。

この前、彼は僕にこう言った。

「一つだけ心配なことがある。斜めになってる墓穴に埋められたらどうしよう」

僕がその理由を尋ねると、

「上下を間違えられないか不安で。頭が足より下になるかも」

僕は笑いころげた。

「おまえはバカか。穴の底まで斜めだと思っているのか？」

彼は答える。

「そう思ってた」

彼を安心させようとして、

「それになあ、死んでぐっすり眠れば……」

雲が下りてきたが、山までは届かない。岩壁にくっついているものもあるが、上空の雲は岩の存在に気づきさえしない。それほどはるか高みを流れている。

こうして下りてきた雲は突然膨張して、広い影を落とした。大きな島のような影が湖にできる。このきれいな島は空にもあるが、こちらは真っ白だ。

魚を駅に運ぶ時刻となった。捕った魚を全部買いとってくれるジュネーヴの業者をみつけたのだ。双方にとって非常に条件のよい取り決めだ。相手はいつも確実に新鮮な魚を得られるし、僕の売り上げは保証されている。

蓋《ふた》つきの四角い大きな魚籠《びく》を抱えて出発する。僕がいない間、ジョンは船に残っているものを片づけ、網を干す。発送の受け持ちは僕。彼は呑気《のんき》すぎて、決して時間どおりには着かない。駅は村の少し外れにあった。鉄道路線はカーブの多い湖畔を避けているからだ。駅長が僕の発送控えにサインする。斜面の裏手に白い煙がもくもくと立ち昇った。そして黒い蒸気機関車がカーブを曲がって現れる。ブレーキの軋《きし》む音がやむ前に、僕は貨車へと駆けつける。

貨車のことはよくわかっている。機関士も僕が誰か知っている。青い上っ張《うわば》り姿の制動手が、手すりのついた四角い窓から身を乗りだす。

「夕べの食いつきはよかったか?」

網を使った漁の場合、〝食いつき〟という言葉はあまり適切ではないが、細かいことなどは気にしない。

「まあ、五キロくらいかな」

地方回りのセールスマンや家畜商が下車してくる。家畜商は、革ひものついたステッキとオウムの嘴《くちばし》のような鉤鼻《かぎばな》でそれとわかる(この仕事をしているのは全員ユダヤ人だ)。

駅長は自分で育てたセイヨウキョウチクトウの生垣の脇で直立不動。準備は整った。機関士が腕を上げて汽笛を鳴らす。

蒸気機関車がくしゃみをする。客車の下で乾いた音が響く。緩衝器がぶつかったのだ。同時に強い風圧が寄せてくると、あっという間に列車は消えた。

礼儀上、駅長についても触れないといけない。彼は妻子とともに待合室の上に住んでいる。ふた部屋と広い台所がある。すごくいい人で、花が好き。駅の周囲にたくさん植えている。ゼラニウムの花壇、ペチュニア、エゾギクがあるが、彼の一番の自慢はやはりセイヨウキョウチクトウ。幹は腕ほどもある。同程度のものをみつけるには遠くまで行く必要があるらしい。しょっちゅう人から話題にされるので、今は賛辞を聞かないと物足りない。僕は気をつけて、できるだけほめちぎった。彼は大喜びだ。目の前にはなだらかなブドウ畑が続いている。あちこちに盛り土がある。湖は見えない。後ろに隠れているからだが、空全体が反射光で照らされている。

下からの光と上からの光が混ざっている。このような晴れた日は、互いの光がぶつかってもみ合う。僕は家に帰ろうと小道伝いに下る。パイプに詰めた煙草の燃え方も申し分なし。ヒバリの囀《さえず》りが聞こえたので、空を見上げた。今はもうそれほど高くは飛んでいない。小さなグレーの点が糸の先にぶら下がっているかのように揺れている。

畑から帰りのグロベティと出会う。収穫間近かどうか見に行ったのだ。しばらく一緒に歩いていると、瓦《かわら》工場が目に入った。工員たちが書棚に本を並べるように煉瓦《れんが》を一つずつ台にのせている。こうして間隔をあけた煉瓦の列が広い軒下にいくつもできる。

誰もが働く姿は見ていて気持ちがいい。だが無理じいはなく、息抜きの時間、その気になれば一服する自由もある。仕事を楽しんでさえいるかもしれない。とにかく明るい雰囲気だ。村が現れた。目にするとうれしくなる。

家がずらりと並んでいる。家の前の小さな庭にはヒマワリやタチアオイ。洗濯物を干しているところもある。風にめくられるさまは、ハンカチを振っているかのようだ。

出会う人すべてに挨拶される。誰とも仲良しで、話しかけられればおしゃべりする。忙しそうに働いている人を見ると、何をしているのかと尋ねる。人から好かれたいなら、知らん顔をしてはいけない。こうして先日は、液体肥料ポンプの性能についてバンジュリから詳しい説明を受けた。壁の脇に設置したのだ。また前村長ジョワの息子は、足が不自由なので畑仕事ができない。彼は僕を呼んで、枠を取り外しできる自作の巣箱を見せてくれた。

ときどき人から相談されるので、できるときはアドバイスを与える。買い物のために店へ行くときも、すぐには帰らない。エムリーさんは情報通で、いろんな話を知っている。店は石鹸、紐《ひも》、そして埃の匂いがする。トレイと鎖が銅製で天秤棒《てんびんぼう》が一メートルもある旧式の大きな秤《はかり》を置いている。これを使って一番たくさん売るのは砂糖。砂糖の次はコーヒー。コーヒーの次は練り粉。

客がひっきりなしにやって来て、僕らの会話に加わる。たとえばきょうはジェニー婆さんが入ってくる。旦那が飲むお茶を買いに来たのだ。熱があるとか。汗をかいて吹き飛ばしたいのだ。

「でも、飲むならルリジサ（煎じて発汗利尿剤に用いる）の方がいいよ」

相手は首を振った。

「聞き入れてくれないの」

「それならニワトコだな。効果は同じ」

「それも聞き入れないの」

腰が直角に曲がっている。首がこわばっているから、相手を見ようとするとき動かせるのはもう目しかない。額の皮膚と皺の寄った大きな瞼《まぶた》を引っ張って視線を上げる。それでも見えるかどうかぎりぎりだ。

「ああ！」また話しだす。「うちの旦那の頑固なことといったら。この年になると本当に辛いわ。面倒なことはしたくないから、こっちが折れる……紅茶、それも中国産のお茶以外は耳を貸さない！　それでは汗は出ないと言っても駄目。こうと決めたら考えを曲げないんだから。『味が違う』と言って。食いしん坊なのよ。いつかバラの木の手入れに牧師さんのところへ行って、一度飲ませてもらっただけなのに。忘れられない味だったのね……」

僕は応じた。

「まあ、一番よく利く薬というのは、飲んでうれしいものですよ。でもそんなものはあまり多くはないでしょう。それだけこだわっているのだから、そのお茶を飲ませてあげなさい」

「そう思う？」彼女は答える。「でも高くつくんじゃ」

エムリーさんが口をはさんだ。

「うちには最高級品のラプサン・スーチョン（中国原産の紅茶）しかないわ。五百グラムで四フラン。でも好きなだけあげられる」

ジェニー婆さんは小銭入れを取り出した。慎重に開ける。中にあるわずかな小銭を何度もひっくり返す。おそらく全部で三、四枚。もちろん銀貨ではない。そしてやっと、「じゃあ、十サンチーム分ちょうだい」

「十サンチーム分なんて無理。一杯分も作れないわ」

婆さんは泣きだしそうだ。軽く咳をすると、

「それなら……二十サンチーム分売ってもらえる？」

エムリーさんは可哀想に思ったのか、二十サンチームで紙袋いっぱい入れてやった。

驚いたことに、僕はこんなときでも冷静だ。球を戻すレーンの上に腰を下ろしたあの九柱戯の夜以来ずっと。そのとき僕は道に転がると、頭を抱えた。熟した果実が木から突然ごっそり落ちるように、心のどこかが崩れていった。枝が反動で跳ね上がる。

あの九柱戯の夜。〈何もかも終わりだ！〉と僕は考えた。首を振る。〈何もかも終わった！〉と繰り返す。だが、お先真っ暗の状態のときこそ救いがみつかり、終点に見えたものが実は出発点にすぎないのはよくあること。レーンに腰かけていたあの夜は、まだそのことに気づいていなかった。自分がどこへ向かうのか、まだわかっていない。空気が暖かかったのを覚えている。星が一つ上空で瞬《またた》いている。いささか呑みすぎて頭痛がすることを除いては、いつもと変わらない夜だ。さらに時が経つ。そしていきなり立ち上がった。前とは別人になってい

る。こうしてついに自分自身を発見したのだ。

こう考えた。〈パンジェ親爺を探そう〉前にも書いたとおり、そうした。パンジェ親爺はあのあばら家にいた。話し合う。そして僕は顔を上げた。打ち寄せる波は変わっていない。わずかに砂が混じる岸沿いの丸い小石の間では、ガラスの破片が煌《きら》めいている。僕ははじめて人生に足を踏み出したような気がした。

そこにたどりつくまでに長い時間がかかったのはよくわかっている。僕の全史と言ってよいくらいだから。しかし遅すぎるということは決してないのでは？　僕がたどった一歩一歩は、本の文字を順に目で追ったようなもの。一つ一つバラバラなら、文字は無価値、言葉自体も無価値。文章の終わりまで達しないと意味はつかめない。旅の終わりにやっとその意味が見えてきた。

僕は人の愛し方を知らなかったから、それを学ばねばならなかった。でも、そう気づいたときは手遅れだった。僕が目覚めるのを望んでいた人たちは遠くに去ってしまっていた。あの人たちがいたところはもはやぽっかり空いた穴でしかない。声が響いていたところには沈黙しかない。〈そのとおりだ〉僕は考える。〈おまえの過《あやま》ちは、相手がおまえのすべてに期待していたのに、逆に自分が相手のすべてに期待したことだ〉しかし僕は憤然とする。〈失ったって？〉考える。〈何も失ってはいない。みんな去ったと言うが、心の中を見つめればいい。今の自分がどんなものか見せてみろ。以前より成長したと言い張っているのだから、成長のあとを示してみろ。そうしなければ嘘つきと後ろ指をさされるし、そうされても当然だ〉

そして心の中を覗きこんだ。あの人たちはまだ生きていると気づく。森が霧に覆われると最初はものの輪郭しか見えないときのように、はじめは形がぼんやりして、まったく見分けがつかない。だが太陽が突然現れ、霧を切り裂いた。屍衣《しい》を振り捨てたかのように、死者たちが立ち上がってきた。「ああ！　みんな」と僕は言う。「ああ！　おまえか」と相手も言う。

たしかに僕はしかるべきときに愛することができなかったが、今は遅ればせながら愛している。失った過去が次々に蘇る。消化不足だったものを再び消化する。必要だったのに言わなかった言葉をまとめて口にする。あの人たちはどうだろうか？　僕が面と向かって優しい言葉をかけるのをじっと聞いている。みなは僕の声を通して蘇る。相手の声も聞こえてくる。僕は彼らの中、彼らは僕の中にいる。僕はすべてを受け入れ、自由になった。心の鎖が外れる。身体の鎖も。互いに腕を差しだし、語り合い、一緒になる。晴れた日に僕が舟のそばにいるときのように。岸にいる人々は、僕が煌めくブルーの湖面に身をかがめるのを見て、「ああ！　ブレが魚の様子を見ている」と言う。彼らは何も知らないからだ。同じようにブルーに澄んではいるが、僕が覗いているのは別の湖面だということを。しばらく風が立っていたが、今はやんでいる。

でも僕は一人でいたいから、船着き場へ行くと鎖を引き寄せ、フックを外す。

真ん中の座席に座って、オールを握る。全体重をかけようと身体を倒す。向こうの岸にいる人々はどうしているだろうか？　待っている。僕が来るのを見ている様子だ。

大地から離れた。些細なものからも離れる。儚《はかな》いものは不変のもののために置いていく。ちらっと振り向くと、岸は完全に姿を消していた。あとは空と水しかない。しかも二つは同じもの。逆さに映った雲が周囲の湖面で揺れている。青空もひっくり返っているから、水は青に染まっている。

もはやどこにも違いはない。すべては混ざり合い、一つになる。僕は心の中を覗いているのか、それとも水の中を見ているのだろうか。あの人たちがそこにいるのが見える。僕はもう警戒しない。もう怖れはしない。みなは退くどころか肘《ひじ》をついて起き上がる。僕はまたわずかに身をかがめる。そう、みなそこにいる。子供のころに死んだ愛《いと》しいママ。僕はあのころと同じようにママに呼びかける。親切にしてもらったのにその恩を返せなかったルー先生。アデル、気の毒なアデル。愛すべきときに愛することができず、そばに引き止めるべきときに引き止められなかったアンリ坊や。あの子はこの世から姿を消した。だがとりわけ君だ、ルイーズ。君はほかの誰にも増して僕の心を癒してくれた存在だから。その君も僕は愛することができなかった。少なくとも正しく、あるいは君が望んだように。僕なりに君を愛しはしたが、君とは違っていた。自我の呪縛からどうしても自由になれなかった。だから君は心を痛め、その苦しみを隠そうとした。僕はそれがよくわかっていたのだが。つまり死の間際のこと。それでも君は不平を洩らさなかった。だが君がいてくれるだけで十分。ごらん、僕は昔とは別人だ、すっかり変わった。もうあの暗い顔は見せないし、あの沈黙、あの眉間《みけん》の皺もない。今の僕は本来のサミュエルになって君を愛しているのだ、ルイーズ。だからこうして身をかがめて君を、僕の生々しい過去を、君のいるきれいな水を見つめるとき、二人を隔てるものはもはや何もない。君もそれをわかっているから、「さあ笑って」と僕は声をかける。そして君も起き上がる。水底《みなそこ》から僕に向かって浮かんでくるようだ。僕がさらに身をかがめると、君はどんどん上ってくる。そして僕らの唇は触れ合い、僕の指は君の髪の毛に入っていく。

すべては一体になっている。距離の感覚は消え、時間の感覚も失せる。もはや死も生もない。そこにすべてが含まれる世界の大きな姿だけだ。何ものも決して表に出ることはなく、壊されもしない。現実よりも一つ上の世界だから、段を踏み越えていかないといけない。すると目の前にあの尊顔《そんがん》が立ち現れるのが見える。神の尊顔だ。僕は神をも愛し、それをよく知ろうとした。神こそすべてであり、そしてあらゆるところに遍在しているとわかる。今この世界にいるのは神のみだが、僕を含めたすべてのものはその懐《ふところ》にある。そして死んだ者たちも離れることなく、同じように神の懐にいる。そのため僕らはこれまで以上に友愛で結ばれる。各々は全体の一部分、つまりその意味で神のひとかけらだから。僕が舟のオールを漕ぐのは、神の懐を進むことと同じ。岸に着くとは、神のもとに達すること。神は上下左右にいる。近くにも遠くにもいる。木でもあるし、山でもある。湖は神の一部分にすぎず、太陽もそうだ。あらゆるものは神の一部分にすぎない。地面に落ちている網すき針や波に打たれて丸くなった小石までも。

だとすれば、僕の生活、肉体に閉じこめられたちっぽけな自分など、何の意味があろう。今の生活が終われば、別の生活に戻るのだ。今は小さくても、もっと大きなものがある。死ぬとは再び天に昇っていくこと。〈元に戻るだけだ〉と思えば、気が楽になる。闇が近づいてきたとしても、存在の各部を照らす光が消えることは決してないだろう。存在の内部に詰まっている粉塵は、しかるべきときに飛散する。雨の日に子供たちが作る泥人形のように。

あとは精一杯生きて、定められた時を待つしかない。要はそれでも生きなければならず、生き生きとしたまま死なねばならない。身体が死ぬ前に死んだ者は少なくない。肉体に死が訪れるよりはるか昔に心が死んでいたのだ。僕が気にかけているのは心だけ。最後までそれを生かさなければ。

きょうは九月二十日、これでノートは終わり。インクも底をつきかけている。湖が作るダークブルーの線を窓から眺めながら、最後のページを書いている。この線は少し盛り上がっているから、対岸は隠れてしまう。

さらにその上には緑の草原、黄色い小麦畑、まるでうろこ雲のように緑が膨らんだ木々が見える。もっとはるか上にはメミーズ山（サヴォワ地方の山）の岩壁。いっぱいの日差しを浴びて、ガラスのように輝いている。

数日前から猛暑だ。そのため男の子たちが水浴びをしようと、夕方にヤナギの下へやって来る。力いっぱい水をはね散らして笑う声がする。しかしそうやって騒いでいるばかりだ。この辺の男の子は意気地なし。ほとんど泳げない。

ジョンと同じく気楽なものだ。けれどジョンはそれ以上。途中どこかの庭で摘んだダイオウの大きな葉を帽子の下に入れて、村から戻ってきた。老女のコルネットのように四方に垂れている。

それを見て、僕はからかう。

「なぜ笑うの？　日差しがきついからこうした方がいいでしょ？」

これが彼の言い分。僕は逆らわない。「ジョン」と声をかける。「おまえの言うとおりだ」

僕はもう何も不平を口にしなくなった。そこに最高の真実がある。とりわけ心がけているのは、ボルロのようにはならないこと。彼がちょうど通りかかったところだ。馬を撫《な》でている。

一人で笑っている。ご機嫌だ。帽子をとって木々に挨拶する。何にでもうれしがる。だが泥酔しているから、気分がころころ変わる。

僕の前を過ぎたところで立ち止まった。馬も止まる。

馬のそばで両腕を上げ下げした。両手で頭を抱えると、罵《ののし》る声が聞こえてきた。

こう始める。

「ああ！　畜生、畜生、なんて惨めなんだ！　みんなほかの奴のもので、俺には何一つない！」

地面に唾を吐いた。またしゃべりだす。

「ここは嘆きの谷（旧約聖書の詩編八十四。荒廃と嘆きのある場所を示す）だ！　でも泣けるうちはまだゼロじゃない。俺の目は涙も涸《か》れて、干《ひ》からびた大地のようにひび割れてる。目が焼ける！　目が！　抜きとってしまいたいくらいだ……」

彼は突然、目の前に馬がいるのに気づいた。くどくどと罵っている間はおそらく忘れていたのだろう。年とったおとなしい白馬で、毛は乾いた芝のようだ。脚は内側に曲がり、目にはハエがいっぱいたかっている。彼は馬を目にすると、急に怒りだした。

「この野郎！」しゃべりまくる。「間違ってるだろ？　おまえは住むところがあり、食べ、着させてもらって、なんの心配も悲しみもない。俺は惨めにくたばりそう……間違ってるよな？」

鞭の細い端を持って、馬の頭を殴る。馬はぶたれるのには慣れているから、相変わらず動かない。だがそれを見て、彼の怒りはさらに増した。

「ああ！　畜生」叫ぶ。「俺の惨めさを分けてやる」

再び殴りはじめた。

人間とはこんなもの。自分自身を鞭打つべきなのに、馬を打っている。

ジャン＝リュックの受難

Jean-Luc persécuté

山で暮らすアルベール・ミュレに

第一章

その日曜日はサセネール（ヴァリス州に実在する山。標高三千二百五十三メートル。ラミュの『アルプスの恐怖』の舞台にもなっている）までヤギを見に行くことになっていたので、ジャン＝リュック・ロビーユは帽子と杖《つえ》を手にした。それから女房に近寄ってキスをする（彼は彼女をとても愛していたし、結婚してわずか二年だからだ）。女房が尋ねた。

「いつごろ帰ってくるの？」

彼は答える。

「六時ごろ」

さらに続ける。

「だけどシモンが待っているはずだから急がないと。奴は待たされるのが嫌いだ」

それでも出かける前につま先立ちで寝室に入り、前年授かったチビちゃんが眠るゆりかごへと向かった。「気をつけてよ！」とクリスチーヌが叫ぶ。彼は身をかがめたが、キスするつもりだったのを諦め、寝顔を眺めるにとどめた。九か月と二週間（生まれたては週と日数（原文のママ）で勘定するものだから）の丸々と太った男の子だ。頬はニスを塗ったように艶々《つやつや》し、大きな真ん丸の顔がクッションに埋まっている。ゆりかごはジャン＝リュック自身がきれいなカラマツで拵《こしら》えた。父がまだ存命で母の土地の世話を引き受ける前は指物師《さしものし》稼業《かぎょう》（こんな言い方をする）だったので、作り方を知っていた。だからしばらくかがみこんだまま、チビちゃんの寝顔を見つめる。それから台所を通りぬけて、家のドアを開けた。「行ってくるよ！　僕の奥さん」と言って、またクリスチーヌにキスをした。

シモンはベッドに伏せっていた。

「実は痛みがまたぶり返して」とシモンは言う。「さて、おまえはきょうどうする？」

「行くのは次の日曜日にしよう」とジャン＝リュックは答えた。

ベッドの脇に腰を下ろした。シモン、さらに顔を出してきた娘とひとしきりおしゃべりする。こうして三人でおしゃべりして時を過ごす。午後一時の鐘が鳴る。次いで二時。そこでジャン＝リュックは家路《いえじ》についた。宿屋の前に人が集まっていたので、彼はまた十五分ほど時間を無駄にした。しかし呑《の》もうと誘われると断った。みなは笑いだす。「相変わらずべったりか？」「付き合いも駄目？」「なんだと！ 駄目なものか！」とジャン＝リュック。彼も笑いだし、それから急いで帰宅した。

階段を上ってドアの掛け金に手をかけると、閉まっている。〈マリー（蹄鉄工の女房だ）のところへ行ったのだろう〉と考えた。かがんで、薪《まき》の山の下に隠している鍵をとる。しかし気が変わり、〈マリーのところへ行こう〉と考えた。ところがそこにはいなかった。マリーはクリスチーヌとは会っていない。新聞を読んでいたマリーの亭主も同じ。冗談好きなものだから、顔を上げてジャン＝リュックにこう言う。「女房をもらったら、放《ほ》っといてはいけないぞ」ジャン＝リュックは何の返事もしない。不安になったのだ。

なぜだかわからないが、突然不安に襲われた。がらんとした台所、消えかかっている火。寝室にいても不安は続く。ゆりかごのそばの椅子に腰かけて、日曜日の気配に耳を澄ました。話し声と水のせせらぎだけしか聞こえない。安息日だからだ。

前夜ちょっぴり降雪があった。冬の到来を告げただけのわずかな粉雪だ。寝室に朝日が燦々《さんさん》と差しこむと、何もかもが生まれ変わったかのように見える。彼は肘を膝にのせ、〈いったいどこへ行ったのだろう〉と考えた。答えがみつからない。

困りはてて立ち上がると、窓の外を眺めた。牧草地の斜面の下の端《はし》、さらにヤナギやヨーロッパヤマナラシの木々が目に入る。そして大きな池。円形で、まだまったく凍っていない。だがふだんは美しく光って山全体を映すものだが、融けている雪のせいで水面は曇っているように見える。背後には青空を背景にして、真っ白に黒い点の混じった段々の土地が続く。

突然、ジャン＝リュックの視線が地面に落ちて動かなくなった。足跡があったからだ。雪の中に小さいがはっきりした跡がある。すでに人通りのある村への道ではなく、池のほとりに沿って反対方向に向かっている。〈どこへ行ったのだろう〉と彼は考えた。

すぐに腹を決めた。目を覚ましていたチビちゃんを抱き上げると、ショールの中に暖かくくるんでからマリーの家に戻った。「出かけている間、この子を預かってくれないか」マリーは尋ねる。「じゃあ、クリスチーヌは帰ってないの？」そうだと言って彼は家へと戻ったが、中には入らない。足跡を追いだした。ちょうどドアの前から始まっている。人に見られるかもしれないので、ポケットに手を入れ、さりげなく足跡を追っているが、心臓は早鐘《はやがね》を打っている。池の堤《つつみ》を走る道まで来れば足跡は村へと曲がるのでは、とまだ希望を持っていた。ところがたしかにそこで曲がってはいたが、逆方向、すなわち山の方へ向かっている。

そこで足を速めた。今度は路上の足跡がこんがらがっている。ラバや村人たちも通ったからだが、彼は両端のまだまっさらな雪の層だけを注視する。実際まもなくみつけた。小さな足跡は左に曲がり、この地方によくあるでこぼこした土地の中を続いている。彼は突き当たりまで進んで斜面と向き合うと、よじ登りはじめた。

日当たりの良い勾配《こうばい》の雪はすでに融けて、芝の黄色い面がむき出しになっている。そこで足跡は急に途絶えたが、上方にまた現れた。さらには地面が濡れているために靴の踵《かかと》が食いこみ、鋲《びょう》が滑って線を引いている。見間違いのはずがない。彼はそれから斜めに登って、レ・ロフ高原へと続く別の道をめざした。〈大回りしたな！〉と思う。鋲の跡を見つめつつ、〈しかも日曜日用の靴を履《は》いて〉とも。鋲の図柄には見覚えがある。頭が丸くすべすべしていて、靴底の周囲だけに打ってある。秋の大市《おおいち》に行った折、自分がプレゼントした靴だ。そして考える。〈それにしても、なんて小さな足！〉心の中では別の声が何度も響いている。〈可愛い小さな足。村中で一番小さな足〉

それでも登り続けて、二番めの道に入った。石ころだらけで、夏には小さな葉とピンク色の花をつけたきれいな野バラが茂みごと日差しをたっぷり受ける。だがすっかり雪に覆われると、茂みは太い糸の大玉がほどけたかのようだ。さらに高みに登って振り返ると、真下に村（『民族の隔たり』と同じくランス村をモデルにしている）の家々があまねく見える。窪地《くぼち》にひしめいて並んでいるさまは、巣の中の卵のようだ。雪の白に屋根の白が重なり、真ん中には壁がむき出しの高い教会。背後には、奇妙にとがった丘が空と広く深い谷の後景から浮き出ている。モミの木々が鋸《のこぎり》の歯のようにギザギザに縁《ふち》どっているのだ。ル・ブルニと呼ばれている。

彼はこんな景色の上り道を進んでいる。茂みの向こうに突然、一本の高いマツが見えてきた。ジャン＝リュックはそこまで行くと、急に立ち止まる。別の足跡をみつけたからだ。この二番めのものは、先の足跡とマツの木の下で合流している。でかい足、男の足だ。マツの木陰で待っていたにちがいない。雪が踏み荒らされている。それからでかい足と小さな足は行動をともにしていた。その先の小道になると、離れたり近づいたり、ときにはほとんど混ざり合ったりした形跡も見受けられる。

彼は目を見開いた。信じられないが、信じざるをえない。風が積み上げたため、窪みの雪の層がさらに厚くなっているからだ。丘の肩（斜面の途中の傾斜が緩まっている部分）からはるか遠くまで眺めることができるなら、影で青く見える深い穴がシーツの縫い目のように二重、はっきりと二重に続いているのがわかるだろう。

彼はまた動きだしたが、歩みはさらに速くなる。まもなく尾根に達した。ここから背斜谷《はいしゃこく》（波状になった地層の部分が浸食され、周囲より低くなって形成された谷）に入る。小道は真ん中に続いている。ハチミツ色のカラマツの木が取り囲むように並んでいる。幹とすでに葉が落ちた数本の枝はグレーだ。緑色の空にできた切れ目のはるか先に、バラ色の峰が現れた。小さなバラ色もある。むしろブロンド色と言うべきか。雪の上で光を浴びている。さまざまな出っ張《ば》りや稜線が、このビロード色の雪の中で金《きん》のように輝いているのだ。茂み、木の先端、地面の亀裂のときもある。だが寂寥《せきりょう》とした光景で、しんと静まりかえっている。ときどきベニハシガラスが飛び立ち、空の一角を占めては姿を消す。大地とは無縁のような音がはるか遠くから聞こえてくる。どこかわからないが、おそらく平野にある村の鐘《かね》だ。まもなくやんだ。かなり先の峡谷で銃声が炸裂する。密猟者が発砲したのだろう。こだまを呼んで、長く響いた。

汗をかいたので、ジャン゠リュックは額に手をあてた。それでも立ち止まらない。今は目をつむっても先を見通せる。谷の道を登ると、また右に曲がる。それから道沿いのカラマツの間を抜けて、森へと向かった。森の中に入る。すると突然、踏み荒らされた二番めの場所が現れた。その先にはもう足跡が一つしかない。でかい男の足だ。

観察した。いや、一人ではない。足がついていないだけだ。彼は思う。〈奴はおぶったにちがいない。あいつがくたびれたから、おぶったな〉実際に足跡は前よりも深く、引きずり気味だ。ところどころ石が露出し、木陰にはわずかな土の部分やカラマツの針葉《しんよう》が見える。別の場所では、雪に隠れていた木の根っこにつまずいている。そして休憩した。再び雪の中に、小さな足の跡がでかい足の隣につきはじめた。

彼の予想どおりだった。森のはずれにオーギュスタン・クレタという男が所有する真新しい干し草小屋がある。〈奴だ！〉とジャン゠リュックは思った。〈村を出ているという話だったが、戻ったのか。あいつは何も言わなかったが！〉一本の木の幹にもたれかかった。何も聞こえず何も見えないが、小屋の中には干し草があるはずだから、寝そべっているにちがいない。彼は前に出ようとしたが、そのとき向こうで誰かが笑いだした。この笑い声には聞き覚えがある。大股《おおまた》で下山した。

女房が戻ってきたのは夕方の五時だった。日が傾いている（一年で昼が最も短いころだから）。同時に冬の夜の冷気が下りてきて、水の流れを止めたり道をカチカチにしたりする。すると鐘つき男は宿屋を出て、鐘楼《しょうろう》の長い階段を上りはじめた。晩鐘《ばんしょう》の時刻になったからだ。

台所のドアが押しただけで開いたことに女房は驚く。中に入ると、まだ窓からわずかに日差しが入っていたので、ジャン＝リュックがかまどのそばに座っているのに気づいた。

火は入っておらず、灰も冷えきっているのに座っている。女房は声をかけた。

「いったいどうしてもう帰ってきたの？」

彼は答える。

「シモンの具合が悪いから、行かなかった」

彼女の肩がわずかに震えたが、すぐ収まる。下を向いているから彼は気づかない。それに相手を見てもいなかった。

女房はさらに言う。

「火を入れなくて寒くない？　氷が張りだしているわよ」

ジャン＝リュックは答えた。

「寒くない」

晩鐘が鳴った。二人は口をつぐむ。ジャン＝リュックはうつむいたまま、子供を腕に抱えている。寝入りばなだから、赤ん坊は重くなる。こうして一日中眠り、食べるのだ。晩鐘が鳴りやんだとき、小さなまぶたは完全に閉じていた。肌の赤みが増し、寝汗をかいている。

「食べさせたの？」とクリスチーヌ。

ジャン＝リュックは答えた。

「おまえには関係ない」

女房は火をおこしにかかった。突如全身に光を浴びる。すると、これまで見たことのない姿が現れた。小さな巻き毛が額に垂れて少し乱れた（ふだんはきちんと撫《な》でつけている）髪の毛には、水滴がまだ消えずに輝いている。カラコ（婦人用上着）の襟《えり》に留めた金メッキのピンは曲がっている。肩や胸元には濡れ染《じ》み。ジャン＝リュックは相手の方を向いて、

「雨でも降っているのか？」と訊く。

「屋根から落ちた滴《しずく》よ」

女房はきっぱり言った。そしてつかつかと近寄り、

「ちょっと子供をよこして」

彼は首を振った。

相手は逆らわなかった。驚いた様子さえ見せない。台所を行き来しながら炊事を続ける。カップと皿を棚《たな》から取り出す。両手鍋を火にかける。地下倉庫に下りて、チーズをひと塊《かたまり》切る。パンも持ってきた。湯が沸きだしたので、コーヒー沸《わか》しに注ぐ。フィルターを通ってブリキの容器に一滴ずつ垂れる音が聞こえる。ミルクも火にかかっていた。

「来てもいいわよ」と声をかける。「準備ＯＫ」

子供は完全に眠りこんでいる。それでもジャン＝リュックは離さない。テーブルについてもまだ離さない。だが慎重に持ち上げ、片足を少し上げて膝にのせた。クリスチーヌはもう何も言わない。

二人はテーブルをはさんで向かいに座っている。平たい大きな田舎パン、ミルクポットとチーズが置いてある。彼女はナイフで切ると、すぐ食べはじめた。内側が黄色い褐色のカップにコーヒーを注《つ》ぎもした。湯気を立てながら芳香を放《はな》っている。こうして彼女は食べかつ飲む。ジャン＝リュックも同様にパンを切り分けて食べだした

が、喉に通らない。丈夫で働き者だから、ふだんは食欲旺盛なのだが。しかし口の中にあるパンは乾いた土の味がする。そのため飲み物で流しこんだが、皿はいっぱいのままだ。クリスチーヌの方はお代わりをし、またカップを満たした。そして尋ねる。

「どうしたの？」

彼は皿を押しのけ、ナイフをテーブルに投げつけると、うつむいた。そのまま動かない。

女房がまた呼びかける。

「ジャン＝リュック！」

彼は放心状態で身動きしない。手がテーブルのへりから滑り落ちた。空《から》のごつい手がだらりと垂れている。

話さなければ、と彼女は思った。

「ねえ、わかってくれないと。覚えているでしょ、守護聖人の祝日のこと。あなたが私を好きだと言って気持ちを尋ねたとき、こう答えたわ。『私はオーギュスタンの方が好き。あの人も私と結婚したがったけど、私がひどい貧乏なので彼のお父さんが許してくれないの。他人の家でこき使われるのはうんざりだから、それでよければ婚約しましょう。ただしオーギュスタンが私を抱きたくなれば、抱かれるわ』こう言ったことは間違ってる？」

彼は返事をしない。女房は続ける。

「あなたのお母さんも嫌《いや》がったので、あなたは行って、『余計なお世話だ！』と言ったわ。私は忠告しなかったかしら。こう言ったわよね。『ねえ、あとが大変だから、喧嘩しないで。別の人をみつけてちょうだい』あなたは耳を貸さなかった。もう一度訊くけど、私間違ってる？」

しばらく待つが、何の反応もない。さらに続ける。

「私にしょっちゅう会いに来て入り浸《びた》りになったとき、『あなたはほかの人と違うわね』と言ったのも本当でしょ？『それに、あなたは痩せすぎ』とも言った。あなたは笑っていた。ねえ、間違ってる？」

再び間《ま》を入れる。無駄だった。

「だからどうだっていうの？　オーギュスタンが戻ってきて誘われたから、一緒に干し草を見に行った。もしあなたがつけてきたのなら、私はどうすればいいの？」

こう言って、口を閉じた。彼は黙ったままだ。かまどに太い薪《まき》が一本入っていた。真ん中が焦《こ》げて突然割れ、かけらの一つが灰の中で転がる。子供を指さしながら、またクリスチーヌが言った。

「この子をよこして」

だが彼は突如あとずさりし、追い払うような手振りで、

「もう触《さわ》らせない！」

女房は肩をすくめて言った。「私には慰めてくれる人がいる」

ドアを開けて玄関階段まで出ると、柵《さく》に肘《ひじ》をのせた。

月はなかったが、星がたくさん出ている。まるでガラスでできているように真っ白。糸に吊るされ、風の向くまま一緒に動いているかのように見える。ほとんど輝きはない。真っ黒な空と闇の中では、白く広がる雪景色は違和感がある。それ自体が光っているからだ。真ん中にある池は、雪が水面《みなも》で融けているので暗い。クリスチーヌはショールにくるまった。

そして階段の外へ身を乗りだし、家の角の先にわずかに見える村の方を眺める。一つの窓を見つめている。四角い屋根は白く彩《いろど》られていた。くすんだ木の壁は闇に紛れてしまうので、屋根は空中に吊り下がっているように見える。その中に灯《あか》りが一つ、赤い目のように点《とも》っている。それだけだ。

しかし台所では動きがある。ドアが軋《きし》んで、寝室へ入る音がした。足音が戻ってきたので、女房は振り返る。それと同時に、彼が脇をすり抜けた。頭には帽子。片腕で子供を抱え、もう一方の腕には袋を下げている。階段を下りた。彼女は声をかける。「何するの？」繰り返す。「ジャン＝リュック、何するの？」もう遠くにいる。村

の方へと向かっている。

翌日、彼が村の下側にある母親の家に移ったことを村人たちは知った。小僧のフェリシアンが彼に代わってヤギと二頭の雌牛を引き取りに来ると、事態がさらに呑みこめた。

第二章

三月の日曜日、カリヨン（教会などで用いる調律されたひと組の鐘）が朝の九時ごろ鳴ると、道は上ってくる人でいっぱいになる。村のほとんど全員が下側へ引っ越している季節だからだ（ヴァリス地方の農民は、季節により住まいを替えて農作業や家畜の世話をする）。暖かいところを出て、寒いところに向かって上り、雪と出会う。

雪はとりわけ端の方ではかなりの厚みがあった。木の幹の周りはほとんど融けていない。だから小道は白い小さな壁にはさまれ、やっと通れるくらいの幅だ。

そこを村人たちがぞろぞろ上ってくる。男たちはポケットに手を入れ、娘たちはショールにくるまる。坂の向こうから笑い声や話し声が聞こえてきた。そして坂が突然終わると、村全体が一挙に現れる。高い教会がそびえ立ち、その下に家がぎっしりと軒を並べている。

そこはすでに村内だ。まず目に入るのは水車。安息日だから、古ぼけた羽根車は止まっている。次に高床式の倉庫と納屋。さらに道を少し曲がって灰色の柵に囲まれた小さな庭の間を進むと、奥に家がある。その日はほとんど全部が閉まっていた。それでも、ぽつぽつドアが開くと日曜日の晴れ着姿の人が出てきて、往来の村人に混じる。

近づけば近づくほどカリヨンの音は大きくなる。六個の鐘で構成されていて、六個全部がぶつかったり離れたりしながら重々しいテンポで宙を舞っている。

カリヨンが次第にやむと、ほかの鐘の音が響いてくる。一番大きな鐘が勢いよく鳴った。人声は完全にかき消される。重くて大きな靴が氷を砕く音も。遅れてきた村人たちがまた通り過ぎる。大急ぎだ。そしてミサの始まりを告げる鐘が鳴った。村も畑も、見渡すかぎり静かで閑散としている。

ただし墓地のそばの古い家の前では、五、六人の男たちが山積みした梁《はり》の上に座ったまましゃべっている。ここは快適だ。たなびく雲の間から出てきた太陽が、黒い木や壁を温めようと奮闘している。男たちはパイプに火をつけている。いつもミサのために上りはするが、もう大事な祝日以外は出席しない連中だ。こうして神様なしで暮らし、思い出すのは死ぬ間際だけ。

しゃべったあとは長い間口を閉ざす。人はときに考えが頭に浮かぶと、くわえたパイプを離して伝える。それからパイプをくわえなおして、別の考えが浮かぶのを待つのだ。オルガンの轟音《ごうおん》と聖歌隊の歌声の中、彼らもそうしている。前方で美しくうねりつつなだらかに下っている牧草地の先の、葉がなく錆《さ》びた鉄のように見える丈《たけ》の低い木立《こだち》を眺めている。ル・ブルニには、折れた翼に似た雲がかかっている。

だが再びオルガンの大音量が力強く響いた。その命令に従うかのように雲が太陽を急に覆ったので、冷えてきた。男たちは上着のボタンを留めたり、固くなっている地面を踏み砕いたりする。オルガンがまたやんだ。聖体奉挙（聖別されたパンを高く挙げて示す典礼）の鐘が突然鳴る。彼らは帽子をとると、みなで教会の方へと向かった。

灰色の高い壁の下に、青いペンキを塗られたごく小さなドアがある。壁はむき出しで、窓も飾りもない。ドアは閉まっていたが、二人の男が身を寄せ、聞き耳を立てる。漆喰《しっくい》のない低い石壁に囲まれた広く四角い墓地が目の前にある。鉄柵には、髑髏《どくろ》と十字に組んだ骨の装飾。中に木は一本もないが、上側が三角に尖《とが》った彩色された十字架がある。突き当たりには石の大きな十字架が立っている。墓地全体は雪に覆われているが、墓のへりの雪はわずかにへこんでいるので、白い小さなベッドがずらりと並んでいるように見える。〈少なくとも下の奴らは暖かいだろうな〉と思ってしまう。

オルガンの轟《とどろ》きが壁を揺らしている。そして聖歌隊が歌い終えると、また静かになった。ドアが開いて、参列者が表に出はじめた。さっきの男たちは近づいて墓地の壁に背中をつけてから、みなを眺めた。黙って出てきている。大人数がまず狭い出口で押しあいへしあいし、苦労して表に出てから散らばる。年をとってよぼよぼの老婆たちはみな骨と皮だけなので、ワンピースのサイズが合わなくなっている。老人たちの服も結婚式以来ずっと着ているからぶかぶかだ。日曜日の装いが可愛い女の子たちは帽子の下でうつむいている。男の子たちは黒ずくめ。大人の男もいれば女もいる。――女たちの数人は腕を伸ばすと、死者の方向に向かって十字を切る。彼女らと一緒にクリスチーヌが出てきた。両手でミサ典書《てんしょ》を持ち、エプロンにぴたりとつけている。チェックのネッカチーフを顎の下でネクタイのように結んでいる。連れはいない。急ぎ足で進む。彼女が教会の角を曲がったかと思うと、ジャン゠リュックも出てくるのが見えた。

「おや！」誰かが言う。「ジャン゠リュックじゃないか」

「もちろん」別の者が応じる。「あいつは上に戻ってきた」

そのとおり、また上ってきた。母のところでひと冬を過ごしたが、家に帰ったのだ。居合わせた村人たちに挨拶する。そして話しかけたいかのように立ち止まるが、何もしゃべらず広場の方へ下りた。広場はすごい人だかり。ミサが終わると四方山《よもやま》話をするためにここへ来るのが習わしだ。ほかの日は仕事で忙殺されているから、会うひまがない。

一方の側には小修道院と宿屋、反対側には開いたばかりの店がある。真ん中に大きなボダイジュが植えられていて、木の皮が鱗《うろこ》のような幹の周りには石のベンチ。この木は夏にはきれいな円い影を作るが、この季節は死んだようだ。それでも習慣から人々は木陰に集まるので、ほとんど身動きがとれない。誰もがしゃべり、議論し、呼び合うが、ジャン゠リュックはポケットに手を入れたまま黙っている。

わけはこうだ。誰かが彼に気づくと寄ってきて、「おや、おまえか？」と声をかけると、「そう、俺さ！」と彼は返事する。二人めも三人めも寄ってきて、「おや、おまえか？」と言うので、「見てのとおり」と答える。それからは放っておかれる。つまり、〈こいつはクリスチーヌとうまくいっていない。機嫌が良くないぞ〉と思われているからだ。

すると村の書記が役場の書類を持ってボダイジュのベンチの上に立った。静まりかえって、大きな輪ができる。彼は読みはじめた。「ビオレール農業用水路の権利所有者は会合に出席するべし……訴追および破産者……債権者……」ジャン＝リュックは考える。〈どうして俺は上ってきたのだろう〉

名前がどんどん読み上げられ、文言《もんごん》が延々と続くうち、彼の心は悲しみに溢《あふ》れ、虚しさにうちひしがれた。〈俺はどこへ行けばいい？　家に帰らないといけないが、あいつがいる。俺を見ると馬鹿にして笑うだろうか？〉と思う。自発的に戻ったのではなく、迎えに来られたからだ。

そのとき、誰かがまた大声で呼んできた。「やあ、ジャン＝リュック！」顔を上げると、従兄《いとこ》のテオデュールだ。彼は握手すると、ほかの連中と一緒に立ち去った。残されたジャン＝リュックは考える。〈どうすればいい？〉

しかし、もうじき正午の鐘が鳴るころになると、広場は徐々に閑散としてきた。袋や包みを持った買い物客が店から出てくる。結局ジャン＝リュックは、人の流れに従うことにした。

路地に入る。屋根から滑り落ちた雪の中の氷結した塊がところどころ行く手を遮《さえぎ》るので、それをまたぐか壁に身体をつけて迂回しなければいけない。空はすき間なく貼りついた雲の重みで下がっている。子供の泣き声がした。どんよりとした空気の中、煙突の煙は昇るどころか垂れている。

彼は立ち止まる。引き返して、また止まる。それから右に曲がって坂を上りきると、池が見えてきた。我が家も。——ぽつんと立って、しかも北向き。彼は思う。〈この世の涯《はて》じゃないか。どうして親父はここに建てたのだろう。人嫌いだったという話だが……〉

厚い氷は雪で真っ白に覆われているので、もう平たい表面でしか池だとわからない。一方、周囲の土地はどこもうねっている。はるか先で段のように並んでいる牧場や林は霧に隠れている。家がある。裏側が斜面に食いこんでいて、地下倉庫のドアは地面すれすれで開く。石の基礎の上に立った、もう黒ずんでいる木の家。屋根はてっぺんがむき出しで、大きなスレート板がのぞいている。家の正面を斜めに横切る階段があり、その上の玄関から台所に入る。台所の隣は寝室だ。屋根の傾斜の中にもうひと部屋あるが、梯子《はしご》を使って床の揚《あ》げ板をくぐらないと入れない。ここは住まいではなく、がらくたを詰めこんでいる。

それでも彼が思っているとおり、暮らすには十分だ。だが、もう一人の同居人、すなわち幸福が必要だ。それが家にあると思えば、足はいくらでも速く進む。ところが今は逆に、近づけば近づくほど歩みがのろくなる。台所のドアが半開きだったので、もう遠くから人の声が聞こえていた。引き返したくなったが、それが何になる？階段を上る。クリスチーヌの友達のアンブロワジーヌが訪ねてきていた。

やむをえず少し口をきいたが、ほとんど言葉が浮かばない。クリスチーヌはこちらをじっと見ている。彼女の妹のフェリシーがかまどの脇に座っている。知恵遅れだから、年齢の想像がつかない。子供っぽい笑い声に老婆のような皺、顔はまるで蠟《ろう》細工だ。牛の鈴のような丸く固い甲状腺腫の瘤《こぶ》が首にぶら下がっている。歌いだした。歌いながら首を振っている。

正午の鐘を合図にみなは食事を始めた。ジャン＝リュックはしゃべらない。ときどき女房と女房が抱いている坊やの方へ目をやるだけ。〈なぜ俺はこいつを赦《ゆる》すのだ〉と考える。

すばやく食べて、窓際に腰を下ろした。池のほとりの急坂で、男の子たちが雪滑りをして遊んでいる。喚声や笑い声を上げながら次々と滑り下りる。幸せな年ごろだ。そばにいる長いスカート姿の三人の女の子は、手をつないだまま近づこうとしない。そして堤《つつみ》の上の道を少年が少女を連れて通りかかる。アンドーニュの方へ向かっている。曲がり角で見えなくなった。あとは霧しかない。霧はさらに下りてきていて、木の先端にかかるとちぎれる。ジャン＝リュックはパイプに火をつけた。それからベッドへ横になりに行く。

ドアを閉めたが、クリスチーヌとアンブロワジーヌの声は聞こえる。あれこれしゃべりながら始終けたたましく笑っている。彼は仰向《あお》けに寝ている。天井の茶褐色の梁《はり》が目に入る。低い天井だ。木目《もくめ》や節《ふし》を目で追う。こうして目を部屋の反対側まで移動させると、小さな窓の並び越しに白く覆われた牧場の一隅《いちぐう》が見える。それから視線を戻すと、四つか五つの家具。両親のものなので、昔からある。クリスチーヌが編んだ白木綿《もめん》のテーブルクロスがかかったテーブル、二脚の椅子、長椅子、灰色の石でできた大きなストーブ、ゆりかご（ただしこれは新品）。さらには自分が今横になっているベッド。ここで生まれ、おそらくここで死ぬことになる二段ベッドだ。赤い碁盤縞《ごばんじま》の羽毛布団は邪魔だから脇に払っている。そして枕元には赤と青の大きな十字架が掛かっている。ネズの小枝を添えた錫《すず》製の聖水盤もある。

台所ではおしゃべりが続いている。彼はこれらの物をぼんやり眺めている。やっとけだるくなり、寝入った。

午後四時ごろ目を覚ます。家には誰もいない。あと片づけがされないままのかまどの前に座って、火をおこしなおす。足を温める。それからまたパイプに煙草の葉を詰めた。

風が出てきた。山からの強風は両手で押すかのように道行く人々を吹き倒す。徐々に力を増すと、家全体がガタガタ揺れはじめた。空の真ん中から大きな闇が下りてきたが、地平線の下の裂け目からは薄明かりが差して、雪を照らしている。そのため山にかかっている雲はさらに黒く見える。そして一つずつ離れていった。

ジャン＝リュックはパイプをせわしなく吹かしながら、また考える。〈どうして俺はまた上ってきたのだろう〉なぜなら迎えに下りてきた女房を二度袖《そで》にしたからだ。やっと三度めに同意した。さて、これをどう理解すればよいか。彼はあれこれ思案を巡らせながら、あの晴れた日、あの午後のことを思い出す。道路修理のためにアンゼ方面にいて、ツルハシを振り上げて働いていた。藪《やぶ》の中に隠れていた女房に後ろから突然声をかけられる。俺は身動きしなかったが、あいつはまた、「ジャン＝リュック！」近寄ってきたから、「俺のためと言うなら、さっさと帰れ！」と言った。「あなたじゃない、坊やのためよ」と答えたので、「ああ！　俺じゃないのか！」と応じる。俺は逆上して血がたぎったが、「それなら上に行こう」と言ったのだ。

日が暮れてから、二人でおふくろの家へ行く。「これと一緒に戻るなら、あんたはもう死んだと思うよ」と怒鳴られた。

それでも二人一緒に上へ帰った。

バラ色に輝いている雪の方に向かって上り道をたどる。ドアの下に隠してある鍵を手にとり、かまどを目にした。あれから三日経つが、いまだにわけがわからない。

彼は肩をすくめた。ちょうどクリスチーヌが戻ってきた。格子窓から姿が見える。子供を抱えて前のめりに歩いている。スカートやペチコートがひるがえる。階段まで来ると、柵につかまらずにはいられない。そして暴風に投げこまれるかのように台所へ入った。かまどの炎が急にゆらめき、どこも煙に覆われる。彼女は子供を長椅子の端にのせると、顎の下できつく結んでいたスカーフをほどいた。

「すごい風！」口を開く。「気の毒に。アンブロワジーヌは下り道が大変そう」

それから、

「まだすねてるの？」

額に手をあてながら、

「頑固だわね！」

彼はしょげて不愛想なままだ。夕方になったから、また食べた。そしてすっかり夜が更《ふ》ける。寝る時間になったので、「行く？」と彼女に尋ねられると、「先に行け！」と答えた。しばらく待つ。それからドアを押して、クリスチーヌが寝入っているのをまず確かめてから、やっとベッドに滑りこむ。目を覚まさないよう、そっと。隣に横になるが、寝つかれない。

テーブルの上のロウソクが尖《とが》った小さな炎をあげながら燃えている。先が少しくすぶっている。彼は女房を間近に見る。ぞっこんだった相手だ。ほどいた三つ編みが枕にかかっている。中から小さな耳がのぞき、のけぞった額はすべすべして艶《つや》がある。ああ！　唇をあてたくなったが、思いとどまる。すると彼女が夢見がちにむきだしの腕を外に出したので、我慢できずに手を伸ばしたが、すぐに引っこめた。熱いものに触れたかのようだ。身震いがしてきて、ロウソクを吹き消した。

人間とはこんなに弱いものだろうか。彼は自問する。眠ろうとするが、いくら経ってもうまくいかない。夜の時刻は鐘が大声で教えてくれるが、こうして刻々と過ぎていく。また風が出てきて続けざまに屋根を叩くと、ほかの音はみなかき消される。風の合間に天井の梁が軋《きし》むのが聞こえる。

それからの数日は、雌牛のフメット（〝煙の色〟という意味だ）をリュージュにつないでの堆肥運《たいひ》びに費やした。フメットは孕《はら》んでいるので、轅《ながえ》の間におさまるぎりぎりだった。彼は牛を押して、しっかり結《ゆ》わえたロープにつなぐ。そして「はいどう！」と叫ぶと、彼と動物は動きだす。

いつも霧に覆われてはいるが、ちょうど平地になったところで止まる。村があるからだ。開けばすぐに閉じるドアをくぐるようにして村の中に入る。フメットは首を立てて、ぬかるみだらけの道を進む。ジャン＝リュックは足をとられながらも脇をゆっくり歩いている。鞭《むち》のひもを首に巻いているので、柄《え》がズボンにあたる。縁《ふち》が下がった古いフェルト帽をかぶっていて、上着の肘《ひじ》の部分には穴があいている。グレーのシャツの首筋から喉仏《のどぼとけ》がのぞく。

池の少し上のところで道を離れて、斜面を横切る。そこはまだ雪が深かった。フメットが短い脚で踏みだすと、堆肥満載のリュージュは重みで傾きだす。静まりかえる中、金具《かなぐ》のはまったリュージュの滑り木がシューシューと音を立てる。ジャン＝リュックは「はいどう、フメット！」と叫びながら鞭をぴしりと鳴らす。

たまに霧が晴れるとき、下の村の方や上の斜面にほかの男たちが見える。やはり堆肥を積んで進んでいる。そしてまた霧に覆われ、見えなくなる。

ジャン＝リュックは積み荷に三つ叉《また》の鋤《すき》をつっこむと、牧場の自分の区画にまんべんなく撒《ま》く。この地方でよくあるように、ちっぽけな一画。分割されすぎているために、まだどこにも何も生えていない。堆肥を撒く。そしてリュージュが空《から》になると家路《いえじ》につく。

だがフメットの脇に立ってしばらく休むことがよくある。眼下の自分の家を眺めている。今は霧が晴れて、窪地の中に小さく見える。窓の下にはピンク色の産着《うぶぎ》が干してある。ドアは閉まっていて、煙突から煙が昇っている。彼は再び考える。〈俺は上ってきた！〉なぜだろうとまた首をかしげる。

それに自ら答えた。〈とにかく家を守らないといけないから〉けれど自分に嘘をついていると感じる。〈坊やのために〉しかし考える。〈あんな母親なら、いない方がましだ〉〈いや〉思い直す。〈あいつが言ったことに腹を立てたからだ〉俺にもプライドがある。さらに突きつめると、あえて目をそらしていた領域にまで考えが及んだ。〈あいつは俺に必要なのだろうか〉だが気持ちが頑《かたく》なになる。「とんでもない！」声が出る。「俺は戻ってきた。まあ、すんだことはすんだこと。俺はあいつのために働くし、あいつも俺のために働く。そして一緒に暮らす。だが赦《ゆる》すなんて……」「とんでもない！」と繰り返す。

かつて幸せだった我が家をずっと眺めている。一つ屋根の下で心が通じ合っていたからだ。一日を終えた満足感に浸りながら夕方ドアを閉める。そしておやすみのキス。ぐったり疲れてはいるが、〈それでも俺には可愛い女房がいる〉これこそが貧乏人の喜び。あいつは俺によく尽くしてくれる〉と考えるのが普通だ。

彼は首を振る。今はリュージュに乗って家路についている。細い轍《わだち》が徐々にできる。彼は夕方まで休みなく働いていた。ほかの連中がワインに頼るように、疲労によって何もかも忘れようとする。そして帽子をとると、襟《えり》首の裏をかく。家に帰っても無言で煙草を吸っている。熱い灰やくすぶった燃えかすの上に唾を吐く。彼の生活の外観は変わりない。フェリシーは家に来ると一日中同じ場所にいて、首を揺らしながら歌を歌う。ほかにはシモン爺さん、そしてクリスチーヌの父親もときどきやって来る。この父親は麻痺して身体がゆがんでいるため、支柱を添えた木のように太い杖《つえ》によりかかっている。年代物の銅ボタンがついた青い燕尾服《えんびふく》姿。自宅から婿の家へ来るまでに、影が作る日時計の針は数字一つ分ほど進んでしまう。

熱風が吹いてきた。〝雪食い風〟と呼ばれている（フェーンのこと）。黒々とした平地が広がっていく。池も黒くなり、氷にひびが入る。ある日、水面が現れた。カエルの死骸が底から浮き上がると、カラスの群れが上空を旋回する。暗くなってきた。木々が黒くなり、山上は濃紺。空は相変わらず雲に覆われているが、ところどころ光っている。また女房が心の中で呼んできた。だが、「とんでもない！」と答える。

第三章

さて四月下旬、彼は足を骨折した。

前年の秋の降雪が早かったので、サセットでの材木取りを終わらせられなかった。メンバーが戻る。テオデュール・シャベー、ロマン・エモン爺さん、ジャン＝ピエール・カロ、ファルデ――そして五人めがジャン＝リュック。ル・ブルニの裏手のラ・ゾー峡谷の中に石ころだらけの険しい斜面がある。この季節は水かさが多い下の早瀬までまっすぐ続いている。

すでに早朝から作業にかかっていた。めあてのモミの木々は上の枝の重みのせいで傾いているから、ロープをかける必要がない。根元を攻める。切り口がある程度深くなると、折れて礫土《れきど》の中に倒れ落ち、道まで転がる。まだ霧が出ていた。水が貯水槽を満たすように、峡谷の底から湧き上がっては徐々に形を成す。岩場のごくわずかなすき間を流れる水の轟きが周囲を満たしているから、互いの声はほとんど聞こえない。男たちは斜面につかまっている。少し上流の斜面はさらに急になっていき、そして突然本物の壁が現れる。百メートルの高さだ。

農業用水路はそこにかかっている。岩の裂け目にはめこんだ桁《けた》を使って木の導水管を固定している。雪融けが遅い地域まで壁伝いに続いて水を溜《た》め、牧場の灌漑《かんがい》に利用するのだ。かなり乾燥した気候だから、これがなければ草はすぐ焼けついてしまうだろう。水路はずっと空中に突き出たまま遠ざかり、もう少し明るい色の石の上に糸のような黒い線を引く。そして急に曲がると、見えなくなる。

みなは午前中いっぱい働いた。正午ごろ食事をとると、すぐまた斧《おの》を手にする。急ぎの仕事だからだ。それでも午後三時ごろにはかなり捗《はかど》っている。倒すべき五本のうち、立っているのはあと一本だけだから。一番太いことは確かだが、年老いて腐っている。テオデュールが受け持ち、下でジャン＝リュックとロマンが枝を払う。誰もしゃべらない。作業に夢中だし、息も切れている。いつもの調子が出てきたから、もはや水の轟音《ごうおん》さえ耳に入らない。静まりかえっているようなものだ。テオデュールが力いっぱい斧を打ちつける大音響とジャン＝リュックとロマンが枝を払う短く乾いた音しか聞こえない。

没してきた日差しが急に雲間から洩れると、水路のついた大きな壁はバラ色に染まる。水が滲《にじ》み出ているところは壁面が湿って、黄金のように輝いている。

斜面はどこも靄《もや》っていた。遠くの大きな谷の底に、広々とした大地と銀の棒のような大河が見える。地平線のはるか彼方には居並ぶ高峰。大型の猛禽《もうきん》が現れ、しばらく空中にとどまる。そして石が落ちるように降下した。生暖かいそよ風が吹いてきた。沈みゆく夕陽の中、靄が羽根のように昇っては崩れる。すでに夕方の湿った匂いが漂っている。

木の心臓部を穿《うが》つ斧《おの》の大音響が続いている。テオデュールは長い柄《え》を持ち上げると、肩を回して振り下ろす。きらめく刃が切り口を広げては跳ね返る。突然、幹がメリメリと音を立てた。テオデュールは「気をつけろ！」と怒鳴ると、また打ちこむ。モミの木の先端が揺れた。もう一度テオデュールの「気をつけろ！」という怒鳴り声。だが口を閉じる間もなく、幹の上の方が不安定になってきた。右へ左へと傾く。テオデュールは後ろへ飛びのくのがやっとだった。枝をガサガサ揺らしながら、木全体が倒れ落ち、針葉や樹皮があげる噴煙とともに転がっていく。すると突然、大きな岩の陰に隠れていたロマンが駆け寄り、「おい！　大変だ！　あいつが下敷きになってる」と叫んだ。道にいた連中は急いで斜面を這い登る。

事実ジャン＝リュックは、逃げるときに木の下敷きになって倒れていた。下半身にのしかかられ、上半身だけが出ている。顔は柔らかいパンのように蒼白、大きく開いた目には生気がない。額が割れて、血が口ひげの中まで垂れている。胸はむき出しだ。仰向けのまま動きがとれず、磔刑《たっけい》に処される男のように腕を大きく広げている。だから最初、みなは死んだと思った。信心深いロマンは十字を切り、唇の動きから察するにはお祈りを唱えている。ほかの連中はあっけにとられるだけで立ち尽くしている。それからファルデが帽子をとると、「なんてこった！　なんてこった！」と二度言う。黒い顎ひげをたくわえたテオデュールの顔はジャン＝リュック以上に真っ青。「俺は大声で注意はしたんだ。だが幹の真ん中が腐っていた」と言う。

しかしジャン＝リュックがいきなり吐息をついた。肌の赤みが蘇ると、周囲を眺める。おそらく全部思い出したのだろう。「どうってことはない。足をやられただけだ」と言う。

身体を引き出して苔《こけ》の生えた平らな場所に寝かせ、枕代わりに丸めた服を頭の下に入れる。ロマンがボティーユ（一リットル半ほど入る平たい小樽）を取りに行った。ワインで身体が温まり、落ち着いてきた。みなは傷の具合を点検する。ズボンはシャツと同様にズタズタ。片方の足は擦《す》りむいて痣《あざ》ができているだけだが、もう片方に触れると、呻《うめ》き声をあげる。ふくらはぎの下の骨が折れ、もうかなり腫《は》れていた。そばの傷口から流れた血が黒く固まっている。

「どうってことない！」とジャン＝リュックは繰り返す。気丈《きじょう》な男だ。そこでロマンが声をかける。「もうひと口飲め」飲んだ。四人がかりで抱えて、道まで運んだ。

枝とロープで担架《たんか》まがいのものをこしらえ、寝かせてから歩きだした。ロマンはひと足先に帰っている。峡谷沿いの道をゆっくり進む。峡谷が次第に広がり開けてくると、草地に達する。村が見えてきた。

女房が迎えに出てきた。かなり遠くからみつけるや、駆け寄ってくる。ロマンが知らせたときと同じく袖《そで》がまくれ上がり、エプロンが濡れている（洗濯の最中だったから）。――遠くから駆けだしてきて、夫に飛びつく。「どうなの？　どうなの？」と訊く。ロマンが肝心な点を話していないような気がしたからだ。ジャン＝リュックは返事する。「足が折れた」すると彼女は人目もはばからず抱きしめる。すでに村人がたくさん集まっていた。彼女は繰り返す。「そうなの？　そうなのね？　血が出てる！」ハンカチで血を拭ってから自宅に戻った。男たちが担架を運んでいくと、すでにベッドが整い、水を入れた鍋が火にかけられ、包帯に使う布も用意されていた。そしてジャン＝リュックがベッドに寝かせられるや寄り添った。

けれど目を閉じているから自分は見ていないだろうし、話しかけても聞こえない様子。女房は諦めたらしく、動くのも話しかけるのもやめた。マリーと蹄鉄工の亭主ピエール＝フランソワがやって来た。近所の人も男女の別なく続いたので、台所はいっぱいだ。始終出入りがある。この方面に詳しい肉屋を呼びに行った。彼は額と足の傷口を洗うと、「医者に来てもらわないと」と言った。

クリスチーヌはたちまちわっと泣きだした。テオデュールはすでにラバをつないで出かけている。彼女はうつむいたまま、両手を顔にあてている。指の間から涙がぽたぽた落ちる。「落ち着いて、クリスチーヌ。どうってことないわよ！」とマリーが声をかけるが、泣きやまない。またときどき、「ねえ、ジャン＝リュック！　ねえ、ジャン＝リュック！」と呼びかける。だが振り向いてもくれない。

そのためなおさら泣きじゃくった。ところが急に涙が止まって、「お茶を淹《い》れた？」とマリーに尋ねる。いいえという返事を聞くと、「この人はきっと熱に浮かされているのよ」台所へ駆けこむと、ハーブティーを淹れて持っていく。だが彼は飲もうとはしない。それからはもう夕方遅くに医者が来るまで、彼女は椅子に座ったまま動かなかった。ジャン＝リュックの方は掛け布団がめくれるほどもがきはじめている。

医者は入ってくるなり診察鞄《かばん》をテーブルの上に置いて、腫《は》れた個所を診断した。そして、「力持ちが二人要るな」と言う。蹄鉄工が探しに行った。医者は再びクリスチーヌに向かって、「あなたも表へ出なさい」だが従わない。「それならおとなしくしているように！」と言った。彼女は医者を見つめる。すると男が二人やって来た。医者の指示に従って、ジャン＝リュックの肩をつかむ。医者は蹄鉄工の助けを借りて、足を引っ張りはじめた。足は原形をとどめないほど腫れていて、足先は紫色に丸く膨れている。全力で引っ張り上げる。ジャン＝リュックは大きな悲鳴をあげた。

気丈なはずなのに悲鳴が止まらない。それほど痛いのだ。身体が抵抗するので、男たちがぐいぐい引くほど金《かな》切り声になる。「もうすぐすむから我慢して！」と医者が声をかける。ジャン＝リュックは椅子にしがみついて歯を食いしばるが、それでも無理だった。

ちなみにクリスチーヌは部屋の隅《すみ》に移っていた。最初の悲鳴から戦慄が走る。耳をふさいだが、それでも聞こえてくる。あの悲鳴は私の身体の中から出ているかのよう。——そしていきなり医者に飛びかかった。

止める間もない。「放して！　放して！　お願い、死んじゃうわ」と叫ぶと、夫の肩をつかんだ。かなり力をこめているから、引き離せられない。「どこかへ連れて行け。正気じゃない！」と医者が言う。簡単にはいかないので、蹄鉄工はジャン＝リュックから手を離さざるをえなかった。クリスチーヌを戸口まで引きずろうとするが、相手はもがく。「急ごう！　さあ」と医者が声をかけた。

だがその瞬間、ジャン＝リュックがしゃべりだした。「ピエール＝フランソワ。優しくしてやれ」さらに言う。「言うことをきいて、クリスチーヌ。もうすぐすむと言ってるから、そのときに戻ってくれ」彼女は彼を見つめる。彼も彼女を見つめ返す。「可哀想に！」彼の話は続く。「俺が苦しむのを見るのが辛かったのか」途端に女房はおとなしくなると、「一人で部屋を出るわ」とフランソワに告げる。実際に出て、マリーが待つ台所へ戻った。医者は治療を再開し、まもなく無事終わった。

彼女はすぐに引き返す。医者は手を洗いに、そして男たちは一杯やりに出ていると、ジャン＝リュックに話しかける声がする。「本当かしら？　ともかく少しは私のことを好きなのね」ジャン＝リュックが何か答えている。片づけを全部終えたマリーがさよならの挨拶をしようと、念のためにノックした。返事がなかったので、ドアを押す。クリスチーヌはジャン＝リュックの傍《かたわ》らで横になっていた。

夜の看病の手伝いは誰も要らないと断った。服を着たまま横になって夫に寄り添い、髪の毛に優しく手を差し入れる。――彼はその感触に浸りつつ目を閉じた。彼女は繰り返す。「大丈夫なの？　ねえ、あなた」彼は答える。「うん、ありがとう」抱きしめると、キスを返してきた。重くなった足が痛むため、彼はベッドの中でじっとしていられない。ときおり悪夢のようなものに襲われる。だが我に返ると、女房がいる。みずみずしい手と明るい微笑み。

時間が経っても、女房は夫から離れない。熟した果実を揺すったときのように、夜の時刻を告げる音が鐘楼を離れて、ぽつんぽつんと落ちてくる。もうわずかな灯りしかない。ジャン＝リュックは寝ていて、クリスチーヌはその隣。彼は頭を女房の腕にのせて、まどろんだ。曇った窓ガラス越しに池の一角が見える。静まりかえっている。

しかしジャン＝リュックはまたごそごそ動きだす。午前0時の鐘が非常にゆっくりと十二回打つと、突然はっと目を覚ましてクリスチーヌに尋ねる。「あれは死者たちを悼《いた》む鐘か？」――「まあ！　とんでもない！　何を考えてるの？」と彼女は答える。「ジャン＝リュック、わかるわね。私はここにいる」抱き寄せ、ひげでチクチクする相手の頬に自分の頬を押しあてた。彼はすぐに落ち着き、再び寝入った。

ジャン＝リュックは丈夫だから、急速に回復した。腫れが引くと、器具を足につけてもらう。熱にうなされた苦しい夜からもまもなく脱して、すっかり元気になった。

ある晴れた朝のこと。遅くまで眠っていたので、窓から日差しが燦々《さんさん》と降り注ぐ。草木はすでに緑色を取り戻している。クリスチーヌがアンリ坊やを連れてきた。もう片言は話すし、知恵がつきはじめている。「ここにいるのがパパちゃん」と彼女が言うと、「パパ！　パパ！」と繰り返した。ジャン＝リュックは両腕を伸ばす。

子供をしばらく彼に預けている間に、女房はコーヒーを淹《い》れる。満たしたカップを持って戻ると、子供を再び抱き上げた。歩こうとしている間は腕で支える。歩きだしもしたからだ。けれど、まずは産着をたくし上げないといけない。ピンクのウール靴下に包まれた小さな足が不器用に前に出る。前かがみによたよた進むから、クリスチーヌは腰をかがめてあとを追う。ときどき腕を離すと、チビちゃんは一人で二、三歩進んだ。「すごい、できたわ！」と言った途端につんのめる。なんとかつかまえた。

ベッドの方を向くと、枕を背に座っているジャン＝リュックは、カップを手にしてはいるが飲むのをやめて、自分と子供を見つめている。彼女は声をかけた。

「年のわりには目鼻立ちが整っているし丈夫だわ！」

「そうだな！」と彼は答える。女房は夫に近づくと、「パパのところへ行きなさい」と子供を促す。子供がよちよち歩いている間、顎ひげがまた伸びてきたジャン＝リュックの顔は笑っている。「君もこっちに」とクリスチーヌに言う。「足は大丈夫？」――「なんともない。もう痛まない」彼女も寄ってきた。

彼は話しだす。「なあ、あのことはもう忘れたよな？」と言う。――「もちろん」彼はまた訊く。「もちろん？」――「できるだけ！」が彼女の返事。「だからキスしてちょうだい」――「どこにキスしてほしい？」

彼女は顔をぐっと近づけ、微笑みながら見つめる。同時に髪の毛をかき上げると、えくぼが二つ、褐色の頬に走っていた。唇のすき間から白く美しい歯が輝く。脇の一本は生える場所がなくて少し傾いたままだ。彼女は言う。

「目元の日に焼けていないところにキスして」

瞳を近づけてきた。濡れていて美しい。栗の皮の色をしている。しっかり開いた目に覆いかぶさる。

彼女はまた言う。

「今度はおでこ」

額にキスした。広くふっくらしている。

「クリスチーヌ」呼びかける。「可愛いクリスチーヌ！」

だが彼女は、「次は頰《ほ》っぺた！」と言う。リンゴをかじるように貪《むさぼ》る。すると笑いながら、「それから鼻の下のところもできるだけ頑張ってみて」

だが彼女は顔を上げる前にもう身体をつかまれている。引き寄せられ、くっついてきた坊やごと抱き上げられる。彼は今、かつての愛情が蘇ったとわかる。以前と変わらず、いや以前よりも深いほどだ。別離の日々や二人の間に起きた辛い出来事は粉みじんになったかのよう。足の骨折、サセットへ行った日のこと、痛み、あらゆるものに感謝する。だからキスしながら優しく呼びかけ、こう話す。

「クリスチーヌ、大好きなクリスチーヌ。口の中がスースーするよ」

彼女は答える。

「多分キスが足りないからね」

もう一度キスした。屋根のへりでは小鳥たちが囀《さえず》っている。

第四章

幸せが戻ってきた。彼がワンピースの生地を買ってやると、女房は近所のおかみさんからミシンを借りてきて、自ら裁縫する。彼は腰掛の上に足を伸ばして、彼女がマリーのアドバイスを受けながらはずみ車を回して針を躍《おど》らせるさまを眺めている。

そして杖《つえ》によりかかってだが、近場への外出も始めた。収入を得るため、作男を日払いで雇っていた。監督にも出かける。心も頭もすっかり晴れやかだ。

春は青と黒の色が混ざったような季節。からっと晴れた日々が続いたかと思うと、にわか雨が降り、風が吹く。だがそれがどうだというのだ。雨もうれしいし、太陽もうれしい。紫色のアネモネ、水を欲しがるクロッカス、生垣《いけがき》のユキワリソウ、お皿のようなサクラソウが匂い出ている。リンドウも姿を現す。コムギは生えたかと思うとすぐ一ピエ（約三十二・五センチ）の高さになる。夕方の風は焼きたてパンの味がする。ジャン＝リュックは口を開いて、「うまい！」と言う。

そして女房が目に入る。帰ってきたのをはるか遠くから聞きつけ、戸口まで出ると、「階段を上るのを手伝わなくていい？」と声をかけてくる。

彼は答える。「一人で大丈夫」

大丈夫なところを見せる。「十六の男の子みたいだろ！」と言う。すると別の小さな足音と小さな声が聞こえる。母親を追ってきたアンリだ。ジャン＝リュックが空中に投げ上げると、アンリ坊やは笑いながらも怖《こわ》そうだ。

距離をおいていた連中も、日曜のミサが終わるとまた訪ねてくるようになった。近所の人やクリスチーヌの友人たちだ。やはり少しずつだがジャン＝リュックは楽に歩けるようになったので、村を回る。一杯やろうと誘われると、家に入る。彼の方もみなを誘うから、来客がある。ある晩、七、八人が地下倉庫に集まった。マスカットワインが持ってこられると、ジャン＝リュックはグラスに注《つ》ぎ、男たちは樽を囲んで回し飲みする。クリスチーヌは隅にいて、そこから口をはさんだり冗談を言ったりするが、みなはそれに合わせる。――マリーをだしにして笑う。グラスを突きだされるたび、両手をエプロンの下に隠すからだ。

「私はいける口よ！」とクリスチーヌが言う。

言葉どおりに実行する。ほかの連中も倣《なら》う。ピエール・カールがラバを連れて現れた。いつも酔っぱらっている太った男で、路上暮らし。朝はまだラバを連れ歩くことはできるが、夕方はいつも家畜の方が彼を引っ張っている。声をかけるとやって来たが、中には入らない。ラバの荷鞍《にぐら》に背中をつけ、戸口に立ったままでいる。「どこから来た？」と尋ねると、彼は腕を宙に上げて、「向こうから！」頭が朦朧《もうろう》としていて、もうわからない。

するとジャン＝リュックがワインを注いでやり、

「もう一杯飲んで、ほかの酒を胃袋の底まで下ろしてしまえ」

相手は応じる。

「もちろん！　上の方は空きがあるような気がする」

さらに言う。

「下は大丈夫。上の方の調子が悪い」

すると全員がどっと笑った。夕暮れの中、声は遠くまで響く。カールはまたラバの尻尾につかまり、道から外れそうなほどの千鳥足で歩きだした。

誰かがまた怒鳴る。「もうちょっとの我慢だ。道を広げる相談をするから」みなは地下倉庫に戻る。ほかの隣人たちもやって来たので、棚に置いてあるチーズの塊を持ってきた。また食べかつ呑む。おしゃべりは尽きない。ブライヤール伍長がいる。村一番のほら吹きだが、ことに可笑《おか》しいのは、酔っぱらうと嘘話だと思わなくなること。「熊の話をしてくれ」と誰かが促した。

山中に峠のような場所があり、〝熊の通り道〟と呼ばれている。伍長は話しはじめた。

「わしがそこを通りかかると、熊が近づいてきた。わしはポケットから短刀を取り出して立ち止まったが、相手は進んでくる。襲いかかってくるだろう、だがしっかり身は守れる、と思った。とんでもない。相手は二本足ですっくと立つと、わしの肩に手をかけ、『ブライヤール伍長！』と声をかけてきた……」

みなが笑いころげたので、その先を続けられなかった。クリスチーヌは笑うまいとエプロンをやたらと噛んだため、エプロンの下側はしわくちゃだ。真剣なのは伍長だけ。憮然《ぶぜん》とした表情でほかの者を見つめている。

お開きになったのはかなり遅くなってから。夜はとっぷり暮れている。暖かく穏やかだ。山々の高みでは大量の雪が星明かりを浴びて輝いているが、下はどこも花々やすでに熟してきた干し草の香りに包まれている。ジャン＝リュックはクリスチーヌの腰に腕を回して階段を上った。空には三日月、先が尖《とが》った小舟のように雲の間を滑っていく。

足がしっかりしてきたので、ジャン＝リュックはまた仕事ができるようになった。初夏に入っている。女房への愛情と渇きでうきうきしながら働いている。誰かがある日（嫌なことを吹きこんで喜ぶ奴はいつだっているから）、そう、誰かがある日、「おい、オーギュスタンが戻ってきたぞ」と伝えると、彼はこう返事した。

「それが俺に関係あるのか？」

彼は朝出かけて、正午に戻ってくる。それからまた出かけると、夜まで姿を現さない。クリスチーヌはときどき畑まで同行するが、ふだんは家にいて、乳搾《ちちしぼ》り、食事の支度、さらにはチビちゃんの世話。彼はときたま帰りが遅くなるが、道を曲がると台所の窓にともるほのかな明かりが遠くから目に入るのが大きな楽しみだ。――あの開いているドアも同じ。赤い長方形だが、闇の中ではぼんやり黒い。そして、〈あいつがいる。俺を待っている〉と思う。

こうして時が矢のように過ぎていった。一日の長さが半分以下になった気がするほどだ。そのため過去を名残《なごり》惜しみはするが、目の前には未来の約束のようなものがいくつも見える。それだけでも幸せになれる。〈このままずっと続くだろうな〉とジャン＝リュックは考える。

それは間違いだった。人はこのように物事を信頼するが、それは腐った板のようなもの。足元で突然割れる。

ある晩、ほのかな明かりがともっていなかった。クリスチーヌは外出中。二日後も同様だ。あるとき午後の早い時刻に帰ると、ドアが閉まっていた。「どこへ行ってた？」とクリスチーヌに尋ねると、「買い物、それからパン屋さん」という返事。だがこう思わずにはいられない。〈以前はあまり外出しないで、ずっと家にいた〉

とはいえ、前と変わらず明るいし、よく世話をしてくれる。その下に隠れているものが変わったように感じるのだ。俺をうっちゃっている。眼差しは同じ、声も同じ、服装も変わらないし、口にする言葉も同じ。でも別人になったような気がする。――どんどん変わっていく。あまり我慢がきかず、より神経質で、気ままになったのだろう。「どうかしたの？」と尋ねると、「何も。何か変だと言いたいの？」と答える。「そうだ！」と言うと、「考えすぎだわ！」と笑われた。

すると彼は心の中で、〈きっと俺の思い違いだ〉と考える。けれどさらに数週間経つと、そうではないと思わざるをえなくなった。彼は夜明けとともに起きるので、かなり早く就寝する。――その間にクリスチーヌは子供を着替えさせてから台所に戻る。行きかう音が聞こえる。彼は足音を子守唄代わりにして寝入る。

それは村全体も眠りに落ちる時刻。晩鐘が鳴った。まだ一、二頭の牛が追い立てられて水汲み場まで水を飲みにきている。麓《ふもと》から戻ってきた男の子は、ハーモニカを吹きながら荷車の後ろを歩いている。カンテラが行き来して、家々の壁をぼんやり照らす。それからドアが閉じられ、静寂が支配する。あとはもう小さな灯りだけ。闇の中に光る目のようだが、それも順々に閉じていく。

ある晩、チビちゃんの泣き声で目を覚ますと、ベッドは自分一人だった。耳を澄ますが、誰もいない。とはいえ十時半だ。待つ。しばらくして女房が帰ってきたので、「どこへ行ってた？」と尋ねる。「フェリシーが呼びに来たの。お父さんの具合が悪いから」と言う。

彼はそれ以上は何も言わなかった。女房は脇に横になると、すぐ寝入る。だが今度は確信をもって、〈何かある〉と思う。数日考えたが、それがみつからない。俺を今でも恨《うら》んでいるのだろうか。遺恨というのはぶり返すから。――だがそれではサセットに行った日のことは？　それとも知らないうちに苦しめていただろうか。――

だが、いつ、どのように？　わからない。ずっと考えている。

それから数日後、村の通りを上っていると、オーギュスタンが遠くから来るのが目に入った。ところが奴は、ジャン＝リュックを見るなり回れ右して引き返す。そのときジャン＝リュックはひらめいた。〈そうか……きっとあいつはまだ奴と切れてなくて、夫婦仲が壊れるのを気にしてるんだ〉

あとはチャンスをうかがうだけだが、まもなくみつかった。店に行くと、オーギュスタンがちょうど出てくるところだった。彼はまっすぐオーギュスタンに近づき、「やあ、オーギュスタン！」と声をかける。手を差しだすと、びっくりした様子ながら握り返してきた。

「なあ。思ったんだが、友情を復活させないといけないな。だから声をかけたが、おまえがいいなら、これで一件落着……」

「俺たちはずっと友達じゃなかったか？」とオーギュスタン。

背が高くてハンサムな赤ら顔の若者だ。いつも良い身なりで、黒い帽子を後ろにずらし、銀の懐中時計の鎖をぶら下げ、カラーをつけている。噂どおり、あちこちのホテルで働いていた。そのため七か月間留守だったが（ジャン＝リュックが家を出たのとほぼ同時期の、前の冬に発《た》った）、二、三か月の予定で戻って、家の仕事にかかっている。

ジャン＝リュックは話を続けた。

「友情を確かめる印に、うちに来てくれ。一杯やろう」

「また今度」とオーギュスタンが答えると、「なあ」とジャン＝リュックが応じる。「思うんだが、来ないというのは、俺たちの間にまだ何かしこりがあるということだ。何もないなら、来いよ。一杯やろう」

ついにオーギュスタンは折れ、「うれしいね」と深く考えずに言った。二人は一緒に歩きだす。道すがらジャン＝リュックは、〈あいつの尻尾《しっぽ》をきっちりつかんでやる！〉と考えている。家の前に着くと、「おい！　クリスチーヌ！」と叫ぶ。玄関に現れた。彼は下から、「クリスチーヌ。お客さんが一人。飲むものをとってきて」もう暗かったので、彼女ははじめ何も見えなかった。そしてオーギュスタンに気づいたのは、彼が階段を上っているとき。声を失い、あとずさりした。青ざめ、それから赤くなる。夫を見つめた。彼は言う。「俺たちを歓迎してくれるか？」相手は苦しそうに答える。「ごちそうは何もないわ」彼の方は、「ともかく頼む。友情に乾杯するためだ」女房はまた訊いた。「下へ行かないの？」――「いや」とジャン＝リュック。「台所の方がいい」

彼女が地下倉庫からワインをとって戻ると、ジャン＝リュックとオーギュスタンはもう座っていた。ジャン＝リュックはパイプに煙草の葉を詰めながら、その葉を相手に差しだし、「味わってみろ。試しにもらった新製品だ」と言った。

オーギュスタンが包みをとっている間にジャン＝リュックはグラスにワインを注《つ》ぐ。二つしかない。「クリスチーヌ！」と声をかけた。もう姿を消していて、寝室から返事がある。「なあに？」――「おまえのグラスは？」半分閉じたドアの陰から、「飲みたくない。喉は渇いてない」――「何をしてる？」――「チビちゃんの服を片づけてる」――「早くしろ」と彼は言う。「おまえがいないとつまらない」

彼女は暗い隅に座ったまま動かない。二人の話を聞いている。男たちは最初口数が少なかったが、徐々に活気づく。シャンヌ（錫製のジョッキのことだ）で呑みだした。――オーギュスタンは仕事内容や勤めたホテルについて語る。「いくら稼ぐ？」とジャン＝リュックが尋ねると、相手は「百フランのときもある」――「月に！」――「月に」――「そんなにか」沈黙が生じた。オーギュスタンは付け加える。「だがシーズンは短い」

こんなふうにしゃべっている。女房は考える。〈連れてきた！　こんなことってある？〉だがまたジャン＝リュックが声を高めた。「クリスチーヌ！」――「なあに！」と彼女。「まだ終わらないのか」――「まだ」それと同時に彼が入ってきた。「何してる？　機嫌がよくないようだが」相手が振り向くひまさえないうちに、腕をがっしりつかんで台所へ連れていった。途中でとったグラスを目の前に置き、オーギュスタンの隣に座らせる。

「これでいい」と彼。

突然、女房の態度が変わった。

「邪魔になりそうな気がしたけど、どうしてもというなら……」

ジャン＝リュックがまた笑っているので、彼女も笑いだした。「俺たちは友達だぜ」と彼が言うと、「もちろん！」と彼女。「二人に乾杯」とワインを飲む。男たちも倣《なら》った。

彼女はご機嫌、二人もご機嫌。はじめは少し気まずそうだったオーギュスタンもリラックスしてきた。彼女は古いトランプが入っている引き出しを開けて、「ゲームをしない？」と言う。二人が同意したので、カードを混ぜた。

三人は腕を上げ、手持ちカードを見せる。テーブルの隅に置いてあるカンテラがシャンヌの開いた蓋とグレーの錫の膨らみを照らし、グラスは黄色く輝いている。クリスチーヌがまたグラスを手にとった。「ああ！　飲むのか」とジャン＝リュック。「さっきは嫌がったのに。これが女というものさ！」――「それなら男はどうなの？」とクリスチーヌが切り返す。

するとオーギュスタンは大胆にも、「知らないのか、おまえは？」彼女は相手をしげしげと見つめた。

再びゲームを始める。格子縞の窓ガラスの色が夕方のグレーから暗くなって濃紺に変わったことにクリスチーヌは気づいた。ジャン＝リュックはうれしそうだ。

「楽しいだろ」彼はしゃべり続ける。「だがよく考えると、会わずにいたのはバカだった。そうじゃないか、オーギュスタン？」

「二人ともバカだった」

ジャン＝リュックが勝っている。切り札を宣言するのは、いつも彼。「切り札はダイヤ！」と言う。「そして一挙に二枚！」カードが切られる。「俺だ、また俺だ！」得点を書きこむとともに、総得点を紙の隅につけている。

「また俺だ！」と彼。

クリスチーヌが口をはさんだ。

「ゲームはいいけど、恋の方はさっぱりね」

彼は笑うしかなかった。声が行きかう。問いかけ、返事、捨てるカードの種類、数字。「切り札だ！」――「私が切る」――「やるのは俺」その間にクリスチーヌは、身体を寄せてきたオーギュスタンを見つめている。ジャン＝リュックの目の前でほとんどくっついている。すると彼女はカードを投げだして、「もう飽きたわ」と言う。「ほかのゲームをしない？」

立ち上がった。釘に掛けてあるハンカチを取りに行く。赤い花の縁《ふち》取りがある白木綿のハンカチ。ジャン＝リュックのところへ戻ると、「後ろを向いて！」と言う。「何をする気だ？」――「とにかく後ろを向いて」相手を喜ばせようと、ジャン＝リュックは後ろを向いた。

すると彼女は言う。

「これをつけてあげる。なんでもお見通しの人だから」

目隠しをする。子供たちがする遊びだ。目隠しをされた者が探す。誰かをつかまえると、それが誰かあてないといけない。

ハンカチは大きく、先が下に垂れている。顔を覆われたジャン＝リュックは、少し驚きながらもその下から、「でもたった三人で！」――「それがどうしたというの」と彼女。「遊びましょう、暇つぶしに……本当に全然見えない？」――「まったく何も」――「そうでしょう、もちろん！」舌を出した。

オーギュスタンは笑いをかみ殺すが、彼女は大声で笑っていた。それでもジャン＝リュックは探しはじめた。二人は逃げながら台所をぐるぐる回る。彼は腕を伸ばして進む。ラックとぶつかる、テーブルとぶつかる。そのたびに二人は笑う。とにかく彼は進み、回る。近づいたり離れたりするに応じて、クリスチーヌは「いい線！

……外れ！」、もしくは「惜しい！」と叫ぶ。彼は女房を近くに感じて飛びかかるが、身をかわされて、壁と衝突する。

彼は立ち止まって言った。

「難しすぎるよ。人数が少ないから」

「おばかさん」と彼女。「もっと素早く」

ちょうどそのとき彼女は台所の反対側のオーギュスタンのそばにいた。身体を寄せるとキスしてきたので、されるままになる。しかしジャン＝リュックは言われたとおり、回るスピードを上げはじめた。ドアに掛かっていた鞭が落ちて、椅子が倒れる。テーブルに足をぶつけたので後ろにどかしたが、二人は依然として逃げている。何の効果もない。この遊び、逃げる足音やクリスチーヌの衣擦《きぬず》れの音に興奮してきた。いきなり女房の腕に触れたので、「捕まえたぞ！」と叫ぶ。だが彼女は言う。「駄目よ。背中を三度叩かないと」

ジャン＝リュックはまた動きだす。そして息切れがして、再び立ち止まる。今度はもう何も聞こえない。「どこにいる？」と呼びかけても、まったく返事がない。彼はさらに言う。「隠れるのは反則だぞ！」やはり返事がない。そのときドアの方で忍び足のような音がした。掛け金が鳴る。「何をしてる？」とまた言う。そしてドアが開いた（水音が聞こえたのでわかったのだ）。〈あいつらは表へ出るな！〉と考える。ハンカチを持ち上げた。しかし同時にクリスチーヌが叫んでくる。「ずるい、ずるい！」持ち上げた手を下ろす。玄関口で足音、そして階段を下りるのが聞こえる。彼はまた二人を追いはじめた。手探りでドアまで行き、手すりにつかまって自分も段を下りた。

道に出たが、クリスチーヌはもういなかった。「一緒に来て」と、オーギュスタンを連れて行く。少し離れたところに納屋がある。二人はその背後に隠れた。しばらく待ってから、クリスチーヌがひょいと覗き見た。ジャン＝リュックは元の場所から動いていない。岩壁から月が出てきた。赤く大きな月、額にあたる部分は円《まる》く、頭にあたる上辺も円い。――錘《おもり》がついているかのように、のろのろと空へ昇っていく。まず空っぽの目が見えてきた。次はひしゃげた鼻、そしてぽっかり開いた口。粉をふりまいたかのように、細かな銀色の光が空中を舞い降りはじめた。

ジャン＝リュックは相変わらずハンカチを手に持って路上に佇《たたず》んでいる。クリスチーヌの顔が納屋の陰から出てきてすぐひっこんだことに気づいた。「クリスチーヌ！」と呼びかける。相手が動かないので、また呼んだ。「探しに来なさいよ！」と返事がある。だが彼は声音《こわね》が変わるほどの大声で叫んだ。「戻ってこい。こないと鍵をかけるぞ！」すると彼女が出てきた。後ろにはオーギュスタン。ジャン＝リュックは女房を待ちはしない。すでに階段を上っている。

「どうしたんだろう？」とオーギュスタン。

「知るもんですか」と彼女は答えた。

そして、

「行かなくちゃ。もう一度キスして」

そうする。別れると、彼女も家に帰った。ジャン＝リュックはテーブルに肘《ひじ》をついていた。戻ってくる音が聞こえても、顔を上げることなくうつむいたままだ。目も伏せていて、眉間《みけん》に皺《しわ》が寄っている。彼女は尋ねた。

「何かあったの？」

「俺をからかっているから」と彼は返事する。

「私がからかっているって！」

さらに言う。

「遊びだとわからないの？　みんなご機嫌だったでしょう！　遊びなのよ！　楽しそうだから、私たちは隠れて、あなたが探しに来る……そして隠れる場所がなくなると……誰がオーギュスタンを連れてきたのよ、このやきもち焼き」

彼は答える。

「だけど見ればわかるさ」

彼女は身を寄せ、肩にもたれかかる。はじめ彼は逃げた。だが相手はまた近づくと、腕を首筋に回してから、「ねえ、内緒話があるの」といきなり言う。

彼は尋ねた。「どんな話？」――「まあ！」彼女は言う。「お利口にしていないと、何も言わないわ」すでに態度が軟化したと感じたので、「耳を貸して」それから耳元で、「また子供ができたようなの」

彼は信じることができなかった。

「いつ？」

「ごく最近」

彼はその晩、またはしゃいでいる。怒ったことさえ後悔した。

だが幾晩か経つと、不安がぶり返す。女房を見張ってはいるが、相手は巧妙だ。苦しみが募る。もうわけがわからない。そしてついに最後の夜が訪れた。

第五章

彼はベッドの中の暖まっているところ、そして寝そべった身体に触れようと腕を伸ばした。もぬけの殻《から》だ。ゆっくり目を開けて、眺める。真っ暗だった。眺めながら、〈俺は夢を見ているのか、それとも目を覚ましているのか〉と考える。

寒気と不安が身体中をよぎる。頭ががんがんする。藁布団《わらぶとん》の上に座るが、肩がずしりと重い。時を告げる鐘が鳴ったので、数を数えた。十一。再び鳴ったので、また数えた。「十一時、夜の十一時！　何かが起きるな」と口にした。

戸外は薄暗く、窓はまるで亜鉛板のように灰色に浮き上がっている。彼は動かない。顔を上げ、また下げた。天井をネズミが走っている。ちょこまかと乾いた音を立てながら近づいてくる。かじりだす。それに呼応するかのように、風が屋根の角《かど》を叩く。ネズミがいなくなると、どこも静まりかえった。彼は考える。〈風がまた出てきた。暖かいから雨が降るな〉

いきなりアンリ坊やのむずかる声が聞こえてきた。それで意識が完全に覚醒する。部屋、家具、置いてある物が見えてきた。「俺の名はジャン＝リュック・ロビーユ、女房はクリスチーヌ・ジャンドル」と口にする。ベッドから出て、ゆりかごへと向かう。子供を抱き上げて戻ると、ベッドの壁側に寝かせることにする。ぽかぽかと暖かいので、子供はすぐにおとなしくなった。父親の肩に頭をつけている。眠気に包まれた小さな身体から力が抜ける。また軽い息をしながら、寝床の中の暖かいところを探す。握りしめた手を顔にあてて眠りこむ。

だがジャン＝リュックは起きたままだ。今は思考が明晰《めいせき》だし、決心も固まっている。考える。〈あいつはもう一度俺を裏切っている。今日が二度め。俺は腰抜けだったが、また腰抜けでいいのか〉自ら答える。〈ちがう！〉眉間《みけん》に深い皺が寄る。我が身を恥じているからだ。

ランプをともしていないので、暗かった。格子縞の窓ガラスから入る青白い光だけだから、テーブルの角が突き出て見える。ほかの家具はほとんど見分けがつかない。彼は仰向けに寝て、チビちゃんの寝息を聞いている。さらに時が経った。

すると階段で足音がした。だが押し殺した足音、つま先立ちで歩いているかのようだ。それから台所のドアが開いたが、軋《きし》まない。ジャン＝リュックは思った。〈油を塗ったな〉

彼は仰向けに寝たまま、じっと身動きしない。掛け金が押されても動かない。人が部屋に入ってきたのが衣擦《きぬず》れの音でわかった。そして立ち止まる。聞き耳を立てているのだろう。また足音がして、部屋の真ん中まで進んだ。これでクリスチーヌは俺の目の前。

彼女は外したブローチをテーブルの上に置くと、ベッドのそばへ戻った。彼は目を閉じることなく視線を向けているが、相手は気づかない。服を脱ぎはじめた。椅子の上にそっとカラコとペチコートをのせる。両腕を上げて束《たば》ねた髪から櫛《くし》を抜き取り、寝ようとした。だがベッドの縁《へり》に膝をかけた途端にあの視線とぶつかり、びっくり仰天《ぎょうてん》する。それは空っぽに見えるほど穏やかで、こちらを向いているだけだ。それでも彼女は膝を立てたまま動かなかった。

彼は言う。

「ずいぶん遅いな」

その声も穏やか。はっと目覚めたのではなく、起きてじっと待っていた男のものだ。そのため余計にぞっとした。

答えがみつからない。ジャン＝リュックはさらに言う。

「こんなに遅くまで起きていて、眠くないのか？」

ちょうど十二時の鐘が鳴っている。彼女は言った。

「わかっているでしょ。お父さんの具合がずっと悪いの。私に来てほしいと」

彼は応じる。

「なんだ！　病気だと！」

「また麻痺してきて、足が重く……」

しかし彼は遮《さえぎ》る。

「まだ嘘を並べるのか！」

そして間髪《かんはつ》入れず、

「誓え！」

彼女は答える。

「誓うわ！」

彼は起き直ってランプをつける。ベッドから出ると、ドアまで行って鍵をかけた。彼女は面と向かわないようにしている。恐怖に襲われ、身体の力が一挙に抜けたのだ。壁にキリストの十字架像が掛かっている。ジャン＝リュックはそれをテーブルの上に置いた。女房に近づく。相手は腕で顔を隠していた。その腕をとられたが、されるままになる。

彼は十字架像の前に女房を連れて行った。腕を放すと手をとって、十字架像にのせる。子供を気にして再び小声で、

「さっき誓ったよな。もう一度誓え！」

彼女は顔をそむけ、全身の力を振り絞って逃げようとする。だが彼の指が手首をがっしりつかんできた。あまりの強さに、クリスチーヌの目には涙が浮かぶ。それでも誓わない。自分が名をもらったキリストの像（クリスチーヌという名はキリストに由来している）が目の前にあるからだ。身体中の血が心臓に集まり、腰はもうぐったり。こうして悲しく惨めな気持ちであとずさりするが、それでもしゃんとしようとする。心の中の自尊心は失っておらず、恥辱に耐えている。

だが彼はまた言った。

「あいつのところには行っていないと誓え」

しばらく間ができた。十字架像がある。それは古びているが、立たせられるよう木製の台座がついたタイプのものだ。赤と青で塗られ、飾りがついている。キリスト像はごく小さく、十字架の横木はかなり広い。十字架像

も返事を待っている様子だ。

ジャン＝リュックがクリスチーヌを見つめると、相手も見返してくる。熱があるかのように、目がうるんでいる。だがそのとき、嘲《あざけ》りのようなものが視線に浮かんだ。彼が思わず手首をつかみなおすと、相手は痛みで身をよじらせる。彼は早口でしゃべりだした。

「あの子は俺の子か？」

今度はすぐに返事がある。

「誓うわ！」

「まだ生まれていない方は？」

彼女はうつむく。

「わからない」

すると彼は無意識かのように相手を突き飛ばした。彼女は壁にぶつかって倒れる。頬をぽたぽた流れていた涙が肌着にかかる。裸同然だから、寒さに震えている。彼は身をかがめはしたが相手を放してはおらず、いきなり腕を持ち上げた。自分といるこの女は、さっきまでほかの男と一緒だったのだ。うすうす察してはいたが、今ほどはっきり悟っていなかった。両肩をつかんで、のしかかる。

だがクリスチーヌは起き直り、二人はしばらくもみ合った。彼女は膝をつくと、大きな叫び声を上げる。子供も目を覚ました。ジャン＝リュックは言う。

「謝《あやま》れ！」

相手は応じない。三度立ち上がり、三度たたきつけられた。膝が床にぶつかる音がする。目を閉じた。彼は声を高めて、

「謝れ！」

赦《ゆる》してもらえると期待したのか？　それとも戦意を失ったのか？　彼女は突然しおらしくなる。編み毛が顔にかかる。こう言った。

「赦して！」

彼は即座に手を放した。椅子の上にある服をとって、持ってきた。

「服を着ろ！」と言う。

そして泣いている子供のもとへ戻ると腕に抱き、ベッドのそばに立ってあやす。

彼女は部屋の反対側で服を身につけはじめた。ゆっくりスカートを穿《は》く。ウエスト、そしてカラコのホックを留めた。小さな鏡の前で束《たば》ねた髪を直す。鏡の中の自分の目はギラギラして、頬に赤い斑点がある。髪を直すと、銅の櫛《くし》を差しこんだ。彼はベッドのそばに立ったまま動かない。

身づくろいが終わると、

「すんだか？」

ええと合図する。

「靴は？」

こう答える。

「台所にある」

「そうか！」と彼。「一緒に来い」

チビちゃんが泣きやまないので、寝かせた。女房を先に行かせる。台所に入ると、こう言った。

「さあ、靴を履け」

彼女は椅子に座って、靴を履く。

「スカーフも持って行っていい。おまえのものはおまえのもの」

彼女はおとなしくスカーフをとる。また彼が尋ねた。

「すんだか？」

ええと再び合図する。

彼は錬鉄《れんてつ》製の重い錠がついた大きなドアの前まで進んだ。厚い框《かまち》に縁《ふち》どられている。小さな模様が刻まれた頑丈なノブを回すと、ドアが開いた。彼は開けたままにしておく。真っ暗で寒く、風はどんどん強くなっている。いやな風向きだ。それでも霧は池をずしりと覆っている。この闇を前にして、女房は恐怖を覚えた。呼びかける。

「ジャン＝リュック！」

彼は答える。

「出て行け！」

彼女はうつむいて出て行った。彼はすぐにドアを閉める。静けさの中、錠の音が大きく鳴り響く。彼は耳を澄ました。ドアの向こうで溜め息らしきものがする。女房はしばらく玄関口から動かなかった。そして一段下りると、また止まる。さらに一段。このようにためらいながら下まで。突然、大声で笑いだした。階段を駆け上ってドアを叩く。

「私にはまだ一人いるから」と叫ぶ。「どうってことない。どうってことない。あれはあなたの子、こっちは私の子」

また笑った。そして遠ざかる音がする。彼はベッドへ戻って子供をつかむと、腕に抱き上げる。チビちゃんが呼ぶ。

「ママ！　ママ！」

彼は言った。

「もうおまえに母親はいない」

第六章

女房は戻ってこない。姉の家に住みこんで出産に備えているとわかった。

こうしてしばらく経ったある朝、ジャン＝リュックは外出した。背が高く猫背気味の彼が戸締まりをしてからやって来るのが見える。片手で太い杖をつき、チビちゃんをもう一方の手で抱えて、ゆっくり歩いている。まず蹄鉄工のところへ行った。蹄鉄工の鉄を打つ手が止まった。それほど相手の老けこんだ様子に驚いている。ジャン＝リュックは言う。

「あいつはまた俺を裏切った。もうあいつの話は二度としないでくれ！」

すると、声を聞きつけたマリーが下りてきた。彼女にも繰り返す。

「もうあいつの話は二度としないでくれ」

さらに言い足す。

「それを伝えに来た」

辞去したあと、村中を巡《めぐ》った。ときどき立ち止まって、塀《へい》の縁《ふち》、材木の山、柵に腰かける。村人の誰もが蹄鉄工と同じように、〈あいつは老けこみ痩せてしまった！〉と思う。

彼はさらに二人の従兄弟《いとこ》の家に入った。テオデュールとドミニックだ。それから家路につく。狭い通りを下り、水汲み場のそば、次いで家々の前庭に沿って進む。庭はちっぽけだが、三方のたわんだ柵の中にうまく収まっている。女や娘たちが向こうからやって来る。一人は小さな壺にクリームを入れているので、用心して歩いている。もう一人は色鮮やか。金髪に白と青のエプロン姿だ。男たちがジャン＝リュックに挨拶してくるが、彼は答えることなく歩き続ける。

でっかい太陽が再び空に昇っている。数日続いた悪天候のあとにはよくあるように、ぎらぎらしている。残雪が融けていく。まだ積もっている日陰側の屋根から滴が垂れる。すると土がえぐられて、まっすぐな穴があいた。むき出しになった小石が輝いている。

彼は家に帰って湯を沸かし、カップと皿を洗いはじめた。台所の掃除をする。片づくと正午になったので、スープを煮る。大きなスプーンをぎこちなく差しだしながらチビちゃんに食べさせた。

手を前において考える。〈この手は重すぎる。あいつの手は小さくて軽かった。ただし悪事に染まった手だが〉また考える。〈これが俺の手〉顔を起こす。〈こっちを使うのだ〉

そのときフェリシーがやって来た。彼はクリスチーヌの服を大きな包みにして彼女に渡す。そしてこう言った。

「これを持って、おまえらの家まで運べ。さあ、消え失せろ。もう会いたくない！」

だが彼女は戻ってきた。そのおめでたさを彼は哀れに思う。彼女は火のそばの定位置を取り戻す。こうして新しい生活が始まった。

生活は大変だったが、それでももちこたえた。みなが手を貸す。〈悪いのはクリスチーヌで、あいつじゃない。いいところがたくさんある奴だ。ただし物事がよく見えていない〉と思っているからだ。そのためマリーは初日からこう言った。

「ジャン＝リュック、出かけるときは、坊やを私に預ければいい。うちの子たちと一緒にしておくわ。一人増えても変わりゃしない」

ジェロメットもやって来た。小柄な老婆で、娘を二人、息子を三人産んでいる。――その子供たちはみな死んだ。旦那も子供たちと同じ。それからは花に熱中しだしたから、部屋中どこも花だらけ。窓辺にも飾ってあるし、小さな庭にもある。ジャン＝リュックにこう言った。

「私も坊やのお守りをするよ」

こんなわけだから、林での仕事から帰って子供を見ると、とても清潔だし身なりもきちんとしている。生きる勇気が湧いてきた。彼は頑張る。「強いところを見せないとな！」と言って、重い拳を上げる。斧や幹を割る楔《くさび》をつかむと元気が出てくる。たまにふさぎこむことがあっても、「立て！」と自分に向かって叫ぶ。また立ち上がる。こう考えるからだ。〈あの子は俺のものだ。あの子のために生きていかなくては〉

すると気持ちがさらに穏やかになる。〈高望みしてはいけない〉と自分に言い聞かせる。晩にもときどきは安らぎを感じる。月日が経つというのは、傷口を新鮮な水で洗うようなものだ。ささやかな喜びが再び芽生えてきた。一日の仕事を終えたと感じて、食事のあとに火の前で煙草を吸っているとき。身体がほてって血の巡りがよくなり、心臓の鼓動が穏やかになる。眠っているチビちゃんを見に行って戻ると、こう考える。〈さあ、落ち着いてきたぞ。もう諦めがついた〉

たしかに最初の数日は始終クリスチーヌを求めていた。何もかもが女房を思い出させる。目にした指貫《ゆびぬき》、ささった釘、足音、あるいは戸外の声。ところがドアの方を向くと、見えるのはフェリシー、あるいはただの通りすがりの人にすぎない。そのたび身が裂かれる思いがした。重い疲労感もある。女房のことを二度と考えまいと決心したことで、もがき苦しんでいた。そのたびに屈辱も覚える。〈あいつの方が強い！〉と思ってしまうからだ。〈この世で俺ほど不幸な奴はいないのじゃ？〉と考えていた。

今は傷が癒えている。少なくともそう思いこもうと努めている。ある日、雪の重みで震える木の枝（根元には積もっている）の間から太陽が見えてきた。空に向かってぐんぐん昇っていく。――ひどい寒さと陰鬱な冬の朝のあとに現れた太陽は無上の喜びだ。ジャン＝リュックは柵を見て回る。かなり傷《いた》んでいた。〈天気が良くなったら、すぐ修繕を始めよう。うちの持ち物はぼろじゃないとチビちゃんに思わせなければ〉と考える。同様に家屋を点検した。畑仕事に一日中追われる夏の間は放ったらかしだった。前の年の冬もそう、俺はいなかったから（思い出している）。――階段はぐらぐらし、壁は割れてひびが入っていた。〈ひどいところで暮らしていたが、これでもう終わりだ!〉と思う。

わずかだが苦労してコツコツ貯めた金《かね》が箱に入っている。数えてみる。〈来年は倍にしないと〉と考える。その方法を思いついた。〈今は一年の中であまり仕事がない季節だ。職人を探している指物師のコンビーのところへ行けばどうだろう。ああいう仕事には慣れているからな〉そこでコンビーを訪ねた。話は難なくまとまり、彼は長台鉋《ながだいかんな》、円鑿《まるのみ》、曲げ柄《え》を再び手にした。

「だって」彼はまた口にする。「土地は動かず長持ちするから一番価値があるけど、金はすてきな音を立てるじゃないか」悲しみの跡はもうわずかしか残っていない。きまじめになっている。人間的に成長したのだ。しかしまた何もかもが一挙に崩壊した。

謝肉祭最終日の火曜日がやって来た。晴れて暑かったので、彼は仮面をかぶり、道化と呼ばれる者たちを見に行った。村に残っている連中もみな同じようにしたから、通りの上から下までベンチは鈴なりだ。十人ほどが仮面をつけている。行列は通りを上り、また下りてくる。

人生からリタイア気味の老人たちは固くなった膝の上から身を乗りだして何も言わずに眺めるだけだが、若者たちははしゃいでいる。

行列が通る、また通る。習わしどおり、男の子は女装している。――みな顔に仮面をつけるか煤《すす》を塗っている。クッションで腹を膨らませ、足取りや声音《こわね》を変えていた。見物人にとっての楽しみは、それが誰だかあてること。「あれは誰だ?」と言い合い、わかると笑いが起きる。

とりわけ今やって来た男は大受けだった。背が低くて太鼓腹。皮袋いっぱいに入った灰を通りがかりに娘たちの顔めがけて投げつける。笑いに悲鳴が混じり、でかっ腹は娘たちを追いかける。みなは言う。「あれはきっとアンティームだ」ジャン＝リュックの隣人だが、水の取り分の件で諍《いさか》いを起こしたことがある。彼はジャン＝リュックを見ると突然近寄り、足を広げて立ちはだかる。そして坊やを指さすと、こう言いだした。

「この子をどこでみつけてきた？」

坊やはおびえて、父親の肩の陰に顔を隠す。相手はまた言う。

「たっぷり払ったのか？」

ジャン＝リュックが真っ青になったのが見てとれた。何も答えない。代わりに、

「早く行け」

だが相手がいなくなるや、立ち上がって家に帰った。

その日の晩は蹄鉄工の家に招かれていた。八時を過ぎても、まだ顔を見せない。一人が迎えに行こうと決めた。

家は閉まっていた。戻って、「もう寝ている」と言う。

ところが寝てはいなかった。木をかじる虫のように、ある考えが頭の中に入りこんでいたからだ。眠気など吹っ飛んでしまったほど苦しんでいる。彼は考える。〈アンティームは俺の敵だから、嘘をついたかもしれない。だが女房も嘘をついたかもしれない。いつもそればかりだった！〉子供の顔の上にランプをかざす。また考える。〈この子は金髪で、俺のように黒くない。あいつも黒髪。この子はもう一人の奴と同じ金髪。ああ！　なんてことだ！〉小さな鏡の前まで行って、覗きこむ。光が上からあたるため、顔がなおさら痩せこけて見える。目の代わりに穴が二つ、頰の真ん中にも穴が二つ。額に何本も皺が寄っている。そしてこの青白さ。彼は考える。〈この子は俺に似ているだろうか。わからない。どうすればいい？〉

長椅子の端に倒れこんだ。すると、十一月の侘《わび》しい夕方の光が突然雲間を抜けてほんのり輝いたときのように、自分の人生の惨めさがはっきり見えてきた。彼は言う。「もう耐えられない！　もう耐えられない！」

家路につく娘たちの笑い声が遠くでする。ハーモニカの明るくはずんだ音色が聞こえる。四旬節《しじゅんせつ》（復活祭前の四十日間の斎戒期）前の最終日を満喫しているのだ。

翌日、ジャン＝リュックは呑みはじめた。みなは家まで運んで寝かせなければならなかったが、鍵の新しい隠し場所をみつけるのさえひと苦労だった。ジェロメット婆さんが六時ごろ坊やを連れてきたが誰もいなかったので、自分の家に寝かせるしかなかった。

ジャン＝リュックは夜中にベッドから落ちていた。朝目覚めると床に転がっていて、頭には瘤《こぶ》。服を着て、また呑みに出かけた。三日続けて呑む。

四日めにジェロメットがまたやって来た。子供を連れている。ジャン＝リュックに言う。

「おまえがいつ家にいるか調べないといけないんだ。行いがよくないよ、ジャン＝リュック」

彼は相手を見つめるが、返事をしない。だが高齢にもかかわらずずっと抱いて運んできた坊やを差しだされると、乱暴に突き返した。

「連れて行け」彼は言う。「それを作った奴らのところへ」

子供が可哀想になった婆さんは、取り戻して連れ帰る。ところが坊やは父親を求めて、道すがら泣きじゃくった。そのため村人たちが家から出てきては尋ねる。

「どうした？」

「ああ！　このとおり」婆さんは答える。「私はもうどうしていいかわからない」

貧乏だし、こんなふうに子供の面倒をみられるほど丈夫ではないからだ。

だがしばらくすると、ジャン＝リュックも家を出て、フィルマン・クローの家まで行く。金持ちだがとても欲深い老人だ。村の入口に住んでいる。以前、ジャン＝リュックが所有する雌牛のうちの一頭を欲しがったことがあった。ジャン＝リュックは家に入って、あれを譲ると言う。相手は尋ねた。

「いくらで？」

「三百」とジャン＝リュック。

相手は、

「高すぎる」

何もかも承知しているからだ。するとジャン＝リュックがこう言った。

「わかるよな。俺にはもう必要ない。あれを気に入っているのか？」

「そうとも言えるし、そうでないとも」とクロー。

「そうか！　おまえの金額を言ってみろ！」

クローは口を開く。

「二百」

雌牛のフメットが持っている価値のほぼ半額だ。ミルクを八リットルも出すのだから。しかしジャン＝リュックは答える。

「わかった！」

だが相手はさらに、

「もう一つ条件がある。今ここで百払って、残り百フランは三か月後に渡す。証文を書こう」

「それは駄目だ！」

「それなら現金で百七十。すぐ牛を連れてこい」

ジャン＝リュックはまた村を横切った。暖かく、屋根がもやっている。家畜小屋へ行って、フメットの縄をほどいた。引っ張っていくと、フメットは気持ちの良い寝藁《ねわら》を恋しがって鳴き声を上げる。村人たちが尋ねてきた。

「何をしてる？　どこへ連れて行くんだ？」

だが彼は何も答えない。クローの家の前で止まった。重くなった財布をポケットに詰めこんで自宅に帰る。夕方になると、また呑みに出かけた。

テーブルの上に五フラン硬貨を二枚置いて言う。

「俺がおごるぞ」

第七章

天井からぶら下がっているランプの周りの空気はどんよりしている。ジャン＝リュックを含めて男たちが七、八人いる。ジャン＝リュックは最初のワインの一リットル瓶を持ってこさせて、それを飲み干した。次の瓶を頼んだが、それもすぐに空いた。すると、「もう一本！」と怒鳴る。すぐさま持ってこられる。取り出した財布の重みを手で味わいつつ、もう一方の手で瓶を持ち上げた。また口を開く。「まだ財布の方が重いぞ」

「俺は金持ちだからな！」と続けた。

金が突然テーブルの上にぶちまけられた。硬貨が転がりだしたので、ほかの者たちが止める。前に並べると、「どこでこんなに手に入れた？」と言いながら数える。危惧と尊敬の念を交《まじ》えつつジャン＝リュックを見つめている。

「内緒だ！」がジャン＝リュックの返事。

声は大きいが、しっかりしている。ポケットを探って、紙幣を二枚取り出した。

「これはどうだ？」と笑いながら言う。

また怒鳴る。

「一リットル瓶をもう一本！」

だが急にみなが笑いだした。靴屋が入ってきたのだ。ナンシュという名のひどく小柄で禿《は》げた男。顔も手も黒く、緑色の前掛けをつけている。だいたい週に二日働く。残りの時間は、彼の言葉を借りれば渇きを癒している。

「革が空気を乾燥させてしまうんだ」と付け加えながら。

隅に行って一人で座ると、声がかかる。

「ナンシュ、ご機嫌斜めか？」

まだ酒を口につけていないので、じっと動かない。だがジャン＝リュックが再び硬貨をじゃらじゃらさせだすと、ナンシュはときどき振り向いて、キラキラした金を盗み見る。――そして肩をすくめる。

するとジャン＝リュックの方が声をかけた。

「さあ、ナンシュ！　おまえがいないとつまらない」

ナンシュはすぐには返事をしなかった。しかしブランデーのジョッキを空にすると、やおら立ち上がって近づいてきた。前掛けで手を拭いながらだが、垂れ下がった太い眉の下の目は輝いている。口を開いた。

「こんにちは、みなさん！」

「みんなで楽しくやろう！」とジャン＝リュックが怒鳴った。

彼を自分の隣に座らせ、すぐに呑ませた。

「乾杯だ」また言う。「うれしければ酒が進むし、酒が回ればうれしくなる」

喧騒が広がっていく。紫煙も同じ。太い梁《はり》が頭にのしかかってきそうなほど天井の低い部屋の中では、まだなんとか互いの姿が見える。みなは好きなことを好きなようにしゃべっている。――テーブルに肘《ひじ》をついて並んでいる連中は、うつむいて上目遣い《うわめづか》い。口ひげに手をやっている。その中にナンシュがいる。ほかの誰よりも小柄。

ジャン＝リュックは顔面蒼白ながらも笑っている。

またナンシュに呑ませてから、背中を叩いた。

「さあ、俺たちに一曲聞かせてくれ」

誰もがそれを待っていた。理由はこうだ。あいつは酔っ払うとおもちゃにされる。みながタールのついた親指を顔に押しつけて真っ黒にしたことさえあった。――怒らせるためだけに。そうして楽しむのだ。

「俺たちに一曲聞かせてくれ！」とジャン＝リュック。

ナンシュは長椅子に上ると、いつものように二、三度咳払《せき》いをする。そして歌いはじめた。

おまえの彼女は金髪《ブロンド》、俺の彼女は褐色髪《ブリュンヌ》
取り替えたくはないな……

いつも同じ歌だから、みなよく知っている。ジャン＝リュックがリフレインを口ずさむと、ほかの誰もが続いて歌いだす。


俺は褐色髪《ブリュンヌ》のあの子の方が好きさ、ヘイ！

俺は褐色髪のあの子の方が好きさ

「本当か？」とジャン＝リュックが見上げて尋ねた。

そして言い足す。

「きっとそうだろう」

そして別のリフレインをさらに大声で歌った。それと同時に誰かが長椅子を引いたので、ナンシュは仰向けに倒れた。嵐のような笑い声が起きる。ナンシュはすでに立ち上がっていた。拳を握りしめて怒鳴る。

「俺にさわるな！　俺にさわるな！」

だがジャン＝リュックは彼を座らせると、

「時間の無駄だ。呑んだ方がいい」

そのためナンシュはさらに呑んだ。ジャン＝リュックはこう言って笑う。

「つまり陽気にはしゃいでいるんだから。心は明るく、気持ちはゆったり」

ほかの者が応じる。

「もちろん！」

だが再び誰かが合図すると、彼は囲まれ、捕えられ、がっしりつかまれ、身体をとられ、天井へと持ち上げられ、上の梁に二、三度ぶつけられ、そしていきなり手を放された。床に倒れて、しばらく呆然としている。それから我に返ると、頭を下げて、誰かれなくそこにいる連中に飛びかかった。騒然としたので、はじめはもう何もわからなかった。やっとドアが開いて、ナンシュの姿がまた見えた。外へ押し出されたのだ。――階段を滑り落ちて、泥の中に転がる。そしてドアが閉まった。誰もが涙を流したり咳《せ》きこんだりするほど笑い転げている。

ナンシュが外から怒鳴る。

「泥棒！　人殺し！」

ジャン＝リュックが言い返す。

「みんな陽気で浮かれているからな」

だがまもなく静まりかえった。広場に人影はない。

「見ていろ」誰かが言う。「あいつは革切りナイフを持って戻ってくるぞ」

そして再び全員は窓辺に向かった。やはりナンシュは戻ってきた。帽子はなく、足をひきずり、服は泥だらけ。ボダイジュのベンチまで行って座り、砥石《といし》で刃を研《と》いでいる。絶えずしゃべっているが、何を言っているかはわからない。のっぽのローランが開き窓を開けて怒鳴った。

「おい！　ナンシュ。ここに来て話せ」

近づいてきた。怒りに震え、刃物を振り上げている。突然、窓から覗きこんだ。腕を突きだすと、ランプの光でナイフがきらめく。次に鍵のかかった木のドアが揺れる。蹴られてガタガタ鳴っている。それから静かになる。すすり泣きらしきものが聞こえてきた。

「終わったな」のっぽのローランが言う。「あいつは泣いてる」

それから全員が席に戻ると、また哄笑《こうしょう》が始まった。ただしジャン＝リュックはもう笑っていない。グラスを押しのけて肘をつき、頭を抱えている。声をかけられた。

「おい！　ジャン＝リュック！　どうした？　もう呑まないのか」

そうだと言うと、ポケットから出した硬貨を投げつけ、「全部でいくらだ？」と尋ねる。支払って釣りをもらうと、ドアへと向かった。みなが叫ぶ。

「気をつけろ！」

だが彼は耳を貸さない。

ナンシュは入口の階段の上に座っていた。ジャン＝リュックは近寄ると、相手を肘でつついて話しかける。

「俺が間違ってた。つまり俺たちは似た者同士だよな」

そして手を差しだした。相手は目を上げる。窓明かりの中で正面から見つめ合う。ナンシュが口を開いた。

「一緒に来い」

ジャン＝リュックはついていく。屋根にのしかかりそうなほど低い空から雨が降っている。月の一部が雲の陰に隠れているので、ほんのり明るいだけ。家々は黒い四角の物体に見える。二人は腕を組んで進む。広場の反対側のナンシュの家に着くと、ナンシュはまた言う。

「入れよ」

ジャン＝リュックは従った。繰り返す。

「俺たちは似た者同士だ」

「本当か？」腰を下ろしたナンシュが尋ねる。「俺は奴らに面子《メンツ》を潰された」

ジャン＝リュックが応じる。

「俺もそうだ。面子を潰された」

台所のようなところがナンシュの寝床。床に藁布団《わらぶとん》を敷いている。テーブルは脚が一本欠けているので、箱を立てて代用している。炉の上のポレンタ（北イタリア発祥の、とうもろこしの粉を水で煮こんで練りあげた料理）鍋の隣にはタールの壺。いたるところ蜘蛛《くも》の巣が張っている。

二人の心が通じ合う。ナンシュがこう言ったから。

「おまえの言うとおりだ」

炉の前に並んで座る。灰に息を吹きかけると、残っていた燠《おき》が蘇る。投げ入れた柴《しば》の束《たば》が燃え上がった。ジャン＝リュックは言う。

「俺たちは似た者同士か？　きっとそうだ。つまり俺は六人兄弟だったが、三人は死んで、残り三人のうちの二人は遠くにいる。親父も死んで、女房は俺が追い出した。子供は俺のじゃないと噂されてる」

ナンシュが相槌《あいづち》を打つ。

「それならたしかに俺たちは似た者同士だ」

首を振る。

「我らが主（イエス・キリストのこと）のようなもの。衣服をはぎとられ、殴られ、鞭で打たれ、顔に唾を吐きかけられ、十字架にかけられた」

明るい炎が壁に揺れる中、

「俺は殴られ、打ちのめされた。『あいつは泣いてる』と奴らは言い合ってる。『どこに目がついている？』と俺は答えてやる」

するとジャン＝リュックが恐ろしい声で叫んだ。

「そして奴らは金の前には跪《ひざまず》く！　見ていろ、俺のやることを！」

ポケットから紙幣を取り出し、炎にかざす。端に火がつくと、あっという間に焼き尽くされた。指からこぼれた札《さつ》が燠の上に落ちると、わずかな白い灰しか残らない。ジャン＝リュックはそれを踏みつぶした。ナンシュは身動き一つしない。こう言っただけだ。

「よく燃えるな！」

そして寄り添ったまま、二人は口をつぐんだ。家の周りは夜の静けさに覆われている。ジャン＝リュックは怒りが失せてきたと感じる。ワインの酔いも醒めたので、あと必要なのは、休息とそばに誰かがいることだけ。〈ここに一人いる〉と思う。ナンシュのことだ。――だが振り向くと、ナンシュは眠りに落ちていた。ジャン＝リュックの肩に頭をのせて眠っている。ジャン＝リュックは藁布団を引き寄せ、その上に寝かせた。

するとまた一人ぼっち。孤独をかみしめる。またどうしてよいかわからなくなった。しかし、もう一人は夢にうなされ、「ほっといてくれ！」と叫んだり、急に身体を起こして腕を回したりする。――そのたびジャン＝リュックは近づいて寝かしつける。そしてついに自分も眠気に襲われた。ナンシュの隣に横になる。朝まで眠った。

家路についたときは、埃《ほこり》で背中は真っ白、帽子の縁には蜘蛛の巣がくっついていた。家並みに沿って進んだ。目は赤く、頭はかっかしている。行きあう人たちに言う。「一番悪い連中とは、みんなが思っているような奴じゃない」

「俺は呑んだくれ、とおまえたちは言う。たしかに！　そう、俺は呑んだくれ。だが俺のグラスにはすがすがしさがないか？　一番悪い連中とは、つまり冷酷な奴らのことだ」

自宅の前に着くと、蹄鉄工が呼ぶ声がした。

「おい！　ジャン＝リュック」彼は言う。「もうこの調子じゃ無理だ。おまえのチビちゃんをひと晩中うちで預かった。女房はもう四人抱えているのに」

ジャン＝リュックはしばらく躊躇《ちゅうちょ》してから答えた。

「うるさい！」

「他人の言うことを何でも鵜呑《うの》みにするな！」と蹄鉄工は続ける。

だがジャン＝リュックは首を振り、何も言わずに中からドアを閉めた。

午後、彼はまた呑んだ。今回はナンシュだけを連れて隅《すみ》に腰を下ろした。「俺たちは気持ちが通じるよな」と言う。ナンシュは彼に敬意のようなものを感じている。二人は夜までずっと一緒にいた。のっぽのローランがまた悪ふざけをしようと近づいてくると、ジャン＝リュックは相手に面と向かって言う。

「手出しをするな。見ろ、俺が一緒だ！」

もう宿屋から一歩も出ず、家にはまったく帰らない。そのため一週間後に母親が来た日も留守だった。散財しているとか鯨飲《げいいん》しているとかの息子にまつわる噂を聞きつけ、さらには体面よりも損得が気がかりで、〈行ってみないと〉と思ったのだ。台所には坊やと一緒にフェリシーがいた。この気の毒な娘は、分別も普通の女の几《き》帳面《ちょうめん》さも持ち合わせていない。それには理性が必要だから。ベッドは放ったらかしで、服は部屋中に散らかっている。強烈な臭いがして、不潔きわまりない。坊やの頰には涙の痕《あと》が白い筋となって残っている。「出て行け！」と老婆はフェリシーに言って追い出した。スカートをたくし上げ、夕方まで家を磨きあげた。

そのときジャン＝リュックが戻ってきた。大声がしたが、すぐにやむ。そしてフィロメーヌ婆さんが階段を下りるのが見えた。そうせずにはいられないかのように、村中を突っ切る。だが誰にも話しかけないし、振り向きもしない。

ジャン＝リュックは相変わらず呑んでいる。クローがくれたわずかな金で、さらに牧場の一角〈今度はそこが狙われた）を手放した。レ・ルーセットにある、彼が大事にしていた最上の場所の一つだが、このように財産が一つずつ消えていくのを残念とも思わない様子。何事にも無関心だ。そのため、ある日ばったり会ったオーギュスタンが道を変えようとしたときも、こう怒鳴った。

「一番近道を進め。俺は手出しなんかしないぞ」

宗教への敬意さえ失ったようだ。もうミサにも来ていない。気候が良くなり、墓地を一周する行進が再開した。彼は塀の外に立ったまま眺めている。「こんなのはみな茶番さ！」という声が聞こえる。

それでもこの新たな春は明るく陽気なので、心が洗われる気がする。ブドウの木がこれほどみごとに育ったことはなく、満足だ。——収穫も同様。コムギはよく伸び、草もどんどん生えてくる。雲さえも目に楽しい。空に小さく真っ白に浮かぶさまは、草むらのヒナギクのようだ。背の高い女が子羊を腕に抱えて路上を歩いている。

みなは十字架の前では一礼するのが礼儀だ。農業用水路の仕事を終えた男たちの一団が、ツルハシやシャベルを肩に担《かつ》いで戻ってきた。十字架の前を通る際には帽子をとる。水路にまた水が引きこまれた。雪融けの黄色い水が小川に溢れる。橋を飛び越えるほどの日もあったが、やがて水位は下がって涸《か》れていく。じめじめした夜には、道をヒキガエルが歩いている。

ジャン＝リュックの飲酒は止まらない。坊やの面倒をみているのはフェリシー。池のほとりのヤナギの木の下へ座りに行く。岸は切り立っていて、水はすぐに深くなる。深いところは黒く見える。だが水面は空の青、雲の白、牧場の緑と一緒に輝いている。フェリシーが根元にいるヤナギのようにしなだれかかった小木《しょうぼく》や茂みも映っている。

アンリ坊やはフェリシーの周りで毛糸玉を転がして遊んでいる。あるいは膝によじ登る。すると彼女は編み物道具を置いて歌いだす。

だがこの娘には、心がどこかに迷いこんだようなときがある。もう何も目に入らず、遠くの一点を見つめたまま意識が遠のく。あの向こうの家には誰もいない。一人放っておかれた坊やはバッタを追いかけている。

第八章

その日（五月下旬ごろ）、彼はいつものとおり宿屋でナンシュと一緒に席についていた。午後四時のこと。晴れて暖かな陽気。日を浴びている広場のボダイジュの影はすでに円《まる》かった。ロープで塀につながれたラバが商店の前にいる。持ち主は木の荷鞍《にぐら》に麩《ふすま》（穀物の低糖質の部分）の入った大きな袋をのせて、きつく縛った。同じころ、雌鶏《めんどり》たちと一緒に出てきた修道院の雄鶏《おんどり》が、肢《あし》をぴんと伸ばして鳴きだした。屋根の背後に現れたのは白い大きな雲。空の高みに向かって進む。犬が壁に肢をのせて伸びをしているときのようだ。

ジャン＝リュックは帽子を脇にどかした。靴屋は溜め息をつく。空《から》のジョッキを指さした。

「もう一本？」

いや、とジャン＝リュックは合図する。また二人とも黙りこくった。

突然、ナンシュの家の背後から男が駆け出てきた。入口の階段を上り、カフェのドアを開けて叫ぶ。

「ジャン＝リュック、来てくれ」

「何で？」とジャン＝リュック。

相手は繰り返す。

「急いで来てくれ、さあ！」

そして来たときと同じ慌《あわ》ただしさで引き返した。

ジャン＝リュックは言う。

「あいつらは好きなだけ来ればいいさ。俺はここにいて動かない」

けれど靴屋は立ち上がって、外を眺めている。すると別の男が女を連れてやって来た。二人とも息が切れている。宿屋の前からまた呼びかける。

「ジャン＝リュック！　ジャン＝リュック！」

そこでナンシュは窓を開けた。二人がまた口を開く。

「一緒にいるんだろ。奴に来るよう伝えてくれ！」

女は言う。

「こんなことって！　こんなことって！」

今度はジャン＝リュックも立ち上がって尋ねた。

「どうした？」

返事がある。

「とにかく来い！」

彼は表に出て、左に曲がった。千鳥足だ。男と女も一緒。靴屋もついていく。

池のほとりに人だかりができていた。突っ立ったまま、地面に横たわっているものをぐるりと取り囲んでいる。牧場のあちこちから男も女も駆けつける。「えらいことだ！」と叫んでいる。立ち止まっているうちの一人は両腕を上げている。老婆は頭を抱えてしゃがみこんだ。近寄った二人の女の子は逃げだした。子連れの二、三人の女は、子供の目に入らぬようエプロンで顔を覆っている。呼びにやられた蹄鉄工が金槌《かなづち》を手にやって来た。草の中に金槌を投げ捨てる。人が次々と来るため、集団は始終固まってはほどける。こんな動きが日差しの中で行われている。声が近づく、沈黙、また叫び声。――ただしフェリシーはヤナギの木陰にしゃがみこんでいる。ときどきさっと横目を向けるが、またうつむき、手で目を覆う。

灰色の屋根とそれを覆う平たい石の上を日差しが滑っていく。静かな池の水面《みなも》にそよ風がふざけて指を入れ、薄いレースのようにしている。芽吹いてきた葉のために黄色い藁を編んだように見える小木の中で、光がキラキラと揺らめいている。しかし地面に横たわっているものは見えない。

蹄鉄工がかがんだ。帽子を深くかぶった顔中ひげだらけの男も同じ。彼は言う。

「足を持って逆さにしないと」

だが蹄鉄工は、

「それが何になる？」

誰かが尋ねた。

「この可哀想な子は、長い時間水に沈んでいたのか？」

「かなり長く……そうだ！　たしかに死んでいる」

また問いかけがある。

「どうしてこんなことに？」

「あのー」一人の女が口を開いた。「フェリシーの叫び声がしたので、〈フェリシーが叫んでる。どうしたのかしら〉と思ったの。それで見に来たら、池の中に動いているものがある。何？　アヒルが羽をばたつかせてるみたい。それで私も大声を上げた。イポリットが来てくれて、チビちゃんを引き上げようとしたけど、なかなかうまくいかなくて。手伝いが必要だった。岸辺だけど、もう水が深くて……」

「ああ！　えらいことだ！」と誰かが言う。

「イポリット。この子の顔を起こして。また力が抜けてる」

「こんなに泡を吹いてる！」

女たちは泣きだした。

「ああ！　可哀想に！」とみなは繰り返す。

男の子らが寄ってきたので、蹄鉄工はこう言って蹴散らす。

「さっさと消えろ、餓鬼ども」

その間にジャン＝リュックが到着している。向こうの家並みを抜け出て、突然現れた。ポケットに手を入れ、うつむいたまま近づく。例の男女も一緒。だから彼が寄ってくると、誰もが行く手を譲る。ドアが開いたかのように、見えなかったものが目に入った。

アンリ坊やだ。草の上に寝かせられている。服はずぶ濡れなので、もう色がわからない。そこから青いストッキングをつけた細い足が出ている。先が真鍮《しんちゅう》でレース・フック（靴ひもをひっかけるフック）のついた大きな靴を履《は》いている。小さな腕は、胴体から切り離して脇に置かれているかのようだ。頭は真ん丸なので、とても大きく見える。髪の毛が額にはりつき、そこからまだ滴がときおり紫色の頰に垂れている。草もくっついている。目は眼窩《がんか》から飛び出している。首を絞められた人の目のようだ。

ジャン＝リュックは何も言わずに見つめている。〈こいつは誰だ？〉と考えているにちがいない。同じものなのに、命あるときとないときではそれほど隔たりがあった。だから彼はしばらく動かない。そして案の定こう尋ねてきた。

「これは何だ？」

もう誰も口を開かないし、動きもしない。一陣の風が再び池に波紋を作る。枝のそよぎが聞こえる。やっと蹄鉄工が、

「なあ、ジャン＝リュック。とんでもないことになった！」

彼は蹄鉄工を見上げ、変わりはてた声で、

「上出来だぜ。罰《ばち》があたったんだ！」

そしていきなりかがむと、子供を持ち上げて運んでいった。

まずは身体が濡れて冷たいために身震いする。ためらうかのように、ちょっとだけ思案した。今は子供を両腕で抱え、ほとんど駆け足で家へと向かっている。ほかの連中は驚いてしばらくじっとしていたが、男も女も全員が列になって彼のあとを追いだした。家に着くと、誰もが階段を上って台所に入る。だがそこには誰もいなかった。真ん中の床の上に黒く濡れた跡があるだけ。

マリーが口を開く。

「部屋にいるのよ」

ノブを押す。ドアには鍵がかかっている。こう呼びかけた。

「ジャン＝リュック、私よ！」

返事がない。彼女は耳を澄ますが、コトリともしない。台所は人でいっぱい、家の前にも大勢の人が待っている。それから少しずつ去っていった。台所も徐々に空《す》いてくる。残るはマリーと二人の女だけだが、夕食の時刻になったので、彼女たちも帰らねばならなかった。

フェリシーだけはヤナギの下から動いていない。日が傾いて、高く尖《とが》ったル・ブルニの丘の端に触れると、丘は明るい空を背景にして真っ黒になった。輝く球体に打ちこんだ楔《くさび》のようだ。空は割れて下側に広がり、どんどんえぐられて二つに分かれる。すると熾《おき》が崩れたかのように、火の粉に似た光が空高く舞った。黄金色の地平線が左右に開け、何千もの山を伴った広い空間が現れる。中の窪みからは靄《もや》が立ち昇っている。一方、池は徐々に闇の中に沈んでいく。峰を丸く覆っている雪は逆に、段状に続いてのんびりと美しく輝く林や岩地に担ぎ上げられているかのようで、バラ色に染まっている。そして遠くの教会の周囲からは村のざわめきが聞こえる。人声や鞭の響き、牛が鳴らす明るい鈴の音。しかし、こちらは静まりかえっている。家は無人のようで、台所は真っ暗。

鐘楼《しょうろう》が時を知らせた。闇が深まり、上の雪が見えなくなる。鐘の優しい音とともにお告げの祈りが始まり、それから祈りの三打が一つずつ聞こえた。

真夜中、マリーがまた夫を連れて現れた。寝室のドアをノックしに行く。「ジャン＝リュック！」と声をかける……

さらに言う。

「開けて。あなたにはみんなの助けが必要なのよ。届けを出さなくちゃ」

今度は蹄鉄工がドアを叩いてしゃべりだす。

「一人で籠《こも》るな。もうひと踏ん張りしないと」

だがやはりジャン＝リュックは返事をしない。

次の日は仕事を終えてから村人たちがまた集まった。家の前でひそひそしゃべる。蹄鉄工に尋ねた。

「どんな感じだ？」

彼は答える。

「動かない。閉じこもってる！」

みなは言い合う。「何をしてるんだろう。どうしたんだろう」わからない。

だがしばらく経って隣人たちが鐘つきの家に行くと、ジャン＝リュックの部屋に明かりがともっているのに気づいた。やや高台に建てられた鐘つきの家からは部屋が視界に入り、ベッドのある一角が見渡せる。ジャン＝リュックはベッドの前に座っていた。

ベッドの上にはチビちゃん。新しい服を着せてもらっている。毛編みの縁なし帽をこめかみのところで縛り、真ん中がピンクの青い頭当てをつけている。以前役立ったキリストの十字架像がまた役立ち、胸の上に置かれている。テーブルの上ではロウソクが燃えている。小枝を挿《さ》した聖水入れもある。

そしてベッドの脇にはジャン＝リュック。椅子に腰かけている。死んだように動かない。

マリーを呼びに行くと、やって来た。夫も一緒だ。みなは窓越しに眺め、「いったい何をしてるんだろう」と言い合う。〈あいつは一日中呑んでたから、ワインの酔いがまだ残ってるな〉と考える。あえて押し入ろうとは思わなかった。しかもそれは無駄とわかっている。そこで、「明日まで待とう」と言い、そうすることにした。とても明るい夜だ。白い大きな無数の星が空をゆっくりと動いている。やがてカエルの鳴き声が池の方から聞こえてきた。

翌日の早朝、ジャン゠リュックは村へ出た。まっすぐに進む。悲しそうではなく、それどころかまた元気溌剌《はつらつ》としている。出会う連中に向かって、こう言う。

「やったぞ。あの子が戻ってきた」

午後、葬式の準備のためにまた外出した。こう言いだす。

「今度は間違いない。あの子はたしかに俺の子だ」

マリーが再びやって来ると、中に入れた。彼女は家を片づける。ジャン゠リュックの母親も来たが、彼のしゃべり方は以前と変わらない。

それから二日が経つ。小さな遺体は膨れあがって醜く、顔はどす黒くなっているが、しきたりどおり弔問がひっきりなしにあった。子供を連れた女も男も若者も娘たちも。ドアは開け放しで、みなは十字を切りながらお祈りをする。それが葬儀のある金曜日まで続いた。小さな棺《ひつぎ》は板をノコギリで四つ切りにすれば出来上がり。釘で留め、青ペンキを塗り、上に白い十字架を描く。木曜の夜に運びこまれた。金曜の朝、チビちゃんを中に寝かせる。

それからこのみすぼらしい箱を持ち上げ、ドアの前に並べた二脚の長椅子の上にのせた。紙のバラの花で飾って白いシーツをかけ、ともしたランプを上に置く。本当の命は消えてはいないことを炎は示しているからだ。朝までかなり強い風が吹いた。雲の大群がずっと空を渡っていたが、徐々に山の背後に消え、太陽が姿を現した。隣人たちや二、三人の近い親類はすでに来ている。バラの花が美しく輝いている。ジェロメットが貸してくれたゼラニウムは、鉢のまま棺の周りの地べたに並べられている。そして九時になると鐘が鳴りはじめた。くぐもった弔鐘《ちょうしょう》を奏でる大人用の大きい方ではなく、小さな鐘の明るい音が立て続けに響く。

そして彼らは小さな棺の上に棒をのせ、ロープをしっかり巻いてから縛った。若者二人がそれぞれ端をかつぐ。棺の前を行くのは十字架。墓の上に立てるつもりだ。その後ろにジャン＝リュック、それから四、五人の男女。細い通りを進んだ。太陽はまだ低いので、屋根の上側しか照らしていない。だが突然、高く尖った鐘楼がにょっきりと出てきた。上から下まで輝いている。

上空にツバメが戻ってきた。朝の到来を喜んで囀《さえず》り、半月形の鎌を振ったときのような鋭い旋回をする。教会の壁沿いからは、すでに日差しで暖まった石の匂いがする。だが教会の中は湿っぽい。祈りと慰めの言葉が唱えられた。誰もが頭を垂れるか跪《ひざまず》いて聴き入る。大きな窓から入ってくる日差しは、色リボンのように座席や床に広がり、祭壇の上の金の聖具を輝かせている。聖人像や絵が掛かっているのも見える。

典礼が終わると、参列者たちは再び表に出た。扉の真正面に墓地の鉄柵がある。すでに開いていて、墓穴も奥の子供用の区画に掘られている。中央の遊歩道をしばらく進む。快適な陽気のせいで、雲母《うんも》の砂利《じゃり》や傾いた青い十字架が立つカサカサに乾いた土の上では、開花前のカーネーションや大きなアイリスの若芽が顔を出している。ハエが目を覚まして飛び回る。スズメバチやミツバチも。――男たちは小さな棺をつかむと、わけなく穴の中に下ろした。遺体と同じく軽くて短い。聖水を振りかけているとき、彼らはジャン＝リュックの方を見た。泣いてはいなかった。

彼は自宅に帰っても、泣くどころか落ち着いて元気そうだ。家に来た連中は台所で飲み食いする。坊やについて、誰かがこう言った。「これでもうあの世だな」ジャン＝リュックはにっこり微笑んで答える。「あの世にいるのは偽者《にせもの》だ」

第九章

彼は続けた。「みんな安心して帰ってくれればいい。あれは俺の子だから。しかも、うちにちゃんといる」そのまま放っておくしかなかった。彼の望みどおり、全員が家路についた。彼の母親も。

もうその晩からみなは彼の狂気に気づいていたが、翌日さらにはっきりする。蹄鉄工の家に来たからだが、これは久しくないことだった。ほかのみなと一緒に家の前のベンチに腰掛けた。日が暮れるまで庭先でしばらく夕涼みするのが習慣だ。おしゃべりや噂話に花を咲かせる。蹄鉄工は情報通。話がうまいから、笑わせてくれる。

小さな柵の間にプラムの木が二、三本立っている。少し先には、色とりどりの木の巣箱がずらりと並ぶ。戻ってきたミツバチが、中でブンブンと車輪が回るような音を立てている。枝には鳥がいっぱいとまって休んでいる。そこへジャン＝リュックがまるで子供を抱えるように腕を折り曲げてやって来た。〈なんとまあ！〉とみなは思う。そう、我が子がまだいると思いこんでいるから、本物のように連れているのだ。そして席につくと、あやしだした。話しかける。こう言っている。「ねんねしな、坊や！　いい気分かい？」こうも言う。「母さんはいなくなったけど、父さんはいる。大丈夫！　父さんがここにいる間にねんねしな」そして膝を揺らす。

ほかの連中がびっくりして口をつぐんだので、「どうして黙ってるんだ？」と彼は尋ねる。みなは逆らってはいけないと思ってしゃべりだしたが、まもなくジャン＝リュックに遮られた。「静かに頼むよ。寝ついたところだから」彼自身も小声だ。

恋人たちが寄り添って納屋の裏を通っている。人目を避ければさらに二人きりになれるから、こそこそかがんでいる。影から飛び出したが、すぐに戻った。ル・ブルニの上で星が一つ煌《きら》めいた。空についた最初の灯《あか》りだが、これを合図に地上のランプも点《とも》っていく。ジャン＝リュックは相変わらず小声でしゃべっている。突然立ち上がると、こう言った。「涼しくなってきたな。風邪をひくといけないから、ベッドに寝かせないと」

そして立ち去った。

「見たか？」とみなは言い合う。これで数日来の振る舞いや埋葬のときの様子に合点《がてん》がいった。噂はその晩のうちに村中に広まり、このニュースでもちきりになる。宿屋までも。蹄鉄工がわざわざ行って、「あいつはおかしくなった！」と繰り返した。だが靴屋は帽子を上げて、「あいつは聖者なんだ！」と言う。

彼の狂気はちょっと特殊で、頭全部が侵されているわけではない、とみなは気づいた。理性も消えておらず、こう言ってよいなら、片隅に残っている。さらには分別も保っている。気持ちに明るさが戻った。夏になって外出した人でごった返している道を笑顔で通り過ぎる。農夫でいっぱいの畑も同じ。

最初はみなびっくりしたが、慣れてくると、もう気にしない。彼が子供を抱えて往来しても、放っておく。ただしときたま、衣類を洗濯板にのせてその汚れを擦《こす》り落としている女たちでいつも混みあう共同洗濯場のそばを通りかかると、一人が顔を上げて、「ねえ！　ジャン＝リュック、チビちゃんは元気？」と叫ぶ。「ありがとう、元気だよ」と彼は答える。すると全員が笑いだす。彼は怒るどころか、一緒に笑っている。また女たちが言う。「だから二人でずっとお散歩してるの？」彼は応じる。「おいしい空気を吸わせないとな」

実際、彼はもう何もしていない。畑は神様の意のままに、穀物は鳥の嘴《くちばし》に任せている。「せめて賃貸しでもしろよ」と言っても、承知しない。子供を指さして、「この子を放ったらかしにしてきた。それを償ってやらないと！」

生活のため、二頭めの雌牛を売った。だから彼の姿が道や村にないときは、家の前にいる。ベンチに座って足を開き、古い四角のショールを足元に敷く。我が子のためだが、他人の目には映らない。木彫りの動物、人形、ゆったりしたスカートを穿《は》いた婦人やとんがり帽子の紳士の像を作って過ごす。――それらを指さしながら言うことには、どれもアンリの遊び道具。子供に向かって差しだす。地面に落ちると、「まだつかめないのかな！」

そして、

「どんな様子に見える？　顔色はいいが」

相手はどう返事してよいかわからないので、こう答える。

「顔色はいいな」

「しかも俺とそっくり」

女房の話をするときもある。

「あいつは俺を捨てて逃げた。だが今はもう、あばよだ！」

さらに言う。

「物事は変わるものだからな。ここにできた傷（ズボンをたくし上げる）だが、どこだったかもわかるか？」

春の暴風が軒先のスレートをはがしていた。そのすき間を伝った水が、玄関階段の上を流れている。けれどもこの場所が好きなツバメたちは、戻ってきて巣を作る。母鳥がいろんな虫をくわえて飛んでくると、ひなたちは大きく開いた嘴を一斉に差しだす。池のほとりにはイグサやアシが生い茂り、細く青白い葉を空に突きだしている。靴屋はやって来てはこう言う。

「俺はおまえを偉いと思っているよ。ほかの奴らよりも遠くが見えるからな」

ヤギや若い雌牛が表に出だしたので、午前中は村でラッパが鳴っている。日曜日になると、村人たちは木陰に寝そべりに行く。娘たちの黒や青の帽子が混じっているから、見た目もきれいな集団だ。斜面をそぞろ歩く羊たちがメエと鳴いている。こんなある日曜日のこと、女房を連れたテオデュールが麦畑を見に行った帰りに池のほとりを歩いていると、ジャン＝リュックが家から出てくるのが見えた。梯子《はしご》を持って、開花したばかりの小さなリンゴの木に向かっている。梯子をかけて木に登ると、花を摘みはじめた。

テオデュールは近づいて怒鳴る。

「何をしてるんだ？」

「チビちゃんのための花束だ」

枝ごと折っては摘み続ける。小さな木は次第に黒く丸裸になっていく。その間、テオデュールの女房はこう言っている。「なんてこと！　信じられない。あんなにしたら、駄目になっちゃう！」テオデュールがまた声をかけた。

「実くらいは残しておけ」

だがジャン＝リュックは首を振る。「あの子に頼まれたから」と言う。なぜなら今は坊やが自分に話しかけてくると思いこんでいるからだ。持てるかぎり大きな花束をこしらえて、木を下りた。

大きな祭りの一つの聖体の祝日（聖霊降臨祭の次の次の木曜日）には、また別の事件が起きた。その日は行列が村を練り歩く。行列が通過するどの通り沿いにも、白い粉をかけたアカシアが立っている。垣根から切ってきたのだ。さらには三つの大きな祭壇を設けて聖像と聖なる器を並べ、飾り天蓋《てんがい》を取りつけている。そして開始時刻を告げる鐘が鳴ると村中がざわめきたち、行列が出発する教会へと向かう。非常に長い行列で、十字架、色とりどりの旗、見栄《みば》えのする制服姿の軍人、ブラスバンド、鼓手《こしゅ》隊、白モスリンのドレスを着て髪を冠で飾った女の子たち、ヴェールをつけた娘たち、次に大人の男、さらに女と、二列になって歌いながら歩く。行列は村を突っ切り、水汲み場近くの祭壇まで伸びていく。鐘が鳴り、迫撃砲が放たれる。

ところがジャン＝リュックは、ミサがすむとすぐ家に帰る。それからローマ教皇庁衛兵隊（バチカンで教皇を警護するスイス衛兵のほとんどは、伝統的にヴァリス州の若者から選抜される）時代の古い兜《かぶと》をかぶって再び現れた。屋根裏部屋でみつけたのだが、錆《さび》だらけで羽根飾りは虫に食われている。そのほかは普段の服装のままだ。こうして行列につき従う。みなが驚いていると、こう言った。「坊やを喜ばせるためさ。俺の姿を見て大笑いしたぜ」

しかし信仰心を取り戻していたので、声の限りに歌い、熱心に祈る。そして行列が終わると、お楽しみが始まった。村役場で会食、それから太鼓に合わせて男同士で踊るダンスパーティー。彼は鐘つきと踊った。テオデュールとも。

眩《まぶ》しい夏になった。窓ガラスは炎のごとく燦然《さんぜん》と輝いている。靄も浮かれている。夕方涼しくなると、彼はときどきファンジュの森に向かう道へ出る。斜面に沿って続く平坦な道だ。ノバラと白い房のついた茂みに縁どられている。子供を抱いてそこまで行くと、話しかける。

娘が集団で近づいてきた。みなで遊ぶ時期だからだ。心というのは花のようなもの。ほんの一時期しか開かない。手をつないでやって来た。彼女らが進むにつれて、枝に隠れていた小鳥の群れが空にパッと散る。垣沿いを飛んで先にとまるが、また飛び立つ。あちこちから大声がするからだ。娘たちは立ち止まって返事をし、叫び声が行きかう。遠くからの呼びかけと明瞭な返答。そして彼女らはまた歩きだす。夜風でエプロンがそよいでいる。

彼は腰を下ろして、娘たちを待っていた。

「色男たちは?」

「途中ではぐれちゃった!」

彼は子供を抱き上げ(娘たちには見えない)、

「代わりに一人どう?」

「年恰好が合うなら、歓迎よ」

するとシドニーが口を開く。

「金髪と褐色の髪の子のどちらが好みかしら?」

娘たちは彼の前にいる。頭を下げ、ビロードの短い飾り紐がついたグレーやブルーのスカートの陰で笑っている。

「そうだな」ジャン＝リュックが答える。「この子は金髪だから、褐色髪の子に惹かれる」

さらに続ける。「そうだよな、坊や？……そうだと言ってるよ……ごらん。この子の金髪の色は濃くなりすぎて、今は黄金みたいだ……君とはお似合いじゃないな、シドニー」

彼女も金髪。それをよくわかっていて、鏡に映してはうっとりとしている。そこで大きく口を開けて明るくきれいな笑い声を上げると、

「あなたはどっちが好きなの？」

「ああ！　俺か」彼は言う。「俺はもう店じまい……代わりはこの子」

何も持っていない腕を娘たちに差しだしたが、相手は彼の奇行のことを知っているから驚かない。それでもちょっと面食らってあとずさりした。すると彼はこう言う。

「君たちは好みがうるさいな！」

ジャン＝リュックと娘の一団は連れだって家路につく。闇はさらに濃くなり、池は銀の皿のように輝いている。おしゃべりしていると、画家（献辞にあるアルベール・ミュレのこと）の家の前にさしかかった。黄色い子犬が吠えている。窓辺には青く塗られた箱。ゼラニウムでいっぱいだ。それからジャン＝リュックは娘たちに別れを告げ、一人で先を続けた。

彼の風采《ふうさい》はぐんと良くなった。黒く縮れた顎ひげは伸ばし放題。髪の毛も黒く縮れている。顔は青ざめ、背は少し伸びたかのようだ。遠くを見つめる暗い瞳の中で、一点が火のように燃えている。額が引き締まり、眉毛《まゆげ》が目立つ。

長身と歩きぶりから、すぐ彼だとわかる。膝が折れて前かがみだ。日曜日用の黒の晴れ着を平日もずっと身につけている。シャツには黒い飾りボタン、黒のフェルト帽。

牧場の一角をまたフィルマン・クローに売った。母親が禁じようとしているとのこと。

それでもみなは彼に羨望《せんぼう》に近い気持ちを抱いている。偽りの幸福ではあるけれど、狂気のただ中の本人にはそうではない。だから全然苦しまない。声音《こわね》の優しさには驚かされる。

第十章

八月に入った。クリスチーヌの父親のアンブロワーズ爺さんが死んだ。

爺さんは身体の中が蝕《むしば》まれていた。虫に食われて中身が空洞の幹のようなものだ。風が吹いただけで壊れてしまう。最後にまた、よぼよぼと腰を曲げて足を大きく引きずりながら水汲み場まで行く姿が見かけられた。色あせた青い服を着ている。咳をしたり唾《つば》を吐いたり一歩ごとに立ち止まったりするから、戻るまで時間がかかった。夜のうちに死んだ。死に際もまったく音を立てなかった。朝になって、寝室と台所をつなぐドアのところに服を着たまま倒れているのがみつかった。口は開いてはいるが、窒息死だ。「お父さんはどうかしたの？」と近所の女がフェリシーに尋ねたが、彼女にはわからない。触れると、もう冷たかった。それから弔鐘が鳴りだした。往来の村人たちは立ち止まって話す。「誰が死んだ？」「アンブロワーズだ」「要するに」と誰かが口をはさむ。「寿命ということだ」翌日クリスチーヌが産んだばかりの子供を抱いてまた登ってきた。

その日の夜のこと。ジャン＝リュックと出会った蹄鉄工は、彼の様子にひどく驚いて、立ちつくしたまま目で追った。彼はポケットに手を入れて出てきたが、急に立ち止まって片腕を上げる。そして蹄鉄工の方を振り返ると、

「あれを見なかったか？」と怒鳴る。

「誰を？」

「チビちゃんだ」

「いや」と蹄鉄工。

するとジャン＝リュックは（クリスチーヌが戻った話を聞いているので）、

「なんてことだ！」と言う。「あいつが怖くて、逃げてしまった」

頭を抱えて柵に腰を下ろした。

アンブロワーズ爺さんは翌日埋葬された。もう着られる代物《しろもの》ではないから、青い服はそのまま。クリスチーヌは父親の財産を相続して村に残った。老人のベッドに寝て、子供もそこに寝かせる。それでもまだ空きがあった。だがその日からずっと、ジャン＝リュックが近所のどこかにいないのをまず確かめてからでないと外出しない。こうして彼を避けている。

けれども彼はずっと通りに出ている。熱に浮かされたように動き回る。まったく落ち着かず、とてもじっとしていられない。しゃべっている。こう言う。「あの子はいなくなってしまった。探さないと……あいつのせいで遠くに行ってしまった。怖かったんだ。わかるよな、ろくでもない母親だったから。毒を盛られそうになったと言ったことがあるぞ。だから出て行った。もうおしまいだ！」しかし言いなおす。「それでも探すぞ」

「〈きっと隠れているだけだ〉と俺は思った。上の部屋を見に行って、何もかも引っかきまわして探した。台所も地下室も干し草置き場も、隅々《すみずみ》まで。いない！　いない！　池まで行って、ひと回りした。茂みがあるから、中を覗いた。次は村の中。姿を見なかったか？　正直に言ってくれ……ああ！　なんてことだ」

首を振りつつ家々を巡る。こんなことも言う。「わかるだろう。俺はあの子なしではいられない。ここが空《から》になった。頭が空っぽだ」来たときと同じように大股《おおまた》で出ていく。

それから二、三日は姿を見かけなかった。森へ探しに行ったのだ。ル・ブルニの周囲は断崖で、農業用水路は回廊状に設置されている。錯乱状態で水路に沿って進む。「子供がこんなところを通れるだろうか？　俺たちでもやっとなのに」とみなは言いはするが、「あの子はほかの子とちがうから」と答えてくる。

年に二度滞在する放牧用の山小屋まで登りもした。今はどこも無人。彼の小屋も無人。そこからもう岩の方が多い高原まで移動してから下山した。またあちこちの池の周囲を回り、人里離れた干し草置き場にも入ってみる。

干し草があるから、ここで眠っているかもしれない。夕方戻ってくる。顎ひげは埃まみれ、上着を腕に抱えている。疲れて家の前のベンチに倒れこむ。火をおこしたり食事を作ったりしようと考えもしない。

ときおりマリーがスープを小鉢《こばち》に入れて持ってくる。今は話し方がよそよそしい。

「あなたのしてることは正しいのかしら。こんな暮らしぶりは、野蛮人そのままじゃ？」

穴の開いた屋根やぐらぐらする階段を指さす。「このままだと、駄目になってしまう」

彼は答える。

「知ったことか。あの子の方が大事だ」

夕暮れを告げる小さな鳴き声をあげて長い間ぐるぐる飛び回っていたツバメたちも、今は休んでいる。あらゆる物の上に沈黙という衣《ころも》がかかる。向こうには、枝の葉をなくして黒ずんで素裸の小さなリンゴの木が見える。

彼はまた言う。

「朝が早いから、もう寝ないと。あしたはラ・ブイーユまで行こう」

だがある考えが浮かんだので、次の日曜日のお昼過ぎに村の下側の母親の家まで下りていった。まさに夏のかんかん照り。山々の平らなところに厚い雲がかかっているから、雷雨さえ起きそうだ。ハエがひっきりなしに飛んでくる。影が濃い季節なので灰色に見える葉叢《はむら》が鬱蒼《うっそう》と茂って枝をしならせ、日差しは大地にまっすぐ突き刺さっている。彼は谷の道を進む。何度も修復した道だ。小石が転がる中、小川や丸い茂みに沿って、ラバを連れた人々、急ぎ足の女たちや学校帰りの子供らが一日中行きかっている。彼は速足で下った。まもなく道はわずかにカーブして、松林に入る。はじめは平坦だが、また坂になる。木の根が突き出して、ヘビのようにとぐろを巻いている。泉のところで再び曲がってまっすぐ下りると、〝死人の石〟が見えてくる。わざわざ道のほとりに置いたような平たい大きな石。この名前は、教区の墓地に埋葬する棺《ひつぎ》を持って登る担ぎ手たちがひと息つこうと石の上に棺を置くことに由来する。石のすぐ下で林は終わり、果樹園が始まる。

伸びてきた草の中を流れる清水が、緑をきれいな色合いに染めている。太陽の恩恵と初物《はつもの》の熟したブドウを味わうため、多くの村人が下りてきている。普段は住む者のいない季節だが、下はどこも大賑《おおにぎ》わいだ。道路の角では、二、三組のカップルがハーモニカの演奏に合わせて踊っている。その先の、上からだと幹が見えないのでボールのように真ん丸のリンゴの木が立ち並ぶ中で、男の子や女の子たちが座ったり寝そべったり、あるいは追いかけっこをしている。そしてブドウ畑がまとまって見えてきた。わずかな区切りと奇妙な岩の垣にごちゃごちゃ仕切られた大きな斜面が下の平野まで続いている。おびただしい数の石が日光を反射する。さらに谷底には白く真っすぐな大河が流れている。道路のように見える。

そのあたりから煙が昇っている。列車は出発すると、煙を吐きながら大河沿いを黒いミミズのように這《は》っていくのだ。目の前の山脈のすでに青っぽく染まった尖頂《せんちょう》付近に、前からあるものとはちがう新しい白雲が湧き出てきた。糸で吊っているかのように垂れこめるが、上空の風が吹きつけるとちぎれてどこかへ飛んでいく。けれども地上は静かで重苦しい。

ジャン＝リュックは母親の家がある左手へと向かった。ほかに二、三軒ある。この高さの土地は小さな集落に分かれている。どの家も白い石造り。平たい屋根に圧《お》し潰されそうだ。青い塗装の数字がついた日時計がある。太鼓を叩く音が聞こえる。どこかの果樹園ではブラスバンドが曲を奏でている。

彼には何も目に入らなかった。人を見かけると、こう尋ねる。

「おふくろを見たか？」

「さっきいたよ」

家に入ったが、いない。また表に出たが、家の前にもいなかった。日向《ひなた》ぼっこが必要な年齢なので、母親はときどきここで座っている。竿《さお》を並べて作ったブドウ棚《だな》があるから、少し日陰になるのだ。猟師のバチストの地下倉庫の前で男たちが呑んでいた。小さなアーモンドの木の根元に犬が二匹寝そべっている。バチストはちょうどグラスを上げてこう言ったところだ。「あと一週間で銃の出番だ」ジャン＝リュックに気づくと、大声を上げてきた。

「おい！　こっちに来て呑まないか」

だがジャン＝リュックは断りの仕草をして、「おふくろを見たか？」と繰り返した。返事がある。「さっき通ったぞ。戻ってくるまで、ここに来て呑め。ご無沙汰だったから、仲間に入ってくれ」彼は手を上げた。「あのころとはちがうさ！」台所に戻った。

しばらくして母親が帰ってきた。彼は目の前まで行く。相手が口を開く間もなく、

「あの子はここにいるのか？」と尋ねた。

母親の目は灰色で小さく、しかも奥目だ。頭巾《ずきん》をかぶり、手はブドウの木の節《ふし》のようだ。その小さな瞳で彼を見つめる。目を据えると、

「お入り」と言う。「もし話があるんなら」

彼を中に押し入れた。「あの子はここにいるかって？——何か話があるのかい？　それならお座り。——私もそうするから」長椅子を引き寄せた。

「ああ！」彼は言う。「わかったよ。母さんも見てないのか。俺はあちこち探したけど」

しかし母親はラックの下の戸棚のようなところからパンひと切れとチーズの塊を持ってきて、ワインをいっぱいに注《つ》いだジョッキと一緒にジャン＝リュックの前に置く。そして言った。

「食べて呑んだら、上にお戻り」

しかし彼は尋ねる。

「どうして返事をしてくれない？」

「ああ！　可哀想に」彼女は言う。「それに財産はどうなった？　結婚のとき、『うるさい！』と私の言うことに

耳を貸さなかった。あれに裏切られて戻ってきたので家に入れたけど、また出て行った。そして今はどんな暮らしだい？　なあ、おまえは誰の子かい？　私の子と言われてるけど、なんとまあ！　もうそうとは思えない。おまえを見ると、〈これが私の息子かい？〉と考えてしまう。もう一度言うけど、食べて呑んだら、上にお戻り。もうおまえなんて知らないから」

彼は口を閉ざし、食べも呑みもしない。母親がしゃべり終えると、こう言っただけ。

「答えてくれ」

また続ける。

「正直に言ってくれさえすれば、上に帰れるから」

だが母親は近づいて、

「探しているのはおまえの子かい？　死んだことは知っているだろうに」

彼は顔を上げると、笑いだした。

「誰がそんなことを言った？」

「私は見たもの」

「何も見えちゃいない。わかるよな。俺ははっきり見える」

指先で目に触れる。母は驚いて口をぽかんと開けたまま。そのとき空が翳《かげ》ってきた。雲が太陽の前に広がったため、急に日差しが弱まる。台所の中は真っ暗になった。ジャン＝リュックがまた口を開く。

「俺には耳がある。目も耳もある」

家の前では、バチストやほかの連中が地下倉庫から出てきてしゃべっていた。ブラスバンドは演奏をやめている。山の上の紫の色合いが急速に広がったことからわかるとおり、東の空高くから風が吹いてきた。草はなびき、ブドウの若枝についた葉が揺れる。そして子猫が台所に戻ってきた。しかし老婆はまたさらに近づいて、

「みんなが言ってたとおりだ！」

彼は、「誰が？」――「おまえは気が狂ったと言ってる連中さ！」

彼は棒を振り上げ、テーブルを叩いた。

「そうだよ！」彼女は言う。「おまえは気が狂ってる！」彼はテーブルをさらに強く叩いて喚《わめ》く。「あの子がいるなら、返してくれ。隠してるなら、そう言え！」そのたび棒を振り上げる。今度は母親の方が人を呼ぶ。「バチスト、来てちょうだい。みんな壊されてしまう」

そこでバチストがやって来た。騒ぎを聞きつけた周囲の全部の家から人が駆けつけ、「どうした？」と訊く。だが彼はバチストの姿を見ると、寝室の戸口まであとずさりした。こう言う。「俺に触れるな！　放っといてくれ！　さもないと……」棒を再び振り上げる。老婆は繰り返す。「あんたがいないと、みんな壊されちゃう」

風がさらに強まり、煙突がひゅうひゅうと音を立てている。

バチストは言う。

「何が望みだ？」

ジャン＝リュックは、

「俺が欲しいのはチビちゃんだ」

みなは顔を見かわし、肩をすくめた。「外に放りだそう」と誰かが言う。しかしバチストは声を高めて、

「これだけ騒げば十分だよな。おとなしくしろ。いやなら縛るぞ」

彼はマチューに言った。

「ロープを探してこい」

おりしも雷雨が炸裂する。雷鳴が轟《とどろ》くと同時に、波のような大量の雨水が玄関階段で砕けて、台所にはね散る。

ジャン＝リュックがまた母親に言っている声が聞こえた。「本当にいないのか？」彼女は答える。「本当さ」彼は

出て行った。

風に身体をとられて、振り回される。帽子が飛んで、すでにできていた水たまり、さらには斜面を穿《うが》つ流れの中に落ちた。彼は帽子を追いかけては滑る。軒先《のきさき》に雨宿りしている連中がどっと笑った。誰かが怒鳴る。「あの兜《かぶと》をかぶってくればよかったな！」すると笑い声はさらに高まった。その間に彼は遠ざかり、坂をまっすぐ這い登っている。

茂みにつかまりながら這い登る。ふだんは乾燥して芝がわずかに生えただけの土地なのに、ねっとりした厚い泥の流れに靴が浸《つ》かってしまう。——そしてその上は藪《やぶ》と棘《とげ》だらけの小木。次に麦畑と牧場を越える。——シャツの袖が腕に貼りつき、中に入りこんだ水が手首を伝って流れている。彼はさらに登る。——突然気が遠くなり、木の下にばったり倒れた。

風はますます勢いを増し、大雪崩《なだれ》さながらに通り過ぎる。飛ぶ鳥は木の葉のように下降させられ、木は地面までたわむ。たたきつける驟雨《しゅうう》は、大地から昇っているような気がするほど彼の周りで地響きを立てている。紫色の稲妻が空の真ん中を貫いて、しばらくとどまる。大理石の木目《もくめ》模様のようだ。彼は頭を抱えて座りこんでいたが、急に立ち上がって、「あの子はどこにいる？　ああ！　神様！」と言う。また座りこんだ。

夕方家に帰ったが、雷雨はなおも続いている。彼はひと晩中祈った。少なくともソフィーの従兄のブノワはそう言っていた。牛が子を産みそうなので、深夜十二時ごろ表に出た。だからジャン＝リュックの家の前を通ったとき、灯りに気づいて声も聞いたとのこと。三時間後に戻った折も、また灯りが見えて声が聞こえた。そのため放っておけなくなり、材木の山に上った。

窓辺のテーブルに白くきれいなシーツがかかっている。その上には、キリストの十字架像と小さな器、紙の造花、さらには聖なる心臓の絵。前には、小さな子供服、縁なし帽、長靴下、靴。飾りとして置かれた二枚の貝殻もある。「まるで祭壇だった」と従兄は言う。そして前に跪いているのはジャン＝リュック、手を組んで祈っている。「ずぶ濡れだった」とさらに従兄は言う。材木の山から下りようとしたときに薪《まき》の一本が転がった。それでもジャン゠リュックの耳には何も入らない。「大砲をぶっ放しても、あいつは気づかなかっただろう」

このニュースは前日の話とともに家々に伝わっていく。その間に屋根は乾いて湯気を立ててきた。悪天候はドイツ語圏（スイスには公用語が四つある）へと去ったので、最後の雲の切れ端の合間から青空がのぞきだす。ひきずるような長いスカートを穿《は》いた小さな女の子たちが雄羊の角を引っ張っている。

彼はあらゆる手立てを試みた。除草用の熊手を持って墓地へ行き、四時までいる。それからジェロメットの家に入るのが見えた。花の若い苗を満載した籠と大きなじょうろを抱えて出てくる。作業を再開すると、ときどき水汲み場までじょうろの水を汲みに行き、夕方まで続けた。何人かが好奇心に駆られて墓地へ行くと、アンリ坊やの墓は見違えるほどきれいになっていた。それまでは埋葬の日のまま。土を盛っただけで、小さな十字架以外は何もなく、しかも傾いていた。それが十字架はまっすぐ立ち、土は鋤《す》かれ、掻《か》きならされ、水を撒《ま》いてある。今はいろんな花が目に入る。夏にきれいに咲く花。モクセイソウ、エゾギク、キンセンカ、スイートピー。しかも猛暑のために周囲のアイリスの花が散って草木が色褪《あ》せたため、灰色でひび割れた土地の中にあって真っ黒なこの墓が一番美しい。平らな石でできた縁どりさえあった。屋根をふくのに使うような石の均等な大きさのものを選んで、立たせている。ジェロメットは言う。「欲しいと言うから、ありったけあげたの。お墓のためだもの。あの可哀想な花たちが枯れてしまわないよう、必要なら私が水をやりに行く」

だがそれには及ばない。ジャン゠リュック自身が水をやった。次の日曜日、彼はミサの勤《つと》めを敬虔《けいけん》に果たすと、みなと一緒に出てきた。そして広場へは行かず、墓地に戻る。墓まで行って、祈りはじめた。晩課《ばんか》（この地方ではミサのあとすぐ唱える）のために残っていた女たちが徐々に出てきて、彼方の気の毒な男を見つめる。深い苦悩に思いを馳《は》せ、憐れんでいる。ところが男たちはその反対。もっと冷酷だから、こう言う。「結局どうなるんだろうな」再びクリスチーヌに声をかける。「気をつけた方がいいぞ」だがジャン゠リュックは女房のことなど忘れた様子だ。

今の彼はのんびり休むことなく、強風に追い立てられるがごとく歩いている。もはや誰にも挨拶せず、視線は内面にあるものへと向かい、内心の声だけに耳を傾ける。

もう靴屋のところ以外へは行かなくなっている。仕事台の上には、蠟《ろう》の瓶に糸と革通し錐《きり》。ナンシュは相手にかまわず、針を動かし続ける。こう尋ねた。

「やっぱりみつからないのか？」

そうだとジャン゠リュックは身振りで示す。するとナンシュは、

「まあ、俺はおまえのことがわかってるから」

口が木釘《きくぎ》でいっぱいだから、しゃべりにくそうだ。一つ一つ取り出しては、先が丸い金槌で正確に打ちこむ。呑んでいなければ、腕の良い職人だ。ジャン゠リュックは相手の方に身をかがめ、

「俺は自分から進んで善行をなした。どうしようもない状態だったが、そこから抜け出した。浄《きよ》められて出てきた……」

彼は繰り返す。「浄められて！……俺は心の中に沈んでいたものを頭のずっと上まで持ち上げた。いったいどうしてまた落ちてくるのだろう？」

金槌が革を軽く叩く音がする。まるでそれに伴奏するように、村の遠くでは鎌《かま》を鍛える音が響いている。二番草を刈るために研《と》いでいるのだ。ところがその日、ナンシュは最後の木釘を打ちこむ金槌を宙に止めたまま、

「本当のことを言わせたいのか？　俺はチビちゃんがどこにいるか知っている」

手を上げた。

「はるか上だ」

ジャン゠リュックが応じる。

「俺を待っているのだろうな」

屋根が作る稜線が揺れている。溶かしかつ吸いこみそうな熱い日差しのため、物はそれぞれ空中に浮いているように見える。

彼はさらにひと言。

「俺はやるだけやったが、無駄だった」

溜め息をつく。大きな身体を起こしたが、また力なく萎《な》える。さらに痩せたことは服を見れば明らかだ。ぶかぶかになっていて、しかもぼろぼろ。靴屋がまた口を開いた。

「俺たちは哀れな輩《やから》よ」

だがジャン＝リュックはもう遠くに行っていた。じっとしていられないという欲求に再び襲われ、まっすぐ進む。今では子供たちは彼を見かけると逃げだす。誰かが窓から覗いた。墓地の下を縫っている小道は、牧場を順に下ってラ・ゾーへと向かう。彼はそこに迷いこんだ。垣根から支柱の棒を一本折りとり、削って皮をはいでから捨てた。またしっかりと歩きだすが、落ち着かない様子。急に立ち止まって、首を振った。

上にある石を積んだだけの高い塀の向こうには死人がいる。奴らは幸せだ。地上にいる間は飢えのために眠ることも休むこともできなかったが、今は地面の下だから。鐘楼は坂の下から見上げると教会の建物が隠れるので、直接空中にそびえ立っているかのようだ。

突然そこから、牧場の中を動くものが見えた。赤ん坊連れの女だ。膝にのせている。垣根の下に座ってカラコをゆるめ、子供を抱き寄せて乳をやりだした。近づいた彼は、それがクリスチーヌだと気づく。

羨望《せんぼう》の思いが募る。

第十一章

女房の子に嫉妬を覚えた。俺の子はもういないのだ。茂みの中から二人を窺《うかが》う。相手は至近距離だが、こちらに背を向けている。うつむいているので、うなじがわずかに見える。銅製の小さな差し櫛《ぐし》をつけた黒い巻き毛の下の方が日を浴びて輝いている。子供の顔を抱いて、胸に圧《お》しつけた。「お飲み、坊や。お飲み、いい子ね」と言う。そして子供の向きを変えた。ジャン゠リュックは思う。〈あいつには一人いる。なんてことだ！〉追い出した日に言われた台詞《せりふ》を思い返す。「あれはあなたの子、こっちは私の子」

その間に赤ん坊は満腹になった。彼女はブラウスのボタンをかけ直す。それから立ち上がると子供を腕に抱き、脇に置いてある熊手をとった。——道を上って去っていく。ジャン゠リュックは垣根の背後に忍びこんであとを追う。

だが慌ててまた隠れた。鐘つき男の娘が下ってくるのが見えたのだ。娘はクリスチーヌと出くわす。——相手も立ち止まり、二人はおしゃべりを始めた。彼は耳を澄ます。ルディヴィーヌが訊く。

「赤ちゃんは元気？」

クリスチーヌは答える。

「とても元気よ、ありがとう」

赤ん坊を見せた。小さな縁《ふち》なし帽と丸々とした頬が彼の目に入る。昔のアンリ、ゆりかごにいたころとそっくりだ。——二人の女は覗きこんで、「なんて可愛いの。いくつ？」——「三か月」——「たった三か月なのに、こんなに太って丈夫そう。何をあげてるの？」

クリスチーヌは熊手を肩にのせて仁王立ちしている。胸を叩くと、

「ここにあるもの」

ジャン＝リュックは息が止まりそうになった。手を地面につけてしゃがんでいるが、手が震えるのがわかる。

「そうよ」クリスチーヌは続ける。「この子が欲しいだけあるわ」

相手は応じる。

「ジェロメットとはちがうのね。あの人は子供をヤギの腹の下に入れていた」

二人は日差しの中に立って笑っている。

「うちの子は」クリスチーヌが言う。「まあ、お腹がすけば飲むし、よく眠る。泣きもしないし、とてもおとなしいわ」

クリスチーヌが再び歩きだすと、ルディヴィーヌがまた遠くから声をかけた。

「二番草の刈り入れはどこまで進んだ？」

「もうじき終わる。あと二日かな。それからはトヴェの牧場があるだけ」

彼はそれでも再びあとを追う。道の高みからは村の端が見える。石の柱にのった高床式倉庫と干し草小屋がいくつも並んでいる。彼は先回りしてそこに隠れ、女房を見送った。

彼はそれから一日中姿を見せなかった。だが日暮れごろ、セルニウーの十字架の下へ祈りに行く。墓地で跪《ひざまず》いている姿を見かけた日曜日以来、彼はこのように全部の十字架の前で祈っているからだ。

夜までセルニウーの十字架の下にいた。そして帰宅する。空っぽの小さなゆりかごがある。彼はそれを台所まで運ぶと、斧《おの》をとってバラバラにした。子供の衣類を集める。服、長靴下、縁なし帽。包むと紐《ひも》で縛り、大箱に入れて鍵をかけた。鍵はしまっておく。

椅子の上にしばらく倒れこんだ。それから突然立ち上がって、台所に戻る。ゆりかごの残骸の上にかがんで一つ一つ破片を拾い、つなぎ合わせようとした。〈あの子は戻ってくるかも！〉と考えている。さっきの行為を後悔した。そして大箱のところに戻る。包みを出して紐を解き、衣類を元通りに並べた。

　座りこんで考えこむ。立ち上がって考えこむ。懸命だ。部屋を大股で歩き回る。夜の静寂の中、家全体が揺れてギシギシと音を立てる。足音はしばらく続いた。ともった灯りが四角い窓から牧場をぼんやり照らしている。彼は考える。〈まだやってみないと〉空が白《しら》んできたかどうか窓ガラスを覗いてみる。夜はかなり更けているが、朝にはほど遠かった。時間感覚を失っているからだ。ふつうに生活していれば正しい時間判断ができるものだが、今はそこから放り出されたも同然だ。

　そのため、夜がまだ完全に明けていないころにオーギュスタンが刈り入れをしようと早起きして納屋に入ると、誰かが呼ぶ声が聞こえた。彼は鎌を手にして出ようとする。誰の声だかわからない。梁の切れ目から覗くと、ジャン＝リュックだった。しかし見たこともないジャン＝リュック。顔面蒼白だ。ボタンをかけていないチョッキの下のシャツははだけ、帽子がないので長い髪が額に垂れている。そのため怖くなったオーギュスタンは返事をせず、戸の陰に身を隠した。相手はまた呼びかけてくる。

　のんびりした時刻だ。家々は目を覚まし、日差しで台所の灯りが見えなくなる。往来のあちこちを男たちが歩いている。子供の牧童に率いられたヤギの群れはすでに出発した。山脈の隅では何か炎が上がっている。だがジャン＝リュックは三度めの呼びかけをした。オーギュスタンは気恥ずかしくなり、しかも出ないと向こうが入ってくると思ったので、鎌を手に突然姿を現した。

「何の用だ？」

　ジャン＝リュックが近づいてきた。――相手が警戒してあとずさりすると、

「心配するな」と彼はしゃべりだす。「言いたいことがあるだけだ」

　繰り返す。

「言いたいことがある」

「それなら聞こう」とオーギュスタンは答えた。ジャン＝リュックは声をひそめて早口で、「クリスチーヌのところへ行って、出て行くよう言ってくれ。すぐだ。きょうかあした。わかったな」

相手は応じる。

「いいだろう。ただし、そのわけを聞かないと」

「つまり、うちのチビちゃんのことだ。あいつのせいで遠くへ行ってしまった。あいつが消えれば戻ってくる、と俺は考えてる。とにかくあの子のいない暮らしなんて、そう、もう耐えられない」

「俺が『消えな』と言いに行けば、あいつはどう思うだろう。あいつはおまえと同じで家を持ってるから、やはり村にいる権利があるのでは？」

「俺からだと言ってくれ。さもないと、ひどい目に遭うかも！」

ジャン＝リュックは震えている。涼しい空気のせいか？　それとも熱があるのか？　ともかく手は風にそよぐ木の葉のように揺れている。身体全体も。広い肩は重い干し草をかつぐのに慣れているはずだが、この別の重みには脆《もろ》い。――そして彼は上空の雲を指さした。

「いい方角に進んでいるじゃないか」

空気を吸いこむ。

「冷たいな。もう空気はうまくない」

するとまた心の中がぐらついた。話を続ける。

「いいな。俺はすべて水に流したので、ここへ来た。あいつはおまえに惚れているから、きっと耳を貸すだろう。今ならおまえがついて逃げてもかまわない。気にはしない。あいつはもう必要ない」

落ち葉を拾う。

「あいつなんて、こんなものさ」

するとオーギュスタンが言う。

「どうして自分で行かないんだ？」

彼は心臓に手をあて、

「辛すぎるのさ。ここが騒ぐからな」

「よしわかった！　行こう」とオーギュスタン。

だが彼は約束を果たさなかった。行った先は村の中、そして宿屋。事実に尾ひれをつけて洗いざらいぶちまける。締めくくりはこうだ。「ぶちこまないといけないな」それでもジャン＝リュックは幽閉されなかった。三日が経つ。ついに彼は決心した。

最後の力を振り絞って、自らクリスチーヌのところへ行った。村のあのあたりは斜面。家の間は狭い路地で、下ったり奥に入りこんだりしている。屋根がくっついているから、空はほとんど見えない。そこにクリスチーヌは住んでいた。二階建てで、寝室は上にある。ジャン＝リュックは玄関前の階段を上って、ノックした。フェリシーが歌っていたが、ぴたりとやむ。すると赤ん坊の泣き声が聞こえてきた。声がする。「あなたなの、オーギュスタン？」彼は答える。「いや、ちがう、俺だ」またも誰の声か気づかれなかった。

そのためジャン＝リュックがドアを押すと、鉢合わせになる。彼は敷居に立ったまま入らない。入口は小さいので、かがまざるをえない。それでも大きく恐ろしく見えた。背丈というより雰囲気からだ。顔面蒼白で目は悲しげ。自分にとって大きく恐ろしい存在が自分を黙って見つめている。ちょうど産着でくるんでいる最中だったので、赤ん坊はテーブルの上にのっていた。しかし母親が前にいるので隠れている。彼ははじめ赤ん坊に気づかなかった。目に入ったのは台所の中と可哀想なフェリシー。口を開け、何か叫んでいる。火が燃え、日差しも窓から入ってくるので、埃が台所の中を舞っているのが見える。彼は言う。

「来たぜ」

だが中に一歩踏みだそうとすると、彼女は叫んだ。

「ここはあなたの家じゃない」

彼は立ち止まって言う。

「よくわかってるよ、俺の家じゃないってことは。だが本当のことをおまえに伝えたい。俺たち二人のうち一人は余計だ」

彼女は答える。

「あなたの話なんて時間の無駄よ」

「一人余計だ！」彼は続ける。「いなくなれ」

正面から見据える。だがすかさず彼女は赤ん坊を抱き上げた。彼は赤ん坊に突然気づくと、目をそむけた。そして視線を上げることなく、

「これが俺からの忠告だ。今のうちに消えろ」

相手は気にする素振《そぶ》りもない。ジャン＝リュックは依然うつむいたまま、

「ひどい目に遭《あ》わないうちにな」

「わかったか？」と彼は念を押す。そして、「ひどい目に！　ひどい目に！　俺はやるだけやったけど、おまえは何もしなかった。どうだ？」彼女は答える。「うるさいわよ」

彼はドアを閉めて、階段を駆け下りた。

しばらくして、庭の柵の上にシーツを広げていたマリーが、「急いで来て！」と亭主を呼んだ。亭主はラバの蹄鉄つけに忙しい。そのラバを連れてきた娘が、彼のそばにいる。彼はペンチを放りだしてやって来た。「あそこを見て」とマリーは言う。

ジャン＝リュックは再び十字架の下にいる。だが跪くのではなく、地面にひれ伏していた。頭上には金のキリ

スト像が掛かった大きな十字架。その背後にはハチミツ色の木でできた画家（アルベール・ミュレのこと）の家がそびえ立つ。ゼラニウムの花に一面覆われている。そして帆を張った船のように風で膨らんだ雲が上空をゆっくり流れる。――ジャン＝リュックは十字架の前で顔を地面にすりつけている。

突然立ち上がった。今はキリストを見上げたまま、腕をいっぱいに広げている。

「なんてこと！　どうしたのかしら」とマリー。

ラバを連れた娘も蹄鉄工や近所の女たちと一緒に眺めている。彼は身体を後ろにそらして腕を広げているが、その反動のように前に倒れた。哀願しては、また倒れる。木に吊るされたキリストは手と足を釘で打ち抜かれている。痩《や》せこけた身体の脇腹には傷痕、そして荊《いばら》の冠。ジャン＝リュックは叫ぶ。「ここから出て行かせてください！」恩寵《おんちょう》を求めるように十字架の下にしがみついたが、おそらく拒まれたのだろう、大声でこう言った。

「そうしないといけないのですか？　まさか」通りがかった女にはそう聞こえた。

再び祈る、祈る。そしてだしぬけに立ち上がると、うなずきながら大股《おおまた》で戻ってきた。「やらないと！　やらないと！」と繰り返している。

第十二章

正午の鐘が鳴り終わると、ジャン＝リュックはマッチ、二、三本の良質の薪《まき》、ロープの切れ端を取りに行った。それら全部をシャツの下の革ベルトの周りに隠す。家を出て鍵をかけ、トヴェの方へと向かった。

九月十日のこと。朝によく現れるような雲が何片か、そして空高くには小さな秋の靄があるものの、よく晴れている。乾燥しているため、木の何本かは黄色くなり、斜面の芝は乾いてかさかさだ。彼は速足で村を出ると、教会の下の畑までまっすぐ下りた。近くで働いていた男が、「どこへ行く、ジャン＝リュック」と大声で呼びかけてきた。彼は振り返らず、それどころか足を速めたので、〈頭がおかしいままか〉と相手は思った。

まもなく林に入る。下側をえぐるように牧場がある。この場所がトヴェと呼ばれている。ジャン＝リュックは近づくにつれて歩みを緩《ゆる》め、枯れ枝の中を用心して過ぎる。何も聞こえない。パリパリという音さえも。幹につかまって姿を隠しながら木から木へと進む。こうして牧場まで達した。

クリスチーヌがいた。前日と前々日に刈った二番草のふた区画分を乾燥させる作業だ。短い草の中に灰色に積み上がっている。彼女は柄《え》を持つ手を前に投げだしたり滑らしたりと熊手を操りながら、干し草の山をかき回す。陽光の中に腕が上がる。日はすでに少し傾いていて、彼女と畑のこちら側には当たるが、反対側の端には林の影が落ちている。そこに彼女は枯れ草で小さな寝床をこしらえ、赤ん坊を寝かせていた。丸めた布を頭の下に入れ、顔にはハエやバッタ除《よ》けのハンカチをかけている。赤ん坊は眠っていて、身動きしない。手が空いたので、彼女は作業を急ぐ。

ジャン＝リュックも動かない。彼のいるところからは、再び谷底が臨める。モスリンに包まれているかのようだが、ところどころ岩角が穴をあけている。そして牧場や林の勾配が足元まで上ってきている。――人影はない。はるか彼方の路上にときどき通行人があるだけ。そして太鼓腹で脚の細いラバに横乗りした少女。この子も姿を消した。

しかしクリスチーヌは二番めの区画の草をかき回し終えると、すでに完了した方へと向かい、乾いているのを確かめた。持ってきた粗布《あらぬの》を広げて干し草をのせると、四隅《よすみ》を折って縛る。まるで大きなボールだが、それを肩にかついで運んだ。がっしりした腰が伸びたりたわんだりするのが青いカラコ越しに見える。

二度め、三度め、と顔を真っ赤にし、汗だくになりながら牧場を往復する。ときどき子供の様子を見に行き、ハンカチをのけるが、赤ん坊はすやすや眠っていた。すぐに戻って、荷運びを再開する。こうして六度めで最初の区画の取り込みが終わった。

それから二番めの区画が十分乾いているか見に行った。干し草をひと握りつかむと、指でもんでみる。おそらく完全には乾いてはおらず、待つ必要があると判断したのだろう。再び子供のところへ行って腕に抱き、干し草小屋まで下った。

日差しが強いので、一、二時間もすれば作業を再開できるだろう。だから日陰に入って待つ方がいい。——しかも風が出てきた。下っていく彼女からジャン＝リュックは目を離さない。干し草小屋の角を曲がるのを見届けた。それは傾いた古いちっぽけな小屋。梁《はり》は黒ずみ、大きな屋根のひさしがはみ出している。春に修繕したばかりなので、そばに材木と板の残りが置いてある。すき間から干し草のくずや束が出ているのが見えるから、少なくとも奥はもうほとんどいっぱいだ。干し草は天井まで届いているにちがいない。前方の草の山はもっと小さい。ジャン＝リュックはそれを承知している。しかし彼は依然として動かず、しばらく待った。

牧場の上を熱風がそよぐ以外は何も動かない。閑散としている。小鳥が木の上から草の中に下りて（ほとんど羽を広げることなく）、ときおり首をかしげながら嘴《くちばし》でつつく。黄色い蝶は、すでに散った花を探して短い草の中をのそのそ動くか、刈り取った跡に隠れている。少しずつ広がっていた林の影はどんどん速度を増して、まだ乾いていない二番草の区画の方へと向かっていく。

突然ジャン＝リュックが立ち上がった。

すばやく牧場を抜けて、干し草小屋の裏まで達する。そこでしゃがみこんだ。

耳を澄ます。静まりかえっている。

干し草の中をバッタが跳びはねる音だけ。懐中時計がカチカチ鳴るのも聞こえたので、彼は音を消そうとするかのように上から手をあてた。

林の上空でカラスが鳴いた。——彼は前に身を投げだし、戸のそばまで腹這いで進みはじめる。梁に顔をくっつけ、小さな穴から覗いた。

クリスチーヌは彼のすぐ近くの干し草の上に寝そべっている。うとうとしはじめる。子供は腕から抜け落ち、スカートのところに横向きで眠っている。彼女は首をわずかにかしげ、上体は斜め。うなじの下に片手がある。穏やかな眠りで、夢でも見ているのだろうか。こんなふうに素敵な光景だ。薄く青い瞼《まぶた》がきれいな目に垂れかぶさっている。寝息でカラコが揺れる。もう一方の手は広げられて丈夫な足にのっている。青木綿《もめん》の大きな長靴下を履《は》いているから、見えるのはふくらはぎまで。

ジャン＝リュックはポケットからロープを取りだした。

干し草小屋の戸は木造りで、鉄の輪がついている。チェーンを取りつけられるよう、別の輪が縦枠《たてわく》にある。ジャン＝リュックは一気に駆けだして戸を閉め、二つの輪にロープを通す。一度結ぶ、もう一度。彼女がはっと目を覚まして、「誰なの？」と叫ぶより前に、元の場所に戻った。すでにポケットからマッチを取りだしている。ところが相手は悪戯《いたずら》だと思っているから、

「起きるまで待ってちょうだい。女が眠っているときは、こうやって忍びこむの？」

彼は自分が風を背に受けるかどうか確かめた。よし、風はおあつらえ向き。木をそっと並べはじめた。いきなり大きな悲鳴が上がる。クリスチーヌが彼に気づいたのだ。「ジャン＝リュック！　ジャン＝リュック！」と叫ぶ。戸に飛びつくと、横梁《よこばり》をつかんで両手で揺らす。だが指が滑る。しかもロープは頑丈だ。放心状態で、こう声をかけた。

「ジャン＝リュック、何するの？」

彼は何も答えない。マッチを擦《す》ると、風に吹き消された。もう一本擦る。燃えている間に膝を地面につけ、両手でおおう。

彼女は何が起きているかを理解した。

「まあ！　まあ！」と叫ぶ。「まさかそんなこと」

そして、

「ジャン＝リュック、赦《ゆる》して。私が悪かった。本当に。もうしないわ。あなた、私の旦那さん。来て。キスしましょう……」

オーギュスタンのことが浮かんだので、さらに言う。

「あいつを好きにしていい。なんなら私が手伝うわ。連れてきてあげるのは、ねえ、どうかしら。私はたしかに付き合っていたけど、もうあいつは好きじゃない。好きなのはあなたよ！」

彼は耳を貸さない。火はなかなかつかない。何時間も経ったような気がする。

彼女は口を開ける。しゃがれた悲鳴がまた長く伸びた。そして言葉が戻ってくる。「助けて！　助けて！」だが返事はない。答えるのは、そよぐ木々とコオロギの鳴き声。牧場には誰もいない。路上にも。下の谷を再び列車が通過する。生の営みはこのように続くのだ。すると彼女は怒り狂って、

「ごろつき！」と叫んだ。

そしてまた哀願する。「お願い、ジャン＝リュック。あなたは優しい人だといつも思ってたのよ。ここから出してくれれば、感謝するわ」また怒りが湧いて戸に飛びつき、板べいに沿って走りながら爪で掻きむしる。髪の毛は目まで垂れて、カラコはずたずた。ぼろぼろの布地からむきだしの腕がのぞく。赤ん坊が泣いている。干し草の向こうまで転がっていた。

彼女は子供を抱き上げると、ジャン＝リュックの方に向ける。

「この子は」話しだす。「何も悪いことなんかしていない。罪はないのよ、この子は！　私はかまわない。でもこの子は出してあげて。きれいな髪の毛をご覧なさい。それに小さな口。まだ歯も生えていない。こんな小さな子が死なないといけないの！」

彼女はすすり泣きを始めた。涙にかきくれながら子供を抱く。ジャン＝リュックは耳を貸さない。火が立ち昇

る。クリスチーヌは地面を転げまわった。苦しみに身をよじらせる。炎はもう大きくなってきた。今は風にあおられ、屋根の方へ延びると先の方が風に巻かれてパチパチと音を立てる。そして新たな風のひと吹きで猛火が下から赤くなると、いきなり横に広がった。白煙が昇ったがすぐまた下りてきて、屋根を伝いつつ四散する。煙が青く細くなる。炎が屋根の先に達したのだ。はみ出ていた小枝が次々と燃え上がる。ジャン＝リュックはうれしそうに微笑みを浮かべた。

悲鳴は弱まり、消え入るようにかすかになる。悲鳴がやんだ。干し草の中を転げまわっていた女がもう抵抗をやめたからだ。——膝を立ててスカートの中に子供を隠し、目を大きく開いて死の到来を待っている。

すでに焼け焦げた梁が屋根の重みで倒れた。むき出しになった干し草の山の中に風が穴をあけると、赤い洞窟のようなものができる。彼は再び成果を検証して満足すると、走り去る。林まで来て、振り返った。火は依然として活発で、円柱さながら小屋の上にまっすぐ燃え立っている。煙の臭いが遠くまで広がる。彼はル・ブルニの方へ向かった。火事を知らせる鐘が鳴りだしたときは、すでに農業用水路の回廊沿いをひと回りしていた。

第十三章

村で叫び声が上がった。ポンプが出動するが、手で運ばなければならない。着いたときはもう干し草小屋の板べいは跡形もなかった。残っているのは、むき出しで黒焦《こ》げの干し草の山。そこに大きな鉄のフックをつっこんで倒した。

すでに日暮れ近くだが、選ばれた四人が出発した。ジャン＝リュックがそこに向かうのを目撃された放牧用の山小屋へと登る。従兄のテオデュールとロマン爺さんは二人ともサセットに行った仲間。そして村会議員のクリスチアン・レイ、さらに私服警官。

急ぎ足だ。まずは平地を進んで、製材所にさしかかる。水車は止まっていた。「俺もあいつを見たぞ。牧場を抜けて、あっちの方へ登っていった」と製材工が怒鳴ったので、「この方向でいいぞ」と警官は言う。それから林に入る。鳥はもう巣に戻るころだ。道が狭くなったので、男たちは一列になって歩く。坂になる。登っていくと、森の中の池の一つに突然行きあたった。水面は波一つなく静か。ほとりに水門がついていて、周囲の木々が映っている。池沿いを進む。この界隈《かいわい》はまるで公園だ。芝生に植えられるような細い芝の四角い叢《くさむら》がいくつかある。カラマツの木立《こだち》は整列しているかのように見える。水もちょろちょろ苔《こけ》の中を流れている。そして石がなく砂を撒《ま》いたようにきれいな小道。——彼らはさらに次の山の肩まで登った。そこはまさに広大な高原。痩せた草が端から端まで波のように続き、遠くに見える丘の頂の間に消える。男たちはそこで霧に包まれた。

闇も濃くなっている。その晩はこれ以上進むのは無理と判断して、干し草小屋に泊まることにした。戸の前で火をおこして、車座になる。炎は天井を這うかのように頭上をぼんやり照らすと、すぐに弱まる。彼らは持っていたパン、チーズ、そしてブランデーの瓶を袋から取り出した。食べて呑む。

それから干し草の上に横たわって眠ろうとした。炎は次第に小さくなり、夜霧が蓋《ふた》のように燠《おき》にかぶさっていく。最後の燃えさしもすでに黒く煙《けむ》っている。一方、山の高みに夕方集まってできるような雲がまた下りてきた。谷底へとゆっくり滑るように沈んでいく。

朝には空はすっきり晴れていた。東の方が白《しら》んでいく。光線の束《たば》を放《はな》ったかのように、最初の光が空の裾野に広がっていく。そして明るさが増すと、上空の紅い焔《ほのお》が岩壁の端を煌《きら》めかせた。朝の深い静寂の中で鳥が囀《さえず》っている。

彼らはすでに立ち上がっていて、すぐまた歩きだした。再び森を貫く小道だが、狭くなる一方。石ころが増え、雨水の跡だらけだ。カーブしてからは、まっすぐの上り道。モミの木がまばらになり、薄緑のカラマツに代わる。突然、新しい山の肩が目に入った。ここはまだ刈り入れができるので、七つか八つの山小屋がちっぽけな集落を成している。台所や寝室がついていることもある。屋根が落とす影の下で窓ガラスが光っている。

「気をつけろ！」と警官が声をかけた。四人の男はさらにしばらく林の中を歩く。はずれに来ると散らばったが、周りに比べて場所が低すぎるから何も見えない。そのためテオデュールはもう少し横に進んで、斜面を這い上る。上に着くといきなり合図したので、ほかの連中も続いた。四人が今いるところからならジャン＝リュックの山小屋が臨める。小さな小屋だが、ほかより少し手前にある。その前にジャン＝リュックがいた。

じっと眺める。顎ひげとシャツの乱れから本人に間違いないが、「何をしてるのだろう」と言い合う。彼は実際、戸の前の階段ではなく地べたに座っていた。顔を上げて誰かに話しかけるように笑ったかと思うと、作業に没頭するかのようにうつむく。土でできた小さな山が整然と並んでいる。彼はその上に葉のついた枝や花を挿《さ》していた。柵に見立てたモミの小枝が囲んでいる。あれは小さな庭だ。四人は合点《がてん》がいった。「チビちゃんが戻ってきたと思いこんでる」と言い合う。

そして、今のジャン＝リュックがどんなに幸せそうなのかにも気づいた。笑みを絶やさず、口を開けて笑いさえするからだ。作業を続ける。二つめの庭にかかっている。それから立ち上がると、そばの泉へ行って帽子いっぱいに水を汲み、わざわざ掘っておいた小さな溝にぶちまける。小川になった。下流には藁《わら》の切れ端で作った堤防があるので、池ができる。

「見たか」みなは言い合う。「あいつはまたとり憑《つ》かれてる」

一人が、

「だから火をつけた」

ほかの連中は、

「そう思うか？」

「もちろん、あの子を取り戻すために。火をつけたことを喜んでいる。あの子がいるから」

するとみなは尋ね合う。

「どうすればいい？」

元いた場所に戻った。そしてまた全員が一緒になって、山小屋の方へ向かう。テオデュールが叫んだ。

「おとなしくしろ、ジャン＝リュック！」

だが彼は連中に気づくといきなり立ち上がって、こう答えた。

「この子は俺のものだ。渡しはしない」

彼は逃げる。子供を抱えて、空っぽのものを両腕で抱えて。全力で斜面を駆け上がる。四人は追いかけるが、相手の走りは超人的。そのため早々《そうそう》に諦め、再び集まってどうするかを話し合った。この捕物《とりもの》に夢中になり、逃がしたことで興奮したからだが、今は冷静に話をしている。一人が言う。

「レ・ロフの方へ行かれたら、逃げられてしまう」

別の者は、

「もし俺たちが捕まえなくても、あっちでもずっと誰かに追われるだろう」

テオデュールは、

「俺の考えだと、あいつは上の小屋へ行ったにちがいない」

それで上の山小屋まで見に行くことに決まった。また険しい斜面と森を越えねばならない。最初の岩場が見えてきた。その岩壁にのっているかのように、放牧地が出現する。さらに上に行くと草が突然消え、瓦礫《がれき》の原が始まる。その先は巨大な絶壁を従えた最後の稜線がそびえているので、峠を越えるための一、二本の道を除いてはもう何もなく、通行不能だ。そのため東には放牧地が長々と続くが、西の放牧地は逆に深い切れこみによってぷっつりと断たれている。そこはラ・ゾー峡谷の頂だ。山を一刀のもとに切り裂いている。岩がどんどん壊れ、山は霜が作った大きな岩の落とし道を伝って崩落する。上にあるのは、土台を削られて斜塔のようになった岩と割れた瓦礫《がれき》。だが山襞《やまひだ》には雪が残っていて、岩の灰色のところどころに白い斑点が見える。最後のカラマツと新たに出てきたアルプス高山マツを抜けると、みなは再び元気が出てくる。陽光をまともに浴びる。日陰がほとんどなくなったからだ。広々した場所には木はないか、あっても枝はわずか。——ハエがぶんぶんと騒がしい。遠くラ・ゾーの方から、強風のような水の轟《とどろ》きが聞こえてきた。少し高いところから丘の頂に向かって、曲線を描きながら滝のように落ちている。靴の鋲《びょう》が石に引っかかって軋《きし》る。ペースを上げたので、四人はもう口をきかない。雷に直撃された大きなカラマツにさしかかった。枝は落ち、黒焦《こ》げの太い幹の真ん中に穴ができている。痩せた土地の周囲にはセイヨウネズ。岩床のあちこちを腐葉土《ふようど》が薄く覆っている。そして間もなくアルプス高山マツの丈《たけ》さえも低くなった。石ころだらけなので、生育不良だ。すると岩を穿《うが》って作った道が現れた。穴があいている側には牛が落ちないように柵が張ってある。放牧地に着いたのだ。

かなり平坦で広いスペースだ。家畜が食べて短くなった草のところどころに丈の高いリンドウが生え、肉厚の葉が煌《きら》めいている。

その上に山小屋が見える。二、三日前に群れが移動したので、今は誰もいない。

遠くから眺める。屋根は低く、石を積んだだけの壁はでこぼこだ。入口はあるが、窓も煙突もない。そばの窪みの中に緑色の大きな沼ができていた。ほとりはぬかるみで、牛の蹄《ひづめ》の痕がついている。動くものは何もない。背後にそびえる巨大な岩壁のせいで、何もかもが小さく見える。岩壁はこちらに倒れそうなほど切り立っている。その前の山小屋はちっぽけだが、もっと小さいのは四人の男たち。何もみつけられず、立ち止まった。

少しためらったが、小川のほとりに腰かけ、また食事を始めた。空腹はあっという間に訪れるし、大気を吸うと腹が減る。自分たちが見られているとは思っていなかったが、それは間違いだ。ジャン＝リュックは小屋の少し上にある大きな岩塊の陰に隠れていた。その場所を選んだのは、苔《こけ》が生えているからだ。チビちゃんを寝かせたと思いこんでいる。そしてそこから男たちの様子を窺《うかが》う。

連中はずっとしゃべっているから声は聞こえるが、何を言っているかはわからない。ジャン＝リュックはその身振りに目を凝らす。一人は岩壁、もう一人は放牧地を指さしている。時が経過した。円柱のような峰に両脇を支えられて、太陽が静かに空を昇っていく。

テオデュールが瓶をひっくり返して、空っぽだと示した。別の瓶が袋から引っ張り出される。車座になった四人の手から手へと再びグラスが回った。彼らのはるか下には広い大地、豊かな平原が開けていて、生暖かい空気と人里のこだまが昇ってくる。

それから連中は袋を閉め直して、山小屋へと登った。戸は閉まっているが、錠などないので、鍵はかかっていない。近づくにつれて歩みを緩め、用心して進む。「きっと中にいるぞ」とテオデュールが声をかけるのをジャン＝リュックは聞いた。二人が中に入り、あとの二人は戸の前に残る。入った二人は長い間出てこなかったから、おそらく小屋の隅々まで念入りに探したのだろう。だがやっと首を振りながら出てきた。するとロマンが地団駄踏んで、「くそ！」と言う。悔しがっている。ほかの連中も。時間を無駄にしたからだ。一人がまた言う。「あいつはレ・ロフの方へ行ったな」するとほかの連中は、「何しに行ったんだろう」――テオデュールが口を開いた。「俺はもう一度羊の柵囲いまで行ってみるよ。それでだめなら、仕方ない。山を下りよう」

彼らが岩壁から転がる石の間を這い登りはじめると、いきなり大きな叫び声が聞こえて、釘づけになる。隠れ場所からジャン＝リュックが出てきた。空っぽの両手を宙に上げて、「おまえらには渡さない！」と再び叫ぶ。身体をかがめて長い足を伸ばし、走って逃げようとした。しばらく動けなかった四人が追撃する。「逃がすな！」と村会議員が叫んでいる。警官は走りながら言う。「二人は右に曲がって、あいつがそっちへ来たら逃がすな」そこで議員とロマンが右へと迂回した。ジャン＝リュックはそのまままっすぐ登るが、ほかの二人が追い迫る。相手は先を行ってはいるが、見通しのきく地形なので、今は遠くからでも姿が見える。彼は振り向きもせず逃げたかと思うと、方向を変えてまた勢いをつける。

今度もまたテオデュールが怒鳴った。「おとなしくしろ、ジャン＝リュック。四人を相手にして、どうなる？」手でメガホンを作って、「おとなしくしろ」と言う。「悪いことはしないから」こだまが復唱したが、ジャン＝リュックは止まらない。「放っておけ。岩壁まで行ったら、こっちのものだ」実際、右側に行った二人は間隔を広げて戻ってきている。テオデュールと警官も、ジャン＝リュックがまた下りてきた場合に備えて間隔をあける。そして靴底が沈みこむ細い草の中に入ると、もう音がしなくなった。ときおり視線を上げるが、ジャン＝リュックは百メートル上。彼は狭い高台にある羊の柵囲いのそばを通り抜けて、後ろに入りこんだ。みなは追う。また姿が見えた。高い絶壁と向きあっている。

さらにしばらくそこにいた。すると雲の影が彼を包んでくる。広げた布のように岩壁の高みから落ちかかったのだ。彼は向きを変えて、岩壁に背をつけた。そのとき警官が、「油断するなよ！」と怒鳴って駆けだした。ほかの三人も同じ。しかしジャン＝リュックは大声で笑いだした。

まだ重いものを抱いているつもりで、腕を組んだまま立っている。顔を寄せ、熱く愛情をこめて見つめる。帽子をなくしているので、顎ひげが風に揺れる。顔を上げると、静かにこう言った（連中は聞こえるほど近くにいたから）。「こっちに来ても、渡さないぞ」

もはや峡谷の方しか逃げられるスペースはない。峡谷はすぐ近くで口を開け、縁《ふち》は切り立っている。木切れを組み合わせて作った柵が張ってある。彼はその方向を見つめて、またしゃべりだす。「神様がこの子を返してくださった。だから神様にお返ししよう……」そのとき太陽が再び姿を現し、まぶしい日差しが滑らかな石を輝かせる。彼は子供を覗きこんで、二度キスした。そして、「これでいい」と呟《つぶや》く。また言う。「俺からだとみんなにさよならを言ってくれ。この子と俺のための祈りも頼む」峡谷に向かって駆けだした。

「走れ！」と警官がテオデュールに怒鳴る。「走って、前をふさげ！」

戻ってきた二人が追うのは難しい。左に寄りすぎている警官も。テオデュールは全力でまっすぐ駆け上がったが、間に合わない。みなは一度に気持ちが萎《な》えて、顔をそむけた。——警官だけが目を離さない。また怒鳴った。

「何をするんだ？　やめろ！　何をするんだ？」

そして、「あいつに飛びつけ！」ジャン＝リュックが柵に達して、それを乗り越えたからだ。谷の縁に立って最後に振り返ると、こう言う。

「さあ来い！」

それから跪《ひざまず》いて祈りはじめた。するとまだ追いつけるのではという希望を抱いた警官が駆けだすが、ジャン＝リュックはもう立ち上がっている。ひどく重いものがのっているかのように両腕をゆっくり宙に上げると、目の前の虚空《こくう》に投げだした。あとを追うかのように覗きこむ。次は自分の番だ。あとずさりしてから、身を躍《おど》らせた。

四人は今いる場所から動かない。息が止まり、青ざめている。「なんてことだ！」とテオデュールが言う。ロマンも「なんてことだ！」と繰り返す。あたりは静寂に包まれている。新たな雲が空を渡っている。風の長いざわめきが混じった水音にまったく変化はない。日差しが再び弱まったが、また現れて、影を追い払う。

彼らはしばらく放心状態でいる。そしてテオデュールが、「こうしちゃいられない」と言った。三人が峡谷へ下り、あとの一人が村へと走る。岩床でジャン＝リュックをみつけた。

すぐそばを早瀬が川底を滑るように音もなく流れている。男たちは遺体を運び上げる。なかなかうまくいかず、時間がかかった。

彼の頭は布で包んであった。「クルミのように割れて、脳みそが飛び出ていた」という。

家々のドアが開き、カンテラが表に出てきて、人声がする。ジャン＝リュックの重い身体がベッドまで運ばれ、寝かせられた。

ベッドの上の彼は大きかった。とても大きかった。

ラミュ年譜

一八七八年	九月二十四日、ローザンヌに生まれる。両親は食料品店、次いで酒屋を営む。シャルル＝フェルディナンという名前は、彼が生まれる前に亡くなった二人の兄の名前をつなげたもの。死んだ兄二人の名を背負ったことが人生観に暗い影を落とす。
九〇年	このころから物を書きたいという欲望が目覚めるが、家業を継いでほしいと願う両親、特に父親にはひた隠しにする。
九六年	バカロレア試験合格後、ドイツのカールスルーエに六か月間滞在。
九七年	ローザンヌ大学法学部に入学するが、のちに父親には内緒で古典文学専攻に移る。
一九〇〇年	文学士の称号を受ける。
	詩人モーリス・ド・ゲランに関する博士論文を書くという口実でパリへ行く。最初は六か月。ルーヴル美術館に頻繁に通ってメモをとるが、近代絵画にも興味を持つ。
〇一年	ドイツ語の臨時教員に雇われるが、ほどなく身体の不調により辞職。
	詩集『小さな村』出版のための経済的援助を父親に求める。
〇二年	復習教師の職を得て、パリへ行く。スイス出身でアカデミー会員の作家エドゥアール・ロッドの知遇を得る。
〇三年	ローザンヌに戻ったのち、ある貴族子弟の家庭教師としてドイツのワイマールへ数か月行く。
	詩集『小さな村』をジュネーヴの書店から自費出版する。
〇四年	彼が作家の道に進むことを許すよう求める手紙をエドゥアール・ロッドが父親宛に送る。
	再びパリへ行く。以後、パリとスイスをたびたび往復。

〇五年　のちに妻となるヌーシャテル出身の画家セシル・セリエと出会う。
『アリーヌ』

〇六年　のちの世界的指揮者エルネスト・アンセルメと知り合う。
『ゾンダーブント戦争』（長編詩）
はじめてヴァリス州のランス村を訪れる。

〇七年　『生活の状況』
『生活の状況』がゴンクール賞候補に推挙されるが、外国人であるという理由などから落選する。

〇八年　『ジャン＝リュックの受難』、『山の中の村』

一〇年　エドゥアール・ロッドの死去に続き、父親も亡くなる。
『中・短編集』

一一年　『ヴォー州の画家エーメ・パシュ』

一三年　セシル・セリエと結婚。娘のマリアンヌが生まれる。
セザンヌの足跡《そくせき》を追ってプロヴァンス地方を旅する。
『スイス人サミュエル・ブレの人生』

一四年　家族を連れてスイスに戻ることにする。
雑誌「カイエ・ヴォードワ」に参加。
『存在理由』、『セザンヌの範例』、『さよなら僕の登場人物たち』、『歌集』
——第一次世界大戦が勃発する。

一五年　『アルプス高地での戦い』
ポール・クローデル、イーゴリ・ストラヴィンスキーと知り合う。

一七年　『悪霊の支配』、『大いなる春』、『病の癒し』
一八年　音楽劇『兵士の物語』をローザンヌで上演。作曲イーゴリ・ストラヴィンスキー、指揮エルネスト・アンセルメ、装置ルネ・オーベルジョノワ。
一九年　『我らの中のしるし』
二〇年　資金援助をしてくれるドイツ語圏スイス人のヴェルナー・ラインハルトと知り合う。
　　　　『兵士の物語』、『我らがローヌの歌』
二一年　『農民の挨拶』(短編集)、『天上の地』
　　　　アルベール・チボーデが『ジャン＝リュックの受難』を評価したことから、以後フランスで徐々に注目されるようになる。
二二年　『死の現前』
二三年　『民族の隔たり』、『詩人の道行き』
　　　　一九二六年から彼の作品の継続的刊行および資金援助を引き受けてくれるアンリ＝ルイ・メルモの知遇を得る。
二五年　『この世の愛』
二六年　『アルプスの恐怖』
　　　　彼の文体に対する賛否を問う『ラミュに賛成か反対か』がフランスで刊行される。
二七年　金銭的にかなり窮乏。大学に職を得させようと友人たちが奔走するが、徒労に終わる。
　　　　『美の化身』
二九年　メルモの援助で週刊誌「オージュルデュイ」の発行を始める。定収が入るようになり、生活はいくらか安定する。

三〇年　『ストラヴィンスキーの思い出』、自分の文体について説明する『ベルナール・グラッセ宛書簡』

ラインハルトやメルモなどが金を出し合ってラミュのために作ったようなロマン賞を授与され、その賞金によってローザンヌ近郊のピュイイに「ラ・ミュエット」と呼ばれる終《つい》の棲家《すみか》を手に入れる。

三一年　メルモの車でヴァリス州およびグラン・サン・ベルナール峠を旅する。

三二年　『贋金作りファリネ』、『アダムとイヴ』

三三年　『民族の隔たり』を翻案した映画『誘拐』の撮影に参加する。

三四年　『デルボランス』

三五年　『諸問題』

三六年　スイス・シラー財団が『デルボランス』に対して大賞を授与する。フランス語圏からは初めて。

『サヴォワの若者』

三七年　ローザンヌ大学から名誉博士の称号を受ける。ただし四十九人のうちの一人。

『もし太陽が戻らなければ』

三八年　『パリ、あるヴォー州人の覚書』

三九年　『世界の発見』

——第二次世界大戦が勃発する。

四〇年　一九三八年に結婚した娘マリアンヌが孫ポールを産む。彼は孫を「ムッシュー・ポール」と呼んで死の間際まで慈《いつく》しんだ。

メルモ社よりラミュ全集の刊行が始まる。全二十巻、一九五四年に三巻が追加される。

四二年　『書類のための戦争』

四四年　『中・短編集』

四五年	スイス作家協会が彼をノーベル文学賞候補に推薦。受賞のための運動が始まる。
四六年	『使いの者、その他短編』
四七年	五月三十一日、ピュイイにて没。享年六十八歳。

解説

ラミュの〝初期作品〟について

本書は『アルプス高地での戦い――ラミュ小説集』（国書刊行会、二〇一二年）、『アルプスの恐怖――ラミュ小説集II』（国書刊行会、二〇一四年）に続く、スイス・フランス語圏を代表する作家C・F・ラミュ（シャルル＝フェルディナン・ラミュ　Charles-Ferdinand Ramuz、一八七八―一九四七）の二作品を集めた小説集です。幸いなことに前の二巻は読者に好意的に迎えていただきました。その一因は、スイス・フランス語圏作家の作品がこれまで日本であまり知られていなかったことにあります。フランスとは似ているようで実は少し異なるスイス文学の魅力を理解してくだされば うれしく存じます。

ある程度まとめて紹介しなければC・F・ラミュの小説は間違って解釈される恐れがあると考えて三冊出版させていただきましたが、ひとまず今小説集をもってシリーズを一区切りにしたいと考えています。誤解されることの多い作家ですから、八小説でもまだ不安はあります。しかし少なくとも彼がただの農民作家ではなく、普遍的かつ現代にも通じるさまざまな問題を提起している点を納得してもらえたのではと自負しています。

今回訳出したのは、C・F・ラミュの〝初期作品〟と呼ばれている小説からの二点です。初期作品といっても、ごく若いころに書いたものではありません。ラミュの小説は、彼が三十六歳の一九一四年以前と以降で傾向が大きく変わります。それまではフランス文学の伝統に則《のっと》ったような、個人に焦点を当てた作品を書いていました。

けれど一九一四年からは、主題が個人ではなく村など共同体の運命を描くことへと移行したのです。さらにはルイ＝フェルディナン・セリーヌやヌーヴォー・ロマンの先駆者と評される、話し言葉を大胆に導入した前衛的な文体の傾向がますます顕著になります。

彼は初期五作品からの決別の宣言を、一九一四年に発表した『さよなら僕の登場人物たち』の中で著しています。どの小説にも強い愛着があるものの、新たな段階に進まねばならないから、名残惜しいが君たちとはお別れする、という内容です。こんな節があります。

僕は君たちと別れる。君たちは僕と別れて一緒に同じ方向へと進むが、僕は逆方向。こうして僕らの距離はどんどん離れていくだろう。

そこにも必然性が生じるが、君たちが従ったように僕も不平を言わずに従う。

しかるべきときに君たちが死んだのと同様に、僕自身も死なねばならないとわかった。それは自己否定ではなく、絶えず自分を滅却して再生のための終焉に同意することなのだ。

こうして彼は初期の作品と決別します。しかしだからといって、それらが後の作品よりも劣っているわけでは決してありません。デビュー作の『アリーヌ』は現在も『アルプスの恐怖』に次いでよく読まれる作品です。『生活の状況』は一九〇七年にフランスのゴンクール賞候補に選ばれました。『ジャン＝リュックの受難』は後にアルベール・チボーデが高く評価してフランスにおけるラミュブームの先鞭となりましたし、日本では石川淳による翻訳が一九二六年に出版されています。すでに有名作家だったロマン・ロランは『ヴォー州の画家エーメ・パシュ』に感激して、彼の方からラミュに知遇を求めてきました。『スイス人サミュエル・ブレの人生』はラミュ作品には珍しく最近までフランスで文庫版として売られていましたから、現在も一定の読者を惹きつけているのでしょう。

しかも第一集の解説に記しましたとおり、ラミュは若いころに抱いた同じテーマを生涯粘り強く追求した作家です。むしろそれほど文体に凝っていない時代の初期作品の方が、彼の思想をよりよく理解できるのではないかと思われます。

『アリーヌ』は農村を舞台とした若い女性の悲劇です。『生活の状況』はギュスターヴ・フロベールを思わせる筆致で描かれた破滅する男の物語です。『ヴォー州の画家エーメ・パシュ』には父親との葛藤という作者の自伝的要素がこめられています。どの作品も捨てがたい魅力がありますが、今小説集では『ジャン＝リュックの受難』と『スイス人サミュエル・ブレの人生』を選びました。訳者自身の好みが反映したのはもちろんです。けれどもう一つ重要な理由がありました。第一集、第二集を読んで気づかれた方もいらっしゃるでしょう。同じ本の中ではプロテスタントの地方を舞台にした小説とカトリックの地方を舞台にした小説のどちらかに偏らないよう配慮しています。スイスは州どころか町によっても多数派の言葉や宗教が異なります。プロテスタントとカトリックの違いは日本人には理解しづらい面がありますが、同じキリスト教とはいえ似て非なるものです。そしてそれは日々の考え方やしきたりの基礎になっていますから、決して無視することはできません。ラミュはプロテスタントですが、カトリックに対して非常に強い親近感を抱いていました。旧約聖書の世界には子供のころから馴《な》染《じ》んでいて、周囲に農民や羊飼いがたくさんいるから遠い国の話とはとても思えなかった、と述懐しています。さらに決定的だったのは、一九〇六年からしばしば行ったヴァリス州（フランス語ではヴァレー州）のランス村滞在でした。カトリック世界を実際に経験することにより、その思いはますます強まります。ちなみに『ジャン＝リュックの受難』は、このランス村で執筆を開始した作品でした。

作品について

a.『スイス人サミュエル・ブレの人生——旅の終わり、旅の始まり』

訳者が小説に夢中になりはじめたころのフランス文学の必読書には、いつもロマン・ロランの『ジャン・クリストフ』やロジェ・マルタン＝デュ＝ガールの『チボー家の人々』などの大河小説が入っていました。文学はただの娯楽ではなく人格を形成するうえで必須のもの、という考えが一般的だった時代です。ドイツ語圏の教養小説も人気がありました。ヨハン＝ヴォルフガング・フォン・ゲーテの『ヴィルヘルム・マイスターの修業時代』、ノヴァーリスの『青い花』、ゴットフリート・ケラーの『緑のハインリヒ』、トーマス・マンの『魔の山』などです。それらを読むことで人生について深く思索し、精神的に立派な人間になりたいと願っていたのでした。

しかし世の中が豊かになりだすと、潮流に変化が生じました。〈人生を真正面から論じるなんてかっこ悪いし馬鹿らしい。それよりも物質的な豊かさを求めた方がいい〉という考えが支配的になります。読書家はあまり尊敬されなくなり、〝質実剛健〟といった言葉は現在ではほとんど死語です。

さらに文学の分野においては、ヌーヴェル・クリティック（新批評）がブームになってきました。見栄《みば》えのよい論文に仕上げるためには、大河小説は長いしテーマが重すぎるのでしょう。〝暑苦しい〟、〝時代遅れ〟、最近の言葉を使えば〝ダサい〟からです。そのため批評対象からどんどん外されるようになりました。この傾向について反対する理由は何もありませんが、そうかといって先に挙げた長編小説群が古臭いと見向きもされなくなるというのは淋しい気がします。訳者自身は人生の中で辛い目にあったとき、〈ああ、『ジャン・クリストフ』を読んでいてよかったな〉と思う場面が何度もありました。

今回訳出した『スイス人サミュエル・ブレの人生』は、その意味ではまったく〝ダサい〟作品です。厳密に言えばフランス文学にはこの用語はないものの、明らかに「教養小説」に属しています。しかも語りは一人称ですから、「こんな流行遅れの小説なんて！」と文学理論の専門家に軽蔑されても不思議ではありません。それにもかかわらずこの小説の本邦初訳に踏み切ったのは、内容に抗しがたい魅力を感じたからでした。

主人公サミュエル・ブレの生き方には輝かしいところなど何もなく、外面的には失敗した人生と言えるでしょう。小学校の先生をめざしたものの途中で放棄してしまうし、恋愛も結婚もうまくいきません。労働者階級からは結局抜け出せられませんでした。H・R・ヤウスの言葉を借りて表現するならば、読者の期待の地平はことごとく裏切られてしまうのです。

しかし訳者が強い共感を覚えたのは、試練の連続の中で鍛えられていくサミュエル・ブレの心の強さ、美しさでした。〈久しぶりに良いものを読んだな〉という大きな満足感とともに、自身を振り返って身が引き締まる思いがしました。幸いなことには、編集をお願いしている中楚克紀氏も同意見でした。形式の古臭さを重々承知しつつもこのすばらしい作品を日本の読者に紹介したい、と考えが一致して、今回の小説集に加えるよう決めた次第です。以上のような点をお含みのうえでご批評くだされば大変うれしく存じます。

ちなみに、ラミュが一人称を使った告白形式で小説を書くことはほとんどありませんでした。主題を鑑《かんが》みたうえで熟慮の末に選んだのではと想像されます。

『スイス人サミュエル・ブレの人生』のテーマについては、発表直後にロマン・ロランが作者宛に書き送った手紙の中にある次の短い一文が、その本質をみごとに突いていると思います。

あなたはあなたの国民の魂を彫り刻みました。

本小説読了後の我々に深く印象づけられるのは、〈スイス人とは何か〉という命題です。スイス人といっても、金持ちやエリートでは決してありません。農業、牧畜、漁業、あるいはサミュエル・ブレの大工さんのような職業に携わる一般庶民が抱いている物の考え方、感じ方、人生観などです。それは特に主人公がフランスのサヴォワ地方、次いでパリへと移住する章において顕著に現れます。常にフランス人と自分たちを比較せざるをえないからです。

スイスとフランスの地理的な相違点はすぐにみつかります。パリへ向かう徒歩旅行中は平地ばかりで目印となるアルプスの山がないから視線の方向に困ってしまう、あるいはパリに着いて海風が及ぼす気候への影響を初めて知った、などですが、それよりもっと衝撃的だったのは人間性の違いでした。

あれほど親しかったルイ・デュボルジェルとは、政治的意見の相違から別れてしまいます。考え方に違和感を覚えたからですが、デュボルジェルと彼の演説を聞いて喝采を送るパリっ子について、作者は次のように描写しています（一四一ページ）。

> 拍手喝采が沸き起こる。全員が喝采する。思想を大きく異《こと》にする者さえも。これがパリの流儀。雄弁そのものを愛する。出来栄えがよければ、演説の内容など気にしない。
>
> 彼（デュボルジェル）はもはや反論を受け入れない。自分の論理に僕が同調しないのに苛立っているが、僕には複雑すぎるし、少し空疎な気がする。僕は土台を大切にする。壁を作るときも、まずはしっかり土を掘って、家の基礎の上に安定させたい。

同じフランス語をしゃべってはいても、ときには少々軽薄とも揶揄されるラテン気質のフランス人と自分たちとでは相いれない部分があることを主人公は自覚します。厳しい自然や地形の中で暮らしているスイス人は、口先よりも実を重んじるのでしょう。スイス人のフランス語がフランス人よりもゆっくり話されるのはよく知られていますが、しゃべりの癖というよりも気質の違いが大きく関与している気がします。

ちなみに直接的な影響関係はないものの、スイス文学を代表する二作品の主人公は、基本的にサミュエル・ブレと同じ人生行路を辿っています。すなわちジャン＝ジャック・ルソーの『告白』の語り手とゴットフリート・ケラーの『緑のハインリヒ』の主人公ハインリヒですが、ともにさほど裕福でないプロテスタントの家庭に生まれた三人には、外国のカトリック圏に移住してもまれる中で精神的に大きく成長し、そして最後には故郷へ帰る、という共通点があります。実は貧乏な子が艱難辛苦の末に社会的大成功を収める、というパターンの通俗小説は、当時スイスのフランス語圏でもドイツ語圏でも多く見られました。そのためルソーやケラーとラミュを安易に比較してはいけないのはもちろんですが、スイス人のアイデンティティーを考えるうえでは大いに参考になると思われます。

ジャン＝ジャック・ルソーの作品については、フランス文学でなくスイス文学として取り扱うべきだという考えが研究者の間で広まっていると聞いていますが、それはごく当然と言えるでしょう。『告白』の語り手が一番多感な青春時代を送ったのは、フランスではなくサルディーニャ王国です。『緑のハインリヒ』の主人公はドイツのミュンヘンに行って鍛えられました。外国の、しかも宗教の違う世界で暮らすのですから、若者たちは異文化からさまざまな刺激を受けます。そしてそれを糧《かて》にして、大きく成長するのです。両作品とも邦訳が比較的入手しやすいので（『緑のハインリヒ』は現在絶版の模様ですが、ほとんどの図書館が所蔵しています）、〈スイス人とは何か〉を論じるときには『スイス人サミュエル・ブレの人生』とともに参考にしていただければ、と願っています。

さて、文学的には一九一四年がラミュの大きな転換点になったと先に書きましたが、精神的な転換点は一九一〇年に起きました。一月二九日にエドゥアール・ロッド、さらにその直後の二月十五日に父エミールを亡くしたのです。

エドゥアール・ロッドはフランスのアカデミー会員にも選ばれた同郷の作家で、パリに出てきた文学志望のスイス人青年たちの面倒をよくみていました。そして詩集『小さな村』を自費出版したばかりのラミュの才能に注目し、まっとうな職についてほしいと願う父親に宛てて、息子が文学の道に進むことを許してやってほしいという内容の手紙を一九〇四年に送ります。文学的には作風を異にしていることをラミュは自覚していたものの、ロッドは彼にとって精神的な師のような存在でした。

また父親との葛藤は、彼の文学的原点と言っても過言ではないでしょう。シャルルとフェルディナンという二人の息子を幼くして亡くした両親は、次に生まれてきた男の子に二人の名前をつなげてシャルル＝フェルディナンと名づけ、食料品店、その後酒屋を営んでいた家業の後継を託します。しかし十二、三歳ごろから文学に目覚めたシャルル＝フェルディナンは、親の目を盗んで詩や散文を書き溜めます。そして父親の意向に沿ってローザンヌ大学の法学部に入学しますが、文学への思いは断ちがたく、内緒で古典文学専攻へと転科しました。母親は理解を示すものの、父親はもちろんひどく落胆します。それでもせめて学校教員か大学教授になってくれるものと思っていました。一九〇〇年に初めてパリに滞在したのは、詩人モーリス・ド・ゲランに関する博士論文を書けば教員の就職に有利になる、という口実のもとに父親の資金援助を受けたからです。実際には論文を一行も書くことなく、文学仲間との交流および絵画の鑑賞に日々を費やしていました。このように父親の期待を著しく裏切ってしまい申し訳ないという気持ちを、シャルル＝フェルディナンは終生抱いていたのです。

その二人が一九一〇年の一か月も経たない間に相次いで亡くなりました。すでに書き上げていた『ヴォー州の画家エーメ・パシュ』出版のための校正作業は行っていたものの、〈ほぼ二年は放心状態だった〉と彼は自ら記しています。いくつか新しい小説の執筆を試みましたが、筆が思うように進まず、次々と断念します。そして精神的に落ち着きを取り戻してきた一九一二年五月にやっと『スイス人サミュエル・ブレの人生』を完成させることができたのです。

もともとはバルバ家のローズお嬢様のような心中事件やそれに続く悲劇を主題にした短い小説に仕上げるつもりでしたが、徐々に構想が膨らみ、最終的には一人の男の人生を描く作品へと大きく発展しました。この変化にエドゥアール・ロッドと父親の死の影響を認めるのは、唐突ではないでしょう。心の支えを相次いで失うという喪失感から立ち直り、これからは誰にも頼らず一人で進んでいく決意を固めるには、人の生き方について深く考えることが不可欠ではなかったかと思われます。

ちなみに小説は当初、共同生活者ジョンの滑稽な格好の描写で終わる予定でした。けれども後になって、人および神に関する汎神論的な思索、さらにボルロのエピソードと順序を入れ替えています。こちらの方が小説の結末としてインパクトが強いと考えたのでしょう。汎神論的な思索の箇所については、スウェーデンボルグの影響や作者自身が若いころに勉強した神智学との関連をもって論じられることがあります。その面を認めはしますが、実体験に由来する思考を通じて最終的に神まで辿り着いた、というのが物語の大筋です。ジュスト爺さんが固く信じる戒律やモグラ捕りのランブレが口にする運命論も、主人公は自らの人生遍歴の中で納得していきました。衒学的《げんがく》な解釈はひとまず脇に置いて、一庶民として生きる決心をしたサミュエル・ブレの心模様に従って考えた方が作者ラミュの意図によりよく沿えるのではないかと思います。

一人の男の人生を丹念に辿っているのだから、作者の自伝的な要素がどこかに加味されているのでは、と想像されても不思議ではないでしょう。しかし伝記を読んでも、それを窺《うかが》わせる箇所は一つもありませんでした。すべてはラミュの想像力の中で作り上げられたフィクションで、実際には三十代前半だったにもかかわらず六十五歳まで達する人物を描いたとは驚きです。

先に書きましたとおり、彼は都会ローザンヌのある程度裕福な商店の子です。大学まで行かせてもらっていますから、庶民階級に属しているとはとても言えません。父親を失ってはいますが、母親、弟、妹は健在でした。

さらには、この小説執筆中にヌーシャテル出身の画家セシル・セリエとの結婚を決意したと思われます。「結婚なんて馬鹿馬鹿しい。一生独身だ」といつも口にしていた彼が宗旨替えしたわけです。もちろん二人とも初婚ですから、小説のように寡婦と一緒になったのではなく、いわんや死別など縁起でもありません。彼は内気な性格だったそうですが、若いころに出会ったほかの女性とのロマンチックな恋愛エピソードも残念ながらみつかりませんでした。

『ヴォー州の画家エーメ・パシュ』とそれに続く『スイス人サミュエル・ブレの人生』の主人公を、ラミュはともに最終的には故郷のスイスに帰らせています。ここにパリにとどまるかスイスに帰るべきかと悩む当時の作家の心境を見たくなりますが、実際には違っていた模様です。一九一三年にセシルと結婚して娘マリアンヌ（明らかにフランス共和国を象徴する女性像から名前をもらっています）が生まれますが、夫婦はそのままパリに残りたかったようです。しかし娘を育てるうえでの環境を考えて、スイスに戻ることに決めました。一九一四年はちょうど第一次世界大戦が勃発した年ですが、不穏な空気を感じられはしたものの、これが直接の原因でも決してありませんでした。このようにラミュの作品は本人の伝記とはまったく切り離して考えなくてはいけません。

しかしもちろん予知能力があったわけではないでしょうが、『スイス人サミュエル・ブレの人生』を読んでいると、これが一九一三年に発表された作品であることを思わず忘れてしまいそうな箇所にいくつも出くわします。そしてラミュの基本的な物の考え方が終生まったく変わっていないのにも驚かされます。普仏戦争に関する描写は、まるで第一次世界大戦中、第二次世界大戦中のフランスからヒントを得たかのようです。また無政府主義を信奉するルイ・デュボルジェルのくだりは、後のスイスにおけるイーゴリ・ストラヴィンスキーや亡命ロシア人たちとの交友、さらには一九一七年のロシア革命勃発とソビエト社会主義共和国連邦の成立前後の熱狂の時代を思い起こさせます。その渦中にあっても、ラミュが共産主義支持に傾くことはありませんでした。ルイ・アラゴンらのフランス左翼陣営、あるいは逆に郷土愛を高く評価する右翼からの勧誘のどちらも断っています。その理由は、先に引用した〈僕は土台を大切にする。壁を作るときも、まずはしっかり土を掘って、家の基礎の上に安定させたい〉というサミュエル・ブレの独白を思い出せば納得していただけるでしょう。時勢に煽《あお》られることなく独自の立場からじっくり思想を構築していくというのが、ラミュの終始一貫した態度でした。
小説の副題とした「旅の終わり、旅の始まり」は、編集者の中楚克紀氏の提案によるものです。その意図について、彼は訳者に次のように伝えてきました。

一人の人間の半生を辿る、という意味では「旅の始まり、旅の終わり」とすべきですが、さまざまな経験を経た晩年に至り、過ぎ去りしその半生をみつめ直す、という意味では「旅の終わり、旅の始まり」なのです。つまり、たとえ肉体はいつか滅びるとしても、それは決して「終わり」ではなく、より高次なものに向かっての新たな旅の始まりである――それがこの小説のテーマではないでしょうか。〈終点に見えたものが実は出発点にすぎないのはよくあること〉（二七三ページ）、〈旅の終わりにやっとその（人生の――引用者）意味が見えてきた〉（二七四ページ）とあるように。

そのとおりだと感心しました。中楚氏はさらに、たとえば二五一ページで主人公が昔の知り合いの近況を尋ねたとき「死んだ」、「死んだ」と突き放したようにあっさりと返事を続ける（これは『アルプスの恐怖』の幕切れ場面と同じです）ジョルダンの姿に、日本人が抱いている無常観と通じるものがあるのではないか、と感想を述べています。
ラミュが東洋思想に関心があったことを示唆する資料はまったくありませんが、ダヴィッド・バルバの運命に関する因果応報といい、日本人の物の考え方に近い要素をいくつも発見するのは驚きでもあります。「あなたがた東洋人は本当にラミュの小説世界に共感できるのか」と訳者はスイス人からしばしば尋ねられました。まったく異なる風土に暮らしているると信じられているからです。宗教の問題が絡んでいるため説明が大変難しいのは承知しているものの、前回の「スイスと日本の間の〝隔たり〟」に続いて近々この件についてラミュ研究会誌に拙文を掲載させていただこうと考えています。

先に執筆当時の作家が置かれていた状況について記しましたが、「旅の終わり、旅の始まり」という言葉はC・F・ラミュ自身の人生にもそのままあてはまります。父と師という精神的な支えを次々と失った喪失感の中、これまでの生き様を総括しつつも結婚を含めた新たな一歩を踏みだす決心を固めるには、『スイス人サミュエル・ブレの人生』の執筆がどうしても必要ではなかったのではと想像されます。

b.『ジャン＝リュックの受難』

マッターホルンやサース・フェー、アレッチ氷河などで有名なヴァリス州は、生活環境の厳しさからスイスの中でも遅れている地域と長くみなされていました。見方が変わったのは、十九世紀後半に観光ブームが起きてからです。雄大な自然の美しさが人々を惹きつけるようになり、開発がどんどん進みました。

しかしヴァリス州に興味を持ったのは、もちろん観光客だけではありません。アルプスの自然や住民たちの素朴な暮らしぶりを描こうとする画家、あるいはケルト起源の風習や伝説に触れようとする文学者が数多く移住してきました。フランスに詳しい方は、やはり同じ時期に起きたブルターニュ地方ブームを思い起こせば理解していただけるでしょう。彼らは手つかずの自然や純朴な人々を褒《ほ》め称《たた》え、むやみな進歩、とりわけ観光業者による自然破壊には断固反対します。

そのような雰囲気の一九〇六年の十二月終わりごろ、パリに住むC・F・ラミュのもとにローザンヌのパイヨ書店から執筆依頼が舞いこみます。フランスでも地方ブームが起きているのだから、ヴァリス州を題材にした絵入りの本を出版すれば商業的に成功するにちがいないと考えたからでした。アルプスとそこに暮らす人々を称える内容で、絵は画家のエドモン・ビーユが担当し、ラミュには文章の方を受け持ってほしいとのことでした。

ラミュはこの計画のコンセプトに共感を抱くとともに金銭的な条件が良かったため、申し出を快諾します。この本は『山の中の村』という題名で一九〇八年十二月に発売されましたが、取材のためヴァリス州に何度も長期滞在したことが作家の人生に大きな影響を与えました。ランス村には一九〇六年に短期間過ごしたことがありましたが、まずはエドモン・ビーユの山小屋があるシャンドラン村、次いでランス村に暮らす友人のアルベール・ミュレにホテルの紹介を頼んで、そこに長く滞在しました。この期間中に『ジャン＝リュックの受難』の構想が生まれ、最初の執筆が行われたのです。小説の献辞がアルベール・ミュレ宛となっているのは、このような事情によるものです。ちなみにラミュはランス村を大層気に入り、一九二三年発表の『民族の隔たり』の舞台もこの村にしています。

当初は主人公をホテル勤務にするつもりで、プロットが異なっていました。題名も『アンブロワーズの最期』、『幼児の死』、『ジャン＝リュックの物語』と変遷した後、『ジャン＝リュックの受難』となります。そして一九〇八年に二篇の短編小説を伴う形でパリの書店から発売されました。しかしラミュはその約十年後に一部の書き直しを行います。具体的には、第八章の子供の死の場面における文章や言葉の修正、さらには小説の結末部分にあった伝承的な記述の削除です。改訂版は短編小説を除いた単独の形で一九二〇年にジュネーヴの書店から出版されました。

一九二六年に日本で刊行された石川淳訳の『悩めるジャン・リュック』は、短編二つがついているのと結末に伝承的な記述があることから、一九〇八年の初版を入手して翻訳したものと思われます。またフランスで一九二一年に発行された文芸誌『新フランス評論』（ＮＲＦ）の中でアルベール・チボーデが〈本当に隅から隅までとても良くできた作品〉と称賛しましたが、これは一九二〇年の改訂版に対する批評です。その後も細かな修正が数度行われて、一九四〇年にメルモ社が刊行を開始した全集の中に最終的な形が収められます。本書は、メルモ社全集を基にして校訂されたプレイアッド版を底本にしています。

『ジャン＝リュックの受難』を筋書きだけで追うならば、哀れな男の悲惨きわまりない物語です。妻には公然と裏切られる、最愛の息子を溺死させて正気を失う、財産を次々と奪われる、そして最後には妻と赤ん坊を焼き殺して自殺してしまいます。何の希望も見いだせず嫌悪感を抱いた読者もいらっしゃるにちがいありません。しかし、この小説を単なる田舎の粗野な農民の悲劇と決めつけるのは早計な気がします。主人公の生き様がイエス・キリストの磔刑《たっけい》の場面と二重写しになっていると考えれば、別の視点が見えてくるからです。

本文中には、イエス・キリストの磔刑を暗示する箇所がいくつも出てきます。第三章において、ジャン＝リュックという名前が福音書を著した聖ヨハネと聖ルカに由来していることは、すぐに気づかれるでしょう。妻の名前のクリスチーヌはキリストから来ています。

ジャン＝リュックは倒れた木の下敷きになって足を骨折します（三〇一ページ）。

顔は柔らかいパンのように蒼白、大きく開いた目には生気がない。額が割れて、血が口ひげの中まで垂れている。胸はむき出しだ。仰向けのまま動きがとれず、磔刑《たっけい》に処される男のように腕を大きく広げている。

また第七章では、ジャン＝リュックと仲良くなった靴屋のナンシュが次のように話します（三三六ページ）。

ナンシュが相槌《あいづち》を打つ。
「それならたしかに俺たちは似た者同士だ」

首を振る。

「我らが主（イエス・キリストのこと）のようなもの。衣服をはぎとられ、殴られ、鞭で打たれ、顔に唾を吐きかけられ、十字架にかけられた」

さらに狂気に陥ったことは、彼がイエス・キリストに近づいたことを意味します。第九章（三五三ページ）において、
彼の風采《ふうさい》はぐんと良くなった。黒く縮れた顎ひげは伸ばし放題。髪の毛も黒く縮れている。顔は青ざめ、背は少し伸びたかのようだ。遠くを見つめる暗い瞳の中で、一点が火のように燃えている。額が引き締まり、眉《まゆ》毛《げ》が目立つ。

そして声音《こわね》が優しく幸せそうに見える彼に対して、村人たちは羨望の眼差しを向けるのです。

けれど、「そうは言っても、ジャン＝リュックは酒浸りになり、どんどん落ちぶれていくではないか。現実に惨めなことは否定しようがない」と反論される方もいらっしゃるでしょう。フランス自然主義小説に似た筆致を指摘されるかもしれません。しかし実際のところ、ラミュは自然主義を嫌悪していました。彼の考えを理解するためには、小説に登場してくるルンペンプロレタリアートの扱いについての考察がぜひとも必要と思われます。

ルンペンプロレタリアートはカール・マルクスが使用した言葉で最下層の労働階級を意味しますが、ラミュ作品においては〝社会の埒外《らちがい》に暮らす人々〟、具体的にはモグラ捕りや日雇いの季節労働者、サーカスを含む大道芸人、村の外れに暮らす売春婦などを指します。生活は困窮し一般の人々からは馬鹿にされる存在ですが、ラミュにとって彼らは軽蔑の対象でも同情の対象でもありません。それどころか社会の軛《くびき》から逃れて自由に暮らすこ

れらの人たちに、いつも温かい視線を向けています。

これはそもそもラミュの少年時代の経験に由来しています。学校休みはローザンヌ郊外の田園で過ごすのが常でしたが、そこで彼はモグラ捕りのおじさんと親しくなり、「わしの跡取りだな」と冗談を言われるほどいつも連れ立っていました。そのため社会の埒外に住む人々に対する偏見などまるでなく、逆に精神的に自由な生き方に憧れさえ抱いていたのです。

この幼いころの印象は、長じて〝詩人の運命〟の問題に突き当たったときにも威力を発揮します。詩人も彼らと同じく社会から疎外されて暮らさねばならない存在だと確信したのでしょう。アルフレ・ド・ヴィニ、シャルル・ボードレール、ギュスターヴ・フロベールらの著作に強い共感を覚えたのは、このような理由からと思われます。

ラミュは放浪の籠《かご》職人を主人公にした小説を、『詩人の道行き』と題して一九二三年に発表しています。また一九三六年の『サヴォワの若者』は、サーカスの女性に魅了された若い男の物語です。『ジャン=リュックの受難』の中でも、村人たちにいつもおもちゃにされる呑んだくれの靴職人ナンシュだけがジャン=リュックの狂気の本質を見抜きます。第九章の中では、「あいつはおかしくなった!」と繰り返す蹄鉄工に対して、「あいつは聖者なんだ!」(三四九ページ)と反論します。あるいはジャン=リュック本人に向かって次のように言います(三五〇ページ)。

「俺はおまえを偉いと思っているよ。ほかの奴らよりも遠くが見えるからな」

このように社会の規範から逃れた者だけが真実をとらえることができるのです。『スイス人サミュエル・ブレの人生』においては、モグラ捕りのランブレがサミュエルの未来を予言する警句を吐き、実際そのとおりになりました。

狂気についても同様で、ラミュは決して否定的な考えを持ってはいません。二〇一二年に刊行した『アルプス高地での戦い』の訳者解説の中で書きましたが、知的障害者や精神に異常をきたしている者は人智を超えたものを感知する能力があるとみなされているのです。『ヴォー州の画家エーメ・パシュ』では、イエス・キリストが頻繁に訪ねてきて会話ができると思いこんでいる狂女ローズが、故郷の象徴として描かれています。十字架の前にひれ伏してジャン＝リュックは見えない相手としゃべりますが、これは一概に狂人の妄想とは言い切れません。少なくとも彼には神様が見えていたのですから。崖から飛び降りて自殺したのも、幸福な最期と言えるかもしれません。死を選んだことで、彼はさらに聖者に近づきました。小説の結末の文章は次のとおりです（三八三ページ）。


ベッドの上の彼は大きかった。とても大きかった。


以上のように、この小説は惨めな男の転落の経緯をただ無慈悲に描こうとしたのではありません。直訳すれば『迫害されたジャン＝リュック』となる原題を敢えて『ジャン＝リュックの受難』としたのは、こうした点を踏まえてのことです。

ほかの作品と同じく、小説を読んだ我々の心に深く刻みこまれるのは、やはり〝人間の運命〟の問題でしょう。ジャン＝リュックも自らの意思に関係なしに否応《いやおう》なく運命に引きずられていくのです。

ラミュがローザンヌ大学の法学部に入学したものの父親に内緒で古典文学専攻に移ったことはすでに書きました。とりわけアイスキュロスを好んでいたそうですが、『ジャン＝リュックの受難』にはたしかにギリシャ悲劇を思わせる箇所が随所に現れます。構成は演劇的ですし、神に生贄《いけにえ》を捧げる描写、あるいは最後の山への逃亡の場面は古代劇を連想させます。しかしこの要素はラミュのどの作品にも感じられることで、特にこの小説に限ったものではありません。訳者としてはさしあたり、〈彼の作品にはギリシャ悲劇と同じく常に〝運命〟という通奏低音が流れている。そしてそれは『ジャン＝リュックの受難』の中でとりわけ大きく聞きとれる〉と指摘するにとどめたいと思います。

佐原隆雄

訳者あとがき

フランスのトゥールにあるフランソワ・ラブレー大学において二〇一四年十月二日から四日まで開催されたC・F・ラミュ国際学会に出席してきました。国際学会といっても、参加者が五十人ほどの小さな集まりです。訳者はこれまで一九八〇年にパリで行われたフロベール学会を大学院生時代に見学、また一九八九年に中華人民共和国の北京で開催された国際フランス語教授連合（ＦＩＰＦ）の学会に発表者として参加した経験がありますが、それらに比べてあまりに小規模なのには驚きました。しかし逆に楽しい面もあります。参加者はすぐに打ち解けて、ランチもディナーも一緒です。そんなファミリアルな雰囲気でしたが、発表をするのはちょっと度胸が要るな、と思いました。著作や論文で名前をよく知る先生方が最前列にずらっと並んで、相談をしながら質問してくるのですから。

日本、というよりアジアからの参加者は久しぶりとのことで、大歓迎されました。はじめは大先生たちの中に交じってもじもじでしたが、「ラミュはエリートの作家じゃないから、私たちも同じ。気楽にしなさい」と言われると元気が出ます。そしてラミュの小説の日本語版を出版し続けていることについて、大きな励ましをいただきました。さらには二〇一五年刊行のラミュ研究会誌に掲載した拙論「スイスと日本の間の〝隔たり〟」をすでに原稿段階で読まれた方もいて、もちろんリップサービスも含まれてはいますが、「ヨーロッパ人とまったく違った視点で書かれていて、とても面白かった」と言ってくださいました。

さて今回の『ラミュ小説集Ⅲ』ですが、C・F・ラミュのいわゆる〝初期作品〟から二作を選びました。解説に記しましたとおり、彼の小説は一九一四年を境に傾向が大きく変わります。個人に焦点を当てていたのを改め、集団の運命を描くようになったのです。しかし一九一四年以前の作品が劣っているのでは決してありません。訳者はとりわけ『スイス人サミュエル・ブレの人生』が昔から大好きで、この小説をぜひとも日本の読者に紹介したいと思ったのが今回の出版の一番大きな動機です。自伝形式という、小説技法としては古いスタイルではあるものの、主人公の生き方にはきっと共感してくださるものと信じています。当初は『ジャン゠リュックの受難』だけでなく『アリーヌ』も小説集に加えるつもりでした。ラミュ作品の中で最も人気のある小説の一つだからですが、本が厚くなりすぎるのと粗筋に『ジャン゠リュックの受難』と似通った部分があるため、今回は断念して次の機会を待つことにしました。

『スイス人サミュエル・ブレの人生』は本邦初訳です。『ジャン゠リュックの受難』は一九二六年に『悩めるジャン・リュック』という題名で出版されたことがあります。翻訳者は有名な作家の石川淳ですが、「あの仕事は金のためにやった」と本人が語っているとおり、緻密な研究どころかスイスのヴァリス州を舞台にした物語であることさえ認識していなかったのでは、と思わずにはいられない箇所にしばしば遭遇します。とはいえ、訳者は学生時代に『紫苑物語』を読んで以来、石川淳の華麗な文章にはずっと憧れの気持ちを抱いていました。翻訳ではありますが彼の文を細かく丁寧に読むことができたのは大きな喜びです。二〇〇八年にゆまに書房から復刻されました。興味をお持ちの方はぜひお読みください。

カバー写真の撮影は、前回に続いてビール市在住の友人アドリアン・キュンチ氏にお願いしました。高校教員として日々多忙にもかかわらず、時間を割いてみごとなショットを送ってくださいました。そしていつものことですが、翻訳中にスイスの風俗や習慣について疑問が生じると、彼およびラミュ協会の前書記長モーリス・レベテ氏と現書記長ディラン・ロト氏に問い合わせています。三人には深く感謝します。

序文執筆は、トゥールの国際学会の折に知り合ったローザンヌ大学ロマンド文学研究センター（ＣＲＬＲ）主任ステファンヌ・ペテルマン氏に依頼しました。彼はこれからのスイス・フランス語圏文学研究を担う逸材です。すでに何冊かの著書があり、さらにはスイス人作家に関する講演のため外国からしばしば招待されています。このようなペテルマン氏ですから、ラミュに関する知識が膨大なのは間違いありません。しかし今序文は、それをいくらか抑えた筆致で綴られています。これには理由があり、ＣＲＬＲの活動について序文の中で触れてもらえないか、と訳者がリクエストしたからです。

スイス・フランス語圏文学は日本ではまだ研究者が少なく、ラミュに関しても多くの方々に参加していただきたいと心から願っています。しかし、あまり知られていないから批判を受けにくいだろうと間違った情報を流されては困ります。実は最近、ラミュの小説の一つが翻訳され出版されました。原作の味わいどころかストーリーさえ別物になったほどの翻訳の数々もさることながら、どうしても看過できないのは、環境破壊になるからと著者はアルプスの放牧に反対している、と主張している点です。たしかにラミュは環境問題についてたびたび発言しています。しかしそれは、観光開発による自然破壊、ローヌ河の運河化工事、ローザンヌのような大都市における急速な緑の減少に対する反対意見で、スイスどころか世界中どこでも広く行われている放牧への批判などまったくしていません。一般的に考えても、牛や羊が草を食《は》むのはむしろ生態系保持に一役買っていると聞いていますが、いかがでしょうか。

ラミュのお孫さん家族は現在ジュラ地方にお住まいです。訳者はラミュ協会の紹介でご家族とコンタクトをとり、日本語版を出版したい旨を伝えました。そして本が完成するたびに郵送しています。Ｃ・Ｆ・ラミュの小説が日本で読まれることを純粋に喜んでくださっているので、このご家族を悲しませる真似は決してしてはならないと肝に銘じています。

ステファンヌ・ペテルマン氏に序文の中でＣＲＬＲの活動を紹介してほしいとお願いしたのは、スイス・フランス語圏文学の勉強を始めるときの表玄関の一つを明示したかったからでした。ほかにも有力な機関は存在するでしょうが、少なくともこの研究センターに問い合わせれば、スイス・フランス語圏文学に関する基礎資料は十二分に入手できます。さらには外国語に翻訳された作品の蒐集も行っていて、もちろん拙書も寄贈しています。作家の研究を行うなら、やはり必要最低限の文献には目を通すべきでしょう。「アジア人のための大使役をあなたに務めてもらえないかな」とよくペテルマン氏に冗談を言っていますが、彼にかぎらずＣＲＬＲのスタッフはきっと喜んで協力してくれると思います。そのうえで将来の日本人研究者がヨーロッパ人を驚かせるような優れた論文等を発表してほしいと願ってやみません。

できるだけ誤訳を避けるためとはいえ、いつまで経っても流暢な文章を作ることができない訳者に辛抱強くアドバイスしてくださる編集者の中楚克紀氏には、いつも感謝の言葉もありません。中楚氏の存在なしには、全作品が本邦初訳と言っても過言ではないラミュ小説集を出版することなどとても不可能だったでしょう。中学・高校時代の同級生という立場に甘えて過重な負担をかけてしまい、大変申し訳なく思っています。また、いささか無謀とも思える企画を今回も快諾してくださった国書刊行会の礒崎純一出版局長にもお礼を申し上げます。

今回もラミュ協会より出版助成金をいただきました。さらにはスイス政府の外郭団体であるプロヘルヴェティア文化財団からも助成金が交付されました。ラミュの小説を日本語に翻訳する意義を理解してくださり、大変うれしく存じます。

スイスの小説に挑んではいるものの、日本語に訳していると知らないうちに日本の情景が目に浮かぶものです。訳者は生まれも育ちも広島県ですが、母方が長野県出身だった関係から、子供時代は学校が長期休暇に入ると長野県を訪れていました。そのため現在は市に編入されたものの、祖父母の実家がある北佐久《さく》郡や小県《ちいさがた》郡の山野の景色は自分にとって馴染み深いものです。また大半は農家の方ですが、そこで会った人たちは口数こそ少ないけれど心から親切を示してくださいました。翻訳をしていると、そのころの懐かしい思い出がしばしば蘇ってきます。「日本は海に囲まれた島国だから、スイスの話を理解するのは難しいのでは？」と何度もスイス人から尋ねられました。そのときはいつも日本アルプスおよび長野県の存在を教え、「日本の面積の約六十パーセントは山岳地帯で、その中にはスイスとよく似た風土の地域がある」と答えています。どなたかは存じませんが、インターネットの書評欄に、〈信州の山奥に暮らす自分にとって、峠ひとつ越えると別世界というのは、よく実感できる。規模こそ違え、長野もスイスも似たようなものだなと思った〉と書きこまれているのをみつけました。訳者と同じ気持ちを抱いてくださっている、と大変うれしく思いました。

とりわけ『スイス人サミュエル・ブレの人生』のような自伝風の小説を翻訳していると、自分自身の過去の記憶が次々と脳裏をよぎります。もちろんサミュエル・ブレほどではないものの、苦しい時期も多々ありました。友との出会い、そして別れも経験しました。今はもうこの世にいない実の両親、継母、そして若くして亡くなった妹の敏子のことを思い出すと、あのころもっと優しい気持ちで接していればよかった、と悔やむ気持ちでいっぱいになります。小説の最後にある主人公の述懐は、まるで自分に向けて語られているかのような気持ちで読みました。そして現在もご健在ですが、高校生時代からずっと温かく見守ってくださった、訳者にとってのルー先生にあたる森健二氏に深く感謝します。

訳者略歴
佐原隆雄（さはら・たかお）
1954年広島県呉市生まれ。東京外国語大学大学院外国語研究科ロマンス系言語専攻修了。専門は、19世紀フランス文学、スイス文学およびフランス語教育法。翻訳書として、C.F. ラミュ『アルプス高地での戦い』（国書刊行会、2012年）、C.F. ラミュ『アルプスの恐怖』（国書刊行会、2014年）。'La « séparation » entre la Suisse et le Japon' (Les Amis de Ramuz bulletin 35) などフランス語圏作家に関する研究論文。『文法から学べるフランス語』（ナツメ社）ほかフランス語教育に関する著書も多数ある。C.F. ラミュ協会終身会員、ラミュ研究会会員。

スイス人サミュエル・ブレの人生
——旅の終わり、旅の始まり
ラミュ小説集III

2016年6月20日　初版第1刷印刷
2016年6月25日　初版第1刷発行

著者　C.F. ラミュ
訳者　佐原隆雄

発行者　佐藤今朝夫
発行所　株式会社国書刊行会
〒174-0056 東京都板橋区志村1-13-15
TEL.03-5970-7421 FAX.03-5970-7427
http://www.kokusho.co.jp

装幀　虎尾 隆
印刷・製本　中央精版印刷株式会社

ISBN978-4-336-06002-0
乱丁本・落丁本はお取り替えいたします。